Eva Fay

Fight for us

Roman

FOREVER

Forever by Ullstein
forever.ullstein.de

MIX
Papier
FSC® C083411

Originalausgabe bei Forever
Forever ist ein Verlag der Ullstein Buchverlage GmbH, Berlin
November 2018 (1)

Umschlaggestaltung:
zero-media.net, München
Titelabbildung: © FinePic®
Innengestaltung: deblik Berlin
Gesetzt aus der Quadraat Pro powered by pepyrus.com
Druck- und Bindearbeiten: CPI books GmbH, Leck

ISBN 978-3-95818-359-9

Dieses Buch widme ich all den Menschen da draußen, die der Macht des Hasses und der Gewalt keine Chance geben.

1. Kapitel

Tommaso

Mit voller Wucht boxe ich gegen den Sandsack. Das dumpfe Geräusch, das meine nackten Fäuste bei jedem Schlag erzeugen, hallt durch meinen Fitnessraum. Die letzte Nacht ist wieder der Horror gewesen. Abermals hat er mich im Traum heimgesucht. Mit seinem abschätzigen Lächeln und seiner abartigen Stimme. Dieser verdammte Dreckskerl will nicht aus meinem Kopf verschwinden! Um meinen Hass loszuwerden, schlage ich immerfort auf den Sandsack ein. Mit harten Tritten versuche ich, die in mir brodelnden tiefen Aggressionen abzustreifen. Die Schweißperlen, die sich auf meiner Stirn bilden, könnten genauso die Tränen verkörpern, die ich vor Jahren vergossen habe. Nie wieder lasse ich einen Menschen so nahe an mich ran, dass er mich verletzen kann. Das habe ich mir geschworen.

In zwei Stunden soll ich bei dieser Wohltätigkeitsveranstaltung auftauchen. Wenn mir der Sinn hinter diesem Projekt nicht so bedeutungsvoll erscheinen würde, hätte ich Giulia und ihrer Partnerin einen Scheck zukommen lassen. Doch hier ist es mir ein Bedürfnis, zu überprüfen, ob sie anständige Arbeit leisten. Im schlimmsten Fall bin ich gezwungen einzugreifen, damit ich mein Ziel erreiche.

Nachdem ich in den letzten Tagen über die Lage hier in Italien recherchiert habe, stellte ich zu meinem Entsetzen fest, dass jede vierte Frau von ihrem Ehemann oder Lebensgefährten misshandelt und missbraucht wird oder psychischen Terror ertragen muss. Die Gesellschaft unternimmt zu wenig für die betroffenen Frauen und Kinder. Man sollte nicht nur die körperlichen Verletzungen behandeln, sondern auch die seelischen Narben, die ein Leben lang in ihr Gehirn eingebrannt bleiben.

Ich kenne Giulia seit vielen Jahren. Vor ein paar Wochen erzählte sie mir von ihrer Stiftung. Sofort wusste ich, dass dieses Projekt etwas ist, das ich unterstützen werde. Deshalb muss ich heute Abend persönlich erscheinen.

Für gewöhnlich meide ich derartige Veranstaltungen. Zwar gehe ich auf Partys, aber ausschließlich auf solche, auf denen keine Pressevertreter herumschwirren. Bisher gibt es kaum Fotos von mir in der Klatschpresse, obwohl ich einer der reichsten Männer Roms bin. Dank des Immobilienhandels kann ich heute ein sorgenfreies Leben führen, was nicht immer der Fall war. Die Geschäfte laufen über meinen besten Freund und Anwalt Milan, damit ich keine Aufmerksamkeit auf mich ziehe.

Kaum auszudenken, wenn mein Gesicht in Zeitschriften erscheinen würde. An die möglichen Auswirkungen für meine Mutter und mich will ich nicht denken. Niemals darf jemand von meiner Vergangenheit erfahren – dafür ist es erforderlich, weiter im Hintergrund zu bleiben. Heute leben wir in Sicherheit. Dies könnte sich schlagartig ändern. Mein Stiefvater hat vor langer Zeit dafür gesorgt, dass es keine Verbindungen zu unserer Vergangenheit gibt. Seine Kontakte zu den Behörden haben uns zu neuen Geburtsurkunden verholfen.

Zum wiederholten Male donnern meine Fäuste auf den Sandsack ein. Langsam beruhige ich mich wieder. Die Bilder von letzter Nacht verblassen. Kämpfen ist das Einzige, was mich entspannt. Mittlerweile fließt mir der Schweiß in Strömen den Rücken hinunter.

Die Veranstaltung werde ich so gut es geht über die Bühne bringen. Ich habe kein Interesse daran, dort jemanden näher kennenzulernen. Schon gar keine Frauen. Ich brauche keine feste Freundin, denn Sex bekomme ich zu jeder Tages- und Nachtzeit, wenn ich möchte. Obendrein bin ich zu verkorkst, um mich auf eine ernsthafte Beziehung einzulassen. *Freundin*, alleine das Wort erzeugt bei mir einen Würgereiz. Das würde bedeuten, ich müsste mich in jemanden verlieben. Ich glaube nicht, dass ich das kann. Die einzigen Personen, die für mich eine Bedeutung haben, sind meine Mutter, mein Stiefvater, mein Halbbruder Daniele und mein bester Freund Milan.

»Hey, Tommaso, lass deine Aggressionen lieber beim nächsten Kampf raus!«, brüllt Milan.

Seine Stimme zieht mich aus meinem Trancezustand. Ich hatte komplett vergessen, dass Milan im Fitnessraum ist. Sofort lasse ich vom Sandsack ab und blicke zu ihm. »Training ist die halbe Miete, wie du weißt.« Mein Atem geht abgehackt, so entschlossen habe ich in den letzten Minuten auf dieses Ding eingeschlagen. Mit dem Unterarm wische ich mir die Stirn trocken.

Kickboxen ist für mich ein Ausgleich. Milan hat keine Ahnung von meiner Vergangenheit. Genauso wenig von den barbarischen Ereignissen, die mich Nacht für Nacht in meinen Träumen heimsuchen. Er weiß nur, dass ich nicht in der Öffentlichkeit stehen möchte. Darum ist er der Mittelsmann bei meinen Geschäften.

Wir kennen uns, seit meine Mutter Cecilia Marcello De Santis geheiratet hat. Milan und ich haben uns sofort verstanden. Nach der Trauung sind wir viele Nächte um die Häuser gezogen.

»Warum kommst du heute Abend nicht mit?«, fragt Milan. »Mit Marius im Käfig hättest du einen leichten Gegner. Wenn ich dich so beobachte, bist du derzeit in Topform.« Er fährt sich durch seine kurzen schwarzen Haare. Wie ich ist er fünfunddreißig Jahre alt, allerdings sieht er um einiges jünger aus.

»Heute ist diese Spendengala, die Giulia veranstaltet«, entgegne ich und laufe zum Kühlschrank, der ein paar Schritte von mir entfernt an der Wand steht.

»Schick einfach einen Scheck. Du bist doch sonst nicht scharf auf diese langweiligen Veranstaltungen.« Milan hängt sich ein Handtuch um den Nacken und folgt mir.

»Geht nicht«, wiegle ich ab. »Aber ich komme später nach, noch einen Absacker trinken.« Ich öffne den Kühlschrank, und die Kälte schlägt mir entgegen. Ich schnappe mir eine kleine Wasserflasche und trinke sie in einem Zug aus.

»Echt jetzt? Du ziehst diese Wohltätigkeitsveranstaltung einem Kampf vor?«, fragt Milan verblüfft. »Ey, Mann, das wird doch öde! Nur alte Weiber und ihre Männer ... Da kommst du bestimmt zu keinem Stich.« Er grinst, zugleich reibt er sich das Kinn.

»Mach dir um mich keine Sorgen. Ich angele mir schneller eine Frau, als du Hallo sagen kannst.« Ich schnappe mir mein Handtuch und wische mir die restlichen Schweißperlen vom Gesicht.

»Du selbstgefälliger Arsch!«, ruft Milan gespielt. »Ich muss dann los, in die Kanzlei. Wäre toll, wenn wir uns morgen Nachmittag treffen könnten. Es sind ein paar Verträge für dich gekommen, zum Unterzeichnen.« So ist Milan. Er kann nicht einmal in seiner Freizeit vom Job abschalten.

»Ich gebe meiner Sekretärin Bescheid, damit sie dich kontaktiert«, sage ich.

»Fantastisch! Vielleicht sollte ich mit dieser Zuckerpuppe auch mal ein Date wagen. Oder warst du schon mit ihr in der Kiste?«

Ich lache leise vor mich hin. Milan ist unverbesserlich. Er könnte drei Frauen an einem Tag ficken und danach trotzdem noch einer anderen hinterherhecheln.

»Du kennst meine Regeln: Hab nie Sex mit einer deiner Angestellten. Das macht nur Probleme«, erkläre ich ihm noch einmal meine Lebensregel.

Meine Sekretärin Julia ist zwar eine zuverlässige Person und sieht heiß aus, aber selbst wenn ich etwas mit Angestellten anfangen würde, wäre ihr dürrer Körper nicht mein Fall.

»Okay ... meine Mitarbeiterin ist sie ja nicht«, meint Milan schulterzuckend. »Aber sie ist schon verdammt scharf, findest du nicht? Wie schaffst du es, in ihrer Gegenwart nicht mit einem Dauerständer rumzulaufen?« Die Augen meines Freundes werden groß, und zugleich fasst er sich mit der Hand zwischen die Beine.

»Ehrlich gesagt, ist sie nicht mein Typ Frau. Darum habe ich sie auch eingestellt.«

»Sie ist nicht dein Typ?«, echot Milan ungläubig. Er zieht die Augenbrauen nach oben.

»Julia ist ein hübsches Mädchen, aber für meinen Geschmack viel zu jung.« Milan kennt mich. Er sollte wissen, dass ich lieber Frauen vögle, die sich um die dreißig bewegen. Die haben beim Sex eine gewisse Erfahrung und sind um einiges ausgelassener.

»Du bist ja nicht ganz dicht«, antwortet Milan mit einem verschmitzten Lächeln.

2. Kapitel

Evina

»Mist!«, fauche ich. Der Abend beginnt ja hervorragend!

Es ist gleich neunzehn Uhr, und ich habe es eilig. Und jetzt dieses Malheur. Eine riesengroße Laufmasche verziert die Rückseite meines rechten Beines. Schnell krame ich aus meiner Schublade ein neues Paar halterlose Strümpfe hervor. So ein Missgeschick darf mir kein zweites Mal passieren, schon gar nicht auf dieser bedeutsamen Spendengala, die nur von Leuten besucht wird, die in ganz Italien Rang und Namen haben. Vielleicht sollte ich mir zur Sicherheit ein weiteres Paar in die Handtasche packen, überlege ich, als mein Mann den Kopf zur Tür hereinstreckt.

»Evina, Liebes, bist du bald fertig? Wir sind spät dran.«

Als ich Giovanni, den ich bereits seit meiner Schulzeit kenne, geheiratet habe, hatte er volles schwarzes Haar. Heute bilden sich am Kopf schon lichte Stellen. Sein Aussehen stört mich nicht im Geringsten. Er gefällt mir noch immer so wie als ich ihn das erste Mal sah.

»Jetzt stress mich bitte nicht!«, gebe ich genervt zurück. Ich könnte mir die Haare raufen, so ärgere ich mich über mich selbst. Wäre ich früher aus der Agentur verschwunden, dann müsste ich jetzt nicht so hetzen.

»Ich frage doch nur«, murrt Giovanni.

»Entschuldige bitte.«

Im Schlafzimmer ziehe ich die Strümpfe an, ohne weitere Laufmaschen zu verursachen. Ich beruhige mich wieder. Giovanni nickt mir zu und huscht aus dem Raum.

Unglaublich, wie lange wir ein Paar sind. Wir kennen uns mittlerweile seit siebzehn Jahren, wovon wir bald zehn verheiratet sind. Er weiß genau, wenn ich unter Druck stehe, bin ich leicht reizbar.

Der heutige Stress ist hausgemacht. Meinen letzten Kundentermin hätte ich besser auf Montag verschieben sollen. Zwei Tage hätte der neue Klient bestimmt warten können, bis ich ihm eine passende Frau vermittle. Doch er hat mich am Telefon bitterlich angefleht, er brauche für den Abend dringend eine Begleitung. Da habe ich Mitleid bekommen und nachgegeben.

Ich bin in Rom bekannt dafür, dass ich innerhalb kürzester Zeit einen passenden Partner für jeden finde. Im Verkuppeln bin ich als junges Mädchen schon begabt gewesen. Nach meinem Schulabschluss habe ich entschieden, mich mit einer Partnervermittlung selbstständig zu machen. Giovanni ist von dieser Idee begeistert gewesen und hat mich dabei unterstützt, wo er nur konnte. Mittlerweile widmet er sich aber voll und ganz den eigenen Geschäften in der Investmentbranche. Meine Agentur ist mein Baby und bereit zur Erweiterung. Derzeit bewege ich mich im Großraum Rom, aber das möchte ich heute Abend ändern. Viele neue Kontakte zu knüpfen, ist mein momentanes Ziel, da ich weitere Büros in Mailand und Neapel geplant habe.

Ich streife mir ein schwarzes, bodenlanges Kleid über, das sich wie eine zweite Haut an meine Figur schmiegt. Ich bin nicht gertenschlank, doch dieses wundervoll geschnittene Abendkleid kaschiert die kleinen Speckröllchen an meinem Bauch nahezu vollständig.

Die blonden Haare hat meine Friseurin in schöne Locken gelegt. Mein Make-up wurde von einer Visagistin perfektioniert. Vor allem der dunkelgrün schimmernde Lidschatten bringt meine grünen Augen gut zur Geltung.

»So! Den heutigen Abend werde ich rocken!«, sage ich zu meinem Spiegelbild. Ich straffe die Schultern und setze ein professionelles Lächeln auf. Charity-Veranstaltungen machen mich hibbelig. Als

Geschäftsfrau sollte man mutig und selbstbewusst sein, doch das bin ich nur bedingt. Große Menschenansammlungen verunsichern mich. Zum Glück begleitet mich Giovanni. Meine beste Freundin Giulia wird auch da sein.

»Evina, kommst du?«, höre ich Giovanni aus dem Flur rufen.

Ich schlüpfe in meine schwarzen High Heels, schnappe mir die Handtasche vom Bett und verlasse das Zimmer.

»Ich bin ja schon da«, sage ich und drehe mich vor ihm im Kreis. Ein Kompliment wäre jetzt schön, aber es bleibt leider aus. In den letzten Wochen habe ich kaum noch liebevolle Worte von meinem Mann gehört, was wohl an seinem Arbeitspensum liegt.

»Wir sollten vor einer halben Stunde dort aufkreuzen«, mault Giovanni, der leicht reden hat. Ein Mann schlüpft in seinen Smoking, zieht ein Paar saubere Schuhe an und ist perfekt gekleidet. Als Frau muss ich mehr Zeit investieren, um hübsch auszusehen. Die Haare brauchten zwanzig Minuten, bis sie in Form gebracht waren.

»Ja, ich weiß«, murmele ich, um ihn nicht weiter zu verärgern.

Schweigend fahren wir mit dem Fahrstuhl die fünf Stockwerke nach unten. Als wir im Erdgeschoss ankommen, läuft mir Giovanni davon. In schnellem Tempo hetzt er aus dem Foyer, man könnte glauben, er sei auf der Flucht. Kurz schenke ich dem Portier, der mir die Eingangstür aufhält, ein Lächeln. Giovanni sitzt bereits in seinem schwarzen Porsche. Das laute Brummen des Motors ertönt. Fährt er etwa ohne mich?

Wo ist die Zeit hin, in der er mir die Beifahrertür aufgehalten und mir einen zärtlichen Kuss vor der Abfahrt gegeben hat?

Der Alltag hat uns seit zwei Jahren erwischt. Vorbei sind unsere wilden Sexeskapaden im Auto oder im Freien. Giovanni zeigt mir derzeit überhaupt nicht, dass er mich noch attraktiv findet. Es stimmt mich oft nachdenklich und traurig, aber ich führe es auf unseren vollen Terminplan zurück. Er hat in letzter Zeit viele Abendtermine. Wenn er dann um Mitternacht in unser Penthouse kommt, bemerke ich kaum, dass er sich neben mich legt. Auch ich bin mit meinem Unternehmen so beschäftigt, dass ich abends hundemüde ins Bett falle.

Wir fahren die Auffahrt zum Anwesen meiner Freundin Giulia hinauf. Ihr Refugium am Rande Roms ist beeindruckend romantisch. Der Ausdruck Villa ist untertrieben, denn das Gebäude wirkt wie ein kleines Schloss. Es stammt noch aus dem Mittelalter, und Giulia und ihr Mann haben es für einige Millionen Euro aufwendig restaurieren lassen.

Giulias Mann, Ricardo Mancini, stammt aus einer reichen Familie, die ein Weinhandel-Imperium aufgebaut hat. Sie beliefern weltweit die betuchtesten Kunden. Die stört es nicht, für eine Flasche Wein ein paar Tausend Euro lockerzumachen. Ich bin zwar mit meiner Partnervermittlung sehr gut im Geschäft, jedoch keine große Weinliebhaberin. Nie würde ich diese Unsummen für Wein bezahlen.

Giovanni hält vor dem Eingang. Zwei junge Typen im Anzug steuern direkt auf unser Auto zu und öffnen die Türen. Giovanni wirft einem die Schlüssel in die Hand und läuft um den Wagen herum. Ich steige aus, hake mich bei meinem Mann unter und setze mein perfektes Lächeln auf.

Dieser Abend hat nicht nur beruflich eine enorme Bedeutung für mich, sondern auch privat. Giulia und ich organisieren seit drei Jahren Spendengalas, um misshandelten Frauen und Kindern zu helfen. Diesmal habe ich leider nicht genug Zeit gehabt, um sie bei den Vorbereitungen zu unterstützen. Die letzten Wochen sind besonders anstrengend gewesen. Sobald ich in Neapel und Mailand die Büros erfolgreich eröffnet habe, wird wieder mehr Ruhe bei mir einkehren.

Mit den Spenden, die wir heute sammeln, möchten wir weitere Frauenhäuser errichten. Giulia und ich verfolgen das Ziel, für Frauen und Kinder in ganz Italien Zufluchtsorte zu schaffen.

Ein Mann mit breiten Schultern im schwarzen Anzug öffnet uns die Tür und begrüßt uns höflich. Wir schreiten in den Saal, und ich vernehme Klavierklänge und Basstöne. Eine zierliche Kellnerin reicht uns ein Glas Champagner. Mit einem freundlichen Lächeln heißt sie uns willkommen.

»Guten Abend«, antworte ich höflich.

Giovanni reagiert nicht auf die herzliche Begrüßung, nimmt aber ein Glas Champagner. Er ist schon die ganze Autofahrt über schweigsam gewesen. Seine geistige Abwesenheit irritiert mich. Wir sind eines der letzten ankommenden Paare, wie ich an den Tischen erkennen kann, an denen sich bereits unzählige Gäste eingefunden haben.

Giulia hat alles perfekt organisiert, muss ich mit einem anerkennenden Blick feststellen. Die Tafel bildet ein U. Im vorderen Drittel des Raumes ist eine Bühne aufgebaut, auf der ein Trio Jazz spielt. Dazu singt ein Kerl mit sonnengebräunter Haut und tiefer Stimme. Irgendwie sieht er wie ein Elvis-Verschnitt aus, mit seinem weißen Anzug und der schwarzen Elvis-Locke, die ihm ins Gesicht hängt.

»Hallo, Evina! Wo warst du so lange?« Giulia begrüßt mich mit Küssen rechts und links auf die Wangen. Sie sieht mich mit ihren haselnussbraunen Augen durchdringend an. Ihre schwarzen langen Haare, die normalerweise an ihrem Brustansatz enden, hat sie mit einer außergewöhnlichen Hochsteckfrisur in Form gebracht. Das türkisfarbene Abendkleid setzt ihren makellosen Körper wie gemalt in Szene. Giulia ist mit ihren ein Meter siebzig gleich groß wie ich, jedoch kann man an ihren durchtrainierten Oberarmen erkennen, dass sie im Gegensatz zu mir regelmäßig Sport treibt.

»Entschuldige, ich hatte noch einen Kundentermin.« Ich versuche, Giulia zu besänftigen. Unpünktlichkeit ist bei mir normalerweise nicht an der Tagesordnung, doch in letzter Zeit verliere ich den Überblick über meinen eng gestrickten Terminplan.

»Du hast nur deine Arbeit im Kopf, Schätzchen. Es wird Zeit für einen Kurztrip, nur wir zwei, damit du entspannen kannst.« Mir entgeht nicht, dass sie mich von meinen Schuhen beginnend hinauf bis zu meinem Gesicht mustert. Insgeheim gebe ich ihr recht. Früher haben wir uns mindestens zweimal im Jahr eine Auszeit genommen und es uns in einem Wellnesshotel gut gehen lassen. Doch im letzten Jahr habe ich so viel Zeit in meine Firma investiert und keine Energie mehr für einen Mädelsausflug gehabt.

»Danke, du siehst auch blendend aus!«, murre ich genervt. Das fehlte mir heute noch, dass man mir die Müdigkeit ansieht!

Meine Freundin stupst mich fröhlich in die Seite. »Jetzt sei nicht gleich eingeschnappt. Du weißt, wie ich das meine. Ich hätte einfach wieder mal Lust auf ein Mädelswochenende.«

Ich lächle verkrampft. »Ich werde meinen Terminkalender durchgehen. Vielleicht klappt es ja.« Ein paar Tage Abstand von dem ganzen Trubel wären eine gute Idee. Derzeit hetze ich von einem Termin zum nächsten.

»Evina, du siehst wieder fantastisch aus!« Giulias Mann, Ricardo, umarmt mich überschwänglich. Als er von mir ablässt, strahlt er mich mit seinen mokkafarbenen Augen an und fährt sich durch seine mit Gel verstrubbelten dunkelbraunen Haare. Er ist mindestens einen Kopf größer als ich, obwohl ich High Heels mit Fünf-Zentimeter-Absätzen trage. Sie sehen zwar wunderschön aus, mit ihren golden versetzten Strasssteinchen, aber von gemütlich sind sie weit entfernt.

»Hallo, Ricardo, deine Frau ist da aber nicht ganz deiner Meinung«, antworte ich, immer noch etwas pikiert, schließlich habe ich mir sehr viel Mühe gemacht, um heute gut auszusehen.

»Ach, Evina ...« Giulia streichelt meinen Oberarm und schürzt ihre Lippe. Ich weiß, dass sie es nie böse meint, doch bin ich heute so angespannt, dass mich fast alles aus dem Konzept bringt.

»Wo ist denn Giovanni?« Ricardo sieht zuerst seine Frau, dann mich an.

»Das frage ich mich auch.« Angestrengt und nervös blicke durch den Raum, finde meinen Mann aber nicht. Na toll, jetzt lässt er mich schon am Anfang sitzen! Giovanni hasst Charity-Veranstaltungen, trotzdem ist es unhöflich, mich sitzen zu lassen. Früher wich er mir kaum von der Seite, und heute? Obwohl, wenn ich die vergangenen Veranstaltungen Revue passieren lasse, benimmt er sich schon seit einigen Monaten so eigenartig.

»Kommt deine Assistentin auch?«, fragt Giulia mit ihrer weichen Stimme. Sie würde mit ihrer angenehmen Sprachfärbung hervorragend in einen Radiosender passen.

»Angelina sollte schon da sein«, antworte ich und durchforste mit Blicken den Raum, aber auch meine Assistentin scheint verschollen.

Ich hatte sie extra früher nach Hause geschickt, um sich für den wichtigen Abend hübsch zu machen. Sie soll lernen, Kundengespräche zu führen. Ich schaffe das Pensum bald nicht mehr, wenn ich expandieren möchte. Da sie schon zwei Jahre für mich arbeitet und einen sehr guten Einblick in die firmeninternen Abläufe hat, ist es naheliegend, sie für die Filialleitung heranzuziehen. Vielleicht kann ich auch ein paar Termine machen, die sie nebenbei notiert.

»Spätestens am Tisch werdet ihr euch treffen, ich habe für alle Gäste Namenskarten aufstellen lassen«, beruhigt mich Giulia. Sie hat im Vorfeld kurz erwähnt, dass heute Politiker, Industrielle, Immobilienmagnaten und Großinvestoren die Gästeliste füllen.

Bereits seit Stunden hat sich in meinem Bauch ein flaues Gefühl breitgemacht. Zwar bin ich es gewöhnt, mich in diesen gehobenen Kreisen zu bewegen, doch diesmal kenne ich hier außer Giulia, Ricardo und meinem Mann niemanden. Giulia achtet bei den Einladungen darauf, für die Stiftung neue Sponsoren zu finden.

Ich habe meiner Freundin einiges zu verdanken. Seit über zwanzig Jahren kennen wir uns schon. Damals waren wir zehn. An diesem Tag veränderte sich mein Leben, das werde ich nie vergessen. Damals kamen meine Mutter und ich frei. Unser Martyrium hatte endlich ein Ende. Ich kann mich nur zu gut daran erinnern.

Wir betraten das Frauenhaus, und meine Mutter versicherte mir, dass wir hier keine Angst mehr haben müssten. Giulia war damals schon ein aufgewecktes Mädchen. Sie kam auf mich zu und begrüßte mich mit einer Umarmung. Uns verbindet mehr als nur eine Kindheitsfreundschaft. Wir haben in der Vergangenheit Ähnliches erlebt – ein Gedanke, den ich schnell wieder verdränge. Heute darf ich nicht in ein sentimentales Loch fallen. Ich habe ein Ziel vor Augen, und das heißt, mein Unternehmen weiter auszubauen, damit ich noch mehr in die Stiftung investieren kann.

»Ich werde dann mal an meinen Platz gehen«, verabschiede ich mich von den beiden. Ich verlasse Giulia und Ricardo, die wieder damit beschäftigt sind, weitere Gäste in Empfang zu nehmen.

Ihre Villa ist atemberaubend, mit hohen Räumen und einem Mix aus alten restaurierten Möbeln und modernen Gemälden. Giulia hat ein besonderes Händchen für Innenarchitektur. Die fünfzehn Zimmer im Haus haben alle eine spezielle Note. Am meisten hat es mir die Bibliothek angetan. Der Raum hat deckenhohe Regale, sodass man eine Leiter benötigt, um in den oberen Reihen zu stöbern. In der Mitte steht eine gemütliche Sitzlounge aus geblümtem Stoff, mit direktem Blick auf den Garten. Ein paar Mal habe ich mich schon in der Bibliothek verkrochen, um ein wenig vom Alltagsstress abzuschalten. In den alten Büchern, die Ricardo als Sammlerstücke bezeichnet, habe ich vorsichtig geblättert und das eine oder andere Gedicht gelesen.

Der Raum, in dem die Gala stattfindet, ist mindestens hundert Quadratmeter groß. Üppige Kronleuchter erhellen ihn in gelben und weißen Tönen. Kurz unterbricht die Musik, und das Murmeln der anwesenden Gäste ist zu hören. Ich schlängle mich zwischen zwei Damen mit ergrautem Haar durch, die dicke Klunker um den Hals tragen.

In diesem Moment entdecke ich Giovanni, der sich mit meiner Assistentin am Tisch eingefunden hat. Sie unterhalten sich angeregt, was mich aber nicht weiter stört. Angelina ist mit ihren fünfundzwanzig Jahren sehr jung, erledigt ihre Arbeit aber verantwortungsvoll und fleißig. Sie hat ihre von Natur aus roten Haare nach oben gesteckt, und ein paar lose Strähnen fallen ihr ins Gesicht. Die Frisur lässt sie weich und zerbrechlich wirken.

»Da bist du ja! Ich habe dich überall gesucht!«, rufe ich aus. Prüfend beäuge ich Giovanni, der mich ungläubig ansieht, als wüsste er nicht, wovon ich spreche.

»Wirklich? Ich habe Angelina gesehen und sie an unseren Platz begleitet. Immerhin kennt sie ja niemanden hier.« Er ignoriert meinen vorwurfsvollen Tonfall und blickt mich mit seinen braunen Augen an. Dass ich ihn gerne an meiner Seite gehabt hätte, ist ihm wohl völlig egal.

»Guten Tag, Signora Castello«, begrüßt mich Angelina.

Sie reicht mir die Hand, die ich kurz drücke. »Angelina, haben Sie das iPad eingepackt?«

»Natürlich, alles in der Tasche, benötigen Sie es jetzt?« Angelina steckt die freie Hand rücklings in ihren Beutel.

»Nein, zuerst werden wir das Dinner genießen.«

Ich gleite auf den Stuhl neben Giovanni. Er wendet sich gleich wieder Angelina zu. Die beiden unterhalten sich, als wäre ich überhaupt nicht da. Eigentlich sollte ich beleidigt sein, dass Giovanni seine Aufmerksamkeit mehr auf meine Assistentin richtet als auf mich. Aber im Moment bin ich eher dankbar für die Ruhe.

Ich bin hundemüde. Wenn mir der heutige Abend nicht so verdammt wichtig wäre, würde ich es mir in meinem kuscheligen Bett zu Hause gemütlich machen. Zwischen meinen Augen bildet sich ein schmerzhafter Druck. Ich schließe für einen Moment die Lider und drücke mit den Fingern fest meine Nasenwurzel. Bitte, lass mich jetzt nicht schwächeln, wiederhole ich wie ein Mantra in Gedanken.

3. Kapitel

Evina

»Eine Kopfschmerztablette?«, reißt mich eine tiefe Stimme aus meinen Gedanken.

»Wie bitte?« Ich blinzele und drehe den Kopf nach rechts – und blicke in die schönsten blauen Augen, die ich jemals gesehen habe. Sie sind hellblau wie Eiskristalle und funkeln, als würden die Kronleuchter sie noch mehr zum Strahlen bringen.

»Brauchen Sie eine Kopfschmerztablette?«, wiederholt der Mann, während er seinen Blick über mein Gesicht gleiten lässt.

»Ich denke, das wäre wirklich sehr hilfreich«, hauche ich.

Er winkt mit der Hand einen Kellner herbei. »Könnten Sie der Dame bitte eine Tablette gegen Kopfschmerzen besorgen und dazu ein Glas Wasser?«

Ein warmes Gefühl flutet mein Herz. Dieser wildfremde Typ zeigt mehr Hilfsbereitschaft als mein eigener Mann. Dem fällt nicht einmal auf, dass ich mich nicht gut fühle.

»Danke schön, das ist wirklich sehr freundlich von Ihnen. Ich heiße übrigens Evina Castello.« Ich wende mich ihm zu.

»Tommaso De Santis. Schön, Sie kennenzulernen, Signora Castello.«

Seine Hand schließt sich angenehm warm um meine kalten Finger und tut gut. Zu gut, wenn ich genauer darüber nachdenke. Kurz verweilen unsere Hände ineinander, bis der Kellner mit der Tablette und dem Glas Wasser zurückkommt.

Mit einem Nicken und einem lautlosen »Danke« werfe ich die Tablette ein und trinke das kühle Wasser aus, damit das sperrige Ding meinen Hals hinunterflutschen kann. »In wenigen Minuten wird es mir sicher besser gehen, danke«, wispere ich.

Während ich mit halb geschlossenen Lidern darauf warte, dass der dumpfe Schmerz sich verflüchtigt, bin ich immer wieder versucht, zu Signor De Santis zu schielen. Letztlich ist die Neugier zu groß, und ich blicke in seine Augen. Sie sind so schön, dass ich nicht anders kann als mich ihm zuzuwenden. Sie erinnern mich an eine seltene Orchideenart, deren Namen ich leider vergessen habe.

»Sie sind auch für diese Stiftung verantwortlich?« De Santis' melodische Stimme erzeugt ein Kribbeln in meinem Bauch, das ich besser nicht fühlen sollte. Immerhin bin ich verheiratet, und mein Mann sitzt nicht einmal eine Armbreite von mir entfernt.

»Ja, woher wissen Sie das?« Ich ziehe eine Augenbraue hoch.

Er hält das Heft mit allen relevanten Details zur Stiftung in die Höhe und lächelt.

»Ach, ja, genau«, murmle ich verlegen. Was bin ich bloß für eine Idiotin.

»Könnten Sie mir etwas über das Projekt erzählen?«, fragt er rau. »Ich plane, eine beträchtliche Summe zu spenden.« Seine Miene ist ernst, doch nicht Furcht einflößend. Er wirkt selbstbewusst, aber nicht überheblich.

»Sehr gerne, Signor De Santis«, antworte ich mit einem Lächeln. »Wissen Sie, wir möchten gerne in jeder Stadt Italiens ein Haus für Frauen und Kinder errichten, die Opfer häuslicher Gewalt geworden sind. Mit einer Telefonzentrale, bei der sie sich auch anonym informieren können. Doch das alles kostet viel Geld, wie Sie sich sicher denken können, das die Stiftung derzeit noch nicht besitzt. Die Gala heute ist von großer Bedeutung für uns.«

De Santis hört gespannt zu, ohne mich zu unterbrechen. Mir fällt auf, dass er kleine Ohren hat, sie passen genau zu seinem kantigen Gesicht. Wieso denke ich an seine Ohren? Himmel, er ist ein Geschäftspartner! Signor De Santis fährt sich mit seiner großen Hand durch seine dunklen mit Gel zurechtgelegten Haare. Seine Hand wirkt so stark und männlich, dass mir das Wasser im Mund zusammenrinnt. Was er wohl alles mit seiner Frau oder Freundin anstellt? Ich schüttle den Kopf, um wieder klare Gedanken fassen zu können.

Giovanni begeistert sich nicht für die Stiftung. Für ihn ist sie eine reine Prestigefrage, er interessiert sich nicht für die betroffenen Kinder und Frauen. Bei Signor De Santis scheint jedoch aufrichtiges Interesse zu bestehen.

»Haben Sie bereits Immobilien ins Auge gefasst?«, fragt er und legt den Arm auf meiner Stuhllehne ab. Seine Hand ist meinem Rücken so nahe, und ein warmer Schauder wandert von meinem Hals abwärts Richtung Po.

»Noch nichts Konkretes«, antworte ich ehrlich. »Aber wir sind auf der Suche. Es ist leider schwierig, ein Objekt zu finden, das in unser Budget passt und den gesetzlichen Bestimmungen standhält. Das Frauenhaus in Rom haben wir durch einen guten Kontakt von Giulia bekommen. Leider platzen wir aus allen Nähten. Derzeit ist nicht einmal unser kleines Notzimmer frei.«

»Wenn Sie möchten, kann ich Sie dabei unterstützen. Ich habe ausgezeichnete Kontakte und hätte auch ein paar Objekte im Kopf, die vielleicht passen könnten«, schlägt er freundlich vor. Er rückt ein Stück näher an mich heran, und ich werde augenblicklich nervös. Obwohl er ganz sachlich spricht, entgeht mir nicht, wie seine Augen meinen Körper mustern.

»Das wäre hilfreich, Signor De Santis. Sind Sie in der Immobilienbranche tätig?«, frage ich neugierig. Gleichzeitig rutsche ich ein Stück auf meinem Stuhl zurück, um etwas Abstand zu ihm zu gewinnen.

»In die Richtung ... ja«, entgegnet er ausweichend. Dann wird sein Blick intensiver, und er lächelt. »Hätten Sie etwas dagegen, wenn wir uns duzen würden?«

»Nein, sehr gerne.« Normalerweise werde ich mit meinen Geschäftspartnern nicht so schnell persönlich, aber man kann ja auch einmal eine Ausnahme machen.

»Dann lass uns doch darauf anstoßen, Evina.« Aus seinem Mund klingt mein Name wie der einer Göttin. Er erhebt sein Rotweinglas und lächelt, wodurch seine makellosen Zähne hervorblitzen.

»Tommaso«, wispere ich. Ich greife nach meinem Champagner.

Er zieht eine Augenbraue hoch. »Möchtest du nicht lieber ein Wasser? Die Kombination aus Champagner und Tablette ist vielleicht nicht so gesund?«, fragt Tommaso besorgt.

Geschmeichelt von seiner rührenden Aufmerksamkeit, tausche ich das Champagnerglas gegen mein Wasser aus. Meine Kopfschmerzen sind wie weggeblasen – keine Ahnung, ob die Medizin wirkt oder ob es an der netten Gesellschaft liegt.

»Auf eine gute Zusammenarbeit.« Tommasos kristallblaue Augen fixieren mich so eindringlich, dass sich ein flaues Gefühl in meiner Bauchgegend breitmacht.

»Auf die Stiftung!«

Der offene Blick, mit dem er mich unverwandt ansieht, lässt sicher viele Frauenherzen höherschlagen. Wenn ich nicht verheiratet wäre, könnte er mir sogar gefährlich werden, schießt es mir durch den Kopf. Doch so ist er einfach ein Mann, mit dem ich die Stiftung vorantreiben werde. Ich halte seinem Blick zwar stand, bin aber erleichtert, als Giulia zu uns stößt.

»Wie mir scheint, habt ihr euch schon bekannt gemacht.« Sie hat ein Champagnerglas in der einen Hand, die andere legt sie auf meine Schulter. Tommaso zieht seine Hand zurück, und augenblicklich wird es an meinem Rücken kalt, obwohl er mich nicht einmal berührt hat.

»Warum hast du deine wunderschöne Freundin so lange vor mir versteckt gehalten?«, fragt Tommaso. Er betrachtet mich unentwegt, und ich drehe nervös das Wasserglas.

Giulia schnalzt mit der Zunge. »Sie ist eben sehr beschäftigt und verheiratet.« Meine Freundin nimmt kein Blatt vor den Mund und steckt für Giovanni das Revier ab.

»Ich sehe aber keinen Ehering!« Tommaso schaut auf meine Hand, die in meinem Schoß ruht.

»Den habe ich zu Hause vergessen!«, rufe ich entsetzt aus und starre auf meinen Ringfinger und dann ihn wieder an. Ich spüre die aufsteigende Hitze auf meinen Wangen wie kleine Nadelstiche.

Tommasos schiefes Grinsen verunsichert mich. Glaubt er etwa, es ist eine faule Ausrede?

»Hat dir Evina schon alles über unsere Pläne für die Stiftung erklärt?«, erkundigt sich Giulia.

Sie zieht mich gekonnt aus dieser prekären Situation und verwickelt Tommaso in ein Gespräch über das Stiftungsziel und die Immobiliensuche. Ich will mich nicht weiter einmischen und höre ihnen interessiert zu. Während Tommaso spricht, studiere ich sein Gesicht. Seine vollen Lippen sind gleichmäßig geformt. Seine Nase ist etwas krumm, so, als wäre sie schon mehrmals gebrochen worden. Ich würde gerne erfahren, warum er so verwegen aussieht.

Ich schüttele leicht den Kopf, um mich wieder auf das Gespräch zu konzentrieren.

»Wie, Evina, bist du nicht unserer Meinung, dass wir nach Rom jetzt auch Mailand und Neapel in Angriff nehmen müssen?« Giulia hat mein Kopfschütteln mitbekommen, aber falsch interpretiert.

»Doch ... natürlich. Ich war nur kurz mit Gedanken ...« Mein Stottern wirkt nicht gerade professionell. Nicht einmal einen anständigen Satz bringe ich zusammen.

»Du hast momentan nur deine Partnervermittlung im Kopf!« Giulias Stimme klingt ungehalten.

Auszusprechen, was sie in diesem Moment denkt, ist wirklich typisch für sie. Eigentlich sollte ich mich nach den vielen Jahren, die wir uns kennen, daran gewöhnt haben. Leider kämpfe ich trotzdem jedes Mal damit, wie offen sie alles anspricht. Sie denkt nicht weiter darüber nach, wie ihre Worte beim Gegenüber ankommen. Sie hat mich schon oft in peinliche Situationen gebracht.

»Das stimmt doch gar nicht«, verteidige ich mich.

»Ach, und wo warst du dann?« Giulias prüfendem Blick entgeht nichts.

»Du hast eine Partnervermittlung?«, unterbricht Tommaso uns.

Er wird mir immer sympathischer. Insgeheim danke ich ihm für die kurze Verschnaufpause.

Ich lächele ihn freundlich an. »Ja, und das ist mir auch sehr wichtig, ich möchte mich vergrößern.«

»Hast du eine Visitenkarte?«

»Wieso interessiert dich das denn?«, hakt Giulia neugierig nach.

»Na, für mich als Single wäre das doch eine Option.« Tommasos ernste Mimik kann ich nicht deuten. Verarscht er uns gerade, oder meint er es wirklich ernst?

»Du brauchst keine Partnervermittlung, Tommi-Boy. Du bist einfach zu wählerisch, was deine Frauen betrifft«, sagt Giulia lachend.

Ihre Worte hallen in meinem Gehör. Hat sie ihn schon mal zu verkuppeln versucht? Bei seinem guten Aussehen kann ich es nur zu gut verstehen, dass er wählerisch ist, immerhin kann er offensichtlich an jedem Finger eine andere Frau haben. Da fällt die Wahl bestimmt schwer.

»Und du kannst das beurteilen?«, neckt er Giulia und schmunzelt. Dann blickt er mich auffordernd an.

»Ich habe ein paar hübsche Mädchen in meiner Kundenkartei. Ich denke, eine davon wird dir bestimmt gefallen«, beeile ich mich zu sagen und reiche ihm meine Visitenkarte. Dabei berühren sich unsere Finger. Ein Kribbeln durchfährt meinen Körper, und kurz zucken seine Mundwinkel nach oben. War das gerade ein Lächeln?

»An diesem Kunden wirst du dir die Zähne ausbeißen. Glaub mir, Tommaso ist eine harte Nuss.« Giulia klopft ihm kumpelhaft auf die Schulter. »So, aber jetzt muss ich aufs Podium, um die Ansprache zu halten. Evina, begleitest du mich?«

Ich schüttele den Kopf. »Du weißt doch, dass ich lieber im Hintergrund arbeite.«

Meine Freundin nickt kurz und verlässt uns.

Mit ein paar Leuten zu sprechen macht mir nichts aus. Doch diese Menschenansammlung von mehr als hundert Personen verschafft mir ein flaues Gefühl im Bauch.

Giulia hingegen liebt das Rampenlicht. Ihr Weinhandel steht oft im Mittelpunkt der Presse. Ricardos Familie gehört zu den einflussreichsten in Italien. Giulia hat ihren Mann in einem Club in Rom kennengelernt, und seit zehn Jahren sind sie glücklich verheiratet. Für beide war es Liebe auf den ersten Blick. So wie bei Giovanni und mir.

4. Kapitel

Evina

Giulia hält mit einer bewundernswerten Perfektion ihre Rede und erklärt ganz nebenbei, was unsere nächsten Ziele sind. Als sie zum Ende kommt, applaudieren die Gäste und erheben sich. Meine Freundin schafft es auf ihre freundliche, aber direkte Art, die Menschen mit ihren Worten im Herzen zu berühren. Dank ihr haben wir einige große Summen für unsere Stiftung ergattern können. Ich arbeite lieber direkt im Frauenhaus mit. Mindestens einmal pro Woche fahre ich hin und helfe bei den alltäglichen Dingen. Ich koche, spiele mit den Kindern oder führe das eine oder andere Gespräch mit den betroffenen Frauen. Außerdem erledige ich die komplette Buchhaltung für die Stiftung.

»Ihr kennt euch schon lange?«, raunt Tommaso mir zu. Er legt die Stoffserviette zur Seite, damit der Kellner ihm den Antipastiteller servieren kann.

»Schon eine kleine Ewigkeit ...« Kurz huschen die ersten Begegnungen mit ihr vor meinem inneren Auge vorbei. Wie schlecht ich mich damals gefühlt habe, aber zugleich unsagbar erleichtert.

Tommaso betrachtet mich und zieht die Brauen hoch. »Wenn ich dich so ansehe, scheinen es nicht die schönsten Erinnerungen zu sein.«

Ich zucke ertappt zusammen. Nicht einmal Giovanni weiß von diesem Teil meiner Vergangenheit. So soll es auch bleiben.

»Giulia ist meine beste Freundin ... und wir haben viele schöne gemeinsame Erinnerungen.« Ich versuche so freundlich wie möglich zu lächeln. Es darf niemals ans Licht kommen, woher Giulia und ich uns kennen. Unsere gemeinsame Vergangenheit muss für alle Ewigkeit unser Geheimnis bleiben.

»Signora Castello ...«, unterbricht uns Angelina, sie sitzt nach vorne gebeugt und reibt sich die Stirn, als hätte sie Kopfschmerzen.

»Ja, bitte?«

»Es ist mir ausgesprochen unangenehm, aber ich fühle mich nicht besonders gut ...«

Verärgert starre ich sie an. Sie kann mich jetzt nicht im Stich lassen.

»Es tut mir leid, aber ich bekomme gerade einen Migräneanfall. Mein Kopf brummt, und mir ist auch ziemlich schlecht.« Angelina blickt mich unglücklich an. Bisher hatte ich keine Ahnung, dass sie mit Migräne zu kämpfen hat. Gerade heute passt mir ihr Zustand überhaupt nicht in den Kram. Aber wenn es ihr miserabel geht, ist sie sowieso keine ernsthafte Unterstützung für mich.

»Na, dann müssen Sie wohl oder übel nach Hause.«

»Danke, Signora Castello.« Angelina erhebt sich und reicht mir mein iPad. »Ich rufe mir dann ein Taxi.«

»Für das Taxi lassen Sie sich bitte eine Rechnung geben, die wir am Montag begleichen können.« Mit einem Knall lege ich das iPad vor mir ab.

»Evina, du kannst sie doch unmöglich in diesem Zustand mit dem Taxi heimschicken!«, protestiert Giovanni. »Ich werde sie fahren.« Sein bestimmter Ton gefällt mir nicht. Er erhebt sich vom Stuhl und schüttelt demonstrativ den Kopf.

»Du kannst mich jetzt nicht auch noch im Stich lassen!«, jammere ich. »Ganz alleine, auf dieser Veranstaltung, mit diesen vielen Menschen, wo ich außer Giulia keinen kenne!« Nur der Gedanke, hier ohne Begleitung zu sein, erzeugt bei mir Schweißausbrüche. Der Verstand sagt, ich brauche mir keine Sorgen zu machen, aber mein Körper reagiert auf seine Weise

Gut, Tommaso neben mir ist eine nette Gesellschaft, aber sobald die Party beginnt, wird er mit einer der hübschen Frauen, die an dem

Tisch schräg gegenüber von uns sitzen, flirten. Die starren ihn schon eine halbe Ewigkeit an, als wäre er Gott persönlich.

»Du schaffst das schon.« Giovanni klopft mir bekräftigend auf die Schulter.

»Kommst du wieder zurück?« Flehend blicke ich zu ihm hoch.

»Bis ich Angelina nach Hause gefahren habe, wird es zu spät sein. Wie du weißt, habe ich morgen früh einen Termin, der sich voraussichtlich über den ganzen Tag ziehen wird. Da muss ich ausgeschlafen sein – das verstehst du doch?« Giovanni gibt mir einen Kuss auf die Stirn.

»Wie du meinst«, murre ich. Offenbar nutzt er Angelinas Unwohlsein, um sich vorzeitig aus dem Staub zu machen. Nicht einmal heute schafft er es, mich zu unterstützen.

»Ciao«, sagen Giovanni und Angelina wie aus einem Mund.

Ich blicke ihnen starr nach, bis sie den Saal verlassen haben. Was ist das bloß für ein beschissener Tag?

Die Suppe wird serviert, und ich betrachte sie skeptisch. Nicht, weil sie seltsam aussieht, sondern weil mir gerade der Appetit vergangen ist. Ich koche innerlich vor Wut, aber darf es nach außen nicht zeigen. Wenn ich könnte, würde ich schreiend durch das Haus laufen. Am besten, ich gehe erst mal an die frische Luft, um wieder zu Sinnen zu kommen.

»Geht es dir gut?« Tommasos Frage schreckt mich auf.

»Ja, alles bestens«, lüge ich. »Ich brauche nur kurz frische Luft.«

Zielsicher steuere ich Giulias wunderschön angelegten Garten an. Auch dafür hat sie ein besonderes Händchen.

Der Besuch in Giulias kleinem Schloss ist wie eine Zeitreise ins Mittelalter. Viele ausgefallene Skulpturen zieren den Garten. Ich schlendere die Steinstufen hinab zu einem Brunnen, der hell erleuchtet ist. Einige Holzbänke sind rundherum aufgestellt, die derzeit alle leer sind. Ich lasse mich langsam auf eine Gartenbank sinken, und ein tiefes Seufzen entfährt mir. Das Plätschern des Brunnens beruhigt mich nur bedingt.

Eigentlich bin ich eine selbstbewusste Frau, die mitten im Leben steht, doch große Menschenansammlungen beunruhigen mich immer wieder. Dabei habe ich mich schon weiterentwickelt. Es gab viele Jahre, in denen ich eher einem grauen Mäuschen glich, das um keinen Preis auffallen wollte. Erst durch Giulias aufmunternde Worte habe ich es langsam geschafft, mich davon zu befreien und weniger zurückhaltend zu sein.

»Ist der Platz neben dir noch frei?«, höre ich Tommaso mit dieser tiefen Stimme, die mir einen heißkalten Schauer über den Rücken ziehen lässt.

»Ja natürlich, aber solltest du nicht lieber das gute Essen genießen?« Ich blicke auf Tommasos muskulöse Beine, die die Anzughose spannen lassen.

»Das solltest du auch, oder?«

Er setzt sich neben mich, und unsere Oberschenkel berühren sich leicht. Der angenehme Duft seines Aftershave dringt in meine Nase. Verdammt, riecht er gut!

»Irgendwie ist mir der Appetit vergangen«, murmle ich und weiche seinem Blick aus. Angestrengt starre ich zum Brunnen. Zugleich stütze ich die Ellbogen auf die Knie und lasse meinen Kopf in die Handflächen sacken.

»Der Kerl vorhin, war das dein Mann?« Tommaso zeigt mit dem Daumen in Richtung Terrassentür.

»War wohl kaum zu übersehen, oder?«, sage ich mit einem Seufzen.

»Findest du?« Tommaso zieht die Augenbrauen zusammen. Glaubt er etwa, ich scherze?

»Worauf … willst du hinaus?«, stottere ich. Nun kann ich nicht anders als in seine Augen zu sehen, die mich an Urlaub erinnern. Dieses Blau ist einfach unglaublich hier draußen im Dunkeln. Es scheint so, als würden seine Augen von innen heraus leuchten.

»Na ja, immerhin ist er mit diesem Mädchen abgehauen.« Tommasos abschätziger Ton lässt mich zusammenzucken.

»Sie ist meine Assistentin, und ihr ging es nicht gut, deshalb bringt Giovanni sie nach Hause.«

So, wie ich das sage, klingt es auch für mich seltsam. Eigentlich sollte er heute Abend mir beistehen.

»Oh, also ein ganz hilfsbereiter Ehemann«, meint Tommaso. Kurz kommen seine makellosen weißen Zähne zum Vorschein. Dann wird er sofort wieder ernst.

Ich nicke nur.

»Warum versteckst du dich hier, Evina?«

Verdammt, muss er mich das jetzt fragen?

»Ich habe Angst vor diesen vielen Menschen, die ich nicht kenne«, flüstere ich. Kaum ausgesprochen, bereue ich meine Worte auch schon wieder. Ich stecke eindeutig in einer Krise. Welchen Grund sollte es sonst geben, diesem Fremden meine Probleme aufzutischen?

»Also, wenn du möchtest, stehe ich dir als Begleitung zur Verfügung.« Tommaso rückt ein Stück näher an mich heran, wodurch unsere Beine fast aneinanderkleben.

»Ja genau, du hast ja sonst nichts zu tun.« Ich rolle mit den Augen.

»Ich hatte für heute noch einen Termin geplant, der sich aber verschieben lässt.« Tommaso betrachtet mich mit diesen unergründlichen Augen. Mir wird schwindelig.

»Und warum möchtest du das für mich tun?« Ich richte mich auf, wodurch sich der Abstand zwischen uns um weitere Zentimeter reduziert.

»Natürlich für den guten Zweck! Immerhin ist dein Plan, hier Geld für die Stiftung zu sammeln, oder etwa nicht?«

»Genau ... und dafür brauche ich dich, meinst du?« Ungläubig schaue ich ihn an.

»Na ja, wie mir scheint, fühlst du dich verloren«, meint er sanft. »Ich werde dir den Rücken stärken, damit du mit deinem Projekt Erfolg hast.« Sein motivierter Blick und sein bestimmter Ton wandern wie kleine Ameisen durch meinen Körper.

Der Wind bläst mir eine Haarsträhne ins Gesicht, und Tommaso streift sie mir wie selbstverständlich hinters Ohr. Dieser Moment dauert nur ein paar Sekunden, doch für mich scheint die Zeit stillzustehen.

Ich bin wie elektrisiert von seiner zärtlichen Geste. Was ist das nur zwischen uns? Ich kenne ihn erst seit heute, und trotzdem kommt er mir so vertraut vor, als würden wir uns schon ewig kennen.

5. Kapitel

Tommaso

Wir finden uns wieder an unserem Tisch ein. Ich beobachte Evina von der Seite. Ihre blonden Haare erinnern mich an die Farbe von Honig. Die Lockenpracht fällt weich über ihre Schultern und endet an ihrem wohlgeformten Busen. Nur nicht zu lange hinstarren, ermahne ich mich in Gedanken. Meine Augen wandern zurück zu ihrem sinnlichen Mund, der bestimmt perfekt meinen Schwanz umschließen könnte. Ihre Lippen sind leicht geöffnet, und plötzlich beginnt ein Kopfkino der Extraklasse. Ich werde hart, und mein ganzer Körper steht unter Spannung. Was ist bloß los mit mir? Diese Frau ist eigentlich völlig tabu für mich, immerhin will ich in die Stiftung investieren. Da ist ein sexuelles Techtelmechtel unpassend. Es bringt nur erschwerte Bedingungen, die ich im Moment nicht brauchen kann. Meine Augen wandern nach unten, ihren geraden Rücken entlang, der mit einem sexy Apfelpo abschließt. Wie gerne würde ich jetzt meine Finger an ihr hinabgleiten lassen und ihren Arsch kneten. Ich kann nicht verstehen, warum eine so wunderschöne Frau wie sie, die mitten im Leben steht, auf eine so sympathische Art und Weise schüchtern ist. Immerhin hat ihr Idiot von Ehemann sie hier mit mir alleine gelassen. Wenn der wüsste, was ich mit seiner Frau alles anstellen könnte, wenn sie mich lassen würde. Doch sie ist verheiratet und in Zukunft meine Geschäftspartnerin. Es ist ein Projekt, das Bedeutung hat.

»Na, da haben wir es gerade noch rechtzeitig zum Dessert geschafft«, sage ich, als *Süße Ricotta-Gnocchi mit Beeren* serviert werden.

»Entschuldige, dass du die anderen Gänge wegen mir versäumt hast«, sagt sie seufzend. Sie wirkt sichtlich betrübt.

»Ich hatte zwei Vorspeisen und nun dieses besonders ansprechende Dessert, das ich am liebsten sofort vernaschen möchte«, raune ich. Dabei starre ich sie hungrig an. Meine Zweideutigkeit zeigt ihre Wirkung, Evinas Wangen nehmen ein zartes Rosa an. Sie weicht meinem Blick aus und nimmt den ersten Löffel von der Nachspeise. Oh mein Gott, ist diese Frau heiß! Was habe ich für ein Glück, dass ihr Mann heute abgehauen ist. Meine Augen bleiben an ihrer grünen Iris hängen, die etwas Geheimnisvolles ausstrahlt.

»Willst du nicht kosten?«, fragt sie und deutet auf meinen Teller.

Erst jetzt bemerke ich, dass ich sie die ganze Zeit angeglotzt habe. »Doch natürlich ... ich war nur etwas abgelenkt.«

Evina schmunzelt, und feine Grübchen bilden sich auf ihren Wangen. Ihre honigblonden Haare sind vom Wind etwas zerzaust. Das Verlangen, meine Hände darin zu vergraben, verstärkt sich.

»Darf ich Ihnen einen Kaffee bringen?«, fragt die Kellnerin, die wie aus dem Nichts neben uns aufgetaucht ist.

»Einen Espresso, bitte«, bestellt Evina. Ihre grünen Augen leuchten, als hätte man ihr gerade ein Geschenk gemacht.

»Für mich bitte eine heiße Schokolade mit viel Schlagsahne.« Kaum habe ich meine Bestellung ausgesprochen, beginnt Evina herzhaft zu lachen.

»Darf ich vielleicht mitlachen?«, frage ich heiser. Es ist schön, sie so glücklich und entspannt zu sehen, ganz anders als eben im Garten, wo sie traurig und hilflos wirkte.

»Entschuldigung.« Evina räuspert sich, prustet aber dann wieder los, was so ansteckend wirkt, dass auch ich mir ein Lachen nicht länger verkneifen kann. Wir werden in unserem Freudentaumel, der gefühlt ewig andauert und dessen Grund ich nicht ganz verstehe, von der Kellnerin unterbrochen, die uns die bestellten Getränke serviert.

»Du trinkst ernsthaft heiße Schokolade ... mit viel Schlagsahne?« Evina gluckst. Neben ihren Augen bilden sich kleine Fältchen.

»Und du trinkst ernsthaft Espresso um diese späte Uhrzeit?«, kontere ich. Ich kann nicht anders als ihr genauso blöd zu kommen. Es stört mich zwar nicht, dass sie meine Getränkewahl komisch findet, doch ein wenig muss ich sie necken.

»Magst du keinen Kaffee?«, fragt sie mit einem zarten Lächeln im Gesicht.

»Nein, ehrlich gesagt ekele ich mich davor. Am liebsten trinke ich Rotwein und eben ... Kakao mit Schlagsahne.«

»Du weißt schon, dass du damit, nun ja ... etwas seltsam rüberkommst?« Evina spielt mit ihrem Löffel.

»Ach und warum? Nur weil halb Italien Espresso trinkt, ist es seltsam, Schokolade zu bevorzugen?« Ich nehme den ersten Schluck von meinem Kakao, lasse aber Evina nicht aus den Augen.

»Ich wollte dich nicht beleidigen.«

»Du hast mich nicht beleidigt. Zur Strafe musst du aber beim nächsten Lied mit mir tanzen.«

»Tanzen?«, wiederholt Evina mit erstaunt hochgezogenen Augenbrauen.

»Komm mir jetzt nicht mit der Ausrede, du könntest nicht tanzen!« Ich habe die Erfahrung gemacht, dass Frauen angebettelt werden wollen. Sie zieren sich, obwohl sie gerne tanzen.

»Nein, nein, das ist es nicht. Ich muss nur gestehen, von dir hätte ich das nicht erwartet.«

Sie hebt den letzten Rest ihres Desserts auf den Löffel. Fasziniert schaue ich zu, wie sie ihn mit einem genussvollen Laut in den Mund schiebt. Als sie ihn wieder herauszieht, starre ich gebannt auf diese weichen Lippen, die geradezu nach einem Kuss schreien. Ich kann an nichts anderes denken als: Wie gerne wäre meine Zunge jetzt der Ersatz für diesen blöden Löffel. Wie gerne würde ich jetzt ihre Lippen liebkosen, mit meiner Zunge ihre umspielen, kosten, wie sie schmeckt. Ich muss mich echt zusammenreißen, um sie nicht sofort stürmisch zu küssen.

Nachdem ich meinen kratzig gewordenen Hals freigeräuspert habe, fordere ich sie auf: »Dann ist es eindeutig notwendig, dich vom Gegenteil zu überzeugen. Komm!« Ich strecke ihr meine offene Hand entgegen, und sie legt ihre zarten Finger darauf.

Hand in Hand steuern wir die Tanzfläche an. Ihre Hand fühlt sich warm und weich an. Ein Prickeln durchfährt meinen Körper. Was ist das für ein Gefühl? An der Tanzfläche angekommen, wirbele ich sie einmal um die eigene Achse, bevor sie sicher in meinen Armen landet. Evina so dicht an meinem Körper zu fühlen, lässt mich erschaudern. Diese Frau kitzelt Emotionen in mir hervor, die ich bisher noch nie gespürt habe. Es ist kein unangenehmes Gefühl, aber ich kann es irgendwie nicht kontrollieren. Ich giere danach, sie zu besitzen, obwohl ich sie erst ein paar Stunden kenne und sie bisher noch nicht einmal geküsst habe. Mein Herzschlag beschleunigt sich, während ich sie noch näher an mich heranziehe.

Es ist unverkennbar, dass mein Verhalten sie nicht unberührt lässt. Ihre Wangen sind leicht gerötet, und nur zaghaft blickt sie in meine Augen. Das Smaragdgrün, das ihre geweitete Pupille umrandet, lässt mich förmlich darin versinken. Noch nie zuvor habe ich so eine Augenfarbe gesehen. Evinas Hüften bewegen sich perfekt zur Musik und reiben sich an meinem unruhigen Körper. Ich kann nur daran denken, dass sie eine Granate im Bett sein muss. Kaum zu glauben, dass sie so einen Schlappschwanz von Ehemann hat.

»Ist etwas in meinem Gesicht?«, fragt sie unsicher.

Ihr fragender Blick lässt mich schmunzeln. Wenn sie bloß wüsste, welche Gedanken gerade in meinem Kopf herumschwirren. »Die kleine Narbe oberhalb von deinem Auge, was ist da passiert?«

Evinas Gesicht wird für einen kurzen Moment starr. Ihr unbefangenes Lächeln verschwindet, und in ihrem Blick kann ich Angst erkennen. Ich bereue sofort, die Frage gestellt zu haben.

»Du musst mir nicht davon erzählen, wenn du nicht möchtest!«, presse ich hervor und streiche mit dem Finger sanft über die Narbe, was sie zusammenzucken lässt.

Mir gefällt es nicht, dass Evina mit Entsetzen reagiert. Was wurde ihr angetan? Ich kann nur für ihren Ehemann hoffen, dass er nicht dafür verantwortlich ist, sonst bekommt er es mit mir zu tun.

»Tommaso ... können wir eine kurze Pause machen? Ich bin ein wenig durstig.« Evina löst sich aus meinen Armen und stolpert von mir weg, was mir überhaupt nicht passt.

»Natürlich.«

»Ich muss auf die Toilette.«

Sie wendet sich ab. Keine Ahnung, warum sie plötzlich so abweisend ist. Aber eines weiß ich gewiss: So kann ich den Abend nicht enden lassen. Diese Frau fasziniert mich zu sehr.

Auf dem Weg zum Bad begegnen mir einige Damen, die mir unbedingt ein Gespräch aufzwingen wollen. Höflich, aber bestimmt wimmele ich sie ab und verspreche, später noch einmal vorbeizukommen. Es ist zwar gelogen, aber sie glauben mir. Ich muss erfahren, was Evina so plötzlich in Panik versetzt hat. Aber warum will ich das wissen? Bisher haben mich die Probleme einer Frau nicht interessiert. Doch bei Evina wird mein Beschützerinstinkt geweckt. Ich möchte sie unbekümmert tanzen und lachen sehen. Wenn irgendjemand ihr etwas angetan hat, dann wird er dafür büßen.

6. Kapitel

Evina

Nachdem ich die Badezimmertür hinter mir geschlossen habe, atme ich aus. Dann steuere ich zum Waschtisch und lasse eiskaltes Wasser über meine Handgelenke rinnen, in der Hoffnung, dass sich mein Puls wieder beruhigt. Ich betrachte mich im Spiegel und sehe die Angst in meinen Augen. Mit dem Zeigefinger fahre ich die mittlerweile verblasste Narbe oberhalb meiner Augenbraue nach.

Wieso hat mich Tommasos Frage so aus der Bahn geworfen, dass ich nicht mehr mit ihm weitertanzen konnte?

Sofort sind die Erinnerungen an damals da, so, als wäre es gestern gewesen.

Vielleicht ist es die besondere Nähe, die ich zu Tommaso verspüre. Es ist, als würden wir uns schon ewig kennen und ohne Worte miteinander kommunizieren können. Als er mich so angesehen hat, habe ich gedacht, er könnte direkt in mein Innerstes blicken. Als würde er die Bilder aus der Vergangenheit, die in diesem kurzen Augenblick vor meinem inneren Auge vorbeigezogen sind, genauso sehen und spüren, was ich in diesem Moment gefühlt habe. Den Schmerz, die Furcht und die Selbstzweifel, die sofort in mir hochkommen, sobald ich an das Grauen von damals denke.

Mit heftigem Kopfschütteln versuche ich, die Gedanken an meine Vergangenheit abzustreifen. Nie wieder lasse ich mich so behandeln, nie wieder möchte ich in so eine schreckliche Situation wie damals geraten. Ein Vater sollte seine Tochter wie eine Prinzessin behandeln und auf Händen tragen, doch ich habe etwas anderes erlebt. Bis zu meinem zehnten Lebensjahr dachte ich, es sei normal, geschlagen, getreten und beschimpft zu werden.

Tränen bahnen sich ihren Weg in meine Augen. Ich versuche, dagegen anzukämpfen, doch erfolglos. Zum Glück verwende ich wasserfestes Make-up, sodass ich mir keine Sorgen machen muss, später wie ein Vampir auszusehen.

Es klopft an der Tür, und hastig schnappe ich mir ein paar Taschentücher und versuche, meine Tränen abzuwischen.

»Ich bin gleich so weit!«, rufe ich mit belegter Stimme.

»Evina, ist alles in Ordnung bei dir?«, fragt Tommaso.

Obwohl ich so geschockt bin, fühle ich die Gänsehaut, die allein der Klang seiner Stimme über meinen Rücken rieseln lässt. »Alles bestens, Tommaso!«, versichere ich ihm.

Ich straffe meine Schultern und atme tief ein und aus. Als ich nach einiger Zeit denke, mich endlich wieder gefangen zu haben, öffne ich die Tür und pralle beinahe mit Tommaso zusammen, der dort gewartet hat und mich fragend ansieht.

»Ist wirklich alles okay bei dir?« Sein fürsorglicher Ton erwärmt mein Herz.

»Ja, natürlich, ich musste nur mal für kleine Mädchen«, lüge ich und blicke zu Boden. In diesem Augenblick kann ich nicht in seine faszinierenden Augen schauen. Keine Ahnung, warum, aber bei ihm tue ich mich verdammt schwer, meine sonst so gut inszenierte Maske aufzusetzen. Ich schlängele mich an ihm vorbei, um aus dieser brennend heißen Situation zu entfliehen. Vergessen sind die dunklen Erinnerungen von vorhin. Nun regiert das Gefühl, ihn besitzen zu wollen, obwohl ich nur zu gut weiß, wie falsch es wäre.

Plötzlich umfasst Tommaso mein Handgelenk und dreht mich zu sich herum. Mein Körper bebt vor Verlangen, zugleich beginnt mein Herz wie wild zu pochen. *Bitte nicht diese Nähe*, denke ich.

»Ich habe den Eindruck, du bist gerade nicht ehrlich zu mir«, raunt er heiser. Er lässt meinen Arm los und blickt mich durchdringend an.

»Alles bestens ... wirklich.« Meine Stimme ist zittrig.

Tommaso macht einen Schritt auf mich zu, und ich reagiere wie ein ängstliches Kind und gehe auf Abstand, bis ich an die kalte Mauer stoße. Mein Herz schlägt heftig, und mein Mund ist trocken. Ich habe keine Angst davor, dass er mir etwas antun will. Nein, ich befürchte vielmehr, dass ich mich selbst nicht mehr unter Kontrolle habe, obwohl ich glücklich verheiratet bin ... zumindest glaubte ich das. Bis ich ihn traf.

Tommaso macht einen weiteren Schritt auf mich zu und verringert die Distanz. Mittlerweile steht er so nah vor mir, dass ich seinen Atem auf meinem Gesicht spüre. Die Hände stützt er an der Wand links und rechts neben mir ab, und der herbe würzige Duft seines Eau de Toilette vernebelt meine Sinne. Seine Lippen sind leicht geöffnet, und ich bin versucht, meine guten Vorsätze über Bord zu werfen. Dieser Mann schafft es, ohne ein Wort zu verlieren oder mich zu berühren, in meinem Bauch Gefühle hervorzurufen, die ich seit Jahren nicht mehr gespürt habe.

»Evina ...«

Tommasos raue Stimme erzeugt ein erregendes Ziehen zwischen meinen Beinen. Ich beiße mir auf die Lippe. Alleine wie mein Name aus seinem Mund klingt ...

»Evina? Was ist hier los?«, fragt eine Stimme hinter uns. Es ist Giulia. Ihre Stimmlage klingt sorgenvoll, ist aber auch mit einer gewissen Strenge hinterlegt.

Tommaso macht einen Satz zurück, und ich blinzele, als würde ich gerade aus einem Traum erwachen. Die besondere Stimmung zwischen uns ist schlagartig verpufft.

»Wo warst du?«, fragt Giulia streng.

»Ich musste kurz mal raus. Der Abend ist heute einfach etwas zu viel für mich.«

Tommaso räuspert sich. »Ich lasse euch dann mal alleine«, murmelt er. Mit einem letzten langen Blick auf mich geht er. Keine Ahnung, wohin das Knistern zwischen uns geführt hätte, wenn meine Freundin nicht aufgetaucht wäre.

»Also, Herzchen, was läuft da mit Tommaso?«, fragt Giulia. Sie beäugt mich neugierig und streicht sich ein paar lose Haarsträhnen zurück, die sich aus ihrer grandiosen Hochsteckfrisur gelöst haben.

»Nichts«, erwidere ich atemlos. »Tommaso hat nur einen wunden Punkt bei mir getroffen. Er ... hat meine Narbe im Gesicht angesprochen, und dann kamen plötzlich die alten Erinnerungen hoch. Ich weiß nicht, warum ich gerade jetzt einen sentimentalen Ausbruch kriege. Er hat sich nur Sorgen gemacht, weil ich mich für längere Zeit in deinem Bad verkrochen hatte.«

Zumindest habe ich nicht gelogen. Ich werde Giulia bestimmt nicht erzählen, welche Gefühle Tommaso nur durch seine sanften Berührungen und seine Stimme in mir hervorgerufen hat. Auf keinen Fall dürfen diese Empfindungen wieder zum Vorschein kommen. Meine Ehe hat erste Priorität, und die lasse ich mir durch einen Flirt mit einem mehr oder weniger Unbekannten nicht zerstören.

»Ach, Evina, vielleicht solltest du wieder deinen Therapeuten anrufen und einen Termin bei ihm ausmachen?« Giulia sieht mich mitfühlend an.

»Vielleicht ...« Meine Stimme zittert noch immer bei der Erinnerung daran, doch auch wegen der verwirrenden Gefühle, die Tommaso in mir auslöst. Dieser Mann ist wirklich eine Gefahr für die Frauenwelt.

»Pass auf dich auf«, warnt mich Giulia. »Tommaso De Santis hat schon die eine oder andere Frau verführt und in den Wahnsinn getrieben. Du bist verheiratet, vergiss das nicht!«

»Danke, das habe ich nicht vergessen«, beeile ich mich zu sagen. »Giovanni hätte mir heute Abend wirklich beistehen können, meinst du nicht?« Es ärgert mich noch immer, dass sich mein Mann von dieser für mich wichtigen Veranstaltung verdrückt hat.

»Ist er etwa abgehauen?«, entrüstet sich Giulia. »Mit welcher Begründung?«

Ich schnaube. »Angelina hatte einen Migräneanfall, und das kam ihm gelegen. Er hat sie nach Hause gebracht.« Plötzlich sind die Angst und die schrecklichen Erinnerungen, aber auch das Kribbeln, das mich in Tommasos Gegenwart durcheinanderbringt, verschwunden. Nun regiert nur noch die Wut auf meinen Ehemann, der mich die letzten Monate nicht mehr bei meiner Arbeit unterstützt hat.

»Ach, deshalb hast du so verdammt heiß mit Tommaso getanzt«, sagt Giulia grinsend. »Du warst wohl gezwungen, deinen Frust abzulassen. De Santis ist wirklich eine Klasse für sich. Wie er dich bewundernd angestarrt hat, das war unglaublich. Giovanni hätte das sehen müssen, dann wäre er bestimmt nicht mit deiner Assistentin verschwunden.« Giulia kichert.

»Für mich wäre es angenehmer gewesen, nicht alleine hierzubleiben«, murmle ich und fühle tief in mir drin, dass es mir viel besser gefallen hat, von Tommaso begehrt zu werden, als Giovannis Desinteresse zu spüren.

Giulia seufzt. »Ich verstehe dich, Herzchen, aber in so schlechter Gesellschaft bist du nun auch wieder nicht. Achte darauf, dass dir Tommaso nicht den Kopf verdreht, denn einige verheiratete Frauen haben sich seinetwegen schon scheiden lassen. Und als er sie dann ohne Kampf haben konnte, ließ er sie fallen wie eine heiße Kartoffel.«

»Da brauchst du dich um mich nicht zu sorgen«, entgegne ich hastig. »Für mich steht Treue an erster Stelle. Und mich interessiert Tommaso nur als Geschäftspartner. Er besitzt die Immobilien, die wir schon lange suchen.« Das ist zwar nicht ganz die Wahrheit, aber das muss Giulia nicht wissen. Sie sieht sowieso nicht überzeugt aus.

»Ich wollte es nur gesagt haben«, meint sie. »Irgendwie werde ich das Gefühl nicht los, dass er einen Narren an dir gefressen hat. Du weißt doch, wie Männer sind: Wenn ihr Jagdtrieb aktiviert wird, geben sie nicht so einfach auf. Umso schwieriger die Beute zu fangen ist, desto spannender wird für sie das Spiel.«

Ich weiß genau, wovon sie spricht. Bei Giovanni und mir lief es anfangs genauso ab. Ich habe ihn lange zappeln lassen, doch er hat nicht aufgegeben und letztendlich Erfolg gehabt. Wir waren beide sehr jung, als wir uns kennengelernt haben. Ich war zarte sechzehn und er einundzwanzig. Siebzehn Jahre sind wir schon ein Paar, und in vier Wochen, am zwanzigsten Mai, feiern wir unseren zehnten Hochzeitstag. Ich bin schon neugierig, was Giovanni sich für diesen Tag einfallen lässt. Bisher waren unsere Hochzeitstage immer etwas ganz Besonderes. Vor fünf Jahren hat er einen Hubschrauber gechartert. Zuerst dachte ich: schön, ein Rundflug über Rom. Doch als ich am Strand einen riesengroßen Schriftzug mit *I Love You Forever* im Sand las, war ich zu Tränen gerührt. Unsere Hochzeitstage sind der Jungbrunnen unserer Ehe. Bis auf letztes Jahr, da war er zum ersten Mal schlecht gelaunt und hat nur ein simples Essen im Restaurant organisiert.

»Evina?« Giulias Stimme holt mich zurück in die Gegenwart.

»Giulia, ich bin ein großes Mädchen und werde diesem Jäger nicht erliegen«, behaupte ich, stemme meine Hand in die Hüften und lächle.

»Na, dann ist ja gut. Jetzt müssen wir uns aber wieder bei unseren Gästen blicken lassen, es gibt noch viel zu tun.« Sie hakt sich bei mir unter und zieht mich zurück in den Saal.

In unserer Wohnung ist es stockdunkel, als ich gegen Mitternacht nach Hause komme. Dieser Abend war anstrengender, als ich erwartet hatte. Vorsichtig schließe ich die Eingangstür, damit ich Giovanni nicht wecke. Ich schlüpfe aus meinen Pumps und tapse auf Zehenspitzen ins Bad, um mich frisch zu machen.

Das Bad ist wirklich eines der Highlights in unserer Wohnung. Es ist wie eine kleine Wellnessoase. Vom Whirlpool in der Ecke aus kann man einen Blick über ganz Rom genießen. Die Glasfront erstreckt sich über vier Meter und bietet uneingeschränkte Sicht bis zum Petersdom. Vor etwa vier Jahren haben Giovanni und ich uns diese Wohnung gekauft. Wir hatten uns zuvor schon unzählige Penthouse-Wohnungen angesehen, doch keine hatte uns zugesagt. Als ich dieses Apartment betreten habe, wusste ich sofort, es würde meines sein. Der Wohnraum und das Schlafzimmer haben denselben herausragenden Ausblick über diese geheimnisvolle und beeindruckende Stadt.

Ich drehe den Wasserhahn in der Dusche auf und lasse das Wasser warm laufen, während ich mein Make-up entferne. Nachdem ich mich von meinem Kleid und der Unterwäsche getrennt habe, steige ich in die Dusche. Das warme Wasser rinnt über mein Gesicht, den Körper hinab. Ich schließe die Augen, und ein leises Seufzen entfährt mir, als mir Tommaso wieder in den Sinn kommt. Wieso muss ich bloß die ganze Zeit an diesen betörenden Mann denken? Er ist ein Frauenschwarm. Als ich ihm nach dem Gespräch mit Giulia aus dem Weg gegangen bin, hat sich schnell eine Traube von Frauen um ihn herum gebildet, die ihn alle angehimmelt haben.

Ich habe die Zeit ohne ihn genutzt, um für die Stiftung und für meine Agentur neue Kontakte zu knüpfen. Es lief ausgesprochen gut. Die Gäste waren sehr spendabel. Giulia und ich werden uns dank der großzügigen Spenden den Traum, in mehreren Städten mit Frauenhäusern vertreten zu sein, erfüllen können. Auch habe ich bei einigen Besuchern der Veranstaltung das Interesse an meiner Partnervermittlung geweckt. Für die kommende Woche habe ich einige Termine in der Agentur vergeben. Alles in allem war es ein gelungener Abend. Bis auf Giovannis Desinteresse war alles perfekt. Ich bin immer noch sauer auf meinen Mann, weil er mich im Stich gelassen hat. Über sein Verhalten und auch über unsere Beziehung werde ich mit ihm unbedingt noch mal sprechen müssen. Vielleicht sollten er und ich ein Wochenende zu zweit in einem Hotel verbringen, um unsere Liebe wieder aufzufrischen. So kann es auf keinen Fall weitergehen.

Nach einer gefühlten Ewigkeit steige ich aus der Dusche, trockne mich ab, ziehe mir ein rotes Negligé über und schleiche ins Schlafzimmer. Giovanni liegt mit dem Rücken zu mir und schnarcht leise. Ich schlüpfe unter die kalte Decke, die mit einer goldenen Satinbettwäsche überzogen ist, und lasse mich langsam auf den Rücken sinken. Aufgewühlt starre ich zur Decke und spüre, wie erregt ich bin.

Tommasos Augen erscheinen mir wie eine Fata Morgana. Sie rauben mir den Atem. Diesen Mann hat man bestimmt nie für sich allein. Er ist der begehrteste Junggeselle Roms, kann jeden Tag eine Neue haben.

Warum sollte er sich mit nur einer Frau begnügen? Er ist etwas ganz Besonderes.

Seinen muskulösen Körper konnte man unschwer durch den Anzug erkennen. Ich möchte gar nicht wissen, was seine Hände mit einer Frau anstellen können. Wie lange ist es her, dass Giovanni mich leidenschaftlich berührt hat? Mittlerweile kann ich mich kaum daran erinnern, wann er mich überhaupt das letzte Mal angefasst hat. Morgen früh werde ich die Initiative ergreifen, damit wieder Schwung in unsere Beziehung kommt.

Ich drehe mich zur Seite, und kurz darauf schlafe ich auch schon ein.

7. Kapitel

Tommaso

Der Zigarettenrauch, der durch den Raum strömt, kratzt mir im Hals. Ich verstehe nicht, warum bei Boxkämpfen keine rauchfreie Zone geschaffen wird. Jedes Mal, wenn ich im Ring kämpfe, raubt es mir den Atem. Ich dränge durch die Menschenmenge. Ein alter Mann mit dickem Bierbauch, Halbglatze und einer Zigarre im Mund beobachtet den Kampf mit Argusaugen. Ein junges Mädchen, das nicht älter als zwanzig Jahre ist, schmiegt sich an ihn. Viele Mädchen erhoffen sich hier, ein paar Scheine mehr in der Tasche zu haben, und überwinden dafür ihre eigene Schamgrenze. Ein paar kenne ich von den letzten Kämpfen, die ich hier geführt habe, und die begrüße ich mit einem kurzen Nicken.

Sobald ich Milan gefunden habe, werde ich mir ein paar Drinks gönnen. Er hat mir eine SMS geschrieben, dass er an der Bar ist. Ich werfe einen kurzen Blick zum Boxring, der von den Scheinwerfern hell erleuchtet ist. Heute kämpfen Stefano und Charlie. Die Leute johlen und schreien abwechselnd ihre Namen. Im Hintergrund laufen die Wetten auf Hochtouren, der Buchmacher kommt mit dem Aufnehmen kaum nach.

Diese Kämpfe, die hier im »Käfig« stattfinden, sind fernab von Gut und Böse. Hier gibt es keine Regeln, außer dass man gewinnen muss. Alles, was hier unten passiert, ist illegal. Unter den Anwesenden befinden sich einige Mafiabosse. Ich kenne sie schon so lange, dass sie mir keine Angst mehr einflößen. Sie haben durch mich viel Geld gewonnen.

Wenn ich im Ring stehe, verblassen die dunklen Erinnerungen. Darum zieht es mich immer wieder an diesen Ort. Für ein paar Stunden kann ich hier alles vergessen. Heute jedoch stelle ich mich nicht in den Ring, dafür ist es erforderlich, klar im Kopf zu sein, und das bin ich nicht.

Evina schwirrt in meinen Gedanken herum, wie in der Wiederholungsschleife eines Films gefangen. Nachdem Giulia dazwischengefunkt hatte, ist Evina sofort auf Abstand gegangen und hat ein weiteres Gespräch mit mir vermieden. Ab und zu haben sich unsere Blicke getroffen und für einen kurzen Augenblick ineinander verhakt. Die Magie, die zwischen uns herrscht, ist unglaublich. Evina ist so verdammt sexy und intelligent. Als sie den Saal verlassen hat, habe ich sie beobachtet. Ihr aufrechter Gang, ihre wohlgeformten Hüften, die im Takt der Musik mitschwangen, bescherten mir sofort einen Ständer. Bisher ist mir noch keine Frau wie Evina über den Weg gelaufen. Auf der einen Seite wirkt sie so zielstrebig, was die Stiftung und ihre Agentur anbelangt, und auf der anderen Seite zeigt sie eine unschuldige und geheimnisvolle Art, die mich unweigerlich zum Nachdenken bringt. Wovor fürchtet sie sich? Sie hat ein Unternehmen aufgebaut und diese beeindruckende Stiftung mit Giulia ins Leben gerufen. Allein durch ihr makelloses Aussehen bräuchte sie nicht schüchtern zu sein. Was plagt sie?

Mein Blick wandert durch den Gewölbekeller. Kellnerinnen, in knappen Shorts und Bikinioberteil, drängen sich mit dem Tablett durch die Zuschauermengen. Kaum zu glauben, wie es die Veranstalter schaffen, jeden Abend diese beträchtliche Menge an Menschen hierher zu locken. Heute ist es besonders voll. Als ich Milan sichte, bin ich fast erleichtert. Warum auch immer kotzen mich die Leute heute an.

Milan hat fünf Frauen um sich gehortet, die ihn anschmachten. Was auch kein Wunder ist, denn er hat Ähnlichkeit mit Tom Cruise. Eigentlich läuft jeder Abend im Käfig gleich ab. Kämpfen, gewinnen, ein paar Drinks heben und zum Schluss eine der Tussis, die sich mir an den Hals schmeißen, abschleppen. Ich bin mindestens vier Mal die Woche da, meistens am Wochenende, wenn mich meine eigenen vier Wände erdrücken. In den Ring steige ich im Normalfall nur noch ein bis zwei Mal die Woche. In den übrigen Nächten beobachte ich die Gegner, um ihre Schwächen auszumachen. Jeder Kerl hat einen wunden Punkt. Manche lassen sich durch Frauen ablenken, andere haben am Körper eine sensible Stelle, die sie gezielt schützen. Mein Körper hat schon so viele Schläge und Tritte eingesteckt, dass er mittlerweile immun gegen Schmerz geworden ist.

Milans Stimme erhebt sich über die laute Rockmusik. »Spät, aber doch!«, brüllt er mir entgegen. »Ich dachte schon, ich muss diesen reizenden Damen ganz alleine ein Lächeln ins Gesicht zaubern! Ohne meinen besten Freund.« Er blickt mit einem stolzen Grinsen in die Damenrunde.

»Hast du einen Drink für mich?«, frage ich knapp.

»Natürlich«, antwortet Milan.

Er reicht mir ein Whiskyglas, und ich kippe es auf ex hinunter. Normalerweise trinke ich nur Rotwein, aber sobald ich hierherkomme, bin ich nicht der Tommaso, den man kennt. An diesem Ort ziehe ich mir eine Maske über, die mit der Wirklichkeit nichts gemein hat. Ich trage nicht einmal meinen Namen. In diesem Keller nennen sie mich Massimo.

Auch Milan hat eine andere Identität angenommen, wenn er in den Untergrund geht. Um seine Eltern zu schützen. Niemand im Käfig weiß, womit wir unser Geld verdienen. Nur mit den richtigen Kontakten kommt man am Türsteher vorbei. Viele illegale Geschäfte werden getätigt, auch Drogen sind gang und gäbe, jedoch ist weder das eine noch das andere für Milan und mich ein Thema. Ihn reizen die Frauen und das Wetten, mich der Ring. Natürlich sind die Frauen ein durchaus angenehmer Nebeneffekt, das kann ich nicht abstreiten. Die Mädchen warten bloß darauf, von einem Kerl gevögelt zu werden.

»Hallo, Massimo, du bist aber spät dran.« Rebecca schlingt ihren

Arm um meine Hüfte. Ihre langen feuerroten Haare hat sie zu einem Dutt zusammengebunden. Ihre porzellanfarbene Haut lässt ihre blauen Augen hervorstechen.

»Ich hatte noch einen Termin«, gebe ich knapp zurück.

Rebecca hat sich während meiner Zeit im Käfig zu einer sehr guten Freundin entwickelt. Sie ist die Schwester, die ich nie hatte. Mit ihr kann man Pferde stehlen, so verrückt ist sie. Milan, Rebecca und ich haben schon die eine oder andere Sauforgie hinter uns. Ich kann mich nur zu gut erinnern, als wir vor Jahren zusammen Rom unsicher machten, stockbetrunken. Ein Mann Mitte sechzig mit schütterem Haar hielt mit seinem Wagen an einer Ampel. Rebecca sprang einfach auf die Kreuzung und klopfte an seine Fensterscheibe. Verwundert kurbelte er die Scheibe herunter. Becki drückte ihm einen Kuss auf die Wange und lief lachend zu uns zurück. Als wir das laute Gebrüll von seiner Begleiterin hörten, flüchteten wir in die nächste Seitengasse. Doch das ist lange her. Rebecca ist eine bildhübsche Frau, aber wenn ich sie ansehe, rührt sich in meiner Hose rein gar nichts.

»Hey, Süßer!«, kreischt eine schrille Stimme, die mir Kopfschmerzen bereitet. Eine Blondine im schwarzen Mini, der ihre Pobacken hervorblitzen lässt, und in einem Oberteil, das einem BH ähnlich ist, schmiegt sich an mich. »Lust auf ein wenig Spaß? Du siehst aus, als könntest du Ablenkung gebrauchen«, gurrt sie und drückt mir ihre Silikonbrüste förmlich entgegen. Keine Ahnung, wer dieses Weib ist. In diesem Augenblick ist mir das auch völlig egal.

»Warum nicht!«, rufe ich, da der Lärmpegel gerade auf höchstes Niveau angestiegen ist. Ablenkung war schon immer ein guter Weg, um zu vergessen. Ich muss Evina aus meinem Kopf verbannen.

»Dann komm!«, fordert die blonde Tussi mich auf und verschränkt ihre Finger zärtlich mit meinen.

»Wir wollen nicht gleich übertreiben!«, blaffe ich und reiße meine Hand aus ihrer.

Vermutlich verbirgt sich unter ihrer dicken Make-up-Maske ein hübsches Gesicht, jedoch brauche ich sie nur, um ein wenig Druck abzubauen.

Wir landen in einem fensterlosen Hinterzimmer, das für diesen Zweck hergerichtet wurde. Ein Doppelbett steht in der Mitte des Raumes, daneben ein runder, brauner Holztisch, mit einer großen Glasschüssel, gefüllt mit Kondomen in den verschiedensten Geschmacksrichtungen.

Ich war schon oft hier, und mittlerweile empfinde ich keinen Ekel mehr bei dem abgestandenen Geruch, die Gummis verwende ich jedoch nie. Für heiße Quickies habe ich immer vorgesorgt und ein paar eigene in der Hosentasche.

»Also, Süßer, wie hättest du es gerne, soll ich dir zuerst einen blasen?«, säuselt die Blondine. Ihre Stimme macht mich fertig, ich ertrage sie kaum.

»Sei still und zieh dich aus!«, sage ich im Befehlston.

Sie folgt meiner Anweisung und steht in wenigen Sekunden splitternackt vor mir. Ihre Brüste sehen künstlich aus und erregen mich null. Ich stehe auf echte Brüste, aber man kann ja nicht alles haben.

»Gefällt dir, was du siehst?«, fragt sie neckisch und deutet mit ihren schlanken Armen eine Wellenbewegung über ihre Silhouette an.

»Ich sagte, nicht sprechen!«, blaffe ich. »Und jetzt knie nieder!«

Im nächsten Augenblick sackt sie zu Boden und blickt erwartungsvoll zu mir hoch. Schnell öffne ich meinen Gürtel, danach die Hose und lasse sie zu Boden sinken. Ich schiebe mein bestes Stück langsam in ihren Mund, und sie beginnt, es zu bearbeiten. Mit ihrer Zunge und ihrer Hand verschafft sie mir innerhalb kürzester Zeit einen Ständer. Sie macht es nicht schlecht, und ich schließe die Augen und sehe Evinas zartes Gesicht in Gedanken. Ihre grünen Augen, die etwas Unschuldiges, zugleich Geheimnisvolles ausstrahlen. Evinas Lippen sind leicht geöffnet, zeigen mir einladend, dass ich meine Zunge in sie gleiten lassen kann. Ich will den Traum gerade genießen, da stört mich abermals die schrille Stimme dieser Tussi.

»Deine Größe ist ja der Hammer, den möchte ich gerne in meinem Arsch spüren.«

Ihre primitiven Worte gehen mir auf den Sack, aber ich möchte jetzt nicht weiter darüber nachdenken.

»Geh zum Bett und beug dich vor!«, befehle ich.

Sie tut, was ich sage, und streckt mir ihr Hinterteil entgegen. Ich streife mir ein Kondom über. Ohne Vorwarnung stoße ich in sie und ficke sie. Ein anderes Wort finde ich dafür nicht. Es ist harter Sex, der in wenigen Minuten erledigt sein wird. Gefühle oder Rücksichtnahme spielen keine Rolle.

Nach wenigen Minuten komme ich mit einem tiefen Stöhnen. Ich ziehe meinen Schwanz aus ihr heraus, streife das Kondom ab und mache einen Knoten in den Gummi. Seelenruhig und mit einem arroganten Lächeln ziehe ich meine Hose wieder an und schlendere zur Tür. Das Kondom entsorge ich draußen im Mülleimer, damit die Tussi nicht auf blöde Gedanken kommt. Im Käfig sind die Frauen durchtrieben. Ich habe schon von Männern gehört, denen ein Kind untergejubelt wurde. Trotz des Ficks fühle ich mich nicht erleichtert. Diese Leere, die in mir herrscht, macht mich wahnsinnig.

»War das schon alles?«, ruft sie mir empört hinterher.

Ohne mich umzudrehen, sage ich: »Wie du siehst, bin ich fertig, danke schön!«

Der Bass der Musik dröhnt mir in den Ohren. Die Kämpfe sind beendet, und die Party hat begonnen. Die Gäste sind in bester Stimmung, saufen und rauchen, und die Frauen drücken sich an die Kerle.

Nach meinem Stich sollte ich mich eigentlich besser fühlen, doch heute geht es mir sogar mieser. Warum muss ich ständig an diese Göttin von der Wohltätigkeitsveranstaltung denken? Mich macht es krank, immer ihr Gesicht vor Augen zu haben. Vielleicht hilft ja Alkohol.

Ich steuere die Bar an, an der ich Milan und Rebecca zurückgelassen habe, doch sie sind nicht mehr da. Anscheinend haben sich die beiden mit irgendjemandem verdrückt. Ich lehne mich an die Theke, und eine Kellnerin nimmt meine Bestellung entgegen. Ich wähle Whiskey. Das harte Gesöff wird Evinas Gesicht aus meinen Gedanken schwemmen, zumindest hoffe ich das. Ich lasse mir gleich eine Flasche servieren und kippe im Eiltempo ein Glas nach dem anderen hinunter.

8. Kapitel

Evina

Ein Geräusch aus dem begehbaren Kleiderschrank lässt mich hochzucken. Ein Blick zur rechten Bettseite macht mir klar, dass mein Mann sich für den Geschäftstermin anzieht. Hastig stehe ich auf, zupfe meine Haare zurecht, drücke meine Brüste ein wenig nach oben und schlendere zu ihm rüber. Ich lehne mich an den Türrahmen, winkle einen Fuß an, damit er einen kleinen Ausblick zwischen meine Beine hat, und versuche, sexy zu wirken.

»Guten Morgen, Liebster«, krächze ich, anstatt erotisch zu klingen. Mist, was ist mit meiner Stimme los? Die hat auch schon bessere Zeiten gehabt.

»Hey, hast du meine lila Krawatte gesehen?« Giovanni blickt nicht einmal zu mir her, sondern kramt weiter im Schrank herum.

Wie jede brave Ehefrau weiß ich, wo seine Krawatte liegt. Ich tapse zum Schrank und ziehe das gute Stück hervor. Mit einer schwungvollen Handbewegung wickele ich es um meinen Hals und spiele damit. Ein neuer Versuch, denke ich mir. Jetzt muss er doch auf meine Avancen aufmerksam werden. Immerhin trage ich mein rotes Negligé, wodurch meine leichten Kurven perfekt zur Geltung kommen.

»Wir könnten doch eine schnelle Nummer hier und jetzt schieben, meinst du nicht?« Ein Schmunzeln entweicht mir, und zugleich zwirbele ich eine Haarsträhne um den Finger.

»Ach, Evina, ich müsste längst im Auto sitzen. Ich bin wirklich spät dran!«, murrt er. Vielleicht morgen Abend.« Ohne mir weitere Beachtung zu schenken, zieht Giovanni die Krawatte von meinem Hals und bindet sie sich um.

»Morgen Abend?«, frage ich sichtlich überrascht. »Kommst du denn heute nicht nach Hause?«

»Ich hatte dir doch gesagt, dass dieser Termin in Mailand stattfindet und ich über Nacht bleibe.« Giovanni nimmt sein dunkelgraues Sakko vom Kleiderbügel und streift es sich über.

»Nein, das hast du bisher mit keinem einzigen Wort erwähnt.« Verschwunden ist die entspannte Stimmung. Mein Puls beginnt sich zu beschleunigen, weil ich vor Wut gleich platze.

»Lass uns nicht streiten, dafür habe ich jetzt keinen Kopf!« Giovanni schiebt sich an mir vorbei ins Schlafzimmer.

Ich folge ihm. »Was erwartest du von mir? Gestern hast du mich bei dieser wichtigen Veranstaltung im Stich gelassen, und nun erklärst du mir zwischen Tür und Angel, du hättest einen Wochenendtermin?«, sage ich entrüstet, zugleich fuchtle ich mit den Händen, um meinen Zorn zu kompensieren.

Er hat mir mit Sicherheit nichts von diesem Meeting erzählt, welches das komplette Wochenende in Anspruch nehmen soll. Daran könnte ich mich erinnern.

»Du warst doch in guter Gesellschaft. Also weshalb regst du dich so auf?«, entgegnet Giovanni spitz. »Außerdem war auch Giulia da, die hat dir bestimmt unter die Arme gegriffen. Ich wäre nur ein Anhängsel gewesen.« Giovanni schlüpft in seine schwarzen Lederschuhe und bindet sie zu.

»Du hast recht ... ich war nicht alleine. Immerhin hatte ich ja den wildfremden Kerl dabei!« Ich schlucke heftig und versuche mich zu beruhigen. »Aber meinst du nicht, ich kann von meinem Mann erwarten, dass er mir bei so einer bedeutungsvollen Veranstaltung beisteht?«, frage ich vorwurfsvoll. »Was ist daran auszusetzen, wenn wir beide einen Abend zusammen verbringen? Es ist Monate her, dass wir zwei gemeinsam etwas unternommen haben.« Ich hasse es, mit Giovanni zu streiten. Normalerweise gehe ich solchen Diskussionen gerne aus dem Weg. Aber nach dem, was er gestern abgeliefert hat, bringt er mich nun zur Weißglut.

Suchend schaut sich Giovanni um. »Ich habe dir schon so oft gesagt, dass mich diese Veranstaltungen langweilen!«, plärrt er mich an. Sogar sein Gesicht bekommt einen Rotstich. »Ich erwarte von dir auch nicht, mich bei meinen Geschäftsterminen zu begleiten. Du bist alt genug, um damit alleine klarzukommen.« Giovannis braune Augen funkeln mich an. Er hat sich mir gegenüber noch nie so schroff geäußert.

»Du fragst ja nie!«, feuere ich ihm in scharfem Ton entgegen. »Aber heute ... heute wäre doch die richtige Gelegenheit dafür. Ich könnte mitkommen. Ein Ausflug nach Mailand würde mir gefallen.«

Ich mache ein paar Schritte auf ihn zu, um meine Versöhnungsbereitschaft zu zeigen. Viel zu oft streiten wir in den letzten Monaten wegen Kleinigkeiten. In erster Linie geht es immer um die Arbeit. Wir beide sind so sehr mit unseren Karrieren beschäftigt, dass kaum Zeit für unsere Ehe bleibt.

»Evina, der Flug ist ausgebucht, ich habe gerade noch den letzten Sitzplatz ergattert. Vielleicht beim nächsten Mal.« Er gibt mir einen leichten Kuss auf die Wange und wendet sich dann ab.

Ich folge ihm zur Eingangstür, damit wir wenigstens ein bisschen Partnerschaft leben. Er schnappt sich die Aktentasche, den Trolley und öffnet die Tür.

»Bekomme ich keinen Abschiedskuss?«, frage ich ruhig. Ich hasse es, im Streit auseinanderzugehen. Vor allem, wenn er eine weitere Reise unternimmt.

Kurz räuspert sich Giovanni. »Natürlich.« Sein Mund streift kaum spürbar meine Lippen. Das einen Kuss zu nennen, wäre übertrieben, da es keine Sekunde dauert.

»Ciao!«, ruft er über seine Schulter zu mir. Dann verschwindet er im Fahrstuhl.

»Viel Spaß«, sage ich mit belegter Stimme. Ich vernehme das Klacken der Lifttür und schließe die Eingangstür.

Nicht einmal in den Arm genommen hat er mich. Es war eher wie ein Aufeinandertreffen der Lippen, ohne jegliche Leidenschaft. Na toll, ein Wochenende ganz alleine. Frustriert von dieser Situation und immer noch wütend über meinen Mann, der mich genau wie gestern Abend unerwartet im Stich gelassen hat, stapfe ich in die Küche, um mir einen Espresso zuzubereiten.

Mit der Tasse in der Hand schlendere ich raus auf die Dachterrasse. Mehrere Jahre wohnen wir jetzt in dieser bezaubernden Wohnung, aber der Ausblick über Rom erwärmt noch immer mein Herz. Ich kann mich an unseren ersten gemeinsamen Abend hier genau erinnern. Wir hatten kaum Möbel, und dann kam Giovanni auf die glorreiche Idee, die Matratze vom Schlafzimmer zu holen und auf der Terrasse abzulegen. Unterm Sternenhimmel haben wir uns leidenschaftlich geliebt, und nun bekomme ich nicht einmal einen anständigen Abschiedskuss. Ich lasse mich wehmütig auf der Liege nieder. Die warmen Sonnenstrahlen erwärmen zwar meine Haut, doch sie können meine miese Stimmung nicht erhellen.

Was soll ich bloß das ganze Wochenende über tun? Heute ist Samstag, mein Büro ist geschlossen. Kundentermine habe ich erst wieder für Montag eingeplant. Gestern ist es brillant gelaufen, denn für die folgende Woche konnte ich fünf Termine festlegen. Auch die Freude darüber habe ich leider nicht mit meinem Mann teilen können.

Ich beschließe, Giulia anzurufen, die sicher Hilfe benötigt, um ihr Haus wieder in Ordnung zu bringen. Sie hat zwar Personal, jedoch ist sie eine Perfektionistin. Sie kontrolliert jeden Raum mindestens zwei Mal und findet meistens noch etwas, was verbessert werden muss. Sie ist ausgesprochen genau in ihrer Arbeit, dabei aber immer freundlich zu ihren Mitarbeitern.

Nachdem ich Giulia Bescheid gegeben habe, dass ich sie besuchen komme, ziehe ich mir eine Jeans und eine blaue Bluse mit weißen Punkten und kurzen Ärmeln über. Dann krame ich ein paar flache Sandalen aus dem Schuhschrank und schlüpfe rein. Immerhin möchte ich zum Zusammenräumen nicht wie eine Tussi daherkommen.

Mit meiner Jeansjacke unterm Arm und der Tasche über meiner Schulter mache ich mich auf den Weg nach unten zur Tiefgarage. In Rom gibt es wegen der vielen archäologischen Stätten kaum Tiefgaragen. Wir haben mit dieser Wohnung wirklich einen Volltreffer gelandet.

Der Verkehr ist gigantisch. Normalerweise brauche ich für die Strecke zur Villa dreißig Minuten, aber heute dauert es sogar eine Stunde. Mein Porsche-Cabrio stelle ich auf den vorgesehenen Parkplatz für Gäste oder Kunden ab. Ja, sie hat dafür eigene Parkplätze markiert, so perfekt organisiert ist Giulia. Kurz blicke ich in meinen Rückspiegel, um meine glatt geföhnten blonden Haare zurechtzuzupfen, da ich mit offenem Verdeck gefahren bin.

Cabrio fahren gibt mir das Gefühl von Freiheit. Da heute ein besonders schöner Tag ist, muss ich die Stadt mit allen Sinnen spüren. Als die Rettung mit Sirene an mir vorbeischoss, bin ich ein wenig zusammengezuckt. Bei diesem Geräusch wird mir ständig etwas mulmig im Bauch. Vielen mag der Großstadtgeruch, ein Gemisch aus Abgasen, Asphalt und Blumen, nicht gefallen, für mich ist er jedoch Heimat. Seit ich geboren bin, lebe ich in Rom.

Ich steige aus dem Wagen und marschiere zum Eingang. Auf mein Klingeln öffnet eine Angestellte die Tür. »Buona giornata, Signora Castello! Signora Mancini erwartet Sie auf der Terrasse.«

»Ciao, Maria, danke, dann werde ich sie bestimmt finden.«

Kurz blicke ich um mich, und wie mir scheint, ist alles wieder wie vor der Party. Sie waren heute ausgesprochen fleißig, denn es ist nichts mehr zu erkennen vom Fest gestern. Gleich rechts vom Eingang führt eine breite Marmortreppe in den ersten Stock, die in verschiedenen Hellbraun-Nuancen vermischt mit Cremeweiß gehalten ist. Der Fußboden gleicht dem der Treppe, jedoch haben sie im Eingangsbereich die Initialen ihrer Namen in Schwarz hineinsetzen lassen. Ein großes »G« und »R« zieren den Boden. Giulia erzählte mir, als sie ihn bekommen haben, voll Freude, welche Seltenheit er wäre.

Giulia ist so wie ich nicht reich geboren. Sie hat Glück gehabt, dass sie mit zwanzig Jahren ihren Mann Ricardo kennenlernte. Ich musste mir durch die Agentur den heutigen Wohlstand hart erkämpfen. Nach meinem Abi habe ich mich gleich in die Selbstständigkeit gewagt. Studieren war für mich kein Thema, da Lernen und die Schulbank Drücken nicht zu meiner Lieblingsbeschäftigung gehörte. Vielleicht war ich auch nur zur richtigen Zeit am richtigen Ort und habe verdammtes Glück gehabt. Denn heute führen Giovanni und ich ein sorgenfreies Leben. Wir sind zwar nicht so wohlhabend wie Giulia und Ricardo, aber wir können uns unsere Träume erfüllen. Das ist für mich mehr als ausreichend.

Ich öffne die Terrassentür und blicke mich um, jedoch finde ich Giulia nicht. Also entschließe ich, mich die paar Stufen runter zum Pool zu laufen. Obwohl Pool untertrieben ist, da sich ein kleiner Wasserfall darin befindet. In der Zwischenzeit ist es heiß geworden, und ich bereue meine Kleiderwahl. Giulia entdecke ich im Pool beim Schwimmen. Als sie mich erblickt, klettert sie aus dem Wasser und steuert auf mich zu.

»Ciao, Giulia, wieder fleißig am Sporttreiben?« Meine Augen wandern ihren perfekt geformten Körper entlang.

Giulia ist eine Augenweide. Sie ist zwar sehr schlank, hat aber von Natur aus große Brüste. Nicht dass ich neidisch auf sie wäre. Ich bin auch schmal, doch meine Haut ist nicht so straff, und ich habe einige Polster. Sport würde dem bestimmt Abhilfe verschaffen, aber mehr als einmal die Woche Yoga bringe ich in meinem vollen Terminkalender nicht unter.

»Hallo, Evina, schön, dich zu sehen!« Sie gibt mir rechts und links einen Kuss auf die Wange und umarmt mich herzlich. »Du weißt doch, der Body muss gepflegt werden, sonst wird sich Ricardo noch eine Jüngere suchen.« Giulia zieht beide Augenbrauen nach oben.

»Ach, Giulia, sag nicht so einen Blödsinn!«, entgegne ich mit Kopfschütteln. »Du weißt genauso, wie sehr dich Ricardo vergöttert. Bevor er fremdgeht, hast du einen Typen an der Angel!« Ein Kichern entfährt mir, und Giulia schließt sich mir an.

»Also, Herzchen, was ist bei dir und Giovanni los? Er war doch noch nie übers Wochenende bei einem Geschäftstermin?«, sagt Giulia mit einem seltsamen Unterton in der Stimme.

Giulia und ich marschieren zu dem Lounge-Set mit den weiß-grau gestreiften Sitzkissen. Zwei große cremefarbene Sonnenschirme spenden angenehmen Schatten. Mit einem lauten Seufzen lasse ich mich in einen der bequemen Sessel sinken, der direkten Blick zum Pool bietet.

»Keine Ahnung, die letzten Wochen ist er komisch. Ständig arbeitet er bis spät in die Nacht.« Ich atme hörbar aus.

»Möchtest du etwas trinken?« Giulia steht an der Poolbar, die mit allen möglichen Getränken befüllt ist.

»Eine Cola wäre super, damit mein Kreislauf wieder ein wenig in Gang kommt.« Ich ziehe einen Haargummi aus meiner Tasche und binde kurzerhand meine Haare zu einem Pferdeschwanz zusammen.

»Bist du von gestern noch müde?«, fragt Giulia interessiert.

»Ein wenig.«

Meine Freundin reicht mir ein Kristallglas, und ich nehme einen kräftigen Schluck. Eine kalte Cola ab und zu ist schon etwas Leckeres. Giulia nimmt schräg gegenüber auf einem breiten Sofa Platz und beobachtet mich beim Trinken.

»Also ... um auf vorhin zurückzukommen ... meinst du, Giovanni hat eine Affäre?«

Ihre Worte erschrecken mich so, dass ich aufpassen muss, die eisgekühlte Cola nicht wieder auszuspucken. Schnell stelle ich das Glas auf dem Tisch ab und versuche die Worte, die aus Giulias kleinem Mund kommen, zu ordnen.

»Giulia! Nein! ... Das glaube ich nicht!«, entgegne ich energisch. »Wir haben nur momentan füreinander wenig Zeit.«

»Pass auf, Evina. Ich habe schon die eine oder andere Ehe kaputtgehen sehen, weil das Pärchen nichts mehr zusammen unternommen und ausschließlich auf die Karriere geachtet hat. Sag, wann wart ihr zum letzten Mal im Urlaub oder habt einen Wochenendtrip gemacht?« Giulia zieht eine Augenbraue hoch, und ihre Stimme hat einen warnenden Unterton.

Ich kenne sie ja seit vielen Jahren nicht anders als sehr direkt, aber dass sie mir heute Morgen ohne Vorwarnung erklärt, meine Ehe mit Giovanni könnte auf der Kippe stehen, schockiert mich unglaublich.

»Sicher, unser letzter Urlaub ist eine Weile her, aber das ist doch nicht entscheidend dafür, ob wir eine gute Ehe führen oder nicht«, antworte ich ihr bestimmt, nachdem ich mich kräftig geräuspert habe.

Giulia schaut mich mit ernstem Blick an. »Ich wollte es ja nur erwähnt haben. Wahrscheinlich ist alles ganz harmlos. Giovanni ist auch nicht gerade der Adonis, dem die Frauen zu Füßen liegen.« Sie rollt mit den Augen.

»Giulia!«, presse ich hervor.

»Entschuldige, aber du musst zugeben, dass er sich die letzten Jahre hat gehen lassen. Seinen kleinen Wohlstandsbauch mal ausgenommen.« Ich weiß nur zu gut, auf was Giulia hinauswill. Damals hat er mich als Dame behandelt und auf Händen getragen. Mittlerweile furzt er sogar in Giulias und Ricardos Gegenwart, was mir oft sehr peinlich ist. Früher hätte er sich das nicht erlaubt. Es reicht ja, wenn er es zu Hause in den eigenen vier Wänden in meiner Nähe tut.

»Ab einem gewissen Alter darf das sein!« Meine Stimme wird etwas lauter. Unglaublich – jetzt verteidige ich ihn auch noch, obwohl er mich dieses Wochenende mehr als nur sitzen gelassen hat.

»Ist ja schon okay ... entschuldige bitte. Ich wollte dir ... ihm nicht zu nahe treten. Du hast ja recht. Ich sehe das eben anders, weil Ricardo auf seinen Körper achtet und fast täglich im Fitnessstudio ist.« Giulia setzt sich ihre übergroße schwarze Sonnenbrille auf, die sie wie einen Popstar aussehen lässt.

»Bei dir ist er gezwungen, das zu tun, so, wie du aussiehst! Aber schau mich an ...« Ich kneife mich selbst in meinen kleinen Speckbauch.

»Du brauchst kein Fitnesscenter, du müsstest nur von deinem Mann wieder häufiger richtig rangenommen werden!«, sagt Giulia mit ernster Miene. »Denn wie mir scheint, ist das auch schon eine Weile her bei euch, oder?«

Himmel! Ich winde mich etwas unter Giulias prüfendem Blick, dem wohl nichts entgeht. Sie kennt mich viele Jahre, wodurch sie fast jede meiner Lügen sofort durchschaut. Keine Ahnung, ob plötzlich wie bei Pinocchio die Nase bei mir zu wachsen beginnt oder ich rot werde, jedenfalls erkennt sie es.

»Ja ... schon ... aber das ist eben bei einer längeren Beziehung so. Du und Ricardo seid da wirklich die Ausnahme, wahrscheinlich habt ihr noch täglich Sex.«

Giulias verträumtem Blick kann ich ansehen, dass sie gerade an ihren Liebsten denkt. Beneidenswert, die beiden. »Es macht auch noch immer Spaß mit ihm.« Giulia spitzt die Lippen. »Vielleicht solltet ihr vom Blümchensex einmal Abstand nehmen und etwas Neues probieren?«

Giulias Idee macht mich verlegen. Giovanni ist mein erster Mann gewesen, mit dem ich Sex hatte. Irgendwie ist er nicht so experimentierfreudig, was mich auch nicht weiter stört.

»Vielleicht sollte ich mir einen Sexratgeber besorgen, was meinst du?«, frage ich sie neugierig.

»Welchen Ratgeber brauchst du, Evina?«

Ich drehe mich ruckartig im Sessel um, als ich Ricardos tiefe Stimme hinter mir vernehme. Wie viel von unserem Gespräch hat er wohl mitbekommen? Mein Herz beginnt zu rasen, und ich muss heftig schlucken. Das wäre mehr als peinlich, wenn er die Einzelheiten von vorhin mitgehört hat.

»Sie hat gefragt, ob wir für Blumen einen Ratgeber besitzen?« Giulias hilfreiche Worte ziehen mich aus dieser misslichen Lage.

»Möchtest du deine Dachterrasse neu gestalten?« Ricardo marschiert zu Giulia. »Irgendwo in unserer Bücherei befindet sich sicher ein gutes Buch für die Bepflanzung.« Ricardo gibt Giulia einen innigen Kuss, während sie zärtlich über seinen Rücken streichelt.

Ach, wie gerne hätte ich jetzt Giovanni hier bei mir. Aber er muss ja sogar am Wochenende arbeiten. Vielleicht sollte ich mir wirklich so einen Sexratgeber besorgen, um frischen Wind in unsere Beziehung zu bringen. Wenn ich wieder zu Hause bin, werde ich mich gleich an den Computer setzen und etwas recherchieren.

»So, ihr zwei Hübschen, ich werde dann mal eine Runde schwimmen gehen, kommt ihr mit?« Ricardo zieht sich das Shirt über den Kopf. Sein Sixpack ist wirklich beachtlich, doch erzeugt es bei mir null Erregung.

»Ich muss passen, ich habe keinen Bikini mit«, antworte ich ehrlich.

»Ich leihe dir einen von mir.« Giulia erhebt sich und marschiert in die Villa. Ich versuche erst gar nicht, zu widersprechen, denn ich weiß, dass es sowieso keinen Zweck hat. Außerdem ist das Wetter heute traumhaft schön, da wird mir die Abkühlung ganz guttun.

9. Kapitel

Evina

Die Straßen an diesem Montagmorgen sind gerammelt voll, weshalb ich im Schneckentempo vorankomme. Ich bin spät dran. Leider habe ich diesmal einen besonderen Grund. Giovanni hat gestern Abend kurz angerufen, dass er erst heute nach Hause kommt. Ich konnte nach diesem Telefonat nicht mehr richtig schlafen und habe mich im Bett von einer Seite zur anderen gewälzt. Dementsprechend ignorierte ich das Klingeln des Weckers.

Vielleicht muss ich mir doch Gedanken um unsere Ehe machen. So kann es jedenfalls nicht weitergehen, denn dieser Zustand macht mich zunehmend unglücklich. Heute Abend werde ich mit Giovanni ein ernstes Gespräch führen und ihm gründlich auf den Zahn fühlen.

Als ich endlich vor meinem Büro ankomme, atme ich erleichtert tief ein und aus. In dem Bürogebäude haben sich die unterschiedlichsten Unternehmen eingemietet. Die Immobilienmaklerin, die uns damals die Penthouse-Wohnung verschafft hat, ein Zahnarzt und eine Marketing- Agentur, die mir ein paar Mal die Zeitungsinserate gestaltet hat. Ich stöckele zum Eingang, wo mir der Portier lächelnd die Tür öffnet. An der Rezeption kennen sie mich, und so öffnen sie mir sofort die Sicherheitsschranke. Die Miete ist zwar nicht günstig, jedoch brauche ich diese Sicherheitsstandards. Die Prominenz Roms geht bei mir ein und aus, und ich möchte nicht plötzlich unliebsame Paparazzi in meinem Büro stehen haben. Das ist mir leider vor fünf Jahren passiert, und der Kunde war ziemlich angepisst.

Sehr bekannte Politiker und Popstars füllen meine Kundenkartei. Ebenso bildschöne Supermodels. Klingt zwar lächerlich, aber dass sie auf normalem Weg jemanden kennenlernen, ist eher eine Seltenheit. Außerdem wollen sie Männer treffen, die nicht hinter ihrem Geld her sind, sondern selbst genug Vermögen besitzen.

Da bereits zehn Personen auf den Fahrstuhl warten, entscheide ich mich für die Treppe. Zwar sind es vier Stockwerke, jedoch habe ich mir heute Nacht strikt vorgenommen, mehr Sport zu treiben, und hier kann ich gleich damit anfangen. Vielleicht findet Giovanni meinen Körper nicht mehr so attraktiv wie früher. Obwohl ihm etwas Bewegung auch nicht schaden würde.

Im vierten Stock angekommen, bin ich völlig außer Atem und brauche ein paar Minuten, bis ich mich wieder fange. Sport scheint dringend nötig zu sein. Als mein Puls sich beruhigt, öffne ich die Eingangstür zu meiner Agentur.

»Buongiorno, Angelina!«, sage ich schwer atmend.

Sie sitzt am Empfangstresen und arbeitet wie immer fleißig. »Buongiorno, Signora Castello, soll ich Ihnen einen Espresso machen?« Angelina erhebt sich von ihrem Stuhl. Sie trägt heute ein graues, eng anliegendes Kostüm und ihre roten Haare streng nach hinten gebunden.

»Ja, Kaffee klingt hervorragend! Wie war Ihr Wochenende, haben Sie sich von der Migräne gut erholt?«, frage ich, während ich vor ihrem Schreibtisch anhalte.

»Ja, danke, mir geht es wieder bestens. Entschuldigung, ich wollte Sie nicht an diesem wichtigen Tag im Stich lassen.« Angelina weicht meinem Blick aus.

Dass Angelina Schuldgefühle hat, kann ich von ihrem Gesicht ablesen. »Machen Sie sich darum keine Sorgen, es ist letztlich alles bestens gelaufen. Für diese Woche habe ich einige Termine notiert. Bitte tragen Sie die nach, damit es keine Überschneidungen gibt.« Ich reiche ihr das iPad, und ein zaghaftes Lächeln ziert Angelinas Gesicht.

»Wann ist der erste Kundentermin heute?«, frage ich sie und blicke zugleich auf meine rosé-goldene Rolex.

»Um zehn Uhr. Signora Romano kommt, soll ich Ihnen die Unterlagen gleich vorbereiten?«, fragt Angelina, während sie den Espresso herrichtet, dessen Duft sofort meine Stimmung aufhellt.

»Das ist ja in einer halben Stunde! Nein, ich hole sie mir gleich aus dem Schrank.« Zwar sind alle Unterlagen im PC gespeichert, aber trotzdem habe ich mir die wichtigsten Informationen auf Papier notiert. Ich finde es einfach persönlicher, mit einem Dokument vor dem Kunden zu sitzen, als nur auf den Computer zu starren, während ich mit ihm spreche. Dreißig Minuten zur Vorbereitung sind zwar nicht viel, dennoch wird es ausreichen.

»Auf Wiedersehen, Signora Romano, ich melde mich bei Ihnen, sobald ich für Sie ein paar Männer selektiert habe.« Kurz halte ich inne. »Einer schwirrt mir schon im Kopf herum, der könnte Ihnen gefallen. In etwa einer Woche spätestens rufe ich Sie an.«

»Ich bin gespannt«, sagt Signora Romano ernst. »Auf Wiedersehen.« Sie schüttelt mir die Hand und verlässt dann mein Büro.

Die Frau war anstrengend mit ihren Unmengen an Fragen und Wünschen, doch das gehört zu meinem Job dazu. Jetzt beginnt erst die eigentliche Arbeit. Ich ziehe die Speicherkarte aus der Videokamera und gehe zu meinem Schreibtisch. Nachdem ich die Karte ins Lesegerät gesteckt habe, starre ich konzentriert auf den Computer, um das Video hochzuladen. Nebenbei bekomme ich mit, dass bei Angelina draußen Unruhe entstanden ist. Ohne Vorwarnung wird meine Tür aufgerissen, und Tommaso steht mitten in meinem Büro. Mein Herz rutscht mir fast in die Unterhose vor Schreck. Nervosität? Keine Ahnung, warum diese Gefühle meinen Körper überfahren wie eine Dampfwalze. Weshalb ist er hier in meinem Büro? Und noch dazu mit diesem perfekten weißen Zahnpastalächeln? Seine schwarzen kurzen Haare sind zerzaust, was aber den Anschein macht, als habe er es gewollt. Was ich insgeheim hoffe, denn es steht ihm verdammt gut.

Angelina stürmt ihm hinterher, sichtlich ängstlich, als hätte sie von mir Schlimmes zu erwarten. Ich dachte eigentlich, ich wäre eine gelassene Chefin. »Signora Castello, es tut mir leid ... aber Signor De Santis wollte nicht warten.« Angelina sieht mit unglücklichem Blicken abwechselnd zu ihm und mir.

»Ist schon in Ordnung, Angelina.« Mit sanfter Stimme versuche ich sie zu beruhigen. »Tommaso, möchtest du etwas trinken? Vielleicht eine heiße Schokolade?« Ich wende mich ihm zu und verschränke meine Hände ineinander.

»Das klingt hervorragend, mit Schlagsahne wäre perfekt.« Tommaso hält meinem Blick stand, was mich nervös macht.

»Für Sie noch einen Espresso?«, säuselt Angelina und unterbricht die erotische Spannung, die sich im Raum gerade auflädt.

»Ja, Angelina, bitte, und dazu ein Glas Wasser.« Ich deute zur Sitzlounge aus braunem Leder. »Möchtest du dich setzen, Tommaso?«

Er nickt und folgt mir. Ich platziere mich auf der Couch, und Tommaso nimmt dicht neben mir Platz. Die Nähe zu ihm lässt einen wohligen Schauer meinen Rücken entlanglaufen.

»Also was kann ich für dich tun?«, frage ich mit belegter Stimme. Kurz lasse ich meinen Blick über Tommasos Körper gleiten. Er hat schwarze Lederschuhe an, die vor Sauberkeit nur so glänzen. Eine gleichfarbige Jeans, dazu ein weißes Poloshirt, das eng an seiner durchtrainierten Brust anliegt. An den Ärmeln spannt es, aber die Tätowierungen, die am Freitag unter dem Hemd verborgen geblieben waren, kommen jetzt zum Vorschein. Zwar versteckt sich ein Teil unterm Shirt, jedoch verlaufen am rechten Unterarm rote Punkte und Sterne abwechselnd in zwei Linien nebeneinander, die bis zum T-Shirt-Ansatz reichen. Damit er sich von mir nicht gemustert fühlt, blicke ich nur für einen kurzen Augenblick hin. Was die wohl bedeuten?

In dem Moment, in dem ich in seine blauen Augen schaue, wird mir heiß und kalt zugleich. Wenn er mich ansieht, habe ich das Gefühl, als wäre ich die wichtigste Person auf der ganzen Welt für ihn. Er schenkt mir immer seine volle Aufmerksamkeit. Nicht wie Giovanni, der oft nicht einmal mit einem Ohr hinhört.

»Du hattest mir doch angeboten, für mich eine Frau zu finden?« Tommaso sieht mich durchdringend an, und ich schlucke schwer. Er rückt ein Stück näher an mich ran, sodass sich unsere Beine berühren.

»Genau«, bringe ich knapp hervor. »Ich hole nur den Fragebogen, bin gleich wieder bei dir.« Ich stehe auf und marschiere zu meinem Schreibtisch. Die Distanz lässt mich kurz durchatmen. Es ist notwendig, einen klaren Kopf zu bewahren. Ich muss sein heißes Aussehen ignorieren. Ich darf meine Professionalität nicht verlieren, nur weil mir sein Parfüm die Sinne vernebelt.

Während ich das Papier aus der Schublade hole, kommt Angelina mit unseren Getränken zurück. Sie stellt sie auf dem Tisch bei der Sitzlounge ab. Mit dem Formular in der Hand gehe ich hinüber und beobachte, wie meine Assistentin Tommaso anstarrt und wie angewurzelt vor ihm stehen bleibt.

»Danke, Angelina, wenn wir noch etwas benötigen, dann rufe ich dich«, erkläre ich im Befehlston, um diese peinliche Situation zu überspielen.

Angelina verlässt mit einem Nicken den Raum. Hoffentlich hat Tommaso Angelinas unprofessionelles Verhalten nicht bemerkt. Obwohl ich mir das kaum vorstellen kann, denn ich konnte seine Blicke auf meiner Haut förmlich spüren. Sie haben sich eingebrannt wie bei einem Tattoo Branding. Ob er wegen der Fragen nervös ist und mich deshalb so intensiv mustert? Denn an mir wird es kaum liegen. Mein blaues Kostüm ist nichts Außergewöhnliches, und meine Haare habe ich zu einem Pferdeschwanz zusammengefasst. Mein Make-up trage ich wie immer eher dezent, mit Eyeliner und Wimperntusche. Hoffentlich steht kein Haar ab, oder ich habe einen Fleck an meinem Rock.

»Also bist du bereit, dich meinen Fragen zu stellen?«, frage ich und setze mich neben ihn hin.

»Ich glaube, das schaffe ich.« Tommaso schmunzelt, während er sich zurücklehnt und ein Bein über das andere legt.

An solch eine selbstsichere Art sollte ich eigentlich gewöhnt sein. Denn ich habe einige dieser Alphamännchen, die wissen, wie sie auf Frauen wirken, bei mir in der Kundenkartei. Aber sein perfektes Aussehen und dazu seine selbstbewusste Art verunsichern mich. Was total dumm ist, denn ich kann auf ausgezeichnete Referenzen zurückblicken. Meine Verkuppelungsstrategie hat eine Erfolgsquote von fünfundachtzig Prozent. Das ist ziemlich hoch, da brauche ich mich nicht zu verstecken.

Nachdem ich die wichtigsten Kontaktdaten wie Namen und Adresse und Bankverbindung aufgenommen habe, kommen wir zu den persönlichen Fragen. »Nun, Tommaso, wie sollte deine Wunschfrau aussehen, wenn du sie rein äußerlich beschreiben würdest?« Ich straffe meinen Rücken und setze ein ehrliches Lächeln auf.

»Sie sollte honigblondes langes Haar haben, etwa so wie du.« Tommaso richtet sich auf, und der Abstand zwischen uns verringert sich.

Seinen Wunsch nehme ich zwar auf, versuche aber, mir nicht anmerken zu lassen, dass es mir schmeichelt.

»Bei der Augenfarbe gefällt mir Grün, und die Körpergröße sollte etwa einen Meter siebzig sein.« Kurz zucken seine Mundwinkel nach oben, doch er fängt sich gleich wieder.

Langsam wird mir glühend heiß, denn die Beschreibung passt fast wie die Faust aufs Auge zu mir. Ich notiere alles und versuche, keinen Zusammenhang zu mir herzustellen. Ich bin schließlich verheiratet.

»Figurtyp? Was stellst du dir vor?« Ich versuche, dieses Gespräch weiter auf der sachlichen Ebene zu führen, wobei das für mich kein leichtes Unterfangen ist, denn er fixiert mich, und ich bekomme Schweißausbrüche. Das nervöse Zittern meiner Hände unterdrücke ich, indem ich krampfhaft den Stift umklammere.

»Ich möchte auf keinen Fall einen dürren Haken, bei der ich beim Sex Angst bekomme, sie würde gleich in der Mitte auseinanderbrechen. Die Figur ... hm ... sollte wie deine sein, zwar schlank, aber mit wundervollen Rundungen an den richtigen Stellen.« Plötzlich schimmern

Tommasos Augen in einem Dunkelbau, was ich bisher noch nie gesehen habe. Wahrscheinlich liegt es am Licht.

Mir fällt die Kinnlade herunter, und Röte steigt mir ins Gesicht. Er hat gerade meine Personenbeschreibung angegeben, doch darauf darf ich nicht einsteigen. Dieser Typ ist gefährlich, wenn er so ungeniert mit mir flirtet. Bestenfalls ist das alles Zufall. Ich bilde mir das Ganze ein. Ja genau, ich habe einfach eine zu lebhafte Fantasie. »Aha«, gebe ich knapp zurück. Denn mehr fällt mir nicht ein. Glaubt der Mann ernsthaft, er könne jede haben, nur weil er ein Schönling ist?

Kurz schließe ich meine Augen, um zu verarbeiten, was er zu mir gesagt hat. Was, wenn er sich zum Ziel gemacht hat, mich zu erobern? Wieso sollte er das tun? Mit welchem Zweck? Will ich das denn? Vielleicht möchte er auch nur auf die Probe stellen, wie professionell ich meine Arbeit erledige. Er wird noch merken, dass ich verdammt gut in meinem Job bin. Ich werde für ihn eine passende Frau finden.

»Hast du zum Mittagessen schon etwas vor?« Tommaso hält die heiße Schokolade in der Hand, und irgendwie wirkt er dadurch sehr jungenhaft.

»Ich werde mir nur einen Snack besorgen und dann für dich die passende Dame suchen. Damit ich dir nächste Woche jemanden zeigen kann, der in dein Beuteschema passt.« Ich lege Papier und Stift zur Seite und nehme einen Schluck von meinem Espresso. Er ist zwar in der Zwischenzeit kalt geworden, aber man sagt doch, kalter Kaffee mache schön.

»Hättest du Lust, mit mir essen zu gehen?«, fragt Tommaso, und sein Blick ruht auf mir.

»Ich sollte mich gleich an die Arbeit machen.« Mein Herz beginnt zu rasen, und ich weiß, dass das kein gutes Zeichen ist.

»Wir haben einiges wegen deiner Stiftung zu klären. Immerhin brauche ich genaue Informationen, welche Kriterien die Gebäude haben sollen, damit ich euch angemessene Objekte präsentieren kann.« Tommasos Stimme hat diese besondere Tiefe, die ein Vibrieren zwischen den Beinen erzeugt.

Ich mache mir gerade wirklich Sorgen, wie ich mit ihm über einen längeren Zeitraum zusammenarbeiten soll, ohne schwach zu werden. Nachdem mir Giovanni die letzten Monate kaum Aufmerksamkeit geschenkt hat, fühle ich mich nicht mehr als Frau, so wie früher.

»Gut, warum nicht«, antworte ich und greife nach dem Stift und dem Fragebogen. Immerhin geht es um die Stiftung, die mir sehr viel bedeutet. Wieso mache ich mir überhaupt Gedanken? Das ist einfach ein Geschäftsessen, wie mein Mann sagen würde.

Mein Mann, der sich noch immer nicht bei mir gemeldet hat.

10. Kapitel

Evina

Nachdem ich noch ein paar Details zu Tommasos Vorstellungen aufgenommen habe, die wirklich auf viele Frauen zutreffen könnten, machen wir uns auf den Weg zu einer nahe liegenden Pizzeria. Die Pizzeria ist für ihre Küche in der ganzen Stadt bekannt. Angelina machte große Augen, als ich zusammen mit Tommaso das Büro verlassen habe. Denn das gehört normalerweise nicht zu meinem Job. In Kurzform erklärte ich ihr, dass ich gleich wieder zurück sein würde. Damit schien für sie die Welt wieder in Ordnung.

Im Restaurant sind alle Tische besetzt. Tommaso überrascht mich mit seiner selbstsicheren Art und steuert direkt den Ober an. Ich verstehe kein Wort, was die beiden wechseln, da ich noch immer am Eingang warte. Tommaso zieht alle Blicke auf sich, und ich kann nur meinen Kopf schütteln. Er ist zwar ein attraktiver Mann, doch diese Bewunderung, die die Menschen ihm entgegenbringen, finde ich übertrieben.

Nach wenigen Sekunden kommt Tommaso zu mir zurück und geleitet mich zu einem Tisch, der an einer Glasfront steht. Ich lasse mich auf den Stuhl sacken. Mein Blick wandert zu dem wunderschön angelegten Garten, der sich neben uns erstreckt. Die Rosensträucher, die in verschiedensten Rot- und Gelbtönen erstrahlen, sind am schmalen Kiesweg entlang gepflanzt. In der Mitte von der Wiese steht ein großer Laubbaum, der für die weiße Holzbank darunter den perfekten Schatten wirft und das Gesamtbild vollendet. Wie romantisch das aussieht.

»Was darf ich Ihnen zu trinken bringen?«, erklingt dicht neben mir eine Frauenstimme. Eine Kellnerin reicht uns die Speisekarte und sieht uns erwartungsvoll an.

»Trinkst du auch einen Rotwein?« Tommasos fragende Mimik lässt mich schmunzeln.

»Ein Merlot wäre toll«, antworte ich freudig und verschränke meine Finger ineinander.

»Den gibt es nur in Flaschen«, entgegnet mir die Kellnerin höflich.

»Eine Flasche klingt hervorragend, meinst du nicht?«

Ich nicke lautlos und bin verwundert, wie humorvoll Tommaso mit dieser Situation umgeht. Giovanni hätte sich wieder bis ins Bodenlose geärgert und aufgeregt.

»Dazu ein Wasser, passt dir ein stilles?«, fragt Tommaso.

»Perfekt«, erwidere ich. Mit dieser Fragesituation bin ich überfordert. Meistens bestellt Giovanni meine Getränke, das liegt wohl daran, dass er mich schon viele Jahre kennt. Die Serviererin reicht uns die Speisekarte und verschwindet dann Richtung Bar. Der Barbereich und die Holzmöbel sind modern in einem dunklen Holz gehalten. Nur die Stühle heben sich durch ihr Weiß stark davon ab. Alles wirkt edel und vornehm durch die großen Kronleuchter und die langen weißen Kerzen auf den Tischen.

»Hast du auf den Preis geschaut, was eine Flasche Wein kostet?«, frage ich, als ich von meiner Karte aufblicke.

»Für dieses Mittagessen ist mir nichts zu teuer.« Er sieht mich durchdringend an, und kurz zucken seine Mundwinkel nach oben. Tommaso schafft es immer wieder, bei mir ein flaues Gefühl in der Bauchgegend hervorzurufen. Seine Flirt-Versuche muss ich besser abwehren. Doch das ist für mich ein wirklicher Kraftakt. Tommaso vermittelt einem, etwas Einzigartiges und Wertvolles zu sein. Aber es wäre auch denkbar, dass das ein ausgeklügelter Plan von ihm ist, um mich in seine inszenierte Abschleppfalle zu locken.

»Ich kann mein Essen selbst bezahlen.« So einfach lasse ich mich nicht um seinen Finger wickeln. Außerdem will ich nicht, dass mir übel nachgeredet wird.

»Davon bin ich überzeugt, trotzdem habe ich dich zum Essen eingeladen, also werde ich die Rechnung begleichen!« Tommasos rauer Ton ist nicht schroff, aber er lässt mich einfach nachgeben.

»Gut, dann kommen wir zum Geschäftlichen.« Ich straffe meinen Rücken und lege meine Karte zur Seite. »Der Staat legt gewisse Richtlinien fest, die wir einhalten müssen, ansonsten bekommen wir für die Frauenhäuser keine Genehmigung. Die genaue Auflistung schicke ich dir heute zu. Die Liste ist leider lang, weshalb ich mir nicht alles merken kann. Die genauen Kosten, die pro Projekt anfallen dürfen, sind vorgegeben. Nur kleine Abweichungen, sonst verlieren wir den Überblick. Aber diese Zahlen werde ich dir mit den Richtlinien zusammen schicken, wenn es dir recht ist?«

Die Kellnerin unterbricht mich und serviert uns die Getränke. Sie hat ihr iPad in der Hand, um unsere Wünsche aufzunehmen. Ich bestelle Cannelloni mit Ricotta-Spinat-Füllung und einen gemischten Salat. Tommaso entscheidet sich für einen Fisch und einen Rucolasalat mit Parmesan. Wir reichen ihr die Karte, und sie verschwindet mit einem lautlosen Nicken.

»Wenn ich genaue Zahlen bekomme, wäre das für mich eine wahnsinnige Arbeitserleichterung.« Tommaso legt die rote Stoffserviette zur Seite. »Warum engagierst du dich für diese Stiftung? Hat es für dich private Gründe?«, fragt Tommaso.

»Warum möchtest du in unserer Stiftung deinen Beitrag leisten?«, kontere ich in Abwehrhaltung. Mich stört es, wenn mein Privatleben so direkt angesprochen wird. Meine Vergangenheit geht niemanden etwas an, ob sie gut oder schlecht verlaufen ist. Zwar habe ich private Gründe, mich zu engagieren, trotzdem möchte ich sie niemandem auf die Nase binden. Für mich zählt, jetzt, wo es mir finanziell gut geht, meinen Beitrag für die Frauen und Kinder da draußen zu leisten.

»Du weichst mir aus. Möchtest du mir nichts von dir erzählen?«

Tommaso beugt sich leicht über die Tischmitte und verschränkt seine Finger ineinander.

»Wichtig ist doch nur, was ich jetzt mache, und das weißt du.« Ich nehme einen Schluck Wasser, damit die Trockenheit in meinem Mund verschwindet. »Ich finde es traurig, dass in der heutigen Zeit das Thema häusliche Gewalt noch immer präsent ist. Die Menschen sehen einfach weg, nehmen oft die lautlosen Hilfeschreie nicht wahr. Oder, besser gesagt, möchte keiner sich damit auseinandersetzen. Die Frauen stehen oft ohne Mittel mit ihren Kindern da und haben keine Chance auf eine gute Zukunft, wenn ihnen nicht dabei geholfen wird.« Alleine wenn ich die Gesichter im Frauenhaus sehe, bekomme ich kalte Schweißausbrüche. »Die meisten kommen erst, wenn sie schon fast zu Tode geprügelt wurden. Man muss etwas dagegen tun, ihnen Schutz bieten und ein neues Zuhause schaffen.« Ich atme hörbar aus und halte kurz inne. Sobald ich daran denke oder mit jemandem darüber spreche, beschleunigt sich wie automatisch mein Herzschlag. »Die Kinder sind meistens schwer traumatisiert, können in der Nacht nicht schlafen, aus Angst, wieder überrascht zu werden und in einen Gewaltausbruch zu geraten.« Ich verstumme sofort, als uns die Kellnerin die Speisen serviert.

Durch dieses Gespräch ist mir der Appetit vergangen, darum stochere ich danach wie ferngesteuert in den Cannelloni herum.

»Hast du keinen Hunger?« Tommasos Stimme klingt sanft und mitfühlend. So als könne er verstehen, welcher Kampf gerade in mir tobt.

»Doch. Nun erzähl, was bewegt dich, dich so großzügig in unsere Stiftung einzubringen.«

»Bisher habe ich noch nichts dazu beigetragen. Aber ich stimme dir vollends zu, es gibt Handlungsbedarf in Italien. Als mir Giulia von eurer Stiftung erzählt hat, wusste ich, man muss euch dabei unterstützen.« Tommasos Gesicht wird ernst. »Frauen und Kinder brauchen einen Platz, wo sie sicher sind und unterstützt werden, wenn ihnen die finanziellen Mittel fehlen.« Tommaso nimmt ein Stück von seinem Fisch.

Ich bin überrascht, wie einfühlsam er mit dem Thema umgeht. Giovanni hat sich bisher nicht dafür interessiert. Langsam beginne ich mich zu entspannen, und unser Gespräch verläuft in eine andere Richtung. Tommaso erzählt mir von seiner Mutter und seinem Stiefvater, die ihn damals bei seinen Anfängen in der Immobilienbranche stark unterstützt haben. Heute ist er einer der mächtigsten Immobilienhändler von Italien. Ich spüre seinen Stolz über seine Taten. Was ich gut nachvollziehen kann, immerhin hat er fast bei null angefangen. Sein Stiefvater hatte ihm einen kleinen Kredit gegeben, und Tommaso baute sich sein Imperium Schritt für Schritt auf. Geschwister hat er keine, nur einen Halbbruder, der sich aber derzeit in Indien aufhält und auf Selbstfindungstour ist. Während er von ihm erzählt, lächelt Tommaso herzlich, sodass ich die Liebe zu seinem Bruder spüren kann.

»Was ist mit dir? Hast du Geschwister?« Tommaso schiebt seinen leeren Teller beiseite.

»Nein, leider. Aber Giulia ist für mich wie eine Schwester. Wir kennen uns viele Jahre, das verbindet.« Vor allem weiß sie Dinge aus meiner Vergangenheit, die nicht einmal Giovanni kennt. Und das muss auch so bleiben. Es stecken zu viel Angst und Grauen in den Erinnerungen. Ich will nicht daran denken, dieses Kapitel ist ein für alle Mal abgeschlossen.

»Wie lange bist du schon verheiratet?« Tommaso nimmt einen Schluck von dem köstlichen Rotwein.

»Bald werden es zehn Jahre«, antworte ich.

»Bist du glücklich?«

Tommasos Interesse verunsichert mich. So offen hat mich noch niemand auf meine Ehe angesprochen. »Wir haben vielleicht gerade eine schwierige Zeit, aber das wird schon wieder. Das kommt vor, wenn man so lange verheiratet ist. Ein gewisser Alltag schleicht sich in jede langjährige Beziehung ein.« Wieso erzähle ich ihm das? Ich möchte mit ihm nicht meine Eheprobleme durchkauen.

»Liebst du ihn?«

Seine direkte Frage versetzt mir einen Stich im Herzen. Keine Ahnung, welche Gefühle ich noch für Giovanni hege. Immerhin stört es mich, dass er das komplette Wochenende nicht nach Hause gekommen ist. »Natürlich liebe ich ihn!«, entgegne ich energisch. Mein Blick wandert zu meiner Uhr, die mir zeigt, dass wir schon zwei Stunden in diesem Restaurant sitzen. Wo ist die Zeit bloß geblieben. »Ich denke, ich muss los, die Arbeit ruft.« Das Thema Giovanni ist unangenehm für mich. Was daran liegt, dass ich mir langsam eingestehe, dass wir ernsthafte Probleme haben.

»Kein Dessert?« So wie Tommaso es ausspricht, klingt es zweideutig. Oh mein Gott, bilde ich mir schon wieder etwas ein, oder bin ich sexuell ausgehungert? Heute Nachmittag muss ich sofort einen Termin bei meinem Psychologen ausmachen, so kann es nicht weitergehen.

»Nein, mir wäre recht, wenn wir bezahlen könnten, wenn es dich nicht stört.« Ich rutsche auf meinen Stuhl hin und her.

»Ehrlich gesagt, macht es mir etwas aus. Die Gespräche mit dir gefallen mir.« Seine Worte hallen in meinem Kopf wider, und ich fühle mich wie in einem tiefen Nebel. Sehe den Ausgang nicht mehr. Mein Herz klopft auf Hochtouren, und meine Hände schwitzen vor Aufregung.

»Das ist nett von dir, aber ich muss für dich noch eine passende Frau finden.« Ich leere in einem Zug mein Rotweinglas.

»Gut, wie du meinst«, antwortet er sichtlich enttäuscht. Er deutet der Kellnerin an, dass er zahlen möchte, und wenige Sekunden später steht sie an unserem Tisch.

»Ich zahle die Rechnung«, sage ich. Immerhin war es ein Geschäftstermin.

»Hier ist meine Kreditkarte«, sagt Tommaso zur Kellnerin, ohne auf mich zu reagieren. Das Mädchen ist im Bann von Tommasos Augen und blendet mich völlig aus. Sie nimmt seine schwarze American-Express-Kreditkarte und verschwindet kurz zur Bar. Ein paar Minuten später reicht sie ihm die Quittung und lässt sich ein Autogramm darauf geben.

»Danke schön, aber das wäre nicht nötig gewesen.« Meine Enttäuschung ist mir ins Gesicht geschrieben. Natürlich finde ich es höflich, eine Frau zum Essen einzuladen. Doch andererseits nervt es auch, dass man immer den Männern den Vortritt lassen muss. So als würde man auf ihr Geld angewiesen sein.

»Ich hatte dich zum Essen eingeladen oder etwa nicht?«, fragt er und zieht eine Braue hoch. »Wenn du mich einlädst, darfst du die Rechnung bezahlen.«

Kann er meine Gedanken lesen? Skeptisch betrachte ich ihn. »Du meinst also, wir gehen noch mal essen?«, frage ich.

»Bestimmt«, antwortet Tommaso selbstsicher. Sein Ego ist so groß wie der Mount Everest. Unfassbar, was er sich einbildet. Natürlich werden wir uns wiedersehen, das lässt sich durch die berufliche Zusammenarbeit kaum verhindern.

»Nun muss ich wirklich los.« Ruckartig erhebe ich mich und reiche ihm zur Verabschiedung die Hand.

Doch Tommaso stellt sich dicht neben mich, sodass sich unsere Arme berühren. »Ich muss in die gleiche Richtung, mein Wagen steht vor deinem Bürogebäude«, sagt er mit tiefer Stimme, die bei mir Gänsehaut erzeugt.

»Ah, okay«, antworte ich knapp.

Auf dem Weg zu meinem Büro schweigen wir. Keiner von uns verliert ein Wort. Trotzdem stört mich die Stille nicht. Es ist seltsam in seiner Gegenwart, als würde ich ihn ewig kennen. Er wirkt vertraut, anderseits habe ich das Gefühl, als würde er mir nur einen Teil seiner Persönlichkeit zeigen. Ob er ernsthaft auf der Suche nach einer Frau ist?

»Hier steht mein Wagen«, sagt Tommaso und unterbricht mein Gedankenkarussell. Wir halten vor einem goldenen Maserati. Mein absolutes Traumauto.

»Gut, sobald ich für dich ein paar Damen gefunden habe, melde ich mich.« Ich strecke ihm meine Hand zur Verabschiedung entgegen. Tommaso schüttelt sie mit einem festen Händedruck, aber es ist nicht schmerzhaft. Dann zieht er mich näher zu sich ran und gibt mir überraschend drei Küsse, abwechselnd rechts und links auf die Wangen. Sein wohlriechender Männerduft strömt mir in die Nase, und aus einem Reflex heraus schließe ich die Augen. Mein ganzer Körper steht plötzlich unter Strom. Dieser geringe Abstand zwischen uns bringt mich durcheinander. Als er von mir ablässt, blinzle ich mehrmals, um wieder klar zu sehen.

»Ist alles okay bei dir?« Tommaso mustert mich.

»Alles bestens. Mich hat nur gerade die Sonne geblendet«, lüge ich und trete von einem Bein aufs andere. Nie und nimmer kann ich zugeben, dass sein Körper, sein Duft, seine Ausstrahlung mich in einen abgedrehten Gefühlsrausch ziehen. Diese Emotionen muss ich unterbinden.

»Ciao!« Tommaso zwinkert mir zu, bevor er in seinen Wagen gleitet.

»Ciao«, wispere ich. Jetzt mutiere ich schon zu einem der Mädchen, die jeder für vollkommene Trottel hält. Doch das übertriebene Grinsen, das sich wie ein Krampf in meinem Gesicht ausbreitet, kann ich nicht kontrollieren. Für den nächsten Termin muss ich mir unbedingt einen Plan zurechtlegen, damit ich mich wie ein normaler Mensch benehme.

11. Kapitel

Tommaso

Ich habe mein Ziel fast erreicht. Vorhin auf dem Bürgersteig neben meinem Auto habe ich gesehen, wie sie auf mich reagierte. Ein paar Treffen, dann bekomme ich Evina in mein Bett. Wenn das erledigt ist, werde ich mich wieder wie ein normaler Mann benehmen.

In den letzten Tagen konnte ich kaum an etwas anderes denken als an sie. Doch ich bin sicher, es liegt nur daran, dass ich sie noch nicht gefickt habe.

Immer wieder trete ich mit voller Wucht gegen den Sandsack. Heute Abend muss ich in den Ring, daran geht kein Weg vorbei. Dann werde ich wieder klarer im Kopf sein. Diese Evina hat etwas an sich, das ich nicht zuordnen kann. Ihre grünen Augen sind geheimnisvoll und unergründlich. Ihre Brüste sind heiß und sexy, so prall und fest. Die Verlockung, sie zu berühren, war so groß. In ihrem Büro habe ich die Spannung zwischen uns gespürt. Doch ich muss es bei ihr langsam angehen, ihr scheint der Schlappschwanz von Ehemann etwas zu bedeuten. Normalerweise sind verheiratete Frauen eher unkompliziert und lassen sich leicht zu einem kleinen Abenteuer überreden. Doch Evina geht sofort auf Abstand, sobald ich ihr zu nahe komme.

Noch härter schlage ich mit der geballten Faust auf den Sandsack ein, sodass sich ein leichtes Brennen auf meinen Fingern ausbreitet. Das Bild von ihrem Ehemann erscheint vor meinem inneren Auge. Ich kann mir nicht vorstellen, dass er sie so anfasst, wie ich es mir wünsche.

Allein der Gedanke daran bringt mich in Hochform. Ein Gutes hat das Ganze ja, ich werde den Kampf heute Abend ohne Probleme gewinnen. Später schicke ich Milan eine Nachricht, damit wir uns vor Ort treffen.

Der Schweiß läuft aus meinen Poren, so sehr lasse ich meine Wut auf diesen Giovanni raus. Eigentlich sollte ich doch dankbar dafür sein, dass er sich nicht um Evina kümmert, so habe ich freie Bahn. Für das Wochenende muss ich mir etwas Gutes überlegen, damit ich Evina von ihrem Mann weglocken kann. Ich brauche einen triftigen Grund, den sie mir nicht ausschlagen kann.

Vier Stunden später stehe ich vor dem Eingang zum Ring. Die Leute brüllen aus allen Ecken, und der Buchmacher hat alle Hände voll zu tun, um die Wetten aufzunehmen.

»Alter, ich habe auf Sieg gewettet!«, brüllt ein Muskelprotz mir von der Seite zu. Ich ignoriere die Kommentare. Mittlerweile weiß ich, wie ich meinen Kopf leer bekomme.

»Pass bei diesem Typen gut auf, der kommt aus Sizilien und hat einen gefährlichen Ruf!« Milan reicht mir die Wasserflasche, während ich auf meinen Hocker, der in der Ecke vom Ring steht, sacke.

»Du kennst mich doch. Ich bin ausgezeichnet vorbereitet, der kann mir nichts anhaben, schau ihn dir an, er ist zwar ein Bär von Mann, aber dafür bestimmt langsam.« Kurz scanne ich den Gegner, der mich ebenfalls mustert. Er ist einen Kopf größer als ich, und seine Muskeln wirken aufgequollen. Wahrscheinlich spritzt er sich irgendeine Chemie und glaubt, dadurch mehr Kraft zu bekommen. Was völliger Schwachsinn ist, denn das schafft man nur durch hartes Training und die richtige Ernährung. Doch das reicht im Ring nicht aus. Nein, hier muss man auch flink und wachsam sein.

»Du musst es ja wissen«, antwortet Milan skeptisch. Irgendwie wirkt er ängstlich, doch genau aus dem Grund bin ich der Kämpfer von uns beiden. Diese Kerle machen mir keine Angst. Hier kann ich alle meine Aggressionen gegen meinen Vater loswerden. In jedem einzelnen Gegner erkenne ich eine gewisse Ähnlichkeit zu ihm. Einmal sind es die

Augen, manchmal nur, wie sie auf mich einschlagen, und manchmal ist es ihr Geruch nach Alkohol. Es gibt unzählige Dinge, die mich an meinen verfluchten Erzeuger erinnern. Obwohl ich mit ihm seit über zehn Jahren keinen Kontakt mehr habe, steckt in mir ein tiefer Hass, der mir in den Kämpfen hilft.

Zuerst wird mein Gegner den Menschenmassen vorgestellt, und ein lautes Johlen dröhnt aus allen Ecken. Er gibt sich siegessicher und hat ein breites Grinsen aufgesetzt. Er muss schon einiges eingesteckt haben, so verbogen ist seine Nase. Sein Kiefer wirkt schief. Als er die Hände hebt, entdecke ich einige Narben an seinem Brustkorb. Das könnte eine Schwachstelle sein, denke ich sofort. Wie dumm manche Kämpfer sind. Bei mir sind alle empfindlichen Stellen, die schon mal von außen malträtiert wurden, mit Tätowierungen überdeckt. Die Narben kann man nur bei genauem Hinschauen erkennen. Wer hätte gedacht, was ein menschlicher Körper alles ertragen kann. Meine Tätowierungen erstrecken sich von meinen Armen über meine Brust, den Bauch bis hin zu den Beinen. Schmerz ist für mich Gewohnheit und gehört zu meinem täglichen Wahnsinn dazu. Deshalb kann dieser Typ mir keine Angst machen. Die Zeiten sind lange vorbei, in denen ich mich von größeren Kerlen einschüchtern lassen habe.

»Und sein Gegner heißt … Massimo!«, höre ich den Schiedsrichter rufen. Er ist eigentlich dafür zuständig, der Meute da draußen mit seinen Kommentaren einzuheizen, damit sie Wetten abschließen. Denn Regeln gibt es hier keine. Hier wird so lange gefightet, bis einer aufgibt oder umfällt. Mit allen Mitteln wird gekämpft. Es ist alles erlaubt, was man mit Körpereinsatz schafft.

Milan klopft mir auf die Schulter, nimmt mir die Wasserflasche ab, und als ich mich erhebe, zieht er den Hocker von der Bühne. Ja Bühne, denn genau da findet der Kampf statt. Die Leute wollen eine Show sehen, es ist ihr alltägliches Abendprogramm. Manche gehen ins 3D-Kino, andere leihen sich einen Film aus. Die Menschen, die in den Untergrund kommen, wollen dasselbe, nur viel realer. Sie möchten das

Blut spritzen sehen und den Adrenalinkick verspüren, ohne sich selbst anzustrengen.

Ich stehe neben meinem Gegner, der mich abschätzig begutachtet. In nächster Nähe bemerke ich, dass er doch nur zehn Zentimeter größer ist als ich. Sein Oberkörper ist breit und wuchtig, was mich keineswegs einschüchtert. Mein Körper ist stark durchtrainiert, jedoch nicht so aufgeblasen wie die der meisten Bodybuilder. In einem Anzug erkennt man nur ansatzweise, dass ich täglich trainiere, um mich auf diesem Niveau zu halten.

Der Schiedsrichter deutet uns mit der Hand, dass wir in Position gehen sollen. Die Zuschauer kommen immer mehr in Fahrt, und die Schreie unserer Namen werden immer lauter. Ich blende meine Umgebung komplett aus. Habe nur noch den Gegner im Visier. Als ein dröhnendes Geräusch erklingt, ist der Kampf eröffnet.

Der Typ sprintet auf mich zu und verpasst mir einen festen Schlag ins Gesicht. Es dauert nur eine Millisekunde, und meine Wahrnehmung verändert sich schlagartig. Plötzlich erscheint mein Vater vor mir. In mir kocht die mir allzu bekannte Wut hoch. Jetzt funktioniere ich wie ein Roboter und schlage zu. Mit aller Kraft, mit allen Emotionen, die ich in diesem Moment fühle. Abscheu, Ekel und auch diese Traurigkeit, die mich immer wieder überkommt, wenn ich an meine Kindheit denke. Das alles verschafft mir diese Hochform. Nie wieder kommt mir ein Kerl so nahe, nie wieder! Abwechselnd schlage und trete ich auf meinen Gegner ein, bis er zu Boden fällt. Als er mit der Hand andeutet, dass er k.o. ist, lasse ich von ihm ab.

Die Zuschauer, die auf mich gewettet haben, applaudieren. Der Schiedsrichter hebt meine Hand, und die Leute rufen wie aus einem Mund meinen Namen. »Ma-ssi-mo, Ma-ssi-mo!« Es wiederholt sich in einer Dauerschleife, bis ich von der Bühne klettere. Milan reicht mir ein Handtuch, und ich wische die Schweißperlen aus meinem Gesicht. Mich überkommt ein befriedigendes Gefühl von Freiheit, als ich die Menschenmassen durchquere. Immer wieder bekomme ich Glückwünsche zugerufen.

Mit Milan im Schlepptau steuere ich auf die Umkleide zu. Für uns Kämpfer gibt es Kabinen, in denen wir uns umziehen und duschen können. Als die Tür hinter uns zufällt, verstummen die Stimmen sofort. Endlich Stille, meine Ohren schmerzen vom Gebrüll. Der Raum ist spartanisch eingerichtet. Eine Dusche links in der Ecke, daneben eine Toilette. In der Mitte vom Zimmer steht eine gepolsterte Liege, die zum Verarzten oder zum Massieren dient. Obwohl alles im Geheimen abläuft, kann man auch eine Masseurin buchen, wenn man dazu Lust und Laune hat. An der Wand befinden sich ein Spind und zwei Stühle, das war es dann. Kein Fenster oder Bild. Beides ist nicht vonnöten.

»Das lief ja wieder ausgezeichnet!«, sagt Milan euphorisch und zieht mich aus meinen Grübeleien.

»War vorherzusehen«, erwidere ich knapp. Gleichzeitig streife ich mir meine Kampfkleidung ab, die nur aus einer kurzen schwarzen Hose besteht. Ich steige in die Dusche. Dann drehe ich den Wasserhahn auf. Das kühle Nass rinnt über meinen erhitzten Kopf. Ich liebe es, meinen Körper so wieder auf normale Temperatur herunterzufahren.

»Deine selbstgerechte Art wird dir noch zum Verhängnis werden, wenn du so weitermachst. Du glaubst ernsthaft, jeden besiegen zu können. Was ist, wenn mal ein Typ kommt, der stärker ist als du?« Milan lässt nervös sein Bein auf und ab wippen.

»Wie du weißt, habe ich noch nie verloren, und das wird auch so bleiben.« Ich trete aus der Dusche, ziehe das Handtuch von der Duschwand und trockne mich ab. »Durch mein hartes Training kann mir nichts passieren.« Langsam beginnen sich meine Muskeln zu entspannen. Ich vergesse die Bilder, die vorhin im Ring durch meinen Kopf schwirrten. Als hätte ich gerade schweren Ballast verloren, atme ich hörbar aus.

»Hier ein Kühlpack für deine Wange.« Milan wirft mir das blaue Teil zu, und ich fange es mit einer Hand.

»Danke.« Den Schlag vom Anfang habe ich völlig vergessen. Als ich das Ding auf meine Wange lege, durchzuckt mich ein brennender Schmerz.

»Noch Lust, ein paar Drinks zu heben? Immerhin habe ich durch dich wieder viel Geld gewonnen.« Milan grinst und fährt sich durch seine perfekt gelegten schwarzen Haare.

»Warum eigentlich nicht, morgen habe ich erst um neun den ersten Termin.«

12. Kapitel

Evina

Heute ist es zum Glück nicht spät geworden, deshalb betrete ich um sieben Uhr abends meine Wohnung. Sofort fällt mir auf, dass Giovanni nicht zu Hause ist, denn seine Aktentasche steht nicht auf der Anrichte neben der Tür. Mit einem Seufzen und einem enttäuschten Gefühl im Bauch streife ich mir meine Schuhe ab und marschiere in den Wohnbereich. Ich fühle mich wie gerädert, darum hocke ich mich auf das Sofa und lasse mich in die weichen Kissen fallen. Um mir Arbeit zu ersparen, entscheide ich mich, Giovanni und mir etwas vom Chinesen zu bestellen. Ich ziehe das Handy aus der Tasche, bestelle zwei Mal Hühnercurry und zwei Portionen Reis und lege das Handy danach auf dem Glastisch vor mir ab. Ich greife nach der Kuscheldecke und mache es mir auf der Couch gemütlich.

Abends ist der Ausblick von der Sitzlounge besonders schön. Der Himmel ist in den verschiedensten Rotschattierungen gefärbt. Ein Flugzeug zieht gerade seine weiße Spur, wodurch ich sofort an Urlaub denken muss. Welches Glück Giovanni und ich mit dieser Wohnung haben. Schade nur, dass wir die letzten Wochen den Blick nie gemeinsam genießen konnten. Vielleicht sollte ich Giovanni anrufen und nachfragen, wann er heute nach Hause kommt. Nachdem wir das Wochenende getrennt verbracht haben, würde ich mich sehr freuen, mich in seine Arme zu kuscheln. Wieso überlege ich überhaupt, immerhin sind wir verheiratet, und meinen Ehemann werde ich wohl anrufen dürfen.

Ich wähle seine Nummer. Nach gefühlten zehn Mal Klingeln geht seine Mailbox ran. Vielleicht schneit er ja jeden Moment zur Tür herein und gibt mir einen zärtlichen Kuss. Genau, das wird der Grund sein, warum er gerade nicht abnimmt. Hoffentlich sitzt er nicht in einem wichtigen Meeting, denn wenn er zu dieser Uhrzeit beschäftigt ist, wird es spät werden.

Als es an der Tür klingelt, tapse ich hinüber und drücke den Knopf zum Öffnen. An die Eingangstür gelehnt, starre ich zum Fahrstuhl. Als das Piepsen vom Lift ertönt, tritt ein junger Bursche aus dem Aufzug. Er drückt mir eine weiße Plastiktüte in die Hand, und ich reiche ihm fünfundzwanzig Euro.

»Danke, das passt schon«, sage ich freundlich.

»Danke schön, Signora Castello!« Der Junge macht eine leichte Verbeugung. Danach verschwindet er wieder im Lift. Ich blicke ein paar Minuten hinterher, in der Hoffnung, Giovanni kreuze noch auf. Nachdem ich aus dem Treppenhaus keine Geräusche wahrnehme, schließe ich die Tür und marschiere mit der Tüte in die Küche. Ich packe mein Hühnercurry, aus und der Duft strömt mir in die Nase. Sofort sind meine Gedanken an Giovanni verschwunden, denn nun bekommt mein Magen die volle Aufmerksamkeit. Er knurrt und rumort. Ich schnappe mir Besteck und drapiere mein Abendessen auf einem Teller, dann schlendere ich zur Couch zurück. Da ich ja nun alleine essen darf, werde ich nicht den Esstisch benutzen. Am Sofa ist es da eindeutig gemütlicher und schöner. Dort fühle ich mich nicht ganz so einsam.

Ich habe die Hälfte gegessen, als ich hinter mir das Öffnen des Türschlosses wahrnehme. Eigentlich bin ich wütend auf meinen Mann, trotzdem reiße ich mich zusammen. Ich straffe meine Schultern und starre raus auf die Terrasse. Ich will nicht wie eine Liebeshungrige wirken. Mal sehen, ob er wieder in die Gänge kommt. Immerhin hat er etwas gutzumachen, nach diesem Wochenende.

»Hallo, Liebes, was gibt es zum Essen?« Giovanni kommt zu mir und gibt mir einen Kuss auf den Kopf. Na toll, so hatte ich mir die Begrüßung nach diesem langen Wochenende nicht vorgestellt.

»Hallo«, sage ich mürrisch. »Hühnercurry mit Reis steht in der Küche.« Meine Stimmung sinkt von Minute zu Minute in Richtung Keller. Kein »Wie geht es dir, schön, dich zu sehen« oder »Entschuldigung für die letzten Tage«. Seine Gleichgültigkeit bringt mich zur Weißglut.

Giovanni verschwindet in der Küche und kommt nach wenigen Minuten mit seinem Pappteller zu mir zurück. Er hält es nicht einmal für notwendig, sich einen Teller aus dem Schrank zu nehmen. Seine Bequemlichkeit nervt mich. Er setzt sich neben mich und schaufelt das Hühnchen in sich hinein. Essen kann man das nicht mehr nennen.

»Wie war das Meeting?«, frage ich gespielt freundlich. »Hat es sich für dich wenigstens ausgezahlt?« Mein Ton ist ruhig, obwohl ich ihn am liebsten mit Vorwürfen überhäufen würde.

»Natürlich«, antwortet Giovanni mit halb vollem Mund. Mir wird fast übel, als ich ihm dabei zusehe. Wie sehr ich es doch hasse, wenn Menschen keine Tischmanieren haben. Früher hat er sich in meiner Gegenwart nicht so pöbelhaft benommen.

»Liebst du mich noch?« Diese Frage schwirrt schon die letzten Tage in meinem Kopf herum wie ein Geier über seiner Beute.

»Das weißt du doch«, erwidert Giovanni mit dieser Gleichgültigkeit, bei der sich mir die Nackenhaare aufstellen.

Das ist eine Antwort, die man als Frau von seinem Mann so nicht hören möchte, doch um keinen Streit zu provozieren, halte ich mich in diesem grauenvollen Moment zurück.

»Wir könnten doch am Wochenende einen Kurztrip in die Toskana machen, was meinst du?«, frage ich versöhnlich.

Giovanni legt seine Gabel zur Seite, schluckt den letzten Bissen hinunter und verschränkt seine Finger ineinander, als würde er gleich ein Gebet sprechen.

»Evina, Liebes ...« Er hält kurz inne, bevor er weiterspricht. »Die nächsten Wochenenden muss ich immer wieder zu Geschäftsterminen. Es tut mir wirklich sehr leid, dass wir momentan wenig Zeit miteinander verbringen können. Aber wenn das alles gut über die Bühne geht, sind wir bald eines der reichsten Paare in ganz Italien.« Giovannis

Augen leuchten, als er darüber spricht. Er stammt wie ich aus ärmlichen Verhältnissen und träumt seit Jahren davon, dieses Ziel zu erreichen.

»Hier geht es um mehrere Wochenenden?« Ich stelle den Teller auf dem Tisch ab. Augenblicklich ist mir der Appetit vergangen. »Wieso kannst du diese Geschäfte nicht unter der Woche erledigen wie alle anderen Menschen auch?« Vorwurf klingt in meiner Stimme mit. Eigentlich sollte ich als starke Frau hinter Giovanni stehen und ihm den Rücken stärken. Doch gerade jetzt benötige ich seine uneingeschränkte Aufmerksamkeit.

»Evina, diese Männer arbeiten rund um die Uhr, da gibt es keine Wochenenden oder Tages- oder Nachtzeiten. Ich muss jederzeit zur Verfügung stehen.« Giovanni sieht angespannt aus.

»Bist du dir sicher, dass es das wert ist?« Giovanni und ich leben heute ein sorgenfreies Leben. Mir wäre es lieber, er würde mehr Zeit mit mir verbringen, als dem Ruhm so hinterherzuhecheln.

»Ja, Evina.« Giovanni fuchtelt mit der Gabel wie ein Dirigent mit seinem Taktstock. »Bitte stress mich jetzt nicht mit deiner Klammeritis!«, antwortet er laut.

»Merkst du denn nicht, wie wir uns voneinander entfernen?«, entgegne ich ihm genauso laut. Meine Hände beginnen zu zittern, und mein Herz schlägt bis zum Hals. Ich hasse es, mit Giovanni zu streiten, aber er lässt mir heute keine andere Wahl.

»Wir haben schon einiges überstanden, das wird auch noch funktionieren.« Giovannis Miene ist ernst. »Ich gehe ins Bett, ich bin müde.« Giovanni packt seinen Pappteller und sein Besteck zusammen und räumt es in die Küche. Mich lässt er wie bestellt und nicht abgeholt mit meinen vielen Fragen zurück. Aus dem gemeinsamen Wochenendtrip wird wohl nichts. Ich könnte aber morgen Abend etwas Romantisches für uns zwei vorbereiten. Vielleicht weckt das unsere Beziehung aus dem Schneewittchenschlaf.

Vierundzwanzig Stunden später stehe ich mit roter Spitzenunterwäsche und den dazu passenden Strapsen mitten im Wohnbereich. Überall im

Raum habe ich Kerzen platziert und gemütliche Musik eingeschaltet. Giovanni hat mir versprochen, um acht Uhr abends zu kommen. Ich habe extra Feierabend gemacht und für uns gekocht. Giovannis Lieblingsessen. Gnocchi mit Käsesoße, dazu Rucolasalat und als Dessert Crème brûlée. Alles ist hervorragend gelungen, die komplette Wohnung duftet nach dem frisch zubereiteten Essen. Als Vorspeise serviere ich ihm mich, in dieser leckeren Verpackung, um endlich unser Sexleben wieder in Schwung zu kriegen.

Mein Blick zur Uhr in der Küche verrät mir, dass er jeden Moment zur Tür hereinkommen wird. Gut gelaunt lege ich mich auf den Esstisch, den ich mit roten Rosenblüten bedeckt habe, und versuche, eine erotische Stellung einzunehmen. Heute werden wir uns wieder in den Armen liegen und uns leidenschaftlich lieben, so wie früher, als wir frisch verliebt waren. Damals konnte er von mir gar nicht genug bekommen und hing jede freie Minute an meinen Lippen. Berührte meinen Körper, als wäre er aus Gold. Zugleich himmelte er mich an, als wäre ich vom Himmel geschickt worden. Heute Abend will ich ihn in seinen Augen wieder sehen, diesen verstohlenen Ausdruck, den er damals immer hatte. Ich brauche ihn so sehr, um mich endlich wieder als Frau zu fühlen. Giulia schafft es doch auch, ihre Beziehung jung zu halten, also können wir das auch hinbekommen, davon bin ich felsenfest überzeugt.

Irgendwann zwischen neun und zehn Uhr muss ich wohl eingenickt sein. Zwei Stunden später werde ich munter, weil mein Rücken schmerzt. Der Tisch ist eben kein Schlafplatz. Ich klettere runter und marschiere in die Küche. Die Gnocchi sind kalt, und der Rotwein ist viel zu warm, um ihn jetzt zu trinken.

»Dieser Scheißkerl«, fluche ich laut in meine leere Wohnung. Wer hätte gedacht, dass er sich nicht einmal heute, an unserem Kennenlerntag, Zeit nimmt. Was ist, wenn er doch eine Affäre mit einer anderen hat? Sollte ich einen Detektiv beauftragen? Nein, nicht Giovanni, da hat mir Giulia wieder Flausen eingeredet. Er hat einfach nur seine Karriere im Kopf. Will sein Ziel um jeden Preis erreichen.

Sicher, es ist nicht unser Hochzeitstag, aber für mich hat er sogar eine noch größere Bedeutung. Von diesem Tag an hat sich durch ihn mein Leben zum Positiven verändert. Meine Zweifel an den Männern wurden durch Giovanni zerstreut, und durch ihn erfuhr ich, was es bedeutet, von einem Mann liebevoll behandelt zu werden. Dennoch spüre ich heute Abend nichts von unserer Liebe. Ich bin traurig und enttäuscht über sein Verhalten. Nicht einmal mehr Wut empfinde ich, denn dafür habe ich keine Kraft.

Ich bin zu müde, um mich weiter über ihn zu ärgern. Ich schnappe mir mein Handy, das auf dem Küchentresen liegt, und hoffe, dass er sich zumindest mit einer Nachricht gemeldet hat. Fehlanzeige, nicht mal ein »Komme später«. Tränen fließen aus meinen Augen, und in meiner Brust beginnt sich ein Schmerz auszubreiten, der mir die Luft zum Atmen raubt. Frustriert darüber, wie der heutige Abend gelaufen ist, schleppe ich mich ins Schlafzimmer. Mit der Unterwäsche bekleidet, schlüpfe ich unter die Decke. Ich ziehe sie mir weit über den Kopf, wie ich es als Kind oft getan habe, damit ja keiner von meinem Heulen etwas mitbekommt.

Als kleines Mädchen habe ich mich geschämt, in aller Öffentlichkeit zu weinen. Doch viel schlimmer war die Angst, es könnte mir jemand unliebsame Fragen stellen, warum ich traurig bin. Dann hätte ich dafür eine Antwort finden müssen. Doch niemand durfte erfahren, was ich alles gesehen und erlebt habe. Der Gedanke daran jagt mir einen kalten Schauer über den Rücken. Zu dunkel, zu grausam und zu schmerzhaft sind die Erinnerungen. Sofort versuche ich den Fokus auf etwas anderes zu lenken. In all den Jahren habe ich es perfektioniert, meinen Kopf in den Sand zu stecken, nach mir die Sintflut. Ich habe gelernt, mich auf die schönen Dinge im Leben zu konzentrieren. Irgendwo zwischen den schwarzen Wolken muss sich ein helles Licht verstecken. Entschlossen suche ich nach positiven Gedanken, und da erscheint Tommasos Gesicht vor meinem inneren Auge.

Sofort spüre ich, wie meine Mundwinkel nach oben gleiten. Seine krumme Nase stört nicht, nein, sie ist markant, zugleich besonders.

Eine passende Partnerin für ihn zu finden, gestaltet sich allerdings mehr als schwierig. Heute hatte ich ihm ein paar Fotos von Frauen per Mail geschickt. Auf alle antwortete er mit Ablehnung. Bei einer passte die Nase nicht, bei der anderen waren es die Augen, und bei der letzten störten ihn die Hobbys. Aber ich wäre nicht Evina Castello, wenn ich dafür nicht eine Lösung hätte.

Als die Sonne durch das Fenster lacht, blinzle ich und drehe mich sofort auf die andere Seite. Leider hat mich das ungute Gefühl nicht getäuscht, das sich in meiner Magengrube breitgemacht hat. Giovanni ist nicht nach Hause gekommen. Hoffentlich ist ihm nichts passiert. Sofort nehme ich mein Handy vom Nachttisch. Eine Nachricht leuchtet auf, und ich öffne sie sofort.

> Liebes, ich komme heute nicht nach Hause. Werde im
> Hotel mit meinen Geschäftspartnern übernachten.
> Melde mich morgen. Kuss Giovanni.

Sofort lasse ich mich auf meinen Rücken fallen. Diese Geschäftspartner nehmen Giovanni ziemlich in Anspruch. Wenn das so weitergeht, werden wir in eine Ehekrise schlittern. Oder befinden wir uns längst mittendrin? Ich muss stark sein und durchhalten, es ist eine Phase. In ein paar Wochen wird es wieder besser laufen, davon bin ich überzeugt.

13. Kapitel

Evina

Im Büro ist es ruhig. Aus diesem Grund gebe ich Angelina frei. Sie hat es sich redlich verdient, denn in den letzten Tagen war einiges aufzuarbeiten. Meine Bürotür steht offen, damit ich mitbekomme, wenn sich jemand ohne Termin hierher verirrt.

Nach der gestrigen Nacht, die ich kaum geschlafen habe, starre ich wie hypnotisiert auf den Bildschirm. Irgendwie bekomme ich keine klaren Gedanken zusammen. In den nächsten Tagen werde ich mich mit Giulia treffen und mit ihr über meine derzeit desolate Ehe sprechen. Ich brauche dringend ihren Rat. Sie ist meine beste Freundin und führt eine Vorzeigeehe. Sie hat sicher ein paar schlaue Tipps für mich. Wenn ich nicht bald eine Lösung finde, zerbricht meine Ehe. Giovanni ist davon überzeugt, dass alles in bester Ordnung ist. Doch mir wird immer mehr bewusst, dass wir nur nebeneinanderher leben und nicht miteinander.

»Ciao, Evina!«, reißt mich eine mir allzu bekannte Stimme aus meinen Gedanken, die leider keine Lösungen bietet.

Ich blicke vom Bildschirm hoch. Tommaso steht im Türrahmen. Seine breiten Schultern fügen sich passgenau in sein weißes Hemd, die schwarze Anzughose sitzt fest an seinen Oberschenkeln.

»Hallo, Tommaso, was verschlägt dich in mein Büro?«, sage ich überrascht. »Ich benötige noch einige Tage, um wieder ein paar Frauen für dich zu finden«, füge ich an.

»Es ist Mittag, und ich dachte, wir könnten bei einem guten Essen ein paar Immobilien besprechen.« Tommaso marschiert auf meinen Schreibtisch zu.

»Du hast schon Immobilien gefunden? Das ist ja hervorragend!« Ich springe vom Stuhl hoch, so euphorisch bin ich. Bei dieser Spendengala haben wir genug Geld gesammelt, um ein weiteres Frauenhaus zu eröffnen.

»Hast du jetzt Zeit?« Tommaso beäugt mich und hält vor meinem Schreibtisch inne.

»Ja, warum eigentlich nicht.« Ich fahre meinen Computer runter und schnappe mir meine dunkelblaue Handtasche, die so gut zu meinem marineblauen Etuikleid passt.

»Ich kenne ein schickes Restaurant mit direktem Blick auf das Meer.« Tommaso zieht seine Hand aus der Hosentasche und legt sie auf dem Schreibtisch ab. »Wenn du möchtest, könnten wir dort essen gehen, die Fischplatte ist ein Traum.« Tommaso zeichnet mit seinem Zeigefinger Kreise auf die Tischplatte.

»Ich vertraue dir. Sollen wir mit meinem Wagen fahren?«

»Mein Auto steht schon in den Startlöchern und ist angenehm temperiert.« Kurz zucken seine Mundwinkel nach oben. War das gerade ein Lächeln?

»Gut dann lass uns los, bevor ich es mir anders überlege.« Nachdem ich die Rufumleitung auf meinem Handy eingerichtet habe, kann ich entspannt in die Mittagspause gehen.

Gemeinsam schlendern wir zum Fahrstuhl. Die paar Sekunden die der Aufzug bis nach unten benötigt, fühlen sich wie eine Ewigkeit an. Im Spiegel versuche ich, Tommaso unbemerkt zu beobachten. Er hat den Blick starr auf die Anzeige gerichtet. Zumindest sieht es so aus. Wir verlassen den Lift, und Tommaso legt seine Hand an meinen Rücken. Diese unschuldige Berührung erzeugt bei mir ein Kribbeln. Verdammt noch mal, fühlt sich das gut an!

Wir erreichen die Straße, und Tommasos schnittiger goldener Maserati parkt unübersehbar vor dem Hauseingang. Er hatte Glück, diesen Parkplatz zu ergattern. Ich fahre oft mehrmals um den Häuserblock, um überhaupt eine Parklücke zu finden.

Tommaso öffnet die Beifahrertür, und ich schmunzle, als ich mich auf den kalten beigen Ledersitz sacken lasse. Giovanni war früher auch so aufmerksam, aber heute muss ich achtgeben, dass ich überhaupt hinter ihm herkomme und nicht irgendwo vergessen werde. Tommaso nimmt auf der Fahrerseite Platz und zwinkert mir mit einem Auge zu, bevor er sich die Police-Sonnenbrille aufsetzt. Sein dunkler Bartschatten ergänzt sein makelloses Lächeln perfekt, das er mir zuwirft, bevor er den Motor startet. Ein lautes Brummen ertönt, und ich schnalle mich an. Nicht aus Angst, sondern weil ich ein pflichtbewusster Mensch bin. Ich empfinde es als wichtig, in der heutigen Zeit. Viele Menschen könnten noch am Leben sein, wenn sie damit nicht so verdammt nachlässig umgehen würden. Zaghaft blicke ich zu Tommaso. An was er wohl gerade denkt? Eine Hand hat er auf das Lenkrad gelegt, und mit der anderen hält er die Gangschaltung fest im Griff. Ob er die Frauen beim Sex auch auf so eine harte Art anpackt?

Tommaso fädelt sich gekonnt in den fließenden Verkehr ein. Die Strecke zum Strand kenne ich, darum achte ich nicht weiter darauf. Wir fahren beim Petersdom vorbei, und wie immer sind eine Menge Touristen unterwegs. Hier ist man gezwungen aufzupassen, denn die Urlauber rennen manchmal ohne Vorwarnung über die Straße. Leider sieht man vom Auto aus den Petersdom nicht. Ich war schon mehrmals drinnen, und es ist jedes Mal aufs Neue etwas Besonderes. Man kann die andächtige Stimmung, die dort herrscht, mit jeder Faser spüren.

Plötzlich stellt Tommaso das Radio lauter, und ein Song von Tina Turner und Eros Ramazzotti erklingt, ich erkenne die Melodie sofort. Es ist der Titel »Cose della vita«, Tommaso singt den Song mit, und ich spüre die Gefühle in seinen Worten. Der Song endet, und langsam entspanne ich mich.

Als Tommaso gekonnt seinen Maserati neben einem Jaguar einparkt, blicke ich mich um. Durch Tommasos Gesangseinlage war ich so abgelenkt, dass ich null Plan habe, wo wir sind. Tommaso steigt aus seinem Wagen und läuft zu meiner Autotür. Ich möchte sie gerade öffnen, aber er kommt mir zuvor. Eine warme Brise bläst mir ins Gesicht, als ich ihm zu einem roten Gebäude in rustikalem Stil folge. Obwohl ich das Meer nicht sehen kann, strömt mir ein salziger Duft in die Nase. Tommaso legt wieder seine Hand auf meinen Rücken, und wir gehen zum Eingang. Ein Portier öffnet uns die Tür und begrüßt uns freundlich.

»Guten Tag«, sagt Tommaso mit seiner tiefen Stimme und reicht ihm einen Fünfeuroschein. Also spendabel ist er, sogar dem Portier gibt er Trinkgeld.

Ich begrüße ihn nur mit einem leisen »Hallo«, so überrascht bin ich von Tommasos Art. Die meisten reichen Leute, die ich kenne, beachten die Angestellten nicht und behandeln sie auch nicht wertschätzend. Leider hat sich mein Mann Giovanni dahingehend gewandelt. Früher war er nicht so knausrig und unfreundlich. Aber umso wohlhabender wir wurden, desto weniger begegnet er der Arbeiterschicht mit Respekt. Es stört mich immer wieder, und wir hatten deshalb schon des Öfteren Streitigkeiten. Leider könnte ich genauso mit der Wand sprechen, so viel bringt das.

»Guten Tag, Signor De Santis, der Tisch ist für Sie vorbereitet.« Die Dame am Empfang hat eine weiche Stimme, die perfekt zu ihrem lieblichen Aussehen passt. Tommaso wusste noch nicht einmal, ob ich dem Essen zustimme, und hatte trotzdem schon den Tisch reserviert.

»Guten Tag, Melina.« Tommaso ist hier anscheinend Stammgast. Melina führt uns zum Fahrstuhl, und wir fahren vier Stockwerke hinauf. Danach laufen wir durch den Speisesaal hindurch, der sehr prunkvoll gestaltet ist. Viele Kronleuchter, und die Tische sind wie für ein großes Fest gedeckt. Mit den weißen Blumenarrangements sieht es fast so aus, als fände heute eine Hochzeit statt, jedoch dürfte das hier zum Standard gehören. Seltsam, hier war ich noch nie, aber normalerweise halte ich meine Mittagsmahlzeit eher einfach, es gibt meist Pizza oder Nudeln.

Melina öffnet eine Balkontür, und wir folgen ihr nach draußen. Mir fällt die Kinnlade runter, als ich den Ausblick zum Meer sehe. Der Balkon ist etwa zehn Quadratmeter groß, und wir sind ganz alleine, es steht nur ein Tisch mit zwei Stühlen darauf. Wieder entdecke ich ein wunderschönes weißes Blumengesteck, und die Stoffservietten sind zu Rosen gefaltet.

Die Dame schiebt einen Stuhl zurück, und ich lasse mich darauf sinken. Tommaso nimmt gegenüber von mir Platz, und ich komme aus dem Staunen nicht heraus. Im Hintergrund höre ich leise italienische Musik, während Tommaso uns etwas zum Trinken bestellt. Ich bin so sprachlos wegen des paradiesischen Ambientes, dass ich nur nickend Tommasos Getränkebestellung zustimme. Ein kleines Motorboot fährt hinaus auf das blitzblaue Meer. Ich komme mir vor wie in einem kitschigen Film, so romantisch ist es hier. Das ist ein Geschäftstermin, rufe ich mir in Erinnerung. Die Kellnerin reicht uns die Speisekarte, bevor sie hinter sich die Balkontür schließt und wir völlig alleine sind.

»Wie gefällt es dir hier?« Tommaso hat seine großen Hände auf den Tisch gelegt, und sie sind meinen verdammt nahe, sodass ich die ein wenig zurückziehe. Immerhin muss ich einen gewissen Abstand wahren.

»Es ist hier wirklich wie in einem perfekten Traum. Unglaublich schön, und der Ausblick ist der Hammer. Hattest du den Tisch schon ohne meine Zustimmung reserviert?«, frage ich, während ich die Stoffserviette zur Seite lege.

»Ja, denn diese Plätze sind sehr begehrt. Außerdem wollte ich mit dir ungestört sprechen können, ohne irgendeine Ablenkung.« Kurz zucken seine Mundwinkel, als müsste er sich gerade ein Lächeln verkneifen.

»Besser hättest du nicht wählen können.« In diesem Restaurant könnte ich mir nur allzu gut ein erstes Date vorstellen. Trotzdem ist und bleibt das ein Geschäftsessen, wiederhole ich in Gedanken. Die Neuigkeiten, die Immobiliensuche für die Stiftung betreffend, haben für mich größere Priorität als meine Hirngespinste.

»Das freut mich.« Tommaso nimmt seine Sonnenbrille ab, und seine blauen Augen leuchten bei der Sonneneinstrahlung. Es kommt mir vor, als würde ich darin versinken. Einerseits strahlen sie so viel Ehrlichkeit, aber auch etwas Geheimnisvolles aus. Eigentlich weiß ich von Tommaso nur, dass er mit Immobilien Geschäfte macht und nun auf Frauensuche ist. Müsste ich mehr über ihn wissen? Ist es denn nicht völlig egal, was für ein Mensch er ist? Kurz ist es seltsam still zwischen uns, und ich erhebe mich vom Stuhl und gehe zum schmiedeeisernen Balkongeländer. Hier oben scheint die Welt ruhig und entspannt zu sein. Ich schließe kurz meine Augen. Im Hintergrund vernehme ich unruhigen Vogelgesang. Plötzlich beginnt mein ganzer Körper zu kribbeln, und ich weiß genau, woran das liegt. Tommaso steht dicht hinter mir. Am liebsten würde ich mich jetzt an seine starke Brust anlehnen. Mein Atem beschleunigt sich, und das Vogelgezwitscher rückt immer mehr in den Hintergrund. Obwohl das aufgebrachte Piepsen der Spatzen meine Alarmbereitschaft steigert. Wird er mich berühren? Oder sehne ich mich einfach danach? Die Balkontür gibt ein leises Knarren von sich, als sie geöffnet wird. Ich blicke über meine Schulter zurück und beobachte, wie die Kellnerin das Wasser und zwei Gläsern Rotwein am Tisch abstellt. Sofort wache ich aus meinem Gefühlstaumel auf und schiebe mich an Tommaso vorbei.

»Hast du Unterlagen von den Objekten eingepackt?«, frage ich und stöckle zum Tisch. Wie ein Kind, das beim Sesselspiel um seinen Platz kämpfen muss, setze ich mich ruckartig hin. Nicht langsam und elegant, wie man es normalerweise in männlicher Gesellschaft tut.

»Natürlich.« Tommaso ist wieder ganz der Geschäftsmann und holt eine Aktentasche hervor. Entweder bin ich total verwirrt, oder es liegt an der Hitze, denn ich hatte nicht mitbekommen, dass er eine Tasche dabeihat. Er zieht eine graue Mappe heraus und legt sie vor mich hin. Kurzerhand schnappt er sich seinen Stuhl und verringert wieder den Abstand zu mir, indem er sich neben mich hinsetzt. Sein angenehm herber Duft strömt mir in die Nase. Ich schließe kurz meine Augen und inhaliere die Frische des Kardamoms vermischt mit der holzigen Eleganz von Vetiver. Dieses Parfüm bringt mich ganz durcheinander - oder ist Tommasos aufregende Ausstrahlung dafür verantwortlich? Ich weiß es nicht. Jedenfalls muss ich eine Lösung finden, um nicht ständig davon abgelenkt zu werden. Tommaso legt seine linke Hand auf meine Stuhllehne und ist mir nun noch näher. Ich schlucke schwer, irgendwie wird mir etwas schwindelig bei dem Gespräch. Ich habe alle Mühe, mich auf die Bilder und Beschreibungen der Häuser zu konzentrieren.

»Was sagst du zu dieser Immobilie? Ich finde, die wäre optimal.« Tommaso zeigt mir die Fotos, und im Handumdrehen bin ich hellwach. Das Gebäude ist wirklich ein Traum, es wären kaum Renovierungen notwendig, und es gibt einen abgeschotteten Garten. So könnten die Kinder in Sicherheit spielen, ohne dass ihre Mütter vor den Annäherungsversuchen ihrer Ex-Männer Angst haben müssten.

»Dieses Haus liegt in unserem Budget?«, frage ich ungläubig. Denn es wäre einfach zu perfekt, wenn wir uns das leisten könnten.

»Mach dir um den Preis keine Gedanken«, antwortet er beschwichtigend. »Dafür, dass er für euch passt, werde ich schon sorgen. Entscheidend ist, ob es dir gefällt.« Tommaso nippt an seinem Rotwein, während er mich über den Glasrand beobachtet.

»Gefallen ist eher untertrieben, es ist wie in einem Märchen, so bezaubernd!«, antworte ich euphorisch. »Allerdings muss ich das noch mit Giulia besprechen, und wir sollten uns das Haus vor Ort anschauen, damit es kein böses Erwachen gibt. Oft sind die Bilder schöner als die Realität.«

»Da stimme ich dir vollkommen zu. Besprich es mit Giulia in aller Ruhe. Wir müssten diese Woche noch nach Mailand fliegen. Damit kein anderer Investor uns zuvorkommt.« Tommasos Augen haften an mir, und ich bin versucht, meine Hände an seine Wange zu legen. Wie sein Mund nach dem Schluck Rotwein wohl schmecken mag?

»Giulia und ich bekommen das bestimmt hin. Morgen treffe ich mich zum Frühstück mit ihr. Darf ich die Unterlagen haben?«

»Sicher, sie sind ja für euch zusammengestellt.« Tommaso klappt die Mappe zu und reicht sie mir. Ich greife nach dem Ordner und fasse dabei aus Versehen zugleich Tommasos Hände. Wir verharren für Millisekunden, die sich wie Minuten anfühlen. Am liebsten würde ich ihn nicht mehr loslassen, und auch er scheint kein Interesse daran zu haben, unsere körperlichen Berührungen zu unterbrechen. Durch meine Adern strömt eine Flut von Sehnsucht nach Nähe zu ihm. Mein Körper steht plötzlich unter einer angenehmen Spannung, die ich bisher noch nie gefühlt habe. Der Reiz des Verbotenen, vermischt mit dem steigenden Vibrieren zwischen meinen Schenkeln, lässt einen wohligen Schauer von meinen Haarspitzen bis zu den Zehen ziehen. Unsere Blicke treffen sich, und ich öffne leicht meinen Mund, um besser atmen zu können. Leider hilft es nicht im Geringsten. Ein lautes Räuspern der Kellnerin stört unseren gemeinsamen Augenblick. Ruckartig ziehe ich Tommaso die Mappe aus der Hand. Dabei prallt mein Ellbogen gegen die Wasserflasche. Ich wirble herum und versuche das Unvermeidliche aufzuhalten. Doch die Flasche bahnt sich ihren Weg vom Tisch zum Boden, und zu meinem Unglück zerspringt sie in mehrere Einzelteile.

»Mist!«, fluche ich.

»Ich komme gleich und bringe einen Besen«, sagt die Bedienung in sanftem Ton und verschwindet auch schon wieder.

Ich laufe um den Tisch herum und beginne die größeren Scherben aufzuheben.

»Ist doch nichts Schlimmes passiert«, raunt Tommaso und greift nach meiner Hand. Ich blicke hoch und bleibe bei seinen Augen hängen, die mich liebevoll ansehen. Wieso muss er so verdammt nett sein? Giovanni hätte in diesem Moment bestimmt geschimpft, was für ein Trottel und Tollpatsch ich doch sei. Das Knarren der Tür holt mich auf den Boden der Tatsachen zurück, sodass ich Tommaso mit mehr Distanz begegne. Ich erhebe mich und entziehe mich diesem Bann aus Begierde, Lust und Verlangen nach mehr.

Tommaso macht der Dame Platz, und sie kehrt mein Malheur sorgsam zusammen und leert es in den Eimer. Kurz verschwindet sie, und wir finden uns wieder auf unseren Stühlen ein. Noch immer zittert meine Hand von seiner Nähe, die in mir verbotene Gefühle weckt, die ich unbedingt unter Kontrolle bekommen muss.

»Haben Sie schon etwas zum Essen ausgesucht?«, fragt die Kellnerin, als sie wieder da ist.

»Was meinst du, nehmen wir gemeinsam eine Fischplatte?« Tommaso sieht mich mit hochgezogenen Augenbrauen an.

»Ja, sehr gerne«, antworte ich knapp.

»Möchtest du auch einen Salat dazu?«, fragt er mich mit seiner melodischen Stimme.

»Nicht unbedingt«, wende ich ein.

Um auf das Wesentliche zurückzukommen, fokussiere ich meine Gedanken auf das außergewöhnliche Haus. Die Immobilie wäre wirklich die ideale Zufluchtsstätte für die misshandelten Frauen und Kinder. Morgen nach dem Frühstück mit Giulia werde ich wieder einen Vormittag im Frauenhaus verbringen. Jede Woche versuche ich mir mindestens einen Tag freizuschaufeln, um dort mitzuhelfen. Wir sind momentan komplett voll, und es macht mich sehr traurig, dass wir derzeit keine weiteren Kapazitäten frei haben. Doch wir planen bereits, das Gebäude auszubauen. Aber die Behörden lassen sich bei allem so viel Zeit, dass sich die Vorbereitungen wie ein Kaugummi in die Länge ziehen. Die Frauen wieder fortzuschicken, wenn sie endlich den Mut und die Kraft gefunden haben, sich von den Männern, die sie misshandeln, zu trennen, zerfrisst mich innerlich. Es dauert oft viele Jahre, bis sie zu uns kommen. Manche schaffen den Absprung nie, und das schmerzt tief in meiner Brust.

»Ist alles okay, Evina?« Tommaso berührt mich am Rücken, und ich blinzle. Der Gedanke an diese vielen Frauen und Kinder, die oft aufs Schwerste misshandelt werden, drückt mir die Tränen in die Augen.

»Ehrlich gesagt, nein. Gestern bekam ich wieder einen Anruf von unserem Frauenhaus hier in Rom. Sie mussten eine Frau mit ihren zwei Kindern nach Hause schicken, weil sie keinen Platz mehr für sie hatten. Und heute kam die traurige Meldung, dass die Mutter jetzt im Krankenhaus liegt und in ein künstliches Koma versetzt wurde, so schwer verletzt ist sie. Wir brauchen in Rom dringend mehr Räume, doch die Behörden stellen sich quer.«

»Habt ihr dazu schon einen Plan?« Tommaso wirkt sichtlich interessiert.

»Wir wollen unser Haus hier ausbauen. Die Pläne liegen bereits beim Bauamt, jedoch haben wir bisher noch keine Baugenehmigung bekommen. Dabei sind schon sechs Monate vergangen, seitdem wir sie eingereicht haben.« Ein Seufzen entfährt mir.

»Das ist seltsam.« Tommaso reibt sich sein Kinn. »Wenn du möchtest, hake ich einmal nach. Ich habe dort einige gute Kontakte, vielleicht hilft es ja.«

»Wir können jede Unterstützung gebrauchen. Solche Vorfälle wie gestern dürfen nicht mehr passieren.« Meine Augen werden glasig. Eine lose Träne löst sich, als ich blinzle. In Tommasos Gegenwart fühle ich mich so verstanden, als wüsste er genau, was ich meine.

»Bitte nicht weinen«, fleht er mich an. Tommasos sonst so tiefe Stimme ist nun sanft und verursacht mir Gänsehaut. Zugleich legt er seine Hand an meine Wange und wischt mir mit dem Daumen die Träne weg. Ich bin versucht, mein Gesicht in seine Hand zu betten und die Augen zu schließen. Doch dann vernehme ich das allzu bekannte Knarren der Balkontür, und ich zucke zurück. Tommaso geht auf Abstand, was mir in diesem Moment nur recht ist. Die Kellnerin kommt mit dem Salat und der großen Fischplatte zu uns. Die Platte platziert sie in der Mitte des Tischs und stellt den Salat neben Tommasos Teller ab.

»Das sieht aber lecker aus, wenn es dich nicht stört, muss ich gleich zugreifen.« Tommaso rückt seinen Stuhl an seinen Platz zurück und beginnt sich zu bedienen. Die Fischplatte ist belegt mit allen erdenklichen Fischsorten und Meeresfrüchten, dazu sind ein Mischgemüse und Kartoffeln drapiert. Alleine beim Anblick läuft mir das Wasser im Mund zusammen.

Die Kellnerin wünscht uns einen guten Appetit, bevor sie uns wieder alleine lässt. Als ich mich an den Calamari zu schaffen mache, beobachtet mich Tommaso genau. Er hat zwar seinen Teller fertig belegt, jedoch noch keinen Bissen davon genommen. Nachdem ich mir Gemüse und Kartoffeln auf meinen Teller gelegt habe, blicke ich zu ihm. Ein spitzbübisches Lächeln ziert Tommasos Gesicht.

Er erhebt sein Rotweinglas. »Ich freue mich, dass du dir heute Zeit genommen hast.«

Perplex bringe ich im ersten Moment nichts hervor, nehme aber mein Glas und stoße mit ihm an. »Prost«, krächze ich. Wir setzen die Gläser an den Mund und beobachten uns gegenseitig über den Glasrand hinweg. Nachdem wir fast zeitgleich die Gläser auf dem Tisch abgestellt haben, beginnt auch Tommaso mit dem Essen.

»Deine Eltern sind also geschieden?«, frage ich. »Warst du damals von ihnen sehr enttäuscht, dass sie sich trennten?«

»Oh Gott, zum Glück ist meine Mutter diesen Schritt gegangen!« Kurz verändert sich Tommasos Gesicht. Er wirkt nachdenklich, aber auch erleichtert. Er scheint seinen Vater nicht gerade zu lieben, das kommt mir durchaus bekannt vor.

»Hast du noch Kontakt zu deinem Vater?«, frage ich nach.

»Ich hoffe, dass ich diesem Taugenichts nie wieder über den Weg laufe. Aber lass uns nicht von mir reden, mich interessiert viel mehr, wie deine Familie so aussieht. Sind deine Eltern noch verheiratet?« Tommaso weicht mir aus. Er möchte mir eindeutig nichts von seinem Privatleben erzählen. So, als müsse er ein großes Geheimnis daraus machen. Doch bin ich denn so viel besser? Außer Giulia kennt niemand meine Familienverhältnisse. Ich liebe meine Mutter Beatrice. Leider schafft sie es nicht, einen normalen Mann zu finden. Ständig fällt sie in ihr altes Beuteschema zurück. So, als würde es keine anständigen Männer geben. Erst gestern hat sie bei mir angerufen und erzählt, dass sie wieder solo sei. Was mich nicht wirklich stört, sondern eher glücklich macht. Nach meinem letzten Besuch bei ihr bin ich mir ziemlich sicher, dass sie von ihrem neuen Partner geschlagen wurde. Sie hat versucht, ihre blau- und rotgefärbten Striemen an den Armen mit einem langärmligen Shirt zu verstecken. In einem unvorsichtigen Moment beim Abwasch habe ich die Blutergüsse gesehen. Sie hat sie mit keinem einzigen Wort erwähnt. Ich habe versucht mit ihr darüber zu sprechen.

Leider kenne ich meine Mutter zu gut und weiß, dass sie mir die heile Welt vorspielt. Des Öfteren habe ich ihr angeboten, dass sie vorübergehend bei mir wohnen könnte. Doch für sie kommt es nicht infrage, auf meine Kosten zu leben. Das war schon immer ihr Problem. Hilfe von anderen Leuten anzunehmen fiel ihr nie leicht. Damals, als ich zehn Jahre alt war, blieb ihr nichts anderes übrig. Denn die Fürsorge hatte ihr gedroht, mich ihr wegzunehmen, wenn sie sich nicht von meinem Vater trennt.

»Meine Eltern sind auch geschieden. Anscheinend gibt es kaum mehr eine Ehe, die nicht gescheitert ist.« Mit dem Zeigefinger zeichne ich Kreise auf dem Tischtuch, was mich etwas entspannt. »Obwohl, wenn ich mir Giulias Ehe ansehe, ist sie wie aus dem Bilderbuch.«

»Ist denn deine gescheitert?« An Tommasos Mundwinkel haftet etwas Soße, die er mit einer geschmeidigen Bewegung mit der Serviette abwischt.

»Nein, natürlich nicht!«, entgegne ich energisch. »Sie befindet sich nur derzeit ein bisschen in der Warteschleife«, rechtfertige ich mich. Wieso tue ich das? Ich muss niemandem etwas beweisen, schon gar nicht Tommaso.

»Gibt er dir das Gefühl, dass er dich liebt, oder warum bist du von deiner Ehe nicht so überzeugt wie von Giulias?«

Seine neugierige Art stört mich. Warum interessiert ihn das? Ich nehme einen Happen, um ihm nicht sofort antworten zu müssen. Warum brauche ich dafür Bedenkzeit? »Natürlich liebt er mich, er ist mein Ehemann! Immerhin haben wir uns vor dem Standesamt die ewige Liebe geschworen. Aber es kann schon mal vorkommen, nach so vielen Jahren, dass die Schmetterlinge und Herzchen nicht mehr so tolle herumfliegen.« Ich atme tief ein, so viel Energie hat mir diese Antwort geraubt. Nie und nimmer werde ich ihm erzählen, welches Chaos derzeit bei mir zu Hause herrscht.

»Nur, weil man sich vor Jahren das Jawort gegeben hat, bedeutet das nicht, dass man sich nach Jahren noch immer liebt.« Tommaso legt seine Gabel und sein Messer auf dem Teller ab und verschränkt seine Finger ineinander. »Oft sind die Menschen doch nur aus Bequemlichkeit zusammen oder weil es die Gesellschaft von ihnen erwartet.

Jedoch nicht, weil sie den Partner aufrichtig und von ganzem Herzen lieben«, sagt Tommaso energisch. Seltsam, wie sich Tommaso über dieses Thema aufregt.

»Ich bin mit Giovanni glücklich, ohne Vorgabe von außen!«, entgegne ich mit zittriger Stimme. Niemals würde ich vor Tommaso zugeben, dass meine Ehe in einer Krise steckt. Das wäre für ihn bloß ein gefundenes Fressen.

»Du musst es ja wissen«, erwidert Tommaso mit sarkastischem Unterton in der Stimme. »Wie war eure Hochzeit, so typisch italienisch, mit vielen Gästen und allem Drumherum?, fragt er spöttisch. »Mit Kirche, vielen Blumen und einem großen Fest?« Tommaso lehnt sich zurück im Stuhl und dribbelt langsam mit den Fingern auf dem Tisch, während er mich mit seinen stechend blauen Augen beobachtet.

»Nein, wir haben nur standesamtlich geheiratet. Wir waren damals sehr jung und hatten nicht so viel Geld. Kirchlich wollten wir später nachholen, aber irgendwie hat bisher nie der Zeitpunkt dafür gepasst.« Diesmal muss ich ein bisschen flunkern, denn die Wahrheit ist leider eine ganz andere. Giovanni wollte nie in der Kirche heiraten, obwohl er wusste, dass es mir eine Menge bedeuten würde. Doch ich habe mich mit seiner Meinung arrangiert. Was hätte ich tun sollen, ihn dazu zwingen? Das wollte ich dann auch nicht. Heute ist es mir zwar nicht gleichgültig, aber ich lebe damit ganz gut. Wie sehr träumte ich als Kind von meinem Prinzen, der mich mit einem wunderschönen weißen Kleid zum Altar führt. Doch manchmal werden Träume eben nicht Wirklichkeit. Trotzdem liebe ich Giovanni. Damals, als ich ihn kennenlernte, stand ich mitten in einer Lebenskrise, und er gab mir Sicherheit.

»Das funktioniert doch nie, wenn man etwas nicht sofort erledigt, ist es nur eine halbe Sache.« Tommasos Worte versetzen mir einen Stich im Herzen. Wie recht er doch hat.

»Du kennst dich da also aus?«, erwidere ich schnippisch. »Wie oft warst du schon verheiratet?« Nun reicht es mir langsam. Dieser Klugscheißer hat doch gar keine Ahnung von Beziehungen, geschweige denn von einer Ehe. Er benutzt die Frauen wie seine Boxershorts, täglich was Neues, und da will er mir Beziehungsratschläge geben?

»Ich war zwar noch nie verheiratet, aber sollte ich jemals eine Frau finden, die mein Herz im Sturm erobert, würde ich ihr alles bieten, was sie glücklich macht. Und ich weiß genau, dass sich fast jede Frau eine Märchenhochzeit wünscht, da gehört nun mal eine Kirche dazu.« Tommaso steckt sich den letzten Bissen Fisch in den Mund, und seine Augen durchbohren mich förmlich. Sofort stopfe ich mir die Kartoffel von meinem Teller in mich hinein, um nicht gleich reagieren zu müssen. Wie sehr würde ich mir diese Worte von Giovanni wünschen, doch da werde ich vorher schwarz, bevor er seine Meinung zur Kirche ändert.

»Na, dann sollte ich mich wohl besser anstrengen, für dich deine Traumfrau zu finden«, necke ich ihn.

14. Kapitel

Tommaso

Evina ist nach dem Essen kurz auf der Toilette verschwunden. Die Kellnerin räumt inzwischen den Tisch ab, und ich bestelle für Evina einen Espresso und für mich eine heiße Schokolade. Diese Frau ist wirklich eine Sache für sich. Ihre Ehe scheint schwierig, aber sie hält mit aller Gewalt daran fest. Warum sie das macht, ist mir ein Rätsel. An Torschlusspanik wird sie nicht leiden, oder etwa doch? Nein, das kann unmöglich sein, sie ist wunderschön, wenn sie lacht, bilden sich kleine Fältchen neben ihren Augen, die sie noch bezaubernder für mich machen. Ich muss sie unbedingt in mein Bett locken, komme, was wolle, damit ich wieder klar denken kann. Ich kann ihr Gesicht und ihre vollen Brüste nicht vergessen, das macht mich noch wahnsinnig.

Evina kommt zu unserem Tisch zurück und lässt sich elegant auf ihren Stuhl sinken. Ihre Lippen sind leicht geöffnet. Am liebsten würde ich jetzt zu ihr über den Tisch klettern und sie auf der Stelle vögeln. Wild und hart, sodass sie meinen Namen schreit. Ich will endlich wissen, wie es sich anfühlt, in ihr zu sein, oder wenn sie meinen Schwanz lutscht und mir dabei tief in die Augen sieht.

»Hast du schon bezahlt?«, fragt Evina und reißt mich so aus meinem wirklich heißen Traum.

»Ich dachte, du möchtest vielleicht noch einen Espresso?« Kaum habe ich den Satz ausgesprochen, steht auch die Kellnerin neben mir. Sie serviert uns den Kaffee und die heiße Schokolade.

»Du bist wirklich ein Schatz«, antwortet Evina freudig.

»Immer wieder gerne.« Jetzt nennt sie mich schon Schatz, das ist ein Anfang. Vielleicht kommen wir uns am Wochenende näher, wenn wir in Mailand sind. Irgendwie muss ich schaffen, dass Giulia nicht mitfliegt. Dann habe ich freie Bahn und kann sie gekonnt verführen, so wie es nur ein Tommaso De Santis vermag.

Evina scheint zu frieren, denn ihre Nippel richten sich auf und drücken sich durch den Stoff ihres Kleids. Am liebsten würde ich jetzt den Anblick genießen. Leider fühlt sie sich unwohl und reibt sich immer wieder ihre Oberarme.

»Möchtest du meine Jacke überstreifen? Wie mir scheint, ist dir schon etwas kalt.«

»Das ist nicht nötig.« Evinas Wangen werden rosa. Ihre Verlegenheit schmeichelt mir.

»Keine Ursache.« Ich reiche ihr meine Jacke, und sie hüllt sich darin ein. Sofort geht meine Fantasie mit mir durch. Sie liegt mit gespreizten Beinen vor mir auf dem Tisch. Das Kleid ist verschwunden, nur das Sakko bedeckt ihre zarte Silhouette. Ihr lüsterner Blick und ihr leicht geöffneter Mund sind einladend, machen mich scharf. Ihre vollen Brüste blitzen nur ein Stück hervor, jedoch genieße ich den Anblick ihrer Spalte, der mir sofort einen Ständer verschafft.

»Wie spät ist es eigentlich?«, fragt Evina nichts ahnend. Wenn sie wüsste, woran ich denke.

»Es wird gleich vier Uhr.« Ich beobachte sie. Keine Ahnung, ob sie mir ansieht, dass sich in meiner Hose gerade ein Kampf abspielt. Ich versuche mich abzulenken, nicht an Sex mit ihr zu denken, doch als sie an ihrem Kaffee nippt und sich danach langsam über die Lippen leckt, muss ich unweigerlich wieder an ihre Muschi denken. Mein Schwanz giert nach ihr, und mein Verstand will sie, dass beide einer Meinung sind, ist bisher noch nie vorgekommen. Sie ist eindeutig etwas Besonderes.

»Mist, ich muss nach Hause! Wo ist bloß die Zeit hin verflogen?«

Hektisch trinkt Evina ihren Kaffee aus, und schwupp ist die erotische Stimmung, die ich noch vor wenigen Sekunden spürte, verschwunden.

»Dann gehen wir gleich rein zahlen.« Ich versuche, nicht genervt zu klingen, doch lieber würde ich hier noch länger sitzen und mit ihr auch noch den Sonnenuntergang genießen.

»Wenn es für dich kein Problem ist?« Evina zieht eine Braue nach oben. »Ich kann mir auch ein Taxi rufen.«

»Das kommt überhaupt nicht infrage!«, entgegne ich. Warum habe ich bloß das Bedürfnis, jede freie Minute mit ihr zu verbringen? Ich sehe sogar einen Nutzen im Nachhausebringen.

»Du hast aber deine heiße Schokolade bisher nicht mal angerührt?« Sie blickt abwechselnd zu mir und zu der Tasse. Ihr verzweifelter Gesichtsausdruck lässt mich schmunzeln.

»Das haben wir gleich.« Ich setzte die Tasse an meinen Mund und trinke den Kakao in einem Zug aus. Wir erheben uns von den Stühlen, und ich öffne ihr die Balkontür. Meine Hand lege ich ihr auf den Rücken, der sich so gut anfühlt. Die Verlockung ist groß, sie weiter runterzuschieben, an ihren knackigen Po. Das Tempo wäre eindeutig zu schnell für sie. Da würde ich Evina nur verschrecken.

Auf der Heimfahrt wechseln wir kein einziges Wort, was mich nachdenklich stimmt. Ist Evina müde, oder hat sie keine Lust, mit mir zu sprechen? Als wir vor ihrem Bürogebäude vorfahren, höre ich, wie sie einmal tief ein- und ausatmet. Wie immer ergattere ich vor dem Eingang einen Parkplatz. Seit sie mir begegnet ist, kann ich an nichts anderes mehr denken als an sie.

»Danke für den wunderschönen Nachmittag. Ich werde mich in den nächsten Tagen bei dir melden.« Evinas angenehmer Stimme könnte ich stundenlang zuhören. Viele Frauen haben eine piepsige Aussprache, dass es einem jeden einzelnen Muskel zusammenzieht. Doch ihre Stimme ist etwas tiefer, aber nicht männlich, einfach makellos.

»Ciao«, bringe ich nur hervor. Wir geben uns rechts und links einen Abschiedskuss auf die Wangen, dabei berühren sich unsere Gesichter.

Ein Kribbeln durchströmt meinen Körper, und die Stelle, wo wir uns berühren, prickelt wie Champagner. Ich beobachte, wie Evina aus dem Wagen steigt und zu ihrem Cabriolet marschiert. Ich bin wie hypnotisiert. Bevor sie in ihr Auto gleitet, blickt sie noch einmal zu mir zurück. In diesem Moment verhaken sich unsere Blicke ineinander. Diese paar Sekunden sind eindeutig zu kurz für mich. Sie schüttelt den Kopf und verschwindet in ihrem Porsche. Diese Frau ist so faszinierend wie sexy.

Vielleicht sollte ich Milan anrufen, damit ich wieder einen klaren Kopf bekomme. Sofort wähle ich seine Nummer, und nach kurzem Läuten hebt er ab. »Hey, alles klar bei dir?« Mit der rechten Hand halte ich das Handy, und mit der anderen spiele ich am Lenkrad.

»Hallo, das sollte ich dich fragen? Ich habe heute Nachmittag mehrmals probiert, dich zu erreichen, wo warst du?« Milans bohrender Ton nervt mich ungemein. Er erwartet von jedem, dass er zu jeder Tages- und Nachtzeit erreichbar ist. Sollte das einmal nicht der Fall sein, kriegt er eine Krise und rennt im Kreis herum.

»Ich hatte einen Geschäftstermin.« Milan ist zwar mein bester und einziger Freund, jedoch muss er keineswegs über alles Bescheid wissen. Schon gar nicht, wenn es noch nichts zu erzählen gibt.

»Aha, so nennst du das also, wenn du in Frauenbegleitung den Nachmittag im Restaurant De Marco verbringst.« Ich kann Milans breites Grinsen durchs Telefon hören.

»Woher …?« Kurz räuspere ich mich.

»Du solltest wissen, dass ich überall meine Kontakte habe«, sagt Milan.

Mist, ich hatte ganz vergessen, dass die Empfangsdame eine gute Freundin von Milan ist. Mit ihr muss ich eindeutig ein ernsthaftes Gespräch führen, diese Klatschtante.

»Ich hatte mit Evina einige Dinge für die Stiftung zu klären, also geschäftlich.«

»Was läuft da mit dieser Tussi?« Milans Wortwahl gefällt mir nicht, schon gar nicht, wenn es um Evina geht. Sie ist keine Tussi, wie sie im

Club rumlaufen. Sie ist eine Frau mit Stil, Charme und Humor. Auch ihre manchmal etwas schüchterne Art gefällt mir.

»Nenn sie nicht so!«, erwidere ich knurrend. »Sie heißt Evina Castello.«

»Gut, also hast du mit ihr eine Affäre oder was? Du hast dich doch nicht in diese verheiratete Frau verknallt?« Ich kann Milans Gesichtsausdruck förmlich vor mir sehen.

»Nein, wie schon gesagt, rein geschäftlich.«

»Das brauchst du mir nicht zu erzählen, so wie du über sie sprichst, willst du sie in die Kiste bekommen!« Milan lacht laut auf.

»Und wenn schon! Das kann dir doch egal sein.« Ich dribble mit den Fingern auf dem Lenkrad. »Hast du nun Zeit für einen Drink heute Abend oder nicht?« Mittlerweile ist mir die Lust auf einen lockeren Abend mit meinem Freund gründlich vergangen. Muss er immer so neugierig sein? Wenn ich es nicht besser wüsste, würde ich denken, an ihm sei eine Frau verloren gegangen. Wenn man über jemanden etwas erfahren möchte, braucht man nur Milan zu fragen, der hat bestimmt genaue Informationen über jeden parat. Sei es gute oder schlechte.

»Heute habe ich auch einen Geschäftstermin«, antwortet Milan gespielt ernst. »Mit einer Antonia. Die wird mir heute meinen Schwanz lutschen, und dann werde ich ihre Muschi durchvögeln, bis sie nicht mehr richtig stehen kann.« Ich höre Milans Hecheln und kann dabei nur meinen Kopf schütteln.

»So genau wollte ich dein Abendprogramm nicht wissen.« Mir kommt fast die Galle hoch bei seinem Gedankenauswurf.

»Es hat gerade an meiner Tür geklingelt, also ich muss Schluss machen! Bis dann!«, würgt mich Milan abrupt ab.

»Ciao!« Ich stecke mein Handy in die Handyhalterung und starte den Motor. Na toll, was mach ich jetzt? Am besten trainieren gehen, kommt mir in den Sinn. Ich entschließe mich, in meine Villa zu fahren, wo ich einen eigenen Fitnessraum habe.

Nach einer gefühlten Ewigkeit komme ich beim Eingangstor meines Anwesens an. Ich öffne das Tor mit der Fernbedienung und fahre die lang gezogene Einfahrt entlang. Rechts und links säumt eine große Zypressenallee die Auffahrt. Als ich das erste Mal dieses Objekt sah, hat mich allein die Gartenanlage begeistert. Neben meiner Villa ist eine Garage für etwa zehn Autos, jedoch sind derzeit nur drei Plätze davon belegt. Automatisch öffnet sich das Garagentor, und ich stelle meinen Maserati hinein. Nachdem ich aus dem Wagen gestiegen bin, blicke ich kurz zu meinen anderen Autos, dem Lamborghini und dem Audi SUV, die auch wieder mal gefahren werden müssten. Aber weil ich letztens Evinas Augen leuchten sah, als wir zum Wagen kamen, fiel mir die Wahl heute Morgen besonders leicht.

Ich stelle die Alarmanlage der Garage an und marschiere dann zum Haus. Es ist im italienischen Stil gehalten und wurde im 18. Jahrhundert erbaut, mit den typischen Wänden aus unterschiedlichen Steinen. Restauriert habe ich das gute Stück vor etwa zwei Jahren. Ich habe es bei einer Auktion zu einem sehr guten Preis ersteigert. Rebecca, die ich aus dem »Käfig« kenne, ist Architektin und hat mir bei der Einrichtung geholfen. Mir war es wichtig, dass der alte Charme des Hauses erhalten bleibt. Die dunklen Stilmöbel kombiniert mit italienischer Kunst passen hervorragend. Zumindest hat Rebecca mir das damals erklärt. Für diese Dinge interessiere ich mich nicht. Mir war viel wichtiger, dass es gemütlich ist und nicht wie in einem Museum aussieht. Zu meinem Glück ist es Rebecca gelungen. Ich liebe es, nach Hause zu kommen, die Stille zu genießen und einfach abzuschalten. Nachdem ich den Sicherheitscode eingegeben und die Tür geöffnet habe, steigt mir der angenehme Duft von gerösteter Zwiebel in die Nase. Ich hatte ganz vergessen, dass meine Haushälterin Katharina heute noch da ist. Ich streife meine Schuhe ab und laufe in die Küche.

»Ciao, Katharina, was hast du denn heute wieder Leckeres gekocht?« Ich gebe ihr einen Kuss auf die Wange zur Begrüßung, wende mich aber gleich dem Kochtopf zu und öffne ihn. Sie ist wie meine zweite Mutter, umsorgt mich und meinen Haushalt ganz liebevoll. Was würde ich bloß ohne sie tun? Ich würde wahrscheinlich ausnahmslos in Restaurants essen gehen, weil ich nicht gut kochen kann.

»Einen Lamm-Bohneneintopf, den kannst du dir morgen auch noch aufwärmen.« Katharina ist fünfzig, hat aber für ihr Alter noch immer eine gute Figur. Ihre schwarzen langen Haare hat sie heute zu einem Knoten gebunden.

»Du bist wirklich die Beste!«, antworte ich dankbar und gebe ihr abermals einen Kuss auf die Wange.

»In etwa zehn Minuten kannst du essen.« Katharina streichelt mir sanft über meinen Oberarm. »Irgendwie siehst du heute verändert aus?« Sie beäugt mich mit hochgezogener Augenbraue. »Bist du etwa verliebt?«

»Wie kommst du darauf? Du weißt doch, dass die Frau für mich noch nicht geboren ist.« Ich öffne die Schublade und hole einen Esslöffel heraus. Dann hebe ich den Deckel vom Topf herunter und koste von dem leckeren Eintopf.

»Junge, ein bisschen musst du dich noch gedulden!« Sie klopft mir leicht auf die Finger und lächelt. »Du solltest nicht so wählerisch sein. Du wirst auch nicht jünger, wann möchtest du denn eine Familie gründen, wenn du schon ein alter Greis bist?« Katharina nimmt mir den Deckel aus der Hand und legt ihn wieder auf den Topf.

»Du weißt ...« Ich schlucke den letzten Rest vom Eintopf runter. »Dass ich niemals Kinder möchte, dieses Thema ist abgehakt.« Wenn ich nur ein bisschen von meinem Vater vererbt bekommen habe, ist es für alle Beteiligten das Beste, wenn ich selbst nie ein Kind bekomme. Für mich war schon sehr früh klar, dass ich dafür nicht geschaffen bin. »Wenn dir die richtige Frau den Kopf verdreht, wirst du noch bemerken, wie du dich nach Kindern mit ihr sehnen wirst.« Katharina ist einfach unverbesserlich. Sie selbst hat vier Mädchen und drei Enkelkinder. Für sie kam ihre Familie immer an erster Stelle. Doch dieses Bedürfnis teile ich nicht mit ihr. Sie kann es nicht verstehen, sie weiß nicht, wie mein Leben sehr früh auf brutale Weise geprägt wurde. Mit meiner Vergangenheit ist es das Beste, wenn ich nie Vater werde.

15. Kapitel

Evina

Ungeduldig rutsche ich auf dem Stuhl hin und her. Giulia ist wieder nicht pünktlich, und ich habe in dem kleinen Café um die Ecke vom Frauenhaus bereits den dritten Espresso getrunken. Abermals blicke ich auf meine goldene Uhr, die mir Giovanni vor drei Jahren zu unserem Hochzeitstag geschenkt hat. Wie schnell die Zeit vergangen ist. Ich spiele mit dem Ehering, der aus einfachem Gold und einem winzigen Diamanten in der Mitte besteht. Damals hatten wir kaum Geld, und doch schien zu diesem Zeitpunkt alles viel einfacher zu sein als heute. Giovanni kam letzte Nacht wieder spät nach Hause, als ich schon tief geschlafen habe. Irgendwie finde ich derzeit keinen Draht zu ihm. Giovanni hat nur die Arbeit und das Geld im Kopf, so als würde es nichts anderes im Leben geben. Doch das wird sich hoffentlich bald bessern.

Gestern rief mich meine Mutter an und teilte mir mit, dass sie jetzt in einer neuen Wohnung wohnt. Endlich hat sie diesem Idioten Carlo verlassen. Als sie sich von meinem Vater getrennt hat, war ich über glücklich, denn dieser Tyrann hätte uns genauso gut umbringen können. Doch nach diesem Fiasko einer Ehe ist sie nicht schlauer geworden. Als zweiten Mann angelte sie sich einen offensichtlichen Alkoholiker, der mit sich selbst und dem Sprit beschäftigt war. Und der Dritte, den kannte ich gar nicht, so kurz waren sie verheiratet. Ich glaube, es waren keine drei Monate. Ich will sie zwar nicht verurteilen, doch so wie meine Mutter möchte ich auf keinen Fall enden. Darum werde ich um meine Ehe mit Giovanni kämpfen. Er ist ein guter Mann, der zu mir immer aufrichtig war und ist. Außerdem ist er ein anständiger Kerl, der noch nie gegen mich die Hand erhoben hat.

»Ciao, Evina!«, ruft Giulia über die Tische hinweg. Giulia hat ein weißes Kostüm an und ihre langen schwarzen Haare zu einem Pferdeschwanz zusammengebunden. Sie nimmt ihre große goldene Gucci-Sonnenbrille ab und gibt mir zur Begrüßung rechts und links einen Kuss auf die Wange.

»Guten Morgen, Giulia, eigentlich sollte ich es von dir ja gewohnt sein, dass du mich warten lässt, doch heute bin ich unter Zeitdruck.« Ein Seufzen entfährt mir, und ich verdrehe die Augen.

»Entschuldige, aber Ricardo wollte mich nicht gehen lassen, wenn du verstehst, was ich meine.« Giulias Gesicht ziert ein verschmitztes Lächeln.

»Ich will es gar nicht wissen ...« Ich erhebe demonstrativ die Hand und verschließe meine Augen.

»Aber mit irgendjemandem muss ich doch mein Glück teilen!« Giulias flehender Blick lässt mich erweichen.

»Was hat Ricardo heute wieder mit dir so Außergewöhnliches angestellt?« Ich versuche, interessiert zu wirken, was ich normalerweise auch bin, aber seit Giovanni und ich keinen Sex mehr haben, ist es für mich frustrierend, wenn ich von ihrer perfekten Ehe erfahre.

»Ich sage nur so viel, er hat für unser Schlafzimmer eine Liebesschaukel besorgt und mir einen Orgasmus verschafft, der so lange anhielt, dass ich noch immer ein Pochen zwischen meinen Beinen spüre.« Giulias breites Grinsen und ihre leuchtenden Augen machen mich nachdenklich. »Dann brachte er mir Frühstück ans Bett, und danach haben wir diese Liebesschaukel zum zweiten Mal verwendet. Mehr brauche ich dir wohl nicht zu erzählen, oder?«

»Ach, wie toll ...« Meine Euphorie hält sich in Grenzen. Ein Neidgefühl überkommt mich. Warum kann meine Beziehung nicht so rund laufen? Ich nehme den letzten Schluck von meinem Espresso, dann kommt die Kellnerin an unseren Tisch. Giulia bestellt sich einen Cappuccino und ich noch einen Espresso zur Beruhigung.

»Also welche Neuigkeiten hast du für mich?« Giulia beugt sich leicht über den Tisch und verschränkt ihre Finger.

»Ich war gestern mittagessen mit Tommaso De Santis. Er hat mir ein paar Immobilien für unser Mailandprojekt vorgestellt. Sieh mal!« Ich schiebe die Mappe zu ihr rüber und blättere gleich zu meiner Traumimmobilie. »Ist die nicht perfekt?«

Giulia studiert die Immobilie genau, ihr Gesicht zeigt keine Regung, weshalb ich nicht beurteilen kann, ob sie ihr gefällt.

»Und?«, hake ich nach.

»Die können wir uns niemals leisten.« Giulia schüttelt den Kopf, sodass sich sogar ihr Pferdeschwanz in Bewegung setzt. »Sicher ist sie ein Traum, aber die passt keinesfalls in unser Budget.«

»Tommaso versicherte mir, dass es mit unserem Finanzplan hinkommt.«

»Es kommt mir etwas seltsam vor, aber wenn du ihm vertraust, dann tue ich das auch.« Giulia legt ihre Hand auf meine und nickt mir zu. Doch ihre Skepsis ist ihr ins Gesicht geschrieben.

»Er meinte, wir sollten dieses Wochenende mit ihm nach Mailand fliegen, damit wir die Immobilie genauer unter die Lupe nehmen können.« Ich bin total euphorisch bei diesem Projekt und möchte keine Zeit verlieren. Jeder Tag ist ein Tag, an dem Frauen und Kinder keinen Unterschlupf finden.

»Von mir aus ...« Giulia legt die Mappe zur Seite. »Ich könnte Ricardo fragen, ob er mitkommt, und du Giovanni. Dann könnten wir das gleich verbinden, um gemeinsam mal wieder richtig Party zu machen, oder?«

»Ja, ich kann ihn fragen, aber ich glaube, dass daraus nichts wird. Giovanni ist in letzter Zeit bei der Arbeit ziemlich eingespannt.« Die Kellnerin kommt mit unseren Getränken. Kurz herrscht ein drückendes Schweigen. Giulia zieht ihre Augenbrauen hoch, und auf ihrer Stirn bildet sich eine Falte. Das bedeutet nichts Gutes, denn nun kommen sicher wieder belehrende Worte.

»Aber er wird doch am Wochenende nicht immer irgendwelche Geschäfte abwickeln?«, zischt Giulia. »Ihr müsst ja bald in Geld schwimmen, so viel ist Giovanni unterwegs!« Sie fuchtelt mit ihren Armen, und wenn das Thema nicht so verdammt ernst wäre, würde ich lachen, so komisch sieht es aus.

»Keine Ahnung, wir haben getrennte Konten. Ich habe keine Einblicke in Giovannis Finanzen.« Kurz presse ich die Lippen aufeinander.

»Herzchen, wann hattet ihr das letzte Mal Sex?« Giulias direkte Frage bringt mich in eine unangenehme Lage. Denn wenn ich genau überlege, sind es nicht nur Wochen, sondern schon Monate.

»Sex ist doch nicht alles in einer Beziehung!« Ich streue den Zucker in meinen Kaffee. »Immerhin zählen auch noch andere Werte, wie Vertrauen, liebevoller Umgang. Vor allem aber die Beständigkeit einer langjährigen Partnerschaft.« Gleichmäßig rühre ich in meiner Tasse. »Man kennt einander, und das verbindet.« Ich straffe meinen Rücken, um selbstsicher zu wirken. Doch eigentlich ahne ich nur zu gut, auf was Giulia hinauswill. Aber Giovanni würde mich niemals betrügen, davon bin ich überzeugt.

»Was redest du da für einen Schwachsinn! Das ist nicht dein Ernst!«, ruft Giulia, obwohl ich nur einen Meter von ihr entfernt sitze. »Du weißt genau, wenn dich dein Mann nicht fickt, dann katapultiert er eine andere in den Sexhimmel!« Sie spricht so laut, dass die anderen Gäste uns abschätzig beobachten. Na toll, das brauchte ich heute Morgen noch, dass jeder hier im Café über mein Intimleben Bescheid weiß.

»Die Leute gaffen bereits, kannst du etwas leiser sprechen?«, flüstere ich, in der Hoffnung, dass sie ihre Stimmlage meiner anpasst. »Wir kriegen das schon wieder hin. Er ist gerade ziemlich eingespannt, und er meinte, er hat einen dicken Fisch an der Angel.« Meine Erklärung kommt mir seltsam vor. Was, wenn er wirklich fremdgeht?

»Gut, dann machen wir ein Mädelswochenende in Mailand! Das steht eh schon lange an. Ein bisschen Wellness und am Abend die Stadt unsicher machen.« Giulia erhebt ihren Cappuccino und nimmt einen Schluck davon. Als sie die Tasse wieder auf den Tisch abstellt, kann ich mir ein Kichern nicht verkneifen. Durch den Milchschaum hat sie einen weißen Schnurrbart und sieht zum Lachen komisch aus.

»Was ist daran so witzig?«

»Du hast Milchschaum oberhalb deiner Lippe.« Mit meiner Hand deute ich an meine Oberlippe und muss noch mehr grinsen.

»Danke«, antwortet Giulia kichernd und wischt mit der Serviette ihren Mund ab.

»Du weißt, dass uns Tommaso nach Mailand begleiten wird?«

»Ja und? Der wird uns nur die Immobilie zeigen und dann abschwirren. Ich glaube nicht, dass er mit uns eine Sightseeing-Tour unternehmen will.« Giulia rollt mit den Augen. »Ich kenne Tommaso schon ein paar Jahre durch Ricardo, und der Typ ist mir nicht ganz geheuer. Er sieht wirklich hammergeil aus, und die Frauen scharen sich bei jeder Veranstaltung um ihn, aber er nimmt nie eine mit nach Hause.«

»Denkst du, dass er schwul ist?« Das kann ich zwar nicht glauben, würde jedoch einiges erklären.

»Nein, bestimmt nicht. Gevögelt werden sie ja, aber danach lässt er sie fallen wie eine heiße Kartoffel. Wiedersehen ausgeschlossen.« Giulia beugt sich über den Tisch, und ihre Augen werden groß. »Einer Bekannten von mir ist es bei ihm so ergangen. Ich sag es dir, die war vielleicht sauer.«

»Oh, also einer, der sich an den Frauen austobt und dann auf Nimmerwiedersehen verschwindet. Die sind mir die Liebsten.« Ich erzähle Giulia nichts davon, dass Tommaso jetzt in meiner Kundenkartei registriert ist. Immerhin habe ich Schweigepflicht. Aber gut zu wissen, da muss ich mich richtig reinhängen, um eine passende Frau für ihn zu finden.

»Aber wäre ich nicht so glücklich verheiratet, wäre er durchaus eine Versuchung, meinst du nicht?« Giulias Augen funkeln, und ein schelmisches Grinsen ziert ihr Gesicht.

»Ich weiß nicht, Aussehen alleine ist nicht alles.« Ich deute der Kellnerin an, dass ich zahlen möchte.

»Meinst du das ernst?«

Zu meinem Glück steht die Serviererin an unserem Tisch, und ich bezahle Giulias und meine Getränke. Normalerweise bremse ich sie nicht so aus, doch die Diskussion über das Aussehen könnte ich mit Giulia bis ins Unermessliche führen. Ich bin schon unter Zeitdruck, da ich noch ein paar Stunden im Frauenhaus mithelfen möchte.

Wir verlassen gemeinsam das Café. »Ich ruf dich später an«, sage ich, während mich Giulia herzlich umarmt. »Bis dann!« Ich winke ihr noch zu, bevor ich die Straße rauflaufe. Das Frauenhaus liegt ein paar Meter weiter, deshalb entscheide ich mich, zu Fuß zu gehen.

Als ich vor dem Frauenhaus ankomme, atme ich tief ein und aus. Sammle meine Kräfte. Diesen Frauen und Kindern wieder gegenüberzutreten, denen so viel Grausames widerfahren ist, macht mich wehmütig. Alte Erinnerungen werden dadurch geweckt. Mein Therapeut meinte, dass es auch zur Verarbeitung meines Erlebten beiträgt.

Mit dem Schlüssel sperre ich die Tür auf, und der Lärm von spielenden Kindern hallt mir entgegen. Ich laufe den schmalen Flur entlang. An den Wänden hängen Bilder, die die Kinder gemalt haben. Ich betrete die Küche und entdecke Elisabeth, die Betreuerin, sie kocht gemeinsam mit ein paar Müttern das Mittagessen. »Hallo zusammen!«, rufe ich in die Runde. Der Raum hat etwa vierzig Quadratmeter. Links ist die Küchenzeile, und in der Mitte steht ein langer Holztisch mit zwanzig Stühlen. Zwei Mütter sitzen am Tisch und füttern gerade ihre Kleinkinder mit frischem Obst.

»Hallo, Evina«, antworten mehrere Stimmen gleichzeitig.

Plötzlich stürmt ein kleiner Junge in den Raum und weint bitterlich. Sofort knie ich mich zu ihm runter und sehe ihn mitfühlend an. »Was ist denn passiert?« Der kleine Bub ist etwa fünf Jahre alt, und man kann die blauen Flecken noch vage an den Händen erkennen. Vor einer Woche kamen seine Mutter und er zu uns ins Frauenhaus. Wir mussten beide zuerst einmal medizinisch versorgen, so verletzt waren sie. Zum Glück hat Elisabeth eine Ausbildung als Krankenschwester, was uns einiges erleichtert.

»Ich kann meinen Teddy nirgends finden«, antwortet er mit zittriger Stimme.

»Komm, wir werden gemeinsam nach ihm suchen, was meinst du?« Er bringt nur ein zaghaftes Nicken zustande. Dann reiche ich ihm meine Hand und laufe mit ihm in den ersten Stock. Gemeinsam mit seiner Mutter bewohnt er dort ein kleines, aber feines Zimmer.

»Kannst du dich noch erinnern, wo du zum letzten Mal mit ihm gespielt hast?«, frage ich mit ruhiger Stimme.

»In meinem Zimmer, aber da ist er nicht mehr!«, antwortet er sichtlich ängstlich.

»Ist deine Mutter nicht da?«

»Sie ist nur kurz etwas besorgen gegangen.« Als wir vor seinem Zimmer ankommen, steht die Tür weit offen. Ich betrete den Raum mit ihm und weise ihn an, unter seiner Decke nachzusehen und unter dem Bett. Ich will in dem Schlafzimmer, das für die beiden sehr persönlich und ihr einziger Rückzugsort im Haus ist, nichts durchsuchen. Ich weiß nur zu gut, wie unangenehm es sein kann, wenn eine fremde Person wie ich darin stöbert. Als der Junge die Bettdecke hebt, kommt sein Teddy zum Vorschein. Seine Augen bekommen dieses besondere Leuchten. Diese Kinder kommen oft nur mit dem Nötigsten zu uns, müssen meistens ihre gesamten Spielsachen zurücklassen. Da ist es verständlich, dass es ein Drama ist, wenn sie ihr einziges Spielzeug, was sie noch besitzen, nicht finden.

Ich hocke mich zu ihm nieder, und er stürmt mit einem breiten Grinsen auf mich zu. Seine Hände weit auseinander gestreckt, fällt er mir um den Hals.

»Danke, Signora!« Die Liebe, die einem diese Kinder in so einfachen Momenten geben, ist herzzerreißend schön.

»Ich bin übrigens Evina, und wie ist dein Name?« Der Junge lässt von mir ab, und seine blauen Augen erinnern mich irgendwie an Tommaso. Seltsam, dass er mir gerade in diesem Moment durch den Kopf schießt.

»Ich heiße Mario und bin schon fünf Jahre!«, sagt er stolz und hält seine fünf Finger in die Höhe.

»Wow, schon fünf! Dann kommst du ja bald in die Schule. Möchtest du mich wieder mit nach unten begleiten und in der Küche mithelfen?«

Der Junge nickt und folgt mir die Treppen hinunter. Plötzlich klingelt es an der Tür, und kurz zucke ich zusammen. Vielleicht ist es wieder eine Frau, die um Hilfe bittet, für die wir leider derzeit keinen Platz haben. Oder es ist ein verlassener Ehemann, der nach seiner Frau sucht, um sie zurückzuholen? Wie angewurzelt stehe ich vor der Eingangstür und zögere ein wenig.

»Bitte gehe schon mal in die Küche, ich komme gleich nach«, flüstere ich Mario zu. Ich möchte nicht, dass dieser kleine Bub mit einer Situation konfrontiert wird, der ich oft selbst nicht gewachsen bin. Der Junge folgt meiner Anweisung, und als er in der Küche verschwunden ist, öffne ich langsam die Tür.

»Hallo, Evina!« Tommaso steht vor mir mit einem großen Plastikbeutel in der einen Hand und einer braunen Schachtel in der anderen.

»Hallo, was machst du denn hier?« Überrascht beäuge ich ihn. Er ist heute leger gekleidet, mit seinen schwarzen Sneakers, zerrissenen Jeans und einem weißen T-Shirt, das einen großen gelben Smiley als Aufdruck hat.

»Deine Sekretärin teilte mir mit, dass du hier wärst, und dann dachte ich, es wäre eine perfekte Möglichkeit, mir von eurer Arbeit ein Bild zu machen.« Über Tommasos Gesicht gleitet ein weiches Lächeln, sodass sich ein wärmendes Gefühl in meinem Körper breitmacht.

»Dann komm doch rein.« Ich schiebe die Tür weiter auf, und er tritt ins Haus.

»Wo sind denn die Kinder? Giulia hat mir berichtet, dass fünfzehn mit unterschiedlichstem Alter hier wohnen?«, fragt Tommaso mit suchendem Blick.

»Ich denke, die sind fast alle da, bis auf vier, die aber bald von der Schule kommen.«

»Könnten wir sie alle in einen Raum zusammenbringen? Ich hätte hier ein paar Spielsachen für sie.« Tommaso sieht so jungenhaft mit diesem T-Shirt aus, dass ich mir ein Schmunzeln nicht verkneifen kann.

»Natürlich, aber das wäre doch nicht nötig gewesen.« Wir stehen noch immer im Flur, als plötzlich Elisabeth dazukommt.

»Hallo, wer ist denn dieser Herr?« Elisabeth sieht Tommaso skeptisch an. Ihre grauen Haare sind kurz und strubbelig. Sie trocknet ihre Hände an ihrer geblümten Kochschürze ab.

»Darf ich vorstellen, das ist Elisabeth, unsere beste Betreuerin, sie opfert sogar ihre Wochenenden für die Frauen und Kinder.« Ich lege meine Hand an ihre Schulter. »Das ist Tommaso De Santis, er wird die Stiftung mit viel Geld unterstützen und heute auch mit Geschenken für die Kinder. Könntest du vielleicht alle im Fernsehzimmer zusammenrufen? Das wäre sehr nett von dir.« Elisabeth nickt und marschiert dann in den ersten Stock hinauf.

Tommaso und ich laufen den schmalen Flur entlang. Genau gegenüber vom Kücheneingang befindet sich der Fernsehraum. Ich öffne die Tür, und wir gehen gemeinsam hinein. Nachdem sich die Kinder mit ihren Müttern eingefunden haben, ist zuerst ein lautes Murmeln zu vernehmen.

»Schön, dass ihr alle kommen konntet. Ich möchte euch Signor De Santis vorstellen. Er hat für euch Kinder etwas mitgebracht, aber vielleicht will er selbst ein paar Worte zu euch sagen.« Ich blicke zu ihm, beobachte, wie er seine Tüte und die Schachtel am Boden abstellt.

»Hallo, Kinder und Mütter. Ich bin Tommaso und freue mich, heute bei euch sein zu dürfen. Es ist mir eine große Ehre, euch ein paar kleine Geschenke überreichen zu dürfen. Es wäre toll, wenn ihr nacheinander nach vorne kommen könntet, damit ich jedem etwas geben kann.«

Zuerst bleiben alle sehr zurückhaltend. Dann tritt Mario, der kleine Junge von vorhin, auf Tommaso zu, und dieser geht auf die Knie.

»Hallo Tom, ich bin Mario.« Er streckt ihm seinen blau gefärbten Arm entgegen. Tommaso schüttelt seine Hand, und kurz verharren seine Augen beim Unterarm. Für einen Augenblick huscht über Tommasos Gesicht ein trauriger Ausdruck. Er fängt sich schnell und setzt sein schönstes Lächeln auf. »Hallo, Mario, du hast da einen tollen Teddy, hat er auch einen Namen?«

»Ja, er heißt ab heute Tom, so wie du!«

Ich kann meine Tränen nicht länger zurückhalten. Der Junge berührt mein Herz zutiefst.

»Das freut mich. Magst du auch Autos? Denn ich hätte hier eines für dich.« Tommaso holt aus der Plastiktüte einen kleinen roten Lamborghini hervor.

»Der ist ja cool!« Marios Augen leuchten wie zwei Sterne am Himmel. Tommaso reicht ihm das Spielzeug, und Mario schlingt völlig unerwartet die Arme um Tommasos Hals. Man kann unschwer erkennen, wie gerührt Tommaso von dieser Geste ist. Kurz schließt er sogar die Augen, so, als müsse er Tränen unterdrücken. Nacheinander kommen die Kinder nach vorne, und wie durch ein Wunder hat er für jeden ein passendes Geschenk dabei. So als hätte er genau gewusst, was sie brauchen. Nachdem alle mit ihren Spielsachen in ihre Zimmer verschwunden sind, stehen Tommaso und ich alleine in dem Fernsehraum.

»Ich weiß gar nicht, was ich sagen soll.« Tommaso hat sich mit der lieben Geste den Kindern gegenüber in mein Herz geschlichen. Ihn als Stifter für unser Frauenhaus gewonnen zu haben, ist wirklich ein Segen für uns. »Ich bin dir unendlich dankbar für deine Unterstützung.« Ohne darüber nachzudenken, umarme ich Tommaso innig. Seine Hände berühren sanft meinen Rücken, und diese Wärme, die sich zwischen uns bildet, fühlt sich gut an. Kurz verweilen wir so. Tommaso überrascht mich immer wieder. Einerseits wirkt er unnahbar und distanziert. Im anderen Augenblick zeigt er so viel Herz. Als mir bewusst wird, wie nah wir uns sind, lasse ich verlegen von ihm ab und mache einen Schritt zurück.

»Also wenn ich jedes Mal von dir eine Umarmung bekomme, werde ich wohl jeden Tag hier auftauchen und etwas mitbringen.« Tommaso fixiert mich mit seinen kristallblauen Augen, doch ich senke den Kopf. Er macht einen Schritt auf mich zu, fährt mit seinen zwei Fingern unter mein Kinn und hebt meinen Kopf. Sodass ich in seine geheimnisvollen

Augen blicke. »Evina ...« Tommaso möchte gerade noch etwas sagen, als Elisabeth in den Raum zurückkehrt. Sofort mache ich einen Satz zurück, um Abstand zu gewinnen.

»Wird Signor De Santis bei uns mittagessen?« Elisabeth hat sicher die seltsame Stimmung zwischen ihm und mir bemerkt, aber sie tut so, als hätte sie nichts gesehen.

»Sehr gerne bleibe ich zum Essen«, wirft Tommaso von der Seite ein. Überrumpelt von der Situation, stürme ich aus dem Raum. Warum muss er so verdammt nett zu mir sein, kann er sich nicht wie ein vollkommener Volltrottel benehmen? Dann wäre alles viel einfacher für mich. Seine Geste heute, den Kindern diese tollen Geschenke mitzubringen, macht mich glücklich, aber zugleich fertig. In diesen Mann darf ich mich nicht verlieben! Ich bin verheiratet, und er ist ein Geschäftspartner. Schnell husche ich auf die Toilette und versperre hinter mir die Tür. Zwar muss ich nicht, jedoch klopft mein Herz wie verrückt. Wenn ich nur an die Kinderaugen denke, die er zum Strahlen gebracht hat, wird mir ganz warm. Warum macht er das? Tut er das nur, um mir zu gefallen, oder steckt mehr dahinter, als er mir erzählen möchte. Hat er ein spezielles Motiv, wieso er sich für unser Projekt einsetzt? Ich habe triftige Gründe, weshalb mir diese Stiftung so viel bedeutet. Doch was sind Tommasos Beweggründe?

Ein Klopfen an der Tür lässt mich aufhorchen. »Ich bin gleich fertig«, rufe ich durch die geschlossene Tür. Kurz betätige ich die Toilettenspülung, damit niemand von meinem sentimentalen Ausbruch etwas mitbekommt. Dann sperre ich die Tür auf, und da steht er wieder ... Tommaso.

»Verfolgst du mich?«, frage ich.

»Nein, ich wollte nur eure Toilette benutzen. Elisabeth hat mich hierhergeschickt. Ich muss wirklich dringend, wenn du es genau wissen möchtest.« Tommaso schlängelt sich an mir vorbei und schließt hinter sich die Tür.

Na, das war jetzt aber peinlich. Mittlerweile leide ich anscheinend an Verfolgungswahn. Ich muss wieder zu Sinnen kommen und mich wie eine normale Frau benehmen. Kurz verharre ich vor der Toilettentür, marschiere dann in die Küche, wo mehrere Mütter und Elisabeth das Essen zubereiten. Wenn für über zwanzig Personen gekocht wird, gibt es immer einiges zum Schnippeln.

»Wo soll ich helfen?«, frage ich in die Runde.

»Du könntest die Karotten schneiden, wenn du möchtest«, antwortet Elisabeth und deutet auf den großen Eimer, der bis oben mit Möhren befüllt ist. Sie reicht mir ein Schneidebrett, dazu ein Messer. »Dieser Tommaso ist ein wirklich netter Mann.«

»Ja, er ist für unsere Stiftung eine Bereicherung.« Ich nehme ihr das Gemüsemesser aus der Hand und schiebe das Brett vor mich. Dann schnappe ich mir eine Karotte und beginne zu schneiden.

»Was läuft da zwischen dir und diesem Schönling, außer geschäftlich?« Elisabeth sieht mich mit ihrem mütterlichen Ausdruck an, den nur sie auf Lager hat.

»Gar nichts«, erwidere ich schnell. »Wie du weißt, bin ich verheiratet.« Kurz spüre ich, wie mir heiß und kalt zugleich wird.

»Also das Knistern zwischen euch hat man durch die geschlossenen Türen hören können, und wie er dich ansieht. Meine Güte, wäre ich noch mal so jung, würde ich mir diesen heißen Typen nicht entgehen lassen.« Elisabeth fährt sich mit der Hand durch die grauen Haare, als wolle sie sich für jemanden zurechtmachen. »Immerhin stirbt man nicht, wenn man heiratet.« Elisabeth hat es mit der Treue noch nie so genau genommen. Das mag man ihr rein äußerlich zwar nicht anmerken, doch sie kann mittlerweile auf fünf gescheiterte Ehen zurückblicken. Vielleicht ist es ihre Liebe zu Menschen, die sie immer wieder in ein neues Abenteuer lockt. Aber ohne sie wären wir hier im Frauenhaus verloren. Sie macht unzählige Überstunden und verrechnet keine einzige davon. Sie hat das Herz am rechten Fleck.

»Elisabeth, Untreue ist für mich keine Option, Schönling hin oder her.«

»Na, Ladys, kann ich euch bei irgendetwas helfen?« Tommaso steht plötzlich dicht neben mir, und mir steigt die Röte ins Gesicht. Hoffentlich hat er von unserem Gespräch nichts mitbekommen. Obwohl, habe ich etwas Schlechtes gesagt? Nein. Ich werde mich auf Tommaso bestimmt nicht einlassen. Er ist zwar interessant, aufregend und sein Äußeres unglaublich heiß, dennoch werde ich der Versuchung nicht nachgeben.

»Du könntest Evina bei den Karotten helfen.« Elisabeth deutet mit ihrem Kochlöffel in meine Richtung. »Denkst du, dass du das schaffst?« Sie beäugt ihn mit einer hochgezogenen Augenbraue.

Na toll, ich wollte auf Abstand gehen, und nun stellt sie mir Tommaso an meine Seite.

»Natürlich, Signora!« Tommaso steht wie ein Soldat, er steht kerzengerade da und nickt.

Elisabeth besorgt ihm ein Messer, ein Holzbrett und reicht es ihm. Unweigerlich muss ich lächeln, als ich die Frauen dabei beobachte, wie sie ihn mustern. Viele von ihnen hätten sicher gern einen Partner wie ihn. Vor allem, wenn man ihn beobachtet, wie er mit Kindern umgeht. So liebevoll und mit Humor.

Nachdem das Essen fertig zubereitet ist und sich die Schulkinder im Haus eingefunden haben, platzieren sich alle am Tisch.

»Ich will bei Tom sitzen!«, ruft Mario über den Esstisch hinweg. Tommaso läuft einmal um die Tafel herum und lässt sich neben Mario auf den Stuhl sacken. Mario hat ihn anscheinend ins Herz geschlossen. Vielen Kindern fehlt der männliche Part, doch hier im Frauenhaus arbeiten leider nur Frauen.

»Wer möchte heute das Tischgebet sprechen?« Elisabeth blickt in die Runde. Alle Kinder schauen sofort auf ihre Teller, bis auf Mario, der mit beiden Händen aufzeigt. Es ist das erste Mal, dass sich ein Kind freiwillig meldet. Meistens spricht es eine Mutter oder eine der Betreuerinnen. Elisabeth bestätigt Mario mit einem lautlosen Nicken, dass er zu sprechen beginnen kann.

»Danke, lieber Gott, für deine Gaben heute. Danke, dass du uns frühzeitig das Christkind geschickt hast. Danke für den schönsten Tag, den ich bisher erleben durfte! Amen.«

Ich reiße mich zusammen, damit ich nicht zu heulen beginne. Mit ein paar Geschenken hat Tommaso die Kinderherzen für sich gewonnen. Obwohl er ein Fremder für sie ist. Manchmal sind kleine Dinge wie Liebe und Geborgenheit viel mehr wert als alles andere auf der Welt. Ich schaue zu Tommaso, der von Marios Worten sichtlich gerührt ist. Wischt er sich eine Träne weg? Der Moment ist nur kurz, er fängt sich gleich wieder.

Das Essen verlief wie immer laut und chaotisch, doch das gehört einfach dazu. Tommaso hat sich mit Mario gut unterhalten, aber ich konnte durch den Lärm davon nichts verstehen. Als wir die Küche und den Esstisch fein säuberlich geputzt haben, verabschiedeten Tommaso und ich uns von den Bewohnern. Mario bettelte Tommaso an, dass er ihn bald wieder besuchen kommen sollte. Um gemeinsam mit dem Lamborghini spielen zu können. Tommaso hat ihm hoch und heilig versprochen, dass er nächste Woche vorbeikommt. Als wir das Haus verlassen, ist es drei Uhr nachmittags.

»Danke, dass du heute den Kindern diesen außergewöhnlichen Tag verschafft hast!«, sage ich, während ich die Eingangstür hinter mir schließe.

»Da gibt es nichts zu danken! Mir wurde so viel mehr zurückgeschenkt, das kann man mit Geld nicht kaufen.« Tommaso wirkt nachdenklich. »Ich habe für Freitag einen Flug nach Mailand für uns gebucht, kommt Giulia mit?« Tommaso vergräbt seine Hände in der Jeans.

»Ich ruf sie sofort an, dann kann ich dir gleich Bescheid geben.« Ich ziehe mein Handy aus der Tasche und wähle ihre Nummer. Nach wenigen Sekunden nimmt sie ab.

»Ciao, Evina, schön dich zu hören.«

»Hey, weißt du schon etwas wegen Freitag? Tommaso hat einen Flug gebucht und müsste jetzt wissen, ob Ricardo auch mitfliegt.« Nervös wippe ich mit meinem Fuß.

»Ach, Süße, das habe ich komplett verschwitzt.« Ich kann mir Giulia nur zu gut vorstellen, wie sie sich selbst auf den Kopf schlägt. »Ricardo und ich haben eine wichtige Weinverkostung. Der Kunde möchte eine größere Menge bestellen. Da kann ich ihn nicht alleine lassen. Können wir das nicht auf nächste Woche verschieben?«, fragt Giulia in flehendem Ton.

»Nein, das können wir nicht!«, murre ich. »Sonst wird möglicherweise diese Traumimmobilie an jemand anderen verkauft.« Sie kann mich jetzt nicht im Stich lassen.

»Vielleicht fliegt Giovanni mit? Dann könnt ihr euer Liebesleben auch wieder auf Trab bringen.« Giulias Grinsen kann ich mir zu gut vorstellen.

»Ja, danke. Ich werde ihn gleich anrufen, um das zu klären. Bis dann. Ciao.«

»Hab dich lieb, Süße, und noch mal Entschuldigung.«

Na toll. Ich hoffe, dass Giovanni Zeit hat. Sofort wähle ich seine Nummer und blicke zu Tommaso, der mit seinem Handy beschäftigt ist.

»Hallo, Liebes, was gibt es?« So schnell hat Giovanni schon lange nicht mehr bei mir abgehoben, und im ersten Moment bin ich sprachlos.

»Hey, hast du am Wochenende schon etwas vor?«, frage ich vorsichtig und kaue an meinem Fingernagel. »Wir könnten gemeinsam nach Mailand fliegen, denn ich muss dort eine Immobilie für die Stiftung anschauen. Danach verbringen wir ein bisschen Zeit zu zweit, was meinst du?«

»Dieses Wochenende ist schlecht, da muss ich in der Stadt bleiben. Ich habe am Samstag mehrere Termine.«

»Kannst du die nicht mir zuliebe verschieben?« Nervös fahre ich mir durch die Haare und drehe mich zur Tür, damit Tommaso nur meine Rückseite zu sehen bekommt.

»Nein, das geht nicht. Du kommst doch auch alleine klar. Wir holen das nach, versprochen.« Giovannis sanfter Ton überrascht mich. Heute wirkt er entspannter und nicht so gehetzt wie in den letzten Wochen.

Trotzdem bin ich enttäuscht, dass er die Arbeit nicht einmal nach hinten verschieben kann.

»Gut, dann kann man wohl nichts machen. Bis später. Kuss, ich liebe dich.«

»Ciao«, sagt Giovanni, dann legt er auf. Kein ich liebe dich, kein ich wünsche dir noch einen schönen Tag, einfach nichts. Was ist bloß los mit ihm? Irgendwie habe ich das Gefühl, ihm völlig gleichgültig zu sein. Er hat nicht mal gefragt, mit wem ich fliege.

Ich drehe mich zu Tommaso um und lasse zugleich das Handy in meine Tasche fallen. »Also wie es aussieht, musst du dich mit mir alleine zufriedengeben«, murmele ich enttäuscht.

»Schade, dann werden wir eben die Stadt zu zweit unsicher machen. Ich hole dich um acht Uhr morgens bei dir zu Hause ab.« Tommaso steckt sein Handy in seine Hosentasche.

»Okay, bis Freitag.«

Tommaso macht einen Schritt auf mich zu. Er gibt mir rechts und links einen Kuss auf die Wangen. »Freue mich schon. Ciao.« Kurz zwinkert er mir noch zu und läuft dann davon.

16. Kapitel

Tommaso

Ich lege mich auf mein Sofa und schalte den Fernseher ein. Katharina, meine Haushälterin, ist schon gegangen. Nun kann ich die Ruhe im Haus genießen. Wenn ich an den heutigen Tag im Frauenhaus zurückdenke, gefiel mir der Lärm, der dort herrschte, sehr gut. Als ich das Leuchten der Kinderaugen sah, wurde ich wehmütig. Ich muss noch viel mehr dafür tun, das Leid der Kinder zu lindern. Hoffentlich gefällt Evina das Haus in Mailand. Die Immobilie ist schon lange genug in meinem Besitz. Nun habe ich endlich etwas gefunden, das perfekt hineinpasst. Zwar ist es ein volles Minusgeschäft für mich, aber dafür werden Frauen und Kinder Schutz finden und ein vorübergehendes Zuhause haben. Ich glotze in den Fernseher, bekomme aber gar nicht mit, was darin läuft. Ständig erscheint Evinas bezauberndes Gesicht vor meinen Augen. Wie sie mit den Kindern umgeht, ist erstaunlich. Sie hat so eine herzliche Art, ihr Sinn, für diese Menschen etwas Gutes zu tun, imponiert mir.

Morgen ist es so weit. In Mailand, weit weg vom Alltag, wird Evina bestimmt etwas entspannter sein. Hoffentlich ist endlich der Zeitpunkt gekommen, an dem ich sie in mein Bett locken kann. Warum auch immer, verspüre ich den Drang, sie zu vögeln. Sie mit jeder Faser zu spüren. Evina ist die erste Frau, die es mir nicht ganz so einfach macht. Sonst werfen sich mir die Damen förmlich um den Hals. Diese Weiber langweilen und nerven mich. Leider muss sie Gefühle für ihren Ehemann haben, sonst hätte ich sie bestimmt schon um den Finger gewickelt. Aber was noch nicht ist, kann ja durchaus an diesem Wochenende in Mailand werden. Sie muss ihren Mann deshalb ja nicht gleich verlassen, obwohl der Gedanke, dass sie mit ihm Sex hat, mir nicht gefällt. Sofort verspannt sich meine Nackenmuskulatur. Zwar habe ich mit Geschäftspartnern nie Sex, aber bei ihr muss ich eine Ausnahme machen. Immerfort verspüre ich den Drang, zu erfahren, wie sie schmeckt, wie sie sich anfühlt, ob sie beim Orgasmus schreit oder eine ganz Stille ist.

Als ich meine Augen öffne, schmerzt mein Rücken. Ich habe das Gefühl, eine Genickstarre zu haben. Langsam richte ich mich auf, bewege den Kopf hin und her. Die Sonne steht tief am Horizont, und vereinzelt hört man die Morgenrufe der Spatzen. Mein Blick auf die Uhr bestätigt mir meine Vermutung, es ist erst halb sechs früh. Ich bin wohl auf dem Sofa eingenickt. Ich reibe am Schulterblatt und am Hals hinauf. Der Schmerz, der sich dort eingenistet hat, passt mir für den heutigen Tag überhaupt nicht. Ich raffe mich auf und ziehe mich für den Fitnessraum um. Dann beginne ich mich am Laufband aufzuwärmen. Langsam merke ich, wie sich mein Rücken wieder entspannt. Ich erhöhe das Tempo, während ich auf der Leinwand die Nachrichten schaue.

Wie immer läuft nichts Besonderes, zum Schluss kommt der Wetterbericht, und ich achte darauf, ob wir heute auch fliegen können. Das Glück scheint auf meiner Seite zu sein, denn er sagt für das komplette Wochenende strahlenden Sonnenschein an. Dank Milans Hilfe fliegen Evina und ich ganz alleine. Ihr Mann bereitete mir weniger Sorgen, doch ihre Freundin Giulia wäre bestimmt mitgeflogen, wenn ich für Ricardo und sie nicht ein lukratives Treffen organisiert hätte. Milan kauft unter seinem Namen für mich einige Flaschen Rotwein bei ihnen ein. Als er mich gefragt hat, ob ich jetzt ein Weinlager einrichten möchte, habe ich bloß mit den Schultern gezuckt. Ich kann ihm nicht erzählen, dass ich diesen Aufwand nur betreibe, um endlich mit dieser faszinierenden Frau alleine zu sein. Ich werde für diese Menge bestimmt eine Verwendung finden, vielleicht veranstalte ich auch ein Fest. Sobald es etwas gratis gibt, sind die Leute alle besonders durstig. Sonst sieht man sie häufig nur billigen Fusel trinken.

Vor Evinas Wohnhaus angekommen, überkommt mich ein flaues Gefühl im Bauch. Ich werde jetzt doch nicht nervös sein? Ich will sie nur ficken, und dann gehen wir wieder unseren alltäglichen Geschäften nach.

Ich klingle an der Tür. Kurz darauf ertönt Evinas Stimme durch die Sprechanlage. »Komme gleich runter!« Ihr weicher Ton macht meine Unruhe nur noch schlimmer.

Ich lehne mich an meinen Maserati und beobachte den Eingang. Jedes Mal, wenn die Tür aufspringt, erwarte ich Evina, ich habe jedoch kein Glück. Erst nach dem gefühlten hundertsten Mal kommt sie durch die Tür. Ich bin sprachlos, als ich sie sehe. Ihre honigfarbigen Haare hat sie in Locken verwandelt, sodass sie aussieht wie ein Engel. Ihren schlanken Körper hat sie in ein schwarzes eng anliegendes Kleid gehüllt, dass ihre perfekten Rundungen an Brust und Taille zum Vorschein kommen. Dazu trägt sie High Heels, die mir fast den Atem rauben. Zum Glück habe ich die Sonnenbrille auf, damit sie mein Starren nicht mitbekommt. Sie schwingt ihr Haar über ihre Schulter zurück, und ich bewundere ihren schmalen Hals. Mir rinnt das Wasser im Mund zusammen, und am liebsten würde ich jetzt mein Gesicht an ihrer Halsbeuge vergraben. Ich mache ein paar Schritte auf sie zu und nehme ihr den Trolley ab, wie es ein Gentleman tut.

»Guten Morgen, Evina, du siehst heute bezaubernd aus!« Zur Begrüßung gebe ich ihr einen Kuss auf die Wange und lege meine Hand um ihre Taille. Ihr angenehmer süßlicher Duft strömt mir in die Nase. Ich bin kurzzeitig versucht, sie hier sofort zu küssen.

»Guten Morgen, Tommaso, danke, dass du dir die Mühe machst, mich zum Flughafen mitzunehmen.« Sie weicht kurz meinem Blick aus. Ihre Wangen färben sich in ein zartes Rosa, was mir gefällt.

»Selbstverständlich.« Gemeinsam marschieren wir zum Maserati, und ich öffne ihr die Tür. Evina lässt sich auf den Ledersitz nieder. Kurz sind ihre Beine leicht geöffnet. Ich versuche, nicht hinzuschauen, doch ich kann mich bei diesem Anblick nicht wehren. Zu meinem Verdruss presst sie sofort ihre Schenkel zusammen. Ich schließe die Autotür und verstaue den Koffer hinten. Dann laufe ich zur Fahrerseite, öffne die Tür und lasse mich auf meinen Sitz sacken.

»Startklar?«, frage ich, nur um sicherzugehen, dass für sie alles passt.

»Wir können los. Ich bin so neugierig auf dieses Gebäude.« Evina hat ein herrliches Lächeln, dabei bilden sich neben ihren Augen immer kleine Fältchen, die es ehrlich wirken lassen. Die meisten Frauen grinsen gekünstelt, die Augen strahlen dabei nicht im Geringsten. Doch bei Evina habe ich das bisher noch nie gesehen. Sie muss durch und durch ein herzlicher Mensch sein. Was sie wohl sagen wird, wenn sie merkt, dass wir heute mit einem Privatflugzeug unterwegs sind? Milan und mir gehört der Flieger gemeinsam, so sind die Kosten günstiger. Man muss ja auch wirtschaftlich denken. Vor einem Jahr haben wir uns den Flieger angeschafft, da wir beide flexibler sein wollten. Durch die Geschäfte in ganz Europa und in den Vereinigten Emiraten lässt sich das nicht vermeiden. Dank meines Vermögens kann ich es mir leisten und mich auf die wichtigen Dinge im Leben konzentrieren. So wie heute auf den Ausflug mit Evina.

17. Kapitel

Evina

Wahnsinn! Am liebsten würde ich jetzt laut kreischen vor Freude, doch ich muss mich wie eine Dame verhalten und langsam an meinem Glas Champagner nippen, das mir zuvor die Stewardess gereicht hat. Ich sitze in einem Privatjet nach Mailand! Man kann sich auf alles vorbereiten, dachte ich noch vor wenigen Stunden. Zu diesem Zeitpunkt wusste ich nicht, dass wir mit großer Beinfreiheit und gemütlichen Ledersitzen abheben würden. Wenn ich Giulia davon erzähle, wird sie vor Neid erblassen. Wie sie es bereuen wird, nicht mitgeflogen zu sein. Geschieht ihr ganz recht, wie kann sie mich hier mit diesem charismatischen Mann alleine lassen. Tommaso bespricht noch etwas mit der Stewardess und kommt dann zu mir an den Platz zurück.

»Wie schmeckt der Champagner?«

»Ausgezeichnet, danke.« Ich nehme einen Schluck davon. Das kalte Getränk rinnt meine Kehle hinunter. Etwas Mut wird mir in Tommasos Gegenwart guttun, dafür wird der Champagner sorgen. Trotzdem sollte ich damit vorsichtig umgehen, um nicht beschwipst zu werden. Immerhin habe ich heute eine Mission zu erledigen. Ich bin gespannt, wie das Wohnhaus live aussieht. Wenn es nur halb so schön ist wie auf den Fotos, müssen wir es nehmen. Die Lage habe ich bereits recherchiert, das Viertel ist ausgezeichnet.

»Wir könnten noch shoppen gehen, nachdem du dir die Immobilien angesehen hast, was meinst du?« Tommaso trinkt von seinem Weinglas und beobachtet mich über den Glasrand hinweg.

»Du magst nicht im Ernst einkaufen?« Ungläubig schüttle ich den Kopf.

»Doch, das tue ich, und ich bin nicht schwul!« Tommaso beäugt mich mit diesem bohrenden Blick, sodass ich Herzklopfen bekomme.

»Ach, wurde dir das etwa unterstellt?« Ich kann mir viel von ihm vorstellen, aber dass er mit Einkaufstüten durch die Gassen läuft, irgendwie nicht. Der Gedanke lässt mich kichern.

»Nein, aber es ist doch ein Klischee, oder etwa nicht? Was ist so witzig?«, fragt er mit dieser tiefen Stimme, die mir eine Gänsehaut beschert.

»Ach, ich stell mir nur gerade vor, wie du mit Tüten in beiden Händen bepackt von Shop zu Shop läufst. Aber die Idee gefällt mir. Für den Sommer benötige ich noch Kleider, bei der Auswahl kannst du mich gerne unterstützen.« Wieder muss ich losprusten. Ich kann nicht glauben, dass ein Macho wie Tommaso mit mir Zeit in den Boutiquen verbringen möchte.

Giovanni ist ein Mann, der zwei Mal im Jahr neue Klamotten kauft. Dann hat er aber auch wieder genug. Was mich nicht stört. Wenn ich an ihn denke, muss ich schwer schlucken. Giovanni hat heute fluchtartig die Wohnung verlassen. Nicht einmal nachgefragt hat er, mit wem ich das Wochenende verbringe.

»Dir wird das Lachen schon noch vergehen, wenn deine Beine von den High Heels schmerzen.« Tommaso deutet mit verzogenem Gesicht auf meine Schuhe.

»Ist das eine Drohung?«, sage ich gespielt ernst. »Keine Sorge, ich habe für nachher bestens vorgesorgt. Ballerinas sind immer in der Handtasche. Man weiß ja nie, wo man spontan hinmuss.« Ich deute auf die Louis-Vuitton-Tasche, die mein größter Stolz ist. Die habe ich mir vor drei Jahren gekauft, als ich mit meinem Unternehmen finanziell unabhängig wurde. Heute habe ich gut lachen, dank meiner vielen Kunden muss ich bald noch einen Mitarbeiter einstellen. Auch Anfragen aus Mailand und Neapel kommen bereits.

»Jetzt bin ich aber überrascht!« Tommaso erhebt sein Weinglas und nippt daran. Er ist anscheinend ein Genussmensch, denn ein anderer hätte das Glas längst geleert.

»Wie sieht der Plan für heute aus?« Auf diesen Trip habe ich mich überhaupt nicht vorbereitet, außer die Objekte zu studieren.

»Zuerst bringen wir unser Gepäck ins Hotel, im Anschluss werden wir gleich die auserwählte Immobilie begutachten. Und wenn du dann noch die anderen Häuser zum Vergleich sehen möchtest, können wir das auch erledigen. Danach dachte ich mir, lassen wir es uns in Mailand ein bisschen gut gehen.« Tommaso fährt sich durch die dunklen Haare. Er ist heute mit der weißen Jeans und dem schwarzen Hemd ein Blickfang.

»Na, dann werden wir deine Shoppingqualitäten überprüfen!«, grinse ich ihn an. Noch immer kann ich mir Tommaso nicht als Begleiter für eine Einkaufstour vorstellen.

Ich hätte ahnen müssen, dass wir in einem Fünfsternehotel wohnen. Tommaso marschiert voraus zur Rezeption und meldet uns an. Ich bin gespannt, welches Zimmer er für mich gewählt hat. Diesmal war ich so mutig, alles in seine Hände zu legen. Immerhin kenne ich ihn kaum. In Begleitung des Gepäckträgers kommt er zu mir zurück. Das Foyer ist beeindruckend. Gegenüber der Rezeption, die in einem dunklen Eichenholz gehalten ist, steht eine geblümte Sitzlounge. Sie sieht aus, als wäre sie aus einem anderen Jahrhundert, jedoch schön restauriert. Mein Blick schweift weiter zu der Wand, die mit einer cremefarbigen Strukturtapete verschönert ist. Zwar bin ich öfter in teuren Hotels, doch dieses hier ist eine Klasse für sich.

Wir fahren mit dem Fahrstuhl nach oben und halten im fünften Stockwerk. Gemeinsam treten wir hinaus.

»Dieses Zimmer ist für dich gedacht.« Tommasos Leuchten in den Augen gleicht dem eines kleinen Jungen, der gerade ein neues Auto geschenkt bekommen hat. »Daneben ist meine Suite. Passt es in einer halben Stunde unten im Foyer?«, fährt er fort.

»Ja, perfekt!« Mit einem kurzen Nicken zu Tommaso folge ich dem Portier in mein Zimmer. Wobei Zimmer etwas untertrieben scheint, denn es könnte genauso als kleine Wohnung durchgehen. »Danke«, sage ich und gebe dem Mann Trinkgeld.

Nachdem ich mich kurz frisch gemacht habe, betrete ich den Fahrstuhl.

»Darf ich noch mit?« Tommaso schlüpft im letzten Moment durch die schließende Tür.

»Das ist Timing.« Tommaso hat sich von seinem Hemd getrennt und ein blaues Poloshirt übergezogen. Vielleicht hätte ich mich umziehen sollen? Ich kann nur hoffen, dass mein Deo auch hält, was es verspricht.

»Wie gefällt dir dein Zimmer?«, fragt er interessiert.

»Es ist wirklich ein Traum. Hoffentlich kann ich mir das leisten.« Verlegen zupfe ich mein Kleid zurecht.

»Mach dir darüber keine Sorgen, es ist schon alles bezahlt.«

»Nein, das geht nicht!«, entgegne ich energisch. »Ich möchte meine Rechnung selbst begleichen. Immerhin sind wir mit deinem Flugzeug hergeflogen!«, sage ich barsch.

»Das ist schon okay, für mich entsteht dadurch keine finanzielle Krise. Außerdem möchte ich dich einladen.« Tommasos ausladende Handbewegung und sein beschwichtigender Ton nerven mich.

»Es ist nett von dir, aber ich will dieses Zimmer selbst bezahlen!«, antworte ich. Was glaubt er eigentlich? Dass er hier den Samariter raushängen lassen kann? Mir geht es tierisch auf den Keks, dass er immer jede Rechnung für mich übernimmt. Immerhin sind wir kein Paar, und ich bin darauf nicht angewiesen.

»Wenn du das unbedingt möchtest, wir müssen deshalb nicht gleich streiten.« Tommaso schüttelt den Kopf. »Ich lasse dir die Rechnung zukommen, versprochen.«

»Gut, danke.« Die Tür geht auf, und wir laufen schweigend durch das Foyer hinaus. Glücklicherweise wartet ein Taxi vor der Tür, und wir steigen ein. Tommaso gibt dem Mann die genaue Adresse, und wir fahren los. Ich starre aus dem Fenster, versuche mich wieder auf das Geschäftliche zu konzentrieren. Wir wechseln die ganze Fahrt über kein Wort, bis wir an einem Wohnhaus halten, das ich sofort erkenne. Die Immobilie sieht in natura noch schöner aus als auf den Fotos.

»Ich bezahle«, sage ich. Tommaso nickt nur und steigt aus dem Auto. In der Zwischenzeit begleiche ich die Rechnung. Das ging ja leichter als gedacht, vielleicht hat er verstanden, dass ich nicht käuflich bin.

Er läuft um den Wagen herum und öffnet mir die Autotür. Er reicht mir die Hand, die groß und männlich aussieht. Ich nehme sie, ohne weiter darüber nachzudenken, an. Er zieht mich aus dem Auto, und ich komme dicht vor ihm zum Stehen. Unsere Blicke treffen einander. Wie im Rausch versinke ich in diesen unergründlichen blauen Iriden. Doch schnell sammle ich mich wieder und lasse seine Hand los. Die Nähe bringt mich durcheinander. Ich schlängle mich an ihm vorbei und steuere auf das Tor zu. Sogar ein Zaun sichert dieses imposante Gebäude, das etwa im achtzehnten Jahrhundert erbaut wurde. Laut den Fotos und den Angaben aus dem Exposé wurde es letztes Jahr komplett saniert und auf den neuesten Stand gebracht. Von außen kann ich dem nur zustimmen. Es sind neue Fenster zu sehen, und der Blick rauf zum Dach bestätigt mir, dass es auch neu ist. Die Fassade leuchtet sonnengelb, was mir sehr gefällt. Es soll den Menschen dort wieder die Sonne in die Herzen bringen.

»Neugierig?« Tommaso sperrt das schmiedeeiserne Tor auf, und ich folge ihm zum Hauseingang.

»Ich platze fast vor Aufregung.« Nervös spiele ich mit meiner Haarsträhne. Tommaso öffnet die Eingangstür, und wir treten ein. Es ist unglaublich, was für ein Anblick sich vor mir erstreckt. Ein großer Eingangsbereich mit grauen Bodenfliesen. Es gehen mindestens zehn Türen vom Flur ab, und eine breite Holztreppe führt zum ersten Stockwerk.

»Möchtest du unten oder oben beginnen?« Tommaso blickt mich an und spielt zugleich mit dem Hausschlüssel.

»Was ist der schönste Raum, deiner Meinung nach?« Mal sehen, wie gut er diese Immobilie tatsächlich kennt.

»Gut, dann fangen wir unten an.« Er nimmt wie selbstverständlich meine Hand, und ich lasse es geschehen. Seine warmen Finger fühlen sich gut und vertraut an. Wir laufen zur letzten Tür am Ende des Ganges. Tommaso öffnet sie mit der freien Hand. Wir schreiten hinein, und ich glaube zu träumen. Der Raum misst bestimmt dreißig Quadratmeter. Ich schaue nach rechts, und eine große Terrassentür lässt einen direkt in den Garten sehen.

»Das würde sich als Gemeinschaftsraum wirklich fantastisch eignen«, sage ich staunend.

»Hervorragende Idee, und mit direktem Zugang zum Garten können die Kinder draußen spielen.« Tommasos Augen strahlen, als hätte er mit diesem Objekt ein Herzensprojekt gefunden. Er zieht mich zur Balkontür, und wir gehen hinaus.

»Du hast dir ja wirklich Gedanken über dieses Projekt gemacht?« Von der Seite beobachte ich Tommaso. Irgendwie wirkt er jetzt verlegen, so als hätte ich ihn bei etwas ertappt.

»Ein bisschen«, antwortet er leise. Er sieht mich dabei nicht an. Seltsam, wie er sich verhält. Die meisten Männer stehen gerne im Mittelpunkt und werden gerne gelobt, wenn sie etwas gut machen, ihm jedoch scheint das peinlich zu sein.

»Der Garten ist der Hammer!« Alles ist rundherum mit einem lebenden Zaun von Zypressen, Thujen und Flieder versehen. Die Forsythien erstrahlen in voller Blüte. In diesem Augenblick kann ich mir die Knirpse beim Spielen und Albern vorstellen. Wir stehen ein paar Minuten nur da, so als könne Tommaso die Kinder auch hier toben sehen. Also, wenn die restlichen Räumlichkeiten nur halb so toll sind, müssen wir dieses Haus kaufen. Alleine durch diesen Sichtschutz, die Hecke, die den kompletten Garten umrandet, und den Zaun vor dem Haus, wären sie hier in vollkommener Sicherheit.

»Möchtest du nun auch die anderen Räume sehen?« Tommaso reißt mich aus meinem wunderschönen Tagtraum.

»Unbedingt!«, sage ich freudig. Wir marschieren zurück und nehmen die Tür gegenüber. Als wir eintreten, entdecke ich die große Küche, die einen großen Esstisch beinhaltet. Auch von der Küche aus kommt man hinaus in den Garten.

»Die Möbel bleiben und sind im Preis inklusive, außer sie gefallen euch nicht.« Tommaso hat in diesem Augenblick nichts Geschäftsmäßiges. Nein, er wirkt zurückhaltend. Keine Spur von den typischen Verkaufsgesprächen.

»Gefallen?«, wiederhole ich. Die Küche ist in Ahornholz gehalten und mit einer grauen Steinplatte versehen und gefällt mir sehr gut. »Wenn die im Preis inbegriffen ist, dann ist dieses Haus unser, wenn es denn wirklich ins Budget passt.« Diese Stadtvilla wäre zu perfekt, irgendwo muss doch der Haken sein?

»Die Summe habe ich dir geschickt. Daran wird sich nichts ändern, das ist mit dem Besitzer geklärt.« Tommaso hält meinem Blick stand, was mich verunsichert.

»Wo ist der Haken? Es muss Probleme geben, sonst verkauft keiner ein so bezauberndes Haus in dieser Lage zu diesem Schnäppchenpreis.« Noch immer habe ich Zweifel. Giulia hatte recht, das kann niemals in unser Budget passen. Ist der Verkäufer ein Dummkopf, der keine Ahnung vom Wert des Gebäudes hat?

»Du kannst mir vertrauen, es liegen keine Leichen im Keller, wenn du das meinst. Aber sieh dir doch zuerst die oberen Räume an, damit du dir einen Gesamteindruck machen kannst.« Tommaso deutet zur Tür.

»Gut, wie du meinst.« Ich folge ihm nach draußen, kurz blicke ich in die anderen Räume im Erdgeschoss, wo sich ein Bad und eine Toilette befinden. Natürlich auch in einem einwandfreien Zustand. Es folgen ein paar Zimmer, die sich für die Mütter mit ihren Kindern eignen. Wir nehmen die Holztreppe nach oben und kommen zu einem lang gezogenen Flur. Fünfzehn verschlossene Türen erstrecken sich vor mir. Wir blicken in jede hinein, und ich bin überrascht, wie viele Räume dieses Haus zur Verfügung hat. Hier finden bestimmt fünfundzwanzig Frauen mit ihren Kindern Unterschlupf. Das ist unglaublich.

Beim letzten Zimmer angekommen, hält Tommaso kurz inne. »Nun haben wir noch diesen Raum übrig, den ich dir zeigen möchte.« Er spielt mit seinem Schlüsselbund. Warum wirkt er so verunsichert? Wir marschieren hinein, und es ist unbeschreiblich schön. Über die ganze Wandfront ist alles aus Glas, wodurch man direkten Blick zum Garten hat. Ich trete ans Fenster und kann meine Tränen nicht länger zurückhalten, vor Freude und Glücksgefühl. Dieses Haus ist nicht nur ein Traumhaus, es ist wie in einem Märchen. Es ist geradezu vollkommen. Ich kann die Kinder schon spielen hören, ihr Lachen und Johlen. Die Mütter, die nach schwieriger Zeit endlich Ruhe finden können. Es ist alles, was ich mir für diese misshandelten Frauen und Kinder je gewünscht habe. Nein, es ist noch weitaus besser, als ich mir jemals zu wünschen gewagt hätte. Tommaso hat uns die letzten Tage so viel weitergebracht. Das Gefühlschaos, das gerade in mir herrscht, lässt mich aufschluchzen.

»Warum weinst du?« Tommaso kommt auf mich zu und steht dicht neben mir. Er streift mir eine Haarsträhne hinters Ohr und wischt mir mit dem Daumen die Tränen von den Wangen. Ich blicke zu ihm auf.

»Ich weine vor Glück. Du weißt gar nicht, wie sehr ich mir so ein Haus gewünscht habe. Endlich kommen wir einen Schritt weiter.«

Plötzlich nimmt Tommaso sanft mein Gesicht in beide Hände. Ich wehre mich nicht. In diesem Augenblick scheint die Zeit stillzustehen. Tommaso blickt mich mit seinen kristallblauen Augen an, die eine Herzlichkeit ausstrahlen, wodurch ich versucht bin, ihn zu küssen. Man kann die Spannung, die gerade zwischen uns herrscht, fast greifen. Wird er mich jetzt küssen? Lasse ich es zu? Was soll ich bloß tun? Seine Lippen sind leicht geöffnet, und ich spüre seinen abgehackten Atem auf meinem Gesicht. Mein Herz pocht so stark, dass ich glaube, es hüpft gleich aus meiner Brust heraus. Wie er wohl schmeckt?

Tommaso verringert den Abstand. Nun trennen unsere Lippen nur wenige Millimeter voneinander. Diese vertraute Nähe macht mir Angst. Mein Körper vibriert, und ich spüre, wie sich zwischen meinen Beinen ein Kribbeln und Ziehen breitmacht. Warum will ich ihn? Weil es verboten ist, oder weil er mich als Frau sieht?

Plötzlich klingelt mein Handy. Ich erwache aus dieser hypnotischen Situation und mache einen Satz zurück. Nervös krame ich in der Tasche und ziehe hektisch das Telefon heraus. Als ich Giulias Namen sehe, überkommt mich ein schlechtes Gewissen. Was wollte ich gerade tun? Bin ich denn von allen guten Geistern verlassen? Sofort nehme ich ab, und Giulia brüllt mir ins Ohr: »Und, wie ist das Haus?«

»Hallo, Giulia! Das Gebäude ist der Hammer und noch schöner als auf den Fotos. Und ja, es passt in unser Budget!« Wir kreischen beide vor Freude los, gleichzeitig springe ich wie auf einem Trampolin immer wieder in die Höhe. Nachdem ich einen Blick auf Tommaso geworfen habe, der mich mit einem Schmunzeln beobachtet, beruhige ich mich wieder langsam. Ich zupfe mein Kleid wieder in Form und versuche einmal tief ein- und auszuatmen.

»Sehr genial! Wann können wir anfangen, es einzurichten?« Giulia plappert drauflos. Ich kann ihre Ungeduld verstehen. Besser gestern als heute, damit wir für die Frauen und Kinder Platz schaffen.

»Ich muss mit Tommaso noch gewisse Einzelheiten besprechen, sobald ich etwas weiß, gebe ich dir Bescheid, versprochen.« Mein Körper zittert. Doch ist es die Vorfreude über das Haus oder wegen Tommaso, der mich währenddessen mustert?

»Super, dann kann ich entspannt ins Wochenende starten. Ich hatte heute Nacht schon Albträume deswegen. Zum Glück haben sie sich nicht bewahrheitet.« Giulias ängstliches Gesicht kann ich mir gut vorstellen. Sie hat oft ganz grauenhafte Vorahnungen, die sich in den seltensten Fällen bestätigen.

»Dann hören wir uns die Tage. Bis dann!«

»Ciao, Herzchen, und pass auf dich auf! Du weißt schon, Jagdtrieb und so!« Giulias mahnende Worte versetzen mir einen Stich. Wenn sie bloß wüsste, wie brenzlig es vor wenigen Sekunden noch zwischen Tommaso und mir war. Nachdem ich aufgelegt habe, stecke ich das Handy in die Tasche zurück.

»Bis wann könntest du die Verträge für dieses Objekt fertig haben?« Mein sachlicher Ton irritiert Tommaso anscheinend, denn er zögert kurz mit seiner Antwort.

»Am Montag könnten wir sie unterzeichnen. Ist das schnell genug, oder soll ich meinen Anwalt anrufen, damit Milan sie mir sofort zukommen lässt?«

»Montag ist ausreichend, danke für deine Mühen.« Die Distanz zwischen uns verschafft mir eine Verschnaufpause. Tommaso scheint darüber nicht erfreut zu sein, jedoch akzeptiert er meinen Abstand.

»Lust auf Mittagessen und Shopping?« Tommaso kommt einen Schritt auf mich zu. Doch ich reagiere nicht darauf. Zum Glück hat Giulia angerufen, wer weiß, was ich sonst angestellt hätte. Vor allem hätte ich es danach bestimmt bereut.

»Hervorragende Idee!« Nun werde ich auf Herz und Nieren prüfen, ob er tatsächlich gerne einkaufen geht, wie er sagt.

18. Kapitel

Evina

Das Taxi lässt uns direkt vor der Galleria Vittorio Emanuele II aussteigen. Das ist Mailands Luxuskathedrale, eines der spektakulärsten Einkaufszentren in ganz Europa. Wir marschieren in dieses außergewöhnliche Gebäude hinein, und mein Blick wandert wie automatisch zur Decke. Alles befindet sich unter einer gigantischen Glaskuppel. Man hat das Gefühl, in einer kleinen Stadt zu sein. Man findet hier von liebevoll eingerichteten Cafés bis hin zu Boutiquen der Extraklasse alles. Es ist ein einziges Shoppingparadies. Viele Luxuslabels sind dort angesiedelt, und trotzdem ist hier das typische elegante italienische Flair zu spüren. Innen verzieren Stuckarbeiten, üppige Fresken und Marmor den imposanten Gebäudekomplex. Es ist unglaublich, was hier erschaffen wurde.

»Möchtest du zuerst etwas essen, bevor wir uns zum Einkaufen begeben?«, sagt Tommaso, und ich schenke ihm wieder meine volle Aufmerksamkeit.

»Erst mal essen und dann shoppen!« Meine Stimme hat eine Höhe erreicht, die deutlich zeigt, dass ich mich auf etwas sehr freue.

Wir gehen in ein kleines, aber feines Restaurant. Nachdem wir unser Essen bestellt haben, tritt kurzes Schweigen ein. Noch immer beschäftigt mich die Situation von vorhin. So nah ist mir außer Giovanni bisher niemand gekommen. Wenn ich nur daran zurückdenke, kommt ein Kribbeln in meine Bauchgegend.

»Wieso ist das Haus so günstig?«, breche ich die unliebsame Stille.

»Ich habe mit dem Besitzer gesprochen und ihm erzählt, was ihr dort plant. Er war davon so begeistert, dass er ohne zu zögern mit dem Preis runterging.« Unser Wasser und eine Flasche Rotwein werden uns serviert. Tommaso probiert den Wein, und mit einem Nicken stimmt er dem Ober zu. Ich bin kurz durch den Kellner abgelenkt, beobachte ihn, mit welcher Eleganz er die Weinflasche hält und zugleich unsere Gläser befüllt.

»Können wir diesen Mann auch persönlich kennenlernen? Ich möchte mich bei ihm bedanken. Denn das ist keineswegs selbstverständlich.« Zu oft hatten wir Absagen erhalten, weil sie erfuhren, was wir mit dem Gebäude geplant hatten.

»Leider nein, er lebt nicht in Italien.« Tommaso nimmt einen großen Schluck, und irgendwie werde ich das Gefühl nicht los, dass er mir gerade nicht ganz die Wahrheit erzählt. Doch vielleicht möchte er auch den Verkäufer nicht nennen, vielleicht hat er eine Schweigepflicht oder so? Keine Ahnung, ist auch egal. Immerhin verschafft er uns dieses Traumhaus, nur das ist wichtig.

Während des Essens unterhalten wir uns über Gott und die Welt. Welche Bücher wir gerne lesen und welche wir hassen. Welchen Film jeder am liebsten hat und was er überhaupt nicht leiden kann. Und überraschenderweise sind wir uns oft einig. Lügen, Zuspätkommen und schlechtes Essen verabscheuen wir beide gleichermaßen. Bei den Filmen hingegen sind wir unterschiedlich wie Schwarz und Weiß. Er liebt Thriller und Krimis und ich Liebesfilme mit Happy End.

Nach dem Teller Nudeln mit Meeresfrüchten bin ich bis oben hin satt. Ich reibe meinen Bauch, da er ein wenig schmerzt, jedoch bin ich mir nicht sicher, ob es vom Essen ist oder weil wir so viel gelacht haben. Tommaso hat Humor und überrascht mich immer wieder. Als die Rechnung kommt, will er schon seine Kreditkarte der Kellnerin geben, aber diesmal lasse ich mich nicht so schnell über den Tisch ziehen.

»Wir hatten doch letztens gesagt, dass ich das nächste Mittagessen bezahle.« Tommaso verzieht zwar sein Gesicht, aber er diskutiert nicht mit mir. So hole ich aus meinem Portemonnaie meine Kreditkarte heraus, reiche sie der Kellnerin, und sie läuft damit zur Bar.

Mit vollem Bauch verlassen wir gemeinsam das Restaurant. Wir schlendern gleich in die erste Boutique für Damen. Mal sehen, wie viel Geduld er mitbringt.

Den ganzen Nachmittag klapperten wir die unterschiedlichsten Geschäfte ab. Das Hemd, was ich ihm ausgesucht habe, hat ihm auf Anhieb gefallen, und er hat es gekauft. Zum Schluss zog es uns in eine hinreißende Buchhandlung. Sie hatte eine kleine Leseecke mit einem Sofa, wo Tommaso und ich es uns gemütlich gemacht haben. Zuvor hatte er sich ein Buch mit verschiedenen Gedichten geschnappt und mir dann daraus vorgelesen. Es war schön, ihm dabei zuzuhören, wie er italienische Dichter zum Besten gab. Mit welch einer Begeisterung er es mir vortrug, war erstaunlich.

Jetzt, im Hotelzimmer angekommen, gehe ich als Erstes duschen. Tommaso und ich treffen uns in einer Stunde unten im Foyer. Er erzählte mir, dass wir heute lateinamerikanisch essen gehen könnten, darauf bin ich schon neugierig. Mit dem Handtuch um den Körper gewickelt, trete ich hinaus ins Schlafzimmer, wo der begehbare Kleiderschrank anschließt. Da wir morgen wieder nach Rom fliegen, lebe ich aus dem Koffer. Für heute Abend habe ich ein weißes Etuikleid eingepackt. Dazu goldene Pumps und im selben Farbton die Handtasche. Meine blonden Haare trage ich offen, und als ich vor dem Spiegel mein Make-up auftrage, wähle ich dunklen Lidschatten, Wimperntusche und zartrosa Lippenstift. Ich betrachte mein Gesamtkunstwerk, und es gefällt mir. Das war nicht immer so. Viele Jahre habe ich meinen Körper und mein Gesicht gehasst. Dachte, es läge an meinem Aussehen, dass ich all diese grausamen Dinge erleben musste. Niemals werde ich die Schläge und Tritte von meinem Vater vergessen. Kurz streife ich mit dem Finger über die kleine Narbe oberhalb meines Auges, und die Erinnerungen von damals schießen mir in den Kopf.

Ich war zehn Jahre alt und saß mit meiner Mutter im Wohnzimmer auf unserem alten Sofa. An den Ecken quoll der Schaumstoff heraus, die Sitzfläche war rau durch die Abnutzung. Unser Appartement war mit Möbeln von der Abfallsammelstelle bestückt. Es war acht Uhr abends, und meine geliebte Mutter hatte mir gerade meine langen blonden Haare gekämmt, als mein Vater die Wohnung betrat. Als ich ein lautes Krachen im Flur wahrnahm, wusste ich sofort, er war gestolpert und gegen den Schrank gefallen. Er fluchte kehlig, und meine Mutter und ich zuckten zusammen.

»Liebes, geh in dein Zimmer«, flüsterte Mama. Ich ahnte, was jetzt gleich wieder passieren würde. Ohne zu zögern folgte ich ihrer Anweisung, doch eigentlich wollte ich sie mit diesem Mistkerl nicht alleine lassen. Ich schlich auf Zehenspitzen in mein kleines Zimmer, das nur eine Matratze am Boden und eine Kommode an der Wand beinhaltete. Es war kein Mädchenzimmer, wie es meine Freundinnen besaßen. Es hatte keine liebevoll gemalten Bilder an der Wand oder ein schönes Prinzessinnen-Bett. Ich kroch unter die modrig riechende Decke, die nicht einmal einen Überzug hatte, und zog sie über meinen Kopf. So als könne es mir Schutz geben, doch der Schein trog. Der herrische Ton von meinem Vater drang aus dem Wohnzimmer durch die geschlossene Tür zu mir.

»Du kleine Schlampe, ich bringe dich um, wenn du nicht sofort deine Beine breit machst!« Plötzlich hörte ich ein Klirren von zerbrochenem Glas und einen lauten Schrei von meiner Mutter. Er wird sie doch nicht auf den Glastisch geworfen haben, kam es mir von Angst erfüllt in den Sinn. Ich raffte meinen ganzen Mut zusammen und lief aus dem Zimmer. Als ich meine Mutter blutüberströmt am Boden zwischen den Glasscherben liegen sah, gab es für mich kein Halten mehr. Ich rannte in die Küche und schnappte mir das Küchenmesser. Als ich ins Wohnzimmer zurückkehrte und mein Vater weiter auf Mutters mittlerweile geschundenes Gesicht einschlug, brüllte ich wie von Sinnen los.

»Lass Mama in Ruhe!« Meine Hand zitterte. Mein Herz pochte so wild, als würde es gleich aus der Brust springen. Meine Finger krallten sich um das Heft, und die scharfe Klinge blitzte auf, als ich es hin und her bewegte. Wie vorauszusehen, ließ mein Erzeuger von meiner Mama ab. Seine finsteren Augen funkelten mich an.

»Du kleines Gör!«, knurrte er. »Glaubst du etwa, du kannst mir mit diesem kleinen Messer Angst machen?« Sein abschätziges Grinsen machte mich noch wütender, sodass ich fest die Zähne zusammenbiss. Er trampelt zu mir herüber und drückt mich an die Wand. Ruckartig zog er meinen Arm nach oben und entwendete mir das Messer. Ich spürte die andere Hand an meinem Hals und bekam kaum Luft. Mein lautes Hecheln nach Sauerstoff ermutigte ihn, noch fester zuzudrücken.

Unsagbare Angst überkam mich. Als sich sein Bein kraftvoll gegen meinen Bauch presste, wusste ich, dass meine Chance, heil aus seinen Fängen zu entfliehen, eine reine Illusion war.

»So, und nun werde ich dich mal zur Vernunft bringen! Deine liebe Mutter wird dabei zusehen, wie ich dein kleines hübsches Gesicht mit diesem Messer verschönere.« Er setzte die Klinge an meinem Augenbrauenende an. Ich spürte den brennenden Schmerz, als langsam das Blut an meiner Schläfe hinabrann. Ich biss fest die Zähne zusammen, damit er nicht die Genugtuung bekam, mich schreien zu hören.

»Du greifst meine Tochter nicht an!«, röchelte meine Mutter. Doch ich wusste, sie hatte keine Chance. Wenn nicht gleich ein Wunder geschah, hatte meine letzte Stunde geschlagen. Wir waren einfach zu schwach. Seine gigantische Größe und Kraft hätte ich nicht verdrängen sollen. Sein penetranter Geruch nach Schweiß und gegerbtem Leder zog mir in die Nase.

Eigentlich sollte ich seine Wutausbrüche gewohnt sein. Jedes Mal, wenn mein Erzeuger einen miesen Tag bei der Arbeit hatte, ließ er es an meiner Mutter oder mir aus. Leider war fast jeder Tag ein schlechter so wie heute. Normalerweise versuchten Mutter und ich uns rechtzeitig ins Bett zu flüchten, um ihm keine Angriffsfläche zu bieten.

»Wie willst du das verhindern?«, fragte er herausfordernd und blickte über seine Schulter. Als von meiner Mutter nichts zu hören war, begannen meine Knie zu schlottern. Oh nein, sie wird doch nicht tot sein? Ich versuchte mich aus seinem festen Griff herauszuwinden, um Mama zu sehen, aber es gelang mir nicht. Dieser Mistkerl versperrte mir die Sicht. Es war so viel Blut überall. Mich überkam eine unsagbare Traurigkeit. Tränen bahnten sich ihren Weg aus den Augen und kullerten über meine Wangen. Er hatte sie bestimmt umgebracht, schoss es mir durch den Kopf.

»Du greifst meine Tochter nie wieder an!«, fluchte meine Mutter plötzlich, und mein Vater ließ einen kehligen Schrei los. Einen Moment später ließ er von mir ab und sackte zu Boden. Ich suchte nach dem Grund, weshalb er wie ein Kartenhaus zusammengefallen war. Er landete auf dem Bauch, und ich entdeckte den Messergriff in seinem Rücken. Mutter hatte ihm unterhalb des Rippenbogens ein großes Küchen-

messer hineingerammt. Wie erstarrt stand ich da und blickte abwechselnd zu ihr und meinem Vater.

»Ich rufe die Rettung und Polizei, während wir hier verschwinden!«, sagte Mutter hektisch und reichte mir ihre blutige Hand. Sie zitterte genauso wie meine. Sie versuchte, stark zu wirken, aber die Angst war ihr ins Gesicht gezeichnet. In dieser Nacht veränderte sich mein Leben, weil wir ins Frauenhaus kamen.

Ich schließe meine Augen, um die Tränen zu unterdrücken. Nein, ich will jetzt nicht in ein sentimentales Loch fallen, nein, ich will heute einen schönen Abend verbringen und nach vorne blicken. Heute bin ich in Sicherheit und kann ein friedvolles Leben führen, für das ich sehr dankbar bin. Heute habe ich die Macht, den Frauen und Kindern ein neues Zuhause zu bieten, das ihnen wieder ein Lachen ins Gesicht zaubert.

19. Kapitel

Tommaso

Der Nachmittag mit Evina war ausgesprochen unterhaltsam. Immer wieder waren wir uns nahe, jedoch ging sie dann sofort auf Abstand. Die meisten verheirateten Frauen sind auf ein Abenteuer aus, bei dem es keine Verpflichtungen gibt. Aber wie mir scheint, tickt Evina etwas anders. Liebt sie vielleicht ihren Ehemann doch so grenzenlos, dass für sie ein Seitensprung nicht infrage kommt? Warum stört mich dieser Gedanke, dass sie diesen Kerl noch lieben könnte? Wenn ich heute nicht zum Zug komme, werde ich wohl besser auf Distanz gehen, was wahrscheinlich auch schlauer wäre, da wir doch Geschäftspartner sind. Heute hatte ich einige Möglichkeiten, Evinas volle Lippen zu küssen. Jedoch wurden wir seltsamerweise immer gestört. Ihren Mund zu erobern, scheint nicht leicht zu sein, doch ich gebe nicht auf. Mein Jagdtrieb ist geweckt. Obwohl ich sagen muss, dass ich bisher noch nie so lange gebraucht habe, um einen Kuss zu bekommen. Im Normalfall funktioniert das beim ersten Treffen. Evina ist eindeutig eine Klasse für sich, und das spornt mich an, sie in meine Fänge zu locken.

Die Fahrstuhltür öffnet sich, und ich blicke hinüber. Ein paar Männer verlassen den Lift, und dann entdecke ich Evina. Sie sieht aus wie ein Engel, so wunderschön. Ihre blonden Haare, die mich an süßen Honig erinnern, fallen ihr schwungvoll über ihre Schultern und enden bei ihrer runden, makellos geformten Brust. Ihre schlanken Beine werden mit goldenen High Heels ins perfekte Licht gerückt. Sie schreitet auf mich zu, und ich bin von ihrem Anblick überwältigt.

»Hallo, Tommaso, ich hoffe, du wartest noch nicht lange?« Evina sieht mich mit ihren grünen Augen an, dass ich sie am liebsten hier auf der Stelle küssen möchte. Doch ich muss mich am Riemen reißen und auf Distanz bleiben, damit sie sich nicht in die Enge getrieben fühlt.

»Ciao, Bella, auf dich würde ich ewig warten, so umwerfend siehst du aus.«

»Danke, das ist nett von dir.« Evina streift sich eine Haarsträhne hinters Ohr, und ihr schmaler Hals kommt zum Vorschein. Wie gerne würde ich mich jetzt darin vergraben und sie mit Küssen überhäufen. Ich halte ihr meinen offenen Arm hin, und sie hakt sich unter. Ein gewisser Stolz überkommt mich, als ich mit ihr durch die Eingangshalle gehe. Evina zieht alle Blicke auf sich, was mich auch nicht wundert.

Vor dem Hotel wartet ein Taxi auf uns, und ich öffne Evina die Tür. Nachdem sie Platz genommen hat, laufe ich um den Wagen herum und steige in das Auto. Dem Fahrer gebe ich die genaue Adresse des Restaurants. Der Typ fährt mit einem lautlosen Nicken los. Der große Abstand zwischen uns stört mich. Am liebsten würde ich Evina dicht neben mir spüren. Meine Hände in ihr wunderschönes Haar wühlen und sie leidenschaftlich küssen. Bisher habe ich noch keine Frau kennengelernt, die mich so in den Bann zog. Am liebsten würde ich sie die ganze Zeit anschauen, leider darf ich das nicht. Wenn sie mitbekommt, wie ich sie anstarre, wird sie hinterfragen, warum. Meine ehrliche Antwort wäre, dass sie mich unsagbar fasziniert, doch das kann ich ihr unter keinen Umständen jetzt schon sagen. Vielleicht legt sich auch das Gefühl, und es liegt nur an dem verbotenen Reiz, dass sie verheiratet ist. Eines weiß ich mit Gewissheit, sie ist die erste Frau, über die ich alles wissen möchte. Noch immer kenne ich ihre Beweggründe, die Stiftung zu gründen, nicht. Dieses Projekt liegt mir sehr am Herzen. Nun habe ich endlich etwas gefunden, wo ich mein Geld sinnvoll investieren kann.

Ich werde niemals vergessen, wie der kleine Junge im Frauenhaus mich mit seinen unschuldigen blauen Augen angesehen hat. Dieses aufrichtige Lächeln, das er mir schenkte, war so grundehrlich. Ihn interessierten meine Millionen nicht, sondern er nahm mich als Mensch wahr.

»Ist alles okay bei dir?« Evinas warmherzige Stimme zieht mich wieder in die Gegenwart. Erst jetzt bemerke ich, dass ich die halbe Fahrt kein Wort verloren habe.

»Alles bestens! Wieso?« Ich ziehe eine Braue hoch und fahre mir mit der Hand durchs Haar.

»Du wirkst so nachdenklich.«

»Wir sind jetzt da!«, unterbricht der Fahrer unser Gespräch.

»Wie viel bekommen Sie?«, frage ich ihn.

»Fünfzehn Euro, bitte.«

Ich reiche ihm einen Zwanzigeuroschein. »Passt schon«, sage ich und öffne die Tür.

»Vielen Dank, Signor!«, antwortet er mit freudigem Ton. Ich husche um den Wagen herum und öffne Evina die Tür. Sie legt ihre zarte Hand in meine und steigt wie eine Dame aus dem Auto. Sie ist eine Augenweide mit ihrem figurbetonten weißen Kleid. Sie hakt sich wieder unter meinem Arm ein, und wir marschieren in das Restaurant. Sobald Evina an meiner Seite ist, fühle ich mich wie Gott persönlich.

»Guten Tag, Signor! Haben Sie reserviert?« Eine Frau um die vierzig begrüßt uns am Eingang freundlich.

»Unter De Santis«, sage ich knapp. Die Empfangsdame sieht zu einer Kellnerin, und das junge Mädchen mit schwarzen schulterlangen Haaren steuert auf uns zu.

»Herzlich willkommen im Lucious! Ich bin Melina und heute Abend für Ihr Wohlergehen bei uns verantwortlich. Wenn Sie mir bitte zu Ihrem Tisch folgen?«

Gemeinsam treten wir durch einen dicken Wollvorhang hindurch. Der Raum ist mit gedämpftem Licht ausgeleuchtet. Ganz vorne ist eine kleine Bühne aufgebaut, auf der eine Vier-Mann-Band Salsa Musik spielt. Auf der Tanzfläche davor tanzen schon drei Pärchen. Die Bedienung geleitet uns zu unserem Tisch.

Milan hat mir dieses Restaurant empfohlen, und er hat nicht untertrieben. Hier herrscht ein ausgesprochen schönes Ambiente, um eine Frau mit Stil, so wie es Evina ist, auszuführen. Die Kellnerin schiebt Evina den Stuhl zurück, damit sie sich setzen kann. Ich nehme gegenüber von ihr Platz.

»Was darf ich Ihnen zum Trinken bringen? Wir haben heute einen peruanischen Abend, da bieten wir das typische Getränk Pisco Sour an?«

»Was meinst du, versuchen wir das?«, frage ich Evina über den Tisch hinweg. Der heutige Abend soll sie ewig daran erinnern, wie grandios unser Wochenende war.

»Was ist das für ein Getränk, das kenne ich noch nicht?« Evina ist wie immer sehr interessiert und beäugt die Kellnerin.

»Es ist ein typisch peruanischer Aperitif mit Traubenschnaps, Limettensaft, Zuckersirup, Eiklar und Eis gemixt, er schmeckt ausgezeichnet.«

»Klingt hervorragend! Ein stilles Wasser dazu, dann ist es perfekt!«, erwidert Evina lächelnd. Die Serviererin verschwindet, und endlich kann ich mit ihr ungestört sprechen. Am liebsten würde ich alles auf einmal von ihr wissen wollen. Wir hatten zwar heute schon Zeit, uns zu unterhalten, aber das reicht mir nicht.

»Also was hat dich vorhin im Taxi beschäftigt, dass du so abwesend wirktest?« Evina sitzt kerzengerade und legt ihre Stoffserviette auf ihren Schoß.

»Ehrlich gesagt, musste ich an Mario, den kleinen Jungen, denken. Hast du seine blauen Flecken an den Armen gesehen? Unfassbar, was er in seinen jungen Jahren erleben musste.« Nur zu gut kenne ich diesen Schmerz, den er ertragen musste. Es macht mich wütend, dass es noch immer für viele zur Tagesordnung gehört, sich an Kindern auszulassen. Diese kleinen Wesen, die keine Ahnung von Gerechtigkeit haben. Sie wissen nicht, dass es falsch ist, was ihnen über Jahre hinweg angetan wird. Sie wissen nur, dass es sie Tag für Tag in ein tieferes Loch zieht, wo es keinen Ausweg gibt, wenn ihnen nicht geholfen wird.

»Ja, es ist für mich jede Woche eine neue Herausforderung, ins Frauenhaus zu gehen. Durch die Besuche wird mir jedes Mal bewusst, dass wir erst ganz am Anfang stehen mit unserer Stiftung.« Plötzlich huscht ein trauriger Gesichtsausdruck über Evinas Züge. Ohne darüber nachzudenken, lege ich meine Hand auf ihre. Doch diese Berührung ist nur von kurzer Dauer, denn Evina zuckt augenblicklich zurück. So, als wäre ich abstoßend für sie, doch diesen Gedanken versuche ich sofort abzustreifen. Ich muss sie küssen, damit ich weiß, ob die Chemie zwischen uns stimmt und ich mir das Ganze nicht nur einbilde. Obwohl ich mir das Gegenteil nicht vorstellen kann, sie küsst sicher wie eine Göttin.

»Lass uns heute die grausamen Dinge auf morgen verschieben und über etwas Erheiterndes sprechen. Was war das Peinlichste, aber zugleich Lustigste, was du erlebt hast?«, sage ich, um Evina wieder ein Lächeln ins Gesicht zu zaubern.

Evina blickt zur Seite, und ich merke, wie sie grübelt. Wenn sie so angestrengt nachdenkt, bildet sich immer eine kleine Falte auf ihrer Stirn. Das ist mir schon aufgefallen, als ich sie in ihrer Partneragentur besuchte. Kaum zu glauben, dass sie für mich die perfekte Frau suchen will, obwohl sie es ist, die ich haben möchte.

»Also, das darfst du wirklich keinem erzählen, versprich es mir!«, sagt Evina in strengem Ton, der mich schmunzeln lässt.

»Das ist doch selbstverständlich. Alles, was ich mit dir erlebe, bleibt unser kleines Geheimnis, keine Sorge.« Die Kellnerin kommt mit den Getränken in der Hand an unseren Tisch. Der Cocktail sieht mit seiner hellbraunen Farbe interessant aus.

»Am heutigen peruanischen Abend bieten wir ein Drei-Gänge-Menü an, oder möchten Sie lieber à la carte essen?« Die Bedienung stellt die Getränke vor uns ab, und Evina mustert sie skeptisch.

»Wir wählen das Drei-Gänge-Menü, oder?«, frage ich Evina.

»Ja gerne, so bekomme ich wenigstens einmal etwas Neues auf den Teller. Sonst bestelle ich immer die gleichen Gerichte.« Evinas bezauberndes Lächeln ist wie warme Sonnenstrahlen für meine Seele.

Die Kellnerin verabschiedet sich mit einem Nicken und verschwindet hinter der Bar neben der Tanzfläche.

»Dann lass uns auf den heutigen Abend anstoßen!« Ich erhebe das Cocktailglas, und Evina tut es mir gleich.

»Auf was möchtest du trinken?« Evinas grüne Augen funkeln wie kleine Diamanten.

»Auf die Frauen und Kinder, die bald hier in Mailand ein neues Zuhause finden werden?« Als ich vor drei Jahren diese Immobilie gekauft habe, war das Ziel, einen satten Gewinn rauszuschlagen. Gewinn habe ich indirekt damit schon gemacht, da ich Evina besser kennenlernen kann und vielen Frauen und Kindern einen ruhigen Schlaf beschere. Anderen Menschen etwas Gutes zu tun, ist ein ausgesprochenes schönes Gefühl.

»Auf die lachenden Gesichter, die wir ihnen damit bescheren!«, antwortet sie, und unsere Gläser klirren, als wir anstoßen. Dann führen wir die Cocktailgläser zu unseren Mündern und trinken einen Schluck. Kurz hat sie die Augen geschlossen. Ich bin versucht, wie ein Raubtier über den Tisch zu klettern und sie zu küssen. Sie ist so sinnlich und liebevoll in ihrem Wesen, dass es mir den Verstand raubt. »Also, um zum Thema zurückzukommen, was war für dich wirklich peinlich, aber zugleich auch ein schönes Erlebnis?«, werfe ich ein, während Evina ihren Aperitif auf dem Tisch abstellt.

»Mist, und ich dachte, du hättest es vergessen«, sagt Evina, zugleich fährt sie verlegen mit ihrem Zeigefinger am blauen Tischtuch entlang.

»Ich habe ein Gedächtnis wie ein Elefant«, antworte ich ehrlich. Weshalb ich leider meine düstere Vergangenheit nicht aus den Erinnerungen löschen kann. Doch heute, in dieser angenehmen Gesellschaft, verschwindet sie in den hintersten Teil meines Gehirns, was bisher noch kein Mensch zuvor geschafft hat.

»Gut zu wissen.« Evina schmunzelt. »Ich war damals ungefähr siebzehn und mit Giulia auf einer Privatparty von einem Freund von ihr. Wir haben Unmengen an Alkohol getrunken, und dann hat mich Giulia dazu überredet, beim Flaschendrehen mitzumachen. Natürlich hatte ich das ausgesprochene Glück, dass die Flasche bei mir haltmachte.«

Evinas Wangen färben sich rosa, während sie eine Pause einlegt und einen kräftigen Schluck vom Getränk nimmt.

»Was war denn deine Aufgabe?«

»Ich musste ein fremdes Mädchen küssen.« Evina lässt den Blick gesenkt und nestelt an ihren Haaren.

»Das klingt aber interessant. Schade dass ich nicht dabei war.« Der Gedanke, sie dabei zu beobachten, wie sie eine andere Frau küsst, törnt mich an.

»Das war ja klar, dass du das sagst«, kontert sie, aber mit einem Lächeln im Gesicht. »Nun bist du dran!«, fordert Evina mich auf.

Gerade als ich mit meiner Geschichte beginnen möchte, kommt die Kellnerin mit unserem ersten Gang. »Das ist Ceviche, ein typisches peruanisches Gericht aus Süßkartoffeln, Mais, Zwiebeln, Rocoto-Streifen und Fisch. Ich wünsche Ihnen einen guten Appetit.« Sie stellt die Teller vor uns ab.

Im ersten Moment zweifle ich, ob mir diese Speise wirklich zusagt. Normalerweise bin ich nicht gerade ein Freund von rohem Fisch. Ich esse nicht einmal Sushi, aber als ich Evina dabei beobachte, wie ihre Augen zu leuchten beginnen, beschließe ich, auch einen Happen zu kosten.

»Eigentlich sieht es aus wie ein Fischsalat, oder?«, sage ich misstrauisch.

»Es wird dir bestimmt schmecken. Es ist zwar durch die Rocoto-Streifen etwas scharf, aber es bekommt dadurch auch eine besondere Note.« Evina schnappt sich ihre Gabel und nimmt den ersten Happen.

»Was sind Rocoto-Streifen?« Eigentlich kenne ich mich recht gut mit den Zutaten aus, die angeboten werden, weil ich des Öfteren in Restaurants esse, aber dieses Wort ist mir bisher noch nie untergekommen.

»Sie sind so ähnlich wie Chili und wachsen in den Anden im Hochgebirge. Der Unterschied zu Chili ist der, dass die Schärfe nicht den Darmtrakt reizt, sondern nur die Geschmackszellen, darum sind sie bekömmlicher.« Evina nimmt den nächsten Bissen, und wie mir scheint, findet sie den Salat ausgesprochen schmackhaft.

»Woher weißt du darüber so Bescheid?« Fragend ziehe ich eine Augenbraue hoch. Sie ist klug, sieht fantastisch aus, langsam aber sicher wird sie für mich zur Gefahr.

»Das ist schnell erklärt.« Evina legt die Gabel zur Seite und wischt sich mit der Serviette den Mund ab. »Giulia und ich haben einen Vortrag über exotische Gemüsearten bei einem Gärtner am Rande von Rom besucht. Dort wurde unter anderem auch Rocoto vorgestellt.«

»Ich wusste gar nicht, dass du gerne im Garten arbeitest?« Nun nehme ich doch meine Gabel und versuche ein Stück von dem Ceviche. Langsam kaue ich den Fisch mit dem Gemüse in meinem Mund, und ich muss gestehen, es schmeckt gut. Es ist zwar scharf, hat aber einen fruchtigen Beigeschmack.

»Nein, Gärtnern ist nicht gerade Giulias und mein Ding. Wir haben das wegen unserer Stiftung getan. Der Gärtner Signor Bellini hatte versprochen, wenn wir ein paar Leute für diese Veranstaltung zusammenbekommen, dann spendet er zehntausend Euro für unsere Stiftung. Somit war klar, dass wir hinmussten. Letztlich war der Vortrag, wie man sieht, wirklich hilfreich, und ich habe einiges dazugelernt. Was aber noch viel schöner war, wir haben einen Mann für unsere Stiftung gewinnen können, der uns heute weiterhin finanziell unterstützt. Er hat uns sogar noch ein paar neue Kontakte besorgt, die in unser Herzensprojekt investierten.« Evina nimmt den letzten Happen und leert den Teller. Kurz zucke ich zusammen bei dem Namen Bellini. Wenn ich nicht wüsste, dass mein Vater lieber als Mafiaboss fungiert, würde ich weiter nachfragen. Doch mein Erzeuger würde niemals als Gärtner arbeiten. Oder in so ein Geschäft investieren.

»Da haben Giulia und du auf ganzer Linie gewonnen!«, sage ich erfreut, obwohl sich ein bitterer Geschmack auf meine Zunge gelegt hat. Ob es am Gericht liegt oder an meinen Erinnerungen an meinen Vater, kann ich nicht sagen. Sobald Evina über ihre Stiftung spricht, kann man das Strahlen in ihren Augen sehen. Es ist unverkennbar, dass ihr dieses Projekt wirklich am Herzen liegt.

»Und wie findest du den Salat?«

»Dafür, dass ich keinen rohen Fisch mag, ist er okay.« Nachdem auch ich meine Vorspeise aufgegessen habe, ist die Kellnerin zur Stelle und räumt das Geschirr ab.

»Um auf vorhin zurückzukommen, was war dein peinlichster Moment?« Evina legt ihre schmalen Hände auf dem Tisch ab, und ich bin versucht, meine Hand auf ihre zu legen. Doch der Augenblick ist einfach nicht passend genug.

»Du willst es also wirklich wissen?«

»Unbedingt«, sagt Evina keck.

»Zu Anfang meiner Immobilien-Karriere vermittelte ich in erster Linie Wohnungen in ganz Rom. Eines Tages war ich etwas spät dran, aber musste dringend auf die Toilette, also ging ich ins Apartment und habe meine Not verrichtet. Ich war noch nicht fertig, als es an der Tür klingelte. Ich drückte schnell die Spülung und lief hinaus zur Eingangstür. Ich hätte besser vorher einen Blick an mir herab werfen sollen, denn als die Frau mit ihrer Tochter vor mir stand, kreischten beide laut auf und liefen davon. Zuerst wusste ich nicht einmal, was los war, doch dann wurde alles mehr als klar. Ich hatte vergessen, den Gürtel zu schließen. Was jetzt noch kein Drama wäre, aber leider war der Reißverschluss meiner Hose offen, und von meinem hautfarbenen Hemd hing ein Stück heraus.«

»Na, das ist doch mal richtig peinlich!« Evina lacht so niedlich, dass es ihren ganzen Körper verbiegt. Sie wischt mit ihren schmalen Fingern am Auge entlang, da ihr vom Lachen die Tränen die Wangen hinabkullern.

Die Serviererin kommt mit dem nächsten Gericht, und es sieht eindeutig nach gegrilltem Hühnchen mit Reis aus.

»Das ist Arroz con pollo, mit echtem Safran gewürzt«, sagt die Dame, stellt zugleich die Teller vor uns ab und verschwindet dann wieder. Evina und ich beginnen zu essen, und kurz herrscht ein Schweigen, das keineswegs unangenehm ist. Ich beobachte, wie sie das Hühnchen in ihren wundervollen Mund schiebt, und ich kann nur daran denken, wie es sich wohl anfühlen würde, wenn sie meinen Schwanz lutscht?

Wenn ihre Zunge meine Spitze leckt und ihre weiche Hand meine Eier krault. Oh Mann, sie kann nur perfekt für mich sein. Das scharfe Essen lässt eindeutig meine Gehirnzellen schmelzen und schickt sie geradewegs in mein bestes Stück.

»Schmeckt es dir nicht?« Evinas weiche Stimme holt mich aus meinem mehr als heißen Traum zurück.

»Doch, doch ...«, antworte ich ehrlich. Das Essen ist wirklich eine Gaumenfreude, trotzdem kann ich momentan nur an eines denken: Wie bekomme ich diese Zuckerpuppe in mein Hotelzimmer, oder besser gesagt, wann? Denn bald wird sich mein Schwanz nicht mehr durch den Gedanken an alte Gummireifen beruhigen lassen.

Kurz räuspert sich Evina. »Warum gibt es von dir in der Presse keine Fotos? Nach dem, was mir Giulia über dich erzählt hat, bist du ein sehr einflussreicher Mann in Rom?«

Nun bin ich plötzlich hellwach. Verschwunden ist der Schleier vor meinen Augen. Das Wort Presse erzeugt bei mir Panik. Doch würde ich das niemals nach außen hin zeigen. Ich setzte meine perfekte Maske auf, um die Angst zu überspielen. Niemals dürfen Fotos von mir in den Medien erscheinen. Sonst ist die ganze Arbeit, die mein Stiefvater für meine Mutter und mich getan hat, hinüber. Nicht auszudenken, welche Konsequenzen das für uns haben könnte.

»Ich halte nichts von diesem Öffentlichkeitswahn. Es gibt genügend Menschen da draußen, die gerne im Rampenlicht stehen. Für mich ist das nichts, und darum soll es auch so bleiben.« Mein Ton ist schroffer als beabsichtigt. Eigentlich möchte ich mit Evina nicht so sprechen, doch bei diesem Thema reagiere ich wie bei einer Allergie.

»Oh ... ich wollte dir nicht zu nahe treten, aber ich dachte, da du uns mit so einer großen Summe unterstützt, könnten wir dich vielleicht namentlich bei der Eröffnung des Hauses nennen. Aber natürlich werden wir deinen Wunsch respektieren.« Evina ist durch meinen ernsten Ton nicht ein bisschen eingeschüchtert, was mich überrascht. Normalerweise zucken die Geschäftspartner sofort zusammen, wenn ich mein zweites Ich zeige.

Unsere beiden mittlerweile leeren Teller werden abgeräumt, und kurz ist es wieder still zwischen uns. Nach wenigen Minuten kommt zum Glück die Kellnerin mit dem Dessert zurück.

»Diesen fruchtigen Pudding mit Milchreis nennt man in Peru Mazamorra Morada. Darf ich Ihnen dazu noch einen Cocktail bringen?« Sie lächelt freundlich, was aber nicht übertrieben wirkt.

»Von mir aus gerne«, sage ich und nehme den letzten Schluck.

»Ja, der schmeckt hervorragend.« Evina leert auch ihr Glas und reicht es der Frau.

»Dann lass uns den Babybrei mit Pudding mal probieren«, scherze ich. Evina kichert, und die Wärme, die sie ausstrahlt, hat etwas Unschuldiges, so wie der Sonnenaufgang. Oft, wenn ich in eine Krise von Albträumen und Wut stürze, marschiere ich raus auf meine Terrasse und beobachte die Morgendämmerung. Dann scheint alles so ruhig und friedlich zu sein. Dort kann ich meine hässliche Vergangenheit vergessen, so wie es mir gerade mit Evina geht. Sie ist der erste Mensch in meinem Leben, der mich alles um mich herum vergessen lässt.

20. Kapitel

Evina

Nach dem Dessert, das meine Geschmacksnerven auf eine besondere Art berührt hat, bin ich pappsatt. Tommaso hat mich kurz alleine gelassen, da er auf die Toilette musste. Der Abend mit ihm ist bisher lustig und entspannt. Er hat einen ausgesprochen tollen Humor. Die Musik wird lauter. Langsam begeben sich die Paare auf die Tanzfläche. Die Stimmung ist ausgelassen, und ich fühle mich wohl in Tommasos Gegenwart. Anfangs hatte ich Angst, dass Tommaso mir ständig mit Flirtversuchen kommt, doch er hat es zum Glück unterlassen. Er hat mir dadurch auch eine peinliche Situation erspart. Was wohl gerade Giovanni macht? Ich schreibe ihm schnell eine Textnachricht.

> Hallo, Schatz, hoffe, dir geht es gut, vermisse dich. Kuss
> Evina

Dann drücke ich auf Senden und stecke das Telefon zurück in meine Handtasche.

»Alles okay?« Tommaso nimmt wieder gegenüber von mir Platz und trinkt seinen Cocktail in einem Zug aus.

»Alles bestens«, antworte ich geknickt.

»Sieht aber gerade nicht so aus«, bohrt Tommaso nach.

»Ach, der heutige Tag war so beeindruckend«, sage ich mit einem Seufzen. »Ich bin noch immer überwältigt, dass wir ein so preiswertes und gleichzeitig wunderschönes Haus hier in Mailand gefunden haben. Du hast uns in der kurzen Zeit so viele Türen geöffnet, dass ich glaube, in einem Traum zu sein. Ich habe Angst, aufzuwachen, und alles ist wieder so wie vorher.«

»Ich kann dich beruhigen, es ist Wirklichkeit, und damit du das auch spürst, gehen wir jetzt tanzen!«, fordert Tommaso mich auf.

In der Hotellobby ist es ruhig geworden, da es schon Mitternacht ist. Mit Tommaso verfliegt die Zeit im Eiltempo. Wir haben viel getanzt, ich schwitze am ganzen Körper.

»Trinken wir noch einen Scheidetrunk in der Hotelbar?« Tommaso deutet mit der Hand hinüber.

»Ich glaube, für heute habe ich genug, und werde wohl lieber schlafen gehen.« Es fällt mir schwer, von ihm Abschied zu nehmen und in mein Zimmer zu verschwinden. Doch ich habe vier dieser leckeren Cocktails getrunken, und der Alkohol fährt in meiner Blutbahn bereits Achterbahn. Immer wieder bleiben meine Augen an Tommasos Lippen hängen, die eine verbotene Versuchung darstellen.

»Gut, dann lass uns nach oben fahren«, antwortet Tommaso, und ohne zu zögern schreiten wir in den Fahrstuhl. Nachdem er dem Liftboy unser Stockwerk gesagt hat, drückt er den Knopf. Vor meiner Zimmertür angekommen, ziehe ich wie ferngesteuert die Zimmerkarte aus der Tasche. Ich drehe mich zu Tommaso, sodass wir uns direkt in die Augen sehen.

»Danke für diesen außergewöhnlichen Abend.« Mit ihm hier im Flur alleine zu stehen, hat etwas Verbotenes. Nervös spiele ich mit meiner Zimmerkarte. Soll ich mich mit einem Kuss auf die Wange bei ihm verabschieden? Nein, das ist eindeutig zu übertrieben, und er könnte es missverstehen.

»Gern geschehen, schlaf schön«, raunt er.

Ich drehe mich um zur Tür, um die Karte ins Schloss zu stecken. Besser schnell aus dieser brenzligen Situation entfliehen, denke ich mir.

»Evina?« Tommasos Stimme versetzt mir ein Kribbeln am ganzen Körper.

»Ja?«, sage ich, als ich mich ihm abermals zuwende. Tommaso fixiert mich mit seinen kristallblauen Augen, die von innen zu leuchten scheinen. Er macht einen Schritt auf mich zu, und wie automatisch gehe ich auf Abstand. Die Tür im Rücken gibt mir keine Sicherheit. Doch muss ich vor ihm Angst haben? Nein.

»Evina«, raunt er und nähert sich mir erneut. Nun steht er dicht vor mir, sodass ich seinen abgehackten Atem auf meinem Gesicht spüre. Mein Herz hämmert wie verrückt, und ich weiß nicht, wie ich mich Tommasos Anziehungskraft widersetzen soll. Langsam senkt er den Kopf, und als seine Lippen auf meine treffen, senken sich meine Augenlider wie automatisch. Bereitwillig öffne ich meinen Mund, und seine Zunge erobert mein Innerstes. Es ist mehr als ein Rauschgefühl. Es ist unbeschreiblich schön, wie er mit meiner Zunge spielt. Nie hätte ich zu ahnen vermocht, wie genial dieser Kuss sein würde. Tommaso drückt sein Bein zwischen meine, was das Ziehen in meiner Mitte verstärkt. Ich presse die Hände gegen den Türrahmen und lasse Tommaso dadurch vollen Zugang zu meinem erhitzten Körper. Er versteht die Einladung und wühlt die eine Hand in mein Haar. Mit der anderen fährt er an meinen Po und knetet ihn fest. Oh mein Gott, denke ich. Ich habe das Gefühl, auf Wolke sieben zu schweben. Doch als sein Handy vibriert, werde ich aus dieser erregenden Situation gerissen. Was mache ich hier bloß? Bin ich jetzt vollkommen bescheuert? Ich stoße Tommaso von mir weg. Meine Lippen glühen noch immer wie wild, wollen mehr, aber ich darf das nicht, nein! Was habe ich getan?

»Ich muss schlafen gehen!«, sage ich mit bestimmtem Ton, drehe mich um und öffne meine Tür. Ohne auf seine Antwort zu warten, schließe ich sie hinter mir.

Hastig renne ich ins Bad, sammle meine Kosmetikartikel und werfe sie lieblos in meinen Koffer. »Wie konnte ich nur so weit gehen«, murmle ich vor mich hin. Giulia hatte mich ja gewarnt, und ich bin voll und ganz auf seine Avancen eingestiegen. Die paar Klamotten, die auf dem Stuhl hängen, packe ich in den Trolley und verschließe ihn. Am besten, ich fahre gleich zum Flughafen, irgendeinen Flug werde ich schon ergattern. Wie soll ich das bloß Giovanni erklären? Hoffentlich verzeiht er mir. Oder soll ich es besser für mich behalten? Ach, wenn es nicht so spät wäre, könnte ich Giulia anrufen und sie um Rat fragen.

Ich habe Glück und erwische noch einen Flieger zurück nach Rom. Im Taxi vom Flughafen tippe ich eine Nachricht an Giovanni, dass ich in etwa dreißig Minuten zu Hause bin. Ich hatte nicht gerade Glück mit meinem Flug und musste drei Stunden warten, doch zurück zu Tommaso konnte ich auf keinen Fall. Der Blick zu meiner goldenen Armbanduhr verrät mir, dass es halb acht morgens ist. Ich starre aus dem Fenster. Die Straßen sind leer gefegt, nur hin und wieder kreuzt ein Auto unseren Weg.

Vor der Wohnung angekommen, hilft mir der Taxifahrer, mein Gepäck aus dem Kofferraum zu hieven. Meine Hände zittern vor Angst, wie Giovanni auf mein Verhalten reagieren wird. Verheimlichen ist zwecklos, denn er wird fragen, warum ich so früh nach Hause komme. Mit schnellen Schritten laufe ich durch die Empfangshalle. Wenn ich es nicht besser wüsste, würde ich sagen, dass mein Herzklopfen durch die Stille dröhnt. Oder ist es das schlechte Gewissen, das mir im Nacken sitzt?

Ich stehe vor der Wohnungstür und zögere, bevor ich den Schlüssel in das Schloss stecke. Wahrscheinlich schläft er tief und fest. Ich werde mich einfach zu ihm ins Bett kuscheln. Später ist auch noch früh genug, um mit ihm darüber zu sprechen.

Langsam drücke ich den Türgriff nach unten und schiebe die Eingangstür auf. Ich trete ein und blicke mich um. Der Wohnbereich ist hell erleuchtet, was mein Herz zum Rasen bringt. Ich stelle meinen Koffer neben der Kommode ab. Anscheinend ist Giovanni durch meine SMS wach geworden. Ich tapse am Sofa vorbei in Richtung Schlafzimmer, doch ich kann Giovanni nirgends entdecken. Vorsichtig öffne ich die Tür. Mein Blick wandert durch den hell erleuchteten Raum und bleibt am Bett hängen. Die Laken sind komplett zerwühlt. Seltsam, denn normalerweise ist meine Seite immer unberührt, wenn ich nicht da bin. Meine Augen wandern zum Bad, wo ein heller Lichtstrahl durch die halb offene Tür scheint. Mit leisen Schritten wage ich mich hinein und schaue mich um. Ein Haufen weißer Handtücher liegt am Boden. Wie automatisch mache ich mich daran, sie in den Wäschekorb zu werfen. Dabei blicke ich in den Korb, der aus Rattan ist. Etwas Rotes blitzt hervor, und ich schüttle verwundert meinen Kopf. Ich greife hinein und ziehe es mit Daumen und Zeigefinger heraus. Ich brauche nicht lange, um dieses grauenvolle Ding als Stringtanga zu erkennen. Doch als mir klar wird, dass der Stofffetzen nicht mir gehört, macht sich Übelkeit in mir breit. Mein Bauch verkrampft sich, und am liebsten würde ich kotzen. Nein, das kann nicht sein! Er wird mich doch nicht hier in unserer Wohnung betrogen haben? Plötzlich verschwinden die Schuldgefühle, und ich bin einfach nur wütend. Mit dem Höschen in der Hand laufe ich hinaus.

»Giovanni, wo bist du?«, brülle ich. Irgendwo muss er doch sein! Plötzlich höre ich das Klacken der Tür und renne in den Wohnbereich. Da steht Giovanni neben der Eingangstür. Nur mit Boxershorts bekleidet und einem Ständer darin.

»Ist gerade die Frau raus, die dieses Teil hier vergessen hat?«, fauche ich. Provokant halte ich den Slip mit der Hand in die Höhe. Ohne auf seine Antwort zu warten, hetzte ich zur Tür, um wenigstens einen Blick auf sie zu erhaschen. Das Glück ist nicht mit mir, denn der Flur ist still und leer. Ich knalle die Tür zu und wende mich wieder Giovanni zu.

»Niemand war hier«, entgegnet Giovanni gelassen.

»Lüg mich nicht an! Das Bett sieht aus, als hätte darin ein Kampf stattgefunden, und dieses hässliche Teil gehört mir nicht!« In meinem Kopf rattert es. Was hat er getan? »Wie lange läuft das schon?« Diese Frage macht mir Angst. War ich die letzten Wochen einfach zu blind, um zu merken, dass er eine Affäre hat?

»Es ist nicht so, wie es scheint«, antwortet Giovanni und blickt zum Boden, als würde er darauf Antworten finden.

»Diesen Scheiß-Spruch kannst du dir sonst wo hinstecken!«, fauche ich. »Das glaube ich dir nicht! Liebst du sie?« Hat diese Antwort für mich noch Bedeutung? Er hat unser Bett befleckt mit irgendeiner Tussi. Konnte er nicht wenigstens in ein Hotel gehen?

»Natürlich nicht!«, sagt Giovanni. Doch seine Worte sind für mich nicht überzeugend.

»Du bist so ein Arschloch! Ich werde vorerst bei Giulia wohnen, ich ertrage deine Gegenwart nicht!« Vor allem kann ich in diesem Bett keine Sekunde schlafen, so ekelt es mich davor. Ich steuere auf meinen Koffer zu, der immer noch neben der Garderobe steht. Mit dem Ding in der Hand möchte ich die Tür öffnen, da packt mich Giovanni am Arm und dreht mich ruckartig um, sodass ich mit dem Rücken gegen die Eingangstür knalle. Fast hätte ich mir die Hand verdreht, weil der Koffer sie zurückhält.

»Du bleibst hier!«, knurrt er. »Wir sind verheiratet!« Giovannis finsterer Blick macht mir Angst. So habe ich ihn bisher noch nie erlebt.

»Verheiratet, dass ich nicht lache. Das hat dich doch auch nicht gekümmert heute Nacht!«, entgegne ich zynisch. »Wag es nicht, nach dieser Aktion Besitzansprüche zu stellen, also lass mich los!« Giovanni drückt mein Handgelenk fest gegen die Tür, sodass sich ein brennender und zugleich stechender Schmerz breitmacht.

»Ich sagte schon, du gehörst mir!«, sagt er im Befehlston, sodass mir ein kalter Schauer den Rücken hinabläuft. »Du verlässt mich nicht, du kleines Miststück!« Seine Worte kommen mir allzu bekannt vor. Wie oft hat das mein Vater zu meiner Mutter gesagt. Doch Giovanni ist nicht mein Vater, rufe ich mir in Erinnerung. Er wird mir nichts tun.

»Lass mich jetzt endlich los!«, wiederhole ich mit zittriger Stimme.

Plötzlich packt Giovanni mit der anderen Hand meinen Hals und drückt zu. Seine Augen wirken hasserfüllt und gefährlich.

»Ich kriege keine Luft«, krächze ich. Oh mein Gott, was tut er da? Meinem Mann hätte ich niemals solch eine Tat zugetraut. Immer fester umschließt seine Hand meinen Hals. Langsam wird mir schwindelig, und ich habe keine Luft mehr zum Atmen. Ich weiß, ich muss jetzt einlenken, sonst tötet er mich.

»Gut, ich bleibe«, wispere ich. Sofort lässt Giovanni von mir ab, und nach mehrmaligem Husten bekomme ich wieder Luft.

»So, und jetzt lass uns ins Bett gehen, ich bin müde.« Giovanni ist mir auf einmal so fremd. Diesen Mann habe ich nicht geheiratet. Was ist mit ihm passiert? Er zerrt mich ins Schlafzimmer und wirft mich ins Bett. Mein ganzer Körper bebt vor Angst. Ich ziehe das Bettlaken über den Kopf und kann den Sex daran riechen. Der herbe süßliche Geruch dringt in meine Nase. Sofort überkommt mich ein Würgereiz, den ich versuche zu unterdrücken. Nachdem Giovanni das Licht ausgeschaltet hat, legt er sich neben mich. Zum Glück fasst er mich nicht an.

21. Kapitel

Evina

Als ich das Schnarchen von Giovanni vernehme, winde ich mich vorsichtig aus dem Bett. Auf Zehenspitzen tapse ich zur Tür, ziehe noch mein Handy aus der Tasche und verlasse diese Hölle, die einmal mein Zuhause war. Langsam geht die Sonne auf, doch diesen Moment kann ich nicht genießen. Für mich gibt es nur ein Ziel, raus aus diesem Gefängnis. Wie konnte ich mich in Giovanni nur so täuschen? Noch immer trage ich die Jeans und mein blaues Shirt von vorhin, das mich nun in alle Ewigkeit an diese beschissene Nacht erinnern wird. Ich habe große Angst davor, Giovanni zu wecken. Darum lasse ich meinen Koffer und alles andere zurück. Nur keinen Lärm verursachen.

Ich schnappe mir meine weißen Sneakers vom Flur und öffne vorsichtig die Eingangstür. Barfuß schleiche ich mich hinaus. Langsam lasse ich das Schloss einrasten, bevor ich mich zum Fahrstuhl wage. Meine Knie zittern, und meine Hände sind klatschnass. Immer wieder blicke ich über die Schulter zurück, vergewissere mich, dass Giovanni nicht gleich aus der Tür geschossen kommt. Als endlich der Lift das bekannte Piepsen von sich gibt und die Tür sich öffnet, husche ich hinein. Noch immer wage ich es nicht, die Sneakers anzuziehen, sondern umklammere sie mit beiden Händen. Die Türen schließen sich, und zum ersten Mal atme ich hörbar aus. Hastig schlüpfe ich in die Schuhe.

Unten angekommen, laufe ich mit gesenktem Kopf am Portier vorbei. Ich unterdrücke mit aller Gewalt meine Tränen. Jetzt nur keine

Schwäche zeigen, ermahne ich mich in Gedanken. Niemand darf etwas mitbekommen.

»Ist alles okay bei Ihnen, Frau Castello?«, fragt mich der Portier mit besorgter Stimme. Doch ich kann ihm nicht antworten. Zu sehr habe ich Angst, meine Fassung zu verlieren und in ein tiefes Loch zu fallen. Obwohl, stecke ich nicht schon ganz tief darin?

Die Straßen sind gespenstisch ruhig. Wie in einem Horrorfilm, wo man keine Menschenseele sieht, die einem Schutz und Hilfe anbieten könnte. Als ich gerade die Hoffnung im Mülleimer vor mir suchen möchte, kommt zu meinem Glück ein Taxi um die Ecke gebogen. Ich winke wie wild, und es fährt vor.

Ich springe ins Taxi und erblicke eine ältere Frau, die ihre langen grauen Haare zu einem Zopf geflochten hat.

»Wo soll es denn hingehen?«, fragt sie mich mit einem freundlichen Lächeln.

»Wenn ich das bloß wüsste«, sprudelt es aus meinem Mund. Erst jetzt merke ich, dass ich nicht einmal Geld dabeihabe, um die Fahrt zu bezahlen. Auf einmal kullern mir die Tränen herab. Ich kann kaum atmen, und mein Hals schnürt sich von Minute zu Minute weiter zu.

»Was ist, Liebes? Benötigen Sie einen Schlafplatz?« Sie sieht mich mit ihren goldbraunen Augen an, aber ich sehe keinen Vorwurf darin. »Du hast da etwas am Hals, soll ich dich ins Krankenhaus bringen?«

»Nein, kein Krankenhaus«, erwidere ich hektisch. Oh mein Gott, wenn sogar sie es sieht? Wo soll ich hin? Giulia! Genau! Ich gebe der netten Dame die Adresse, und sie fährt los, ohne weiter nachzufragen. Als wir die Einfahrt zu Giulias Anwesen hinauffahren, werde ich nervös. Hoffentlich bringe ich Giulia nicht in eine unangenehme Situation. Die ältere Frau hält direkt vor dem Hauseingang.

»Können Sie bitte kurz warten? Ich muss erst Geld besorgen, um Sie zu bezahlen.« Meine Stimme zittert, so wie mein restlicher Körper. Doch nicht weil mir kalt ist, nein, weil ich noch immer Giovannis boshaftes Gesicht vor meinen Augen sehen kann. Wie ferngesteuert schließe ich die Autotür und komme zur Beifahrerseite. Das Fenster ist geöffnet, und ich stütze meine Hände ab, um nicht zusammenzubrechen.

»Liebes, schauen Sie besser mal, dass Sie Ihr Leben wieder in den Griff bekommen!«, sagt sie warmherzig. »Wenn Sie Unterschlupf suchen, kenne ich eine gute Adresse für Frauen. Für heute passt das schon.« Sie streckt ihren Arm aus dem Fenster und reicht mir eine Karte. Meine Augen haften an dem Logo mit dem roten Haus und den zwei Herzen, das ich aus Tausenden erkennen würde. Kurz schnappe ich nach Luft bei dem Gedanken, dass ich es jetzt bin, die auf die Hilfe unseres Frauenhauses angewiesen ist.

»Ich muss dann los, alles Gute«, sagt sie noch aus dem Fenster und fährt davon. Ich folge dem Taxi mit den Augen, bis es hinter der Biegung verschwunden ist. Dann drehe ich mich um und laufe die paar Treppen zum Eingang hinauf. Ich klingle, und gleichzeitig dribble ich auf und ab.

Es dauert ein paar Minuten, bis ich ein Licht durch die Scheibe scheinen sehe. Wie ich es schon als Kind perfektioniert habe, ziehe ich mir meine Maske über und setze mein perfektes Lächeln auf, das ich augenblicklich zustande bringe. Nicht weil ich mich vor Giulia verbiegen muss, nein, sondern, um mich vor den kritischen Blicken ihrer Angestellten zu schützen. Ich habe viel zu große Furcht, jemandem zu zeigen, wie sehr ich mich dafür schäme, was mir heute passiert ist. Was eigentlich völliger Blödsinn ist, denn immer wieder predige ich den Frauen, dass sie nicht dafür verantwortlich sind, was ihnen angetan wird. Doch nun stecke ich in dieser verfahrenen Situation und bin mir nicht sicher, ob nicht ich an diesem Schlamassel die Verantwortung trage.

Die Tür öffnet sich, und ich blicke in Giulias verschlafenes Gesicht. Was mich sofort durchatmen lässt. Ihre dunklen Haare sind zerwühlt, und sie gähnt. Als sie fertig ist mit Augenreiben, entdeckt sie mich, und es scheint, als wäre sie in Sekunden hellwach.

»Evina, was ist passiert? War das Tommaso?« Sie deutet auf meinen Hals, der plötzlich zu schmerzen beginnt. Keine Ahnung, ob es durch den Schock oder meine geistige Abwesenheit war, doch erst jetzt bemerke ich diesen brennenden und zugleich pochenden Schmerz an meinem Hals.

»Nein, Tommaso hat damit nichts zu tun«, krächze ich, da meine Stimme versagt.

»Komm erst mal rein, ich mache dir einen Kaffee.« Sie schiebt die Tür weiter auf, und ich schlüpfe hindurch. Ich folge ihr in ihre Designerküche. Am Frühstückstresen lasse ich mich auf den erstbesten Barhocker sacken und werfe den Kopf in meine Hände. Ich kann nicht fassen, was mir Giovanni heute Nacht angetan hat. Hätte ich demokratischer mit ihm reden sollen? Ist das die Bestrafung dafür, dass ich so oft an Tommaso denke und ihn sogar bereitwillig küsste?

Giulia stellt mir eine kleine Tasse Mokka vor die Nase, an der ich mich sofort festklammere. So als könnte sie mir in irgendeiner Form Halt geben. Denn momentan habe ich das Gefühl, irgendwo zwischen Himmel und Hölle zu schweben. Giulia geht um den Tresen herum und nimmt neben mir Platz.

»Also was ist passiert! Welchen Scheißkerl müssen wir für deinen blauen Hals zur Rechenschaft ziehen, wenn es nicht Tommaso ist?« Giulias Finger klopfen im schnellen Takt auf die weiße Marmorplatte.

Wie aus Reflex greife ich an meinen Hals. »Wie, er ist blau?« Ich springe vom Hocker und laufe in den Flur, wo ein großer Spiegel ist. Aber den Anblick hätte ich mir besser ersparen sollen. Die Augen sind geschwollen, die Haare sehen aus, als hätte ich gerade einen wilden Kampf hinter mir. Was ja fast stimmt. Doch als mein Blick am Hals haften bleibt, wird mir übel. Man kann Giovannis Finger noch ganz genau erkennen. Vor allem da, wo er zugedrückt hat. Sofort fließen die Tränen aus meinen Augen. Eigentlich sollte ich das aus meiner Kindheit gewohnt sein. Mein Vater hat mich oft getreten, wenn ich schon zusammengerollt am Boden lag. Schläge und Tritte standen auf der Tagesordnung. Erst als meine Mutter den Weg ins Frauenhaus schaffte, hatte dieses Martyrium ein Ende. Dachte ich zumindest. Denn wenn ich mich heute so betrachte, stehe ich wieder ganz am Anfang.

»Also wer war das!« Giulias fordernder Ton überrascht mich nicht. Sie weiß, wie es sich anfühlt, von einem Mann erniedrigt und gedemütigt zu werden. Ihr Vater war genauso, darum war auch sie mit ihrer Mutter damals im Frauenhaus. Wir hatten Glück und ergatterten einen freien Platz. Leider war es früher noch viel schlimmer und schwieriger, ein freies Zimmer im Frauenhaus zu bekommen. Es wurden unzählige Frauen wieder weggeschickt.

»Giovanni«, sage ich geknickt. Ich kann es immer noch nicht fassen. Doch habe ich ihm in der Vergangenheit jemals so die Stirn geboten wie heute Nacht? Ich kann mich nicht erinnern. Eigentlich war ich immer darauf bedacht, alles ruhig zu klären.

»Giovanni?«, wiederholt Giulia überrascht. »Wie? Du warst doch in Mailand, oder etwa nicht?«

Ich erzähle Giulia alles, nur den Kuss mit Tommaso, der der Grund für meine frühe Abreise war, verschweige ich ihr. Giulia steht mit offenem Mund da. Als ich zum bitteren Ende komme, beginnt auch Giulia zu weinen. Nur zu gut weiß sie, welche Qualen man in so einem Chaos durchlebt. Nicht flüchten zu können, weil man um sein Leben Angst hat.

»Und nun stehe ich hier bei dir im Flur ohne irgendwelche Habseligkeiten und heule.« Man glaubt, man bringt keine Träne mehr hervor, doch irgendwo aus einem Unterschlupf bahnen sie sich erneut ihren Weg aus den Augen.

»Ach Liebes, es tut mir so leid für dich.« Giulia schlingt ihre Arme um mich und drückt mich fest. »Lass es raus«, fordert sie mich mit weicher Stimme auf. Und plötzlich schluchze ich lauthals los. Erst jetzt merke ich, welche Last ich die letzten Stunden getragen habe. Wir stehen eine gefühlte Ewigkeit einfach so im Flur, bis Giulias Mann ein Räuspern von sich gibt.

»Ich denke, ich werde die Polizei rufen«, wirft Ricardo von der Seite ein. Anscheinend hat er alles mitgehört.

»Nein, bitte nicht«, flehe ich Ricardo an.

»Evina, du weißt selbst, dass du für die Scheidung einen triftigen

Grund benötigst, und dafür braucht man Beweise.« Giulia spricht ruhig, während sie ihre Hand auf meine Schulter gelegt hat. »Oder möchtest du zu ihm zurück?«

»Nein, natürlich nicht!«, presse ich hervor. Nie wieder möchte ich diesem Tyrannen unter die Augen treten müssen.

22. Kapitel

Tommaso

Nach diesem berauschenden Kuss letzte Nacht habe ich geschlafen wie ein Baby. Es ist das erste Mal, dass ich keinen Albtraum hatte. Zwar ist Evina in ihr Zimmer geflüchtet, doch ich weiß, dass sie es genauso gefühlt hat wie ich. Es war mehr als eine Explosion an Emotionen, als unsere Zungen sich berührten, es war wie der Urknall. Noch nie in meinem ganzen Leben habe ich das gespürt. Sie hat es bestimmt genauso irritiert wie mich. Doch heute, wo die Sonne in das Zimmer lacht, bin ich frohen Mutes, dass sie mir eine weitere Chance geben wird.

Ich rolle mich aus dem Bett und strecke meinen Körper durch. Durchgeschlafen zu haben, hat etwas Entspannendes, bemerke ich, als ich ins Bad tänzle. Oder liegt es daran, dass ich mich schon auf ein gemeinsames Frühstück mit Evina freue? Der gestrige Abend lief für mich hervorragend, zwar habe ich sie nicht in mein Bett locken können, doch dafür war der Kuss einfach Weltklasse. Ihr anmutiger, süßlich blumiger Duft haftet noch immer an mir wie eine zweite Haut. Am liebsten würde ich das Duschen lassen, um ihn nicht zu verlieren. Bald werde ich sie in meine Arme schließen und ihren betörenden Geruch inhalieren. Ein paar Stunden kann ich mit ihr noch verbringen, und da darf ich mich nicht verzetteln.

Frisch geduscht, in meinen Jeans und einem weißen Shirt, mache ich mich auf den Weg zu ihr. Ich will nicht länger ohne sie sein. Dieser Kuss hat in mir etwas ausgelöst, das ich zuvor nicht gekannt habe. Normalerweise habe ich schnell genug von meinen Gespielinnen, doch sie ist wie eine verbotene Frucht, die man immer wieder probieren möchte. Verdammt noch mal, sie macht aus mir ein Weichei, das ich nie werden wollte, aber es fühlt sich so richtig an.

Ich lasse die Tür hinter mir ins Schloss fallen und marschiere zu Evinas Zimmer. Der Putzwagen versperrt mir den Zugang, und ich schiebe ihn ruckartig zur Seite. Die Tür ist einen Spalt geöffnet, kurz klopfe ich pro forma an und trete ein. Eine Frau mit kurzen schwarzen Haaren stellt sich mir in den Weg und stemmt die Hände in die Hüften.

»Guten Tag, ist Signora Castello nicht hier?«, frage ich überrascht.

»Keine Ahnung, ich habe den Auftrag, hier zu reinigen!«, sagt sie in schnippischem Ton, der mir nicht gefällt. »Also könnten Sie jetzt bitte das Zimmer verlassen, damit ich meine Arbeit erledigen kann?« Sie drängt mich zur Tür und verzieht grimmig ihr Gesicht.

Wahrscheinlich sitzt Evina schon beim Frühstück und wartet auf mich. Mit schnellen Schritten laufe ich zum Fahrstuhl. So gerne hätte ich sie geweckt. Mich würde wirklich interessieren, was sie heute Nacht getragen hat, oder schläft sie nackt? Der Gedanke an ihre wohlgeformten Brüste erzeugt ein Spannen in meiner Hose.

Ich betrete den Frühstücksraum, und das Murmeln der Gäste dringt in meine Ohren. Der Speiseraum ist überschaubar mit etwa vierzig Quadratmetern. Sofort scanne ich den Raum, doch ich entdecke Evina nirgends.

Ein Ober mit Glatze kommt auf mich zu. »Guten Morgen, Signor, für wie viel Personen suchen Sie einen Platz?«

»Ich suche meine Begleitung, Frau Castello, lange blonde Haare, zierliche Figur.« Meine sachliche Beschreibung erfasst Evinas frohes Gemüt nicht im Geringsten.

»Ganz hinten am letzten Tisch sitzt eine Dame, folgen Sie mir bitte.« Der Kellner stapft voraus. Doch je näher wir dem besagten Tisch kommen, desto unruhiger werde ich. Diese Frau hat keine Ähnlichkeit mit Evina. Natürlich kann er nicht wissen, wie wunderschön Evina aussieht. Aber mit dieser Person mit den dicken Lippen vom vielen Unterspritzen hat sie nichts gemein. Ich mache auf dem Absatz kehrt und gehe zur Rezeption. Es ist zwar unhöflich, den Ober so stehen zu lassen, aber nun bildet sich ein ungutes Gefühl in meiner Magengrube. Sie wird doch nicht ohne Verabschiedung abgereist sein? Der Kuss hat ihr sicher genauso viel bedeutet wie mir? Ich kann mich nicht so getäuscht haben.

Als ich an der Rezeption ankomme und mir ein junges Mädchen in zwei knappen Sätzen erklärt, dass Evina in der Nacht abgereist ist, breitet sich in mir eine Wut aus, die mit einem Tornado zu vergleichen wäre. Sie beginnt ganz langsam, ihre Bahnen durch meine Glieder zu ziehen, und wird immer größer, als ich hinter mir die Zimmertür schließe. Ich war mit ihr nicht mal in der Kiste. Doch bisher hat mich noch nie eine Frau so sitzen gelassen. Es ist eher mein Fachgebiet, in einer Nacht-und-Nebel-Aktion zu verschwinden, um Erklärungen, die ich nicht geben möchte, zu entfliehen. Ich ziehe das Handy aus der Hosentasche, um zu sehen, ob sie mir wenigstens eine Nachricht geschickt hat. Doch Fehlanzeige. Ich balle die Hände zu Fäusten und schlucke schwer. Dieser Druck in meinem Hals und diese wirren Gedanken an Evina fressen mich innerlich auf. Dafür gibt es nur eine Lösung, den Käfig! Ich muss sie aus meinem Kopf verbannen. Doch was, wenn sie einen wichtigen Grund gehabt hat, so stillschweigend abzureisen? Vielleicht hat sie eine Katze, und die steckte im Fenster fest. Ach, was denke ich bloß für einen Blödsinn. Ich werde sie einfach anrufen. Genau! Ich wähle ihre Nummer, und kurz darauf höre ich die Ansage »Der Teilnehmer ist derzeit nicht erreichbar«.

»Verflucht noch mal!«, brülle ich, zugleich werfe ich das Handy in die Ecke, und ein klirrendes Geräusch ertönt. Es zersplittert in mehrere Einzelteile. Na toll, das habe ich wieder mal ausgezeichnet hinbekommen. Eilig packe ich meine paar Klamotten in den Koffer und checke aus.

Der Qualm zieht in meine Nase, und das Johlen der Leute lässt mich augenblicklich entspannen. Die Stimmung im Käfig ist brennend heiß. Ich brauche einen Kampf! Zuvor habe ich Milan im Flieger vom iPad aus geschrieben, dass er mir schleunigst einen Fight organisieren muss. Irgendwo hier wird er herumschwirren. Mein Handy ist im Eimer, was mich ärgert. Nur wegen einer Frau so durchzudrehen passt nicht zu mir. Ich hasse solche Kerle, die einem Weib hinterherrennen, als gebe es keine anderen Bräute für sie. Heute Nacht werde ich kämpfen! Und mir danach eines dieser Flittchen schnappen und so lange vögeln, bis ich das Gesicht von Evina vergessen habe. Für jeden Menschen gibt es einen Ersatz, und den wird es auch für sie geben. Ich durchquere den Keller und steuere zielgenau auf die Bar ganz hinten zu, wo wir jeden Abend abhängen. Ich entdecke Milan mit Rebecca an seiner Seite.

»Hey, Leute!«, sage ich gespielt fröhlich. Eigentlich könnte ich gerade jeden zerlegen, was ausgezeichnete Voraussetzungen sind, um zu kämpfen.

»Hey!« Milan klopft mir auf den Oberarm. »Alles klar bei dir?« Milan stellt die Frage nicht rein höflichkeitshalber, nein, er kennt mich zu gut. Wenn ich ohne Vorwarnung nach einem Fight hechle, stimmt etwas nicht. Es kommt nicht oft vor, dass ich solche Aktionen mache. Es war erst zweimal der Fall, wenn ich genau darüber nachdenke. Einmal, als ich mehrere Millionen Euro in den Sand gesetzt hatte, und das zweite Mal, als ich meinen Vater in der Stadt sah. Zum Glück hat er mich nicht erkannt, und ich bin mit gesenktem Kopf an ihm vorbeigegangen. Kaum auszudenken, wenn er meine Mutter und mich finden würde. Dieser Mann ist nicht berechenbar. Äußerlich sah er recht unscheinbar aus, mit der dicken Brille, dem grauen kurzen Haar und dem schmuddeligen Anzug, der von einem Discounter stammte. Doch der Mann ist gefährlich. Er schreckt vor nichts und niemandem zurück. Immer wieder ist er im Knast gewesen wegen seiner krummen Geschäfte. Ich dachte, er lebt in Sizilien, wie damals, als ich noch ein Kind war. Dieses Wiedersehen, das eigentlich keines war, hat mich vor vier Monaten so aus der Bahn geworfen, das ich mich hier unten abreagieren musste. Hier kann ich ich sein. Hier weiß niemand, was mein Vater mir und meiner Mutter alles angetan hat.

»Also wann bin ich dran?«, knurre ich, ohne auf Milans Frage zu reagieren. Denn was sollte ich ihm erzählen? Dass mich eine Frau aus der Bahn wirft, weil sie sich nicht bei mir verabschiedet hat? Jetzt, wo ich genauer darüber nachdenke, bin ich davon überzeugt, dass ich vollkommen durchgeknallt bin.

»In einer Stunde«, sagt Milan und kippt sich seinen Whisky auf ex runter.

»Gut, dann kann ich mich noch in der Kabine aufwärmen.«

Rebecca blickt mich mit großen Augen an. »Ist wirklich alles in Ordnung bei dir?«

»Alles bestens.« Ich erhebe abwehrend meine Hand und marschiere davon. Ich bin jetzt nicht in der Laune, mit den beiden irgendwelche Gespräche zu führen, die mich nicht weiterbringen. Sie sind zwar meine besten und einzigen Freunde, doch das behalte ich besser für mich. Es ist zu peinlich. Nach dem Kampf werde ich mich wieder meinem alltäglichen Ablauf hingeben können, davon bin ich überzeugt.

Der Ring ist wie meine zweite Heimat. Als der Schiedsrichter sein Go gibt, beobachte ich meinen Gegner. Er ist einen Kopf kleiner als ich, doch das bedeutet nicht, dass ich ihm überlegen bin. Als er aber unkontrolliert von einem Bein zum anderen hüpft, kann ich mir ein Grinsen nicht verkneifen. Seine Muskeln, die mit einigen Einstichlöchern übersät sind, lassen erahnen, dass er sich irgendein Gift in den Körper impft. Er hastet auf mich zu und versucht, mit seiner rechten Faust auf mich einzuschlagen. Ich weiche aus, wodurch er ins Trudeln kommt. Er sollte besser seinen Gleichgewichtssinn trainieren, als sich das unnötige Zeug zu spritzen. Ich überlege, wie lange ich ihn so an der Nase herumführen soll. Dann kommt mir augenblicklich Evina wieder in den Sinn. Ich balle meine Hände und schlage zuerst mit der Rechten, dann mit der Linken hart zu. An den Fingern verspüre ich einen ziehenden Schmerz, der mich keineswegs davon abhält, weiter auf ihn einzuprügeln. Immer schneller bewegen sich meine Arme abwechselnd nach vorne zu ihm. Ich spüre dieses befreiende Gefühl in mir. Mit dem rechten Bein trete ich ihn fest in den Oberschenkel, und sein Gesicht verzieht sich zu einer Grimasse. Ein kehliger Schrei verlässt seinen schiefen

Mund. Der Kerl sackt zu Boden, und das Blut, das ihm mittlerweile aus Nase, Mund und Ohren rinnt, klebt an meinen Händen. Die Menschen rufen meinen Namen in Dauerschleife und klatschen in die Hände. Ich atme tief durch. Mein Atem geht stoßweise, und mein Puls rast.

Als der Schiedsrichter meine Hand in die Höhe zieht, möchte ich am liebsten in die Menge schreien: »Ich bin frei! Frei wie ein Vogel. Frei von meiner unsagbaren Wut! Frei von meinen immer wiederkehrenden Gedanken an Evina! Frei von den Erinnerungen an meinen Vater!« Doch das denke ich mir nur und stapfe von der Bühne herunter.

»Gut gemacht!«, sagt mir ein Typ mit Vollbart und langen schwarzen Haaren und klopft mir zugleich auf die Schulter. Ich schlängle mich durch die Massen hindurch. Die ersten Weiber kommen auf mich zu und drücken mir ihre Brüste entgegen und kneifen mich in den Arsch. Normalerweise vergeude ich keine Zeit und schleppe eine davon in meine Kabine, aber heute habe ich keinen Bock darauf.

23. Kapitel

Evina

Eine Woche später

Mein Körper ist wie versteinert. Er fühlt sich schwer und leblos an. Die Tränen sind versiegt, doch ich finde nicht die Kraft, mich aus dem Bett zu hieven. Das Gästezimmer von Giulia ist liebevoll eingerichtet. Mit den geblümten Vorhängen, die die Sonne ein wenig hervorblitzen lassen. Dem Himmelbett mit der hellblauen Bettwäsche, das mir nicht nur Wärme, sondern auch Schutz vor der Außenwelt bietet. Seit dem Vorfall mit Giovanni habe ich mich hierher verkrochen. Giulia war so lieb und hat Angelina freigegeben und alle anstehenden Termine abgesagt. Nachdem die Polizei alle möglichen Fotos von meinem malträtierten Hals gemacht und mich ein Arzt untersucht hatte, wollte ich nur Ruhe.

Ein gedämpftes Klopfen erweckt meine Aufmerksamkeit. Kurz darauf streckt Giulia ihren Kopf bei der Tür herein.

»Guten Morgen, Liebes, darf ich reinkommen?«

»Ja natürlich.« Ich atme hörbar aus und zupfe meine Decke zurecht.

»Ich hab dir Frühstück mitgebracht.« Giulia stellt das Tablett auf dem kleinen Tisch gegenüber von meinem Bett ab. Der Kaffeegeruch strömt mir in die Nase, was mich früher sofort wach hat werden lassen. Leider hat auch Kaffee mittlerweile keine anregende Wirkung auf mich.

»Danke, Giulia, aber ich habe momentan keinen Hunger.« Diese

Floskel gebe ich jeden Tag von mir, und trotzdem bringt mir Giulia dreimal täglich etwas ins Zimmer. Ohne es anzurühren, wird es zur nächsten Mahlzeit wieder abgeräumt. Essen scheint für mich zur größten Nebensache der Welt geworden zu sein. Mein Leben ist ein reiner Trümmerhaufen. Nie hätte ich gedacht, dass mir so etwas noch einmal widerfahren würde. Giovannis finstere Miene erscheint immer wieder vor meinem inneren Auge und lässt mich erschaudern. Wie konnte ich mich in diesem Menschen bloß nur so täuschen?

»Evina.« Giulia schließt ihre Augen und presst die Lippen fest aufeinander. Ich weiß, dass es ihr schwerfällt, mir ihre Meinung nicht aufzudrängen.

»Ich bin schuld, dass Giovanni so geworden ist!«, presse ich hervor.

»Was? Das ist nicht dein Ernst, oder? Du weißt genau, dass er dafür ganz alleine verantwortlich ist!« Verschwunden ist Giulias gefasste Haltung. Sie kommt zu mir ans Bett und zieht mir ohne Vorwarnung die Decke vom Körper. »So, jetzt reicht es mir! Du stehst auf der Stelle auf! Jetzt ist Schluss damit, dass du in deinem Selbstmitleid ertrinkst!« Giulia zerrt mich aus dem Bett. Durch den Essensentzug fehlt mir jegliche Kraft, mich gegen sie zu wehren. Sie schiebt mich ins Bad und stellt mich unter die Dusche. Obwohl ich noch meine Klamotten anhabe, dreht sie sofort den Wasserhahn auf.

»Bist du vollkommen durchgeknallt!«, kreische ich, als das eiskalte Wasser meinen Kopf erreicht. Dann bahnt es sich unbarmherzig an meinem Hals durch mein Nachthemd seinen Weg zu meiner Haut. Plötzlich bin ich hellwach und drehe ruckartig den Wasserhahn ab.

»Ich kann und will nicht länger mitansehen, wie du dich hier in diesem Zimmer verkriechst!«, ruft Giulia. »Wir fahren heute zu deiner Therapeutin, ob es dir passt oder nicht! Dass du dir jetzt schon die Schuld für Giovannis abartiges Verhalten gibst, geht einfach zu weit!« Giulias Augen funkeln mich an. Ihre weiße Bluse ist durch das Wasser durchsichtig, und man kann ihren Spitzen-BH erkennen.

»Du verstehst das nicht«, erwidere ich bedrückt. »Ich habe Tommaso geküsst, und dafür bin ich bestraft worden!« Mein Atem geht abgehackt, und die Tränen, von denen ich schon geglaubt hatte, sie seien versiegt, bahnen sich unweigerlich den Weg aus meinen Augen. Die Schuldgefühle, die mich die letzten Tage verfolgt haben, sind einfach nicht abzuschütteln. Es ist wie eine Hetzjagd mit meinem Gewissen.

»Du hast was?«, fragt Giulia erstaunt. »Das glaub ich jetzt nicht. Weiß Giovanni davon?« Sie reicht mir ein Handtuch, und ich wische mir die kalten Wassertropfen aus meinem Gesicht.

»Nein, er hat keine Ahnung, das soll auch so bleiben, hörst du!«, sage ich im Befehlston. Ich schlängle mich an ihr vorbei, um ihren kritischen Blicken auszuweichen. Es ist kein Vorwurf in Giulias Stimme, das würde sie niemals tun. Leider gebe ich mir selbst die Schuld für den ganzen Schlamassel. Mit einer schnellen Handbewegung streife ich mir das durchnässte Nachthemd ab und wickle mich in das weiche Badetuch. Mein Körper fühlt sich an, als stünde ich auf einer Vibrationsplatte, so schlottert er. Jeder einzelne Muskel ist angespannt. Ob von der kalten Dusche, von den Erinnerungen an Tommasos leidenschaftlichen Kuss oder allem anderen, was mir mit Giovanni widerfahren ist, kann ich in diesem Augenblick nicht unterscheiden.

Das alles ist für mich so unwirklich. Vor einer Woche war mein Leben zwar nicht gerade perfekt, doch allemal besser als jetzt. Wie konnte ich nur so naiv und blöd sein? Wie oft hat mich Giulia gewarnt, dass Giovanni eine Affäre hat? Ich blinde Kuh hab mich in Ausreden verkrochen. Auch mit Tommaso hatte sie recht. Er wollte mich, und das um jeden Preis.

»Und wie kommst du dann auf den Schwachsinn, du wärst für seine Attacke gegen dich verantwortlich? Immerhin betrügt er dich, und das in eurem Bett!«, sagt Giulia besorgt. »Diese absurden Gedanken wirf sofort über Bord! Dieses Arschloch sollte hinter Gitter, so sieht´s aus!« Sie fuchtelt mit ihrem Zeigefinger mahnend vor meinem Gesicht. Ich habe das Gefühl, sie könnte mir jeden Moment ein Auge ausstechen. »Du weißt nur zu gut, dass in solchen Fällen niemals die Frau dafür verantwortlich ist.« Giulia schnappt sich die Haarbürste und schiebt mich ins Schlafzimmer zurück.

»Du hast ja irgendwie recht, doch mich plagt so sehr das schlechte Gewissen. Habe ich dieses Chaos nicht selbst heraufbeschworen?« Langsam lasse ich mich auf mein zerwühltes Bett sacken, und Giulia nimmt hinter mir Platz.

»Niemals, Evina! Wer weiß, wie lange er schon diese Affäre hat!«, sagt Giulia anklagend. »Außerdem hätte er mit dir darüber sprechen können, wenn er etwas in eurer Beziehung vermisste.« Sie beginnt, meine Haare vorsichtig mit der Bürste zu entwirren. Es ist wie damals, als wir beide zehn Jahre alt waren und uns im Frauenhaus kennenlernten. Giulia lebte schon etwas länger dort, als ich mit meiner Mutter einzog und Schutz fand. Sie hatte wie ich keine schöne Kindheit. Das ist untertrieben. Giulia wurde von ihrem Vater fast zu Tode geprügelt, bevor ihre Mutter den Weg dorthin fand. Die Mutter ist nur gegangen, weil die Fürsorge ihr drohte. Giulias Erzeuger hatte ihre Mutter psychisch so unter Druck gesetzt, dass sie nicht einmal mehr alleine einkaufen konnte.

»Vielleicht hast du recht«, flüstere ich.

Giulia dreht mich zu sich um. »Nicht vielleicht, es ist so«, bekräftigt sie mit ruhigem Ton, den ich schon von früher nur zu gut kenne. Obwohl sie einiges mitgemacht hat, war sie immer so selbstbewusst und stark.

»Nun erzähl mir von Tommaso und eurem heißen Kuss. Denn wie mir scheint, hast du mir da einiges verheimlicht, du Luder.« Giulia kichert und zwinkert mir mit einem Auge zu, als ich verwundert über meine Schulter blicke.

Der Gedanke an Tommaso lässt meine Mundwinkel sofort nach oben wandern, und ein Grinsen breitet sich über meinem Gesicht aus. Dieser Mann hat mir nur mit einem Kuss fast den Verstand geraubt. Trotz diesem Chaos in meinem Leben kommen mir immer wieder seine Augen in den Sinn. Sein Blick, bevor er seine wohlgeformten Lippen auf meine legte. Ein wohliger Schauer durchzuckt mich heute noch, wenn ich es mir in Erinnerung rufe. Wie seine Zunge meinen Mund eroberte und zwischen meinen Beinen sich ein Kribbeln breitmachte.

Nachdem ich Giulia erzählt habe, was ich die letzten Tage mit Tommaso alles erlebt habe, ist sie zum ersten Mal still. Ich mustere ihr Gesicht, als sie kurz ihre Augen schließt und mich dann wieder ansieht.

»Evina, Liebes …« Giulia gibt ein Seufzen von sich. Sie legt die Haarbürste zur Seite, und dann umgreift sie meine kalten Finger. Ich wende mich ihr zu, um ihr direkt ins Gesicht zu sehen. »Tommaso ist ein attraktiver Mann, doch nicht für etwas Ernstes, das ist dir doch klar? Mit ihm kannst du bestimmt unglaublichen Sex haben, aber mehr auch nicht.«

»Ich habe nicht vor, ihn wiederzusehen«, murmle ich. »Ich habe ganz andere Sorgen als mich auf einen Gigolo wie ihn einzulassen. Fürs Erste habe ich genug Probleme an der Backe.« So schön auch die Zeit mit Tom war, kann ich weitere Komplikationen nicht gebrauchen.

»Sex kannst du ja mit ihm haben, deshalb muss man ja nicht gleich heiraten. Übrigens habe ich das Gefühl, dass dir ein unkomplizierter Fick ganz guttun würde. Wenn ich mir den Wald zwischen deinen Beinen so ansehe.« Giulia zieht eine schiefe Grimasse. Sofort blicke ich an mir herab und ziehe aus Reflex und Scham mein Handtuch zurecht.

»Schon mal was von Waxing gehört?«, kontert Giulia spitz.

»Sag bloß, du tust dir das an? Diese grauenvollen Schmerzen, um glatt zu sein?« Ich erheb mich vom Bett, laufe zum Schrank und schnappe mir ein Höschen aus der Kommode. Giulia hat mir einige Klamotten im Einkaufscenter besorgt. Bisher habe ich noch nicht die Kraft gefunden, meine Sachen zu holen. Viel zu groß ist die Angst, auf Giovanni zu treffen.

»Natürlich! Übrigens hab ich deiner Assistentin mitgeteilt, dass sie alle Termine absagen soll und sich Urlaub nimmt. Ich hoffe, es ist für dich in Ordnung?« Giulia kommt auf mich zu und lehnt am Schrank.

»Danke dir, was würde ich nur ohne deine Hilfe tun.« Plötzlich vernehme ich ein Klingeln meines Handys. Sofort zucke ich zusammen. Hoffentlich ist es nicht wieder Giovanni, der mich die letzten Tage mit

Anrufen bombardiert hat. Mit dem BH in der Hand pirsche ich mich langsam zum Nachttisch und erblicke die Nummer von der Bank. Erleichtert nehme ich ab.

»Castello«, sage ich ruhig, obwohl ich noch aufgewühlt bin.

»Guten Tag, Frau Castello, ich bin es, Luca, Ihr Ansprechpartner von der Bank.«

»Hallo, was gibt es?« Wahrscheinlich will er mir wieder eine seiner neuen Versicherungen schmackhaft machen, was langsam zu nerven beginnt.

»Können Sie mir erklären, warum Sie alle Ihre Konten leer geräumt haben? Wir können nicht einmal Ihren Kredit bezahlen.«

»Was?«, plärre ich ins Telefon. »Ich habe keinen Cent abgehoben, das muss ein Missverständnis sein!« Meine Hand beginnt zu zittern, und mein Herz setzt für einen Moment aus, so geschockt bin ich.

»Leider nein, ich habe es mehrmals kontrolliert. Auf beiden Konten befindet sich jeweils nur ein Euro. Können Sie bitte in die Bank kommen, wir müssen das sofort klären.« Sein rauer Ton versetzt mir einen Stich in der Brust. Das kann doch nicht wahr sein. Niemand hat Zugang zu meinen Konten.

»Ja, natürlich ... ich bin in einer Stunde bei Ihnen. Ciao!« Ich starre auf mein Handy, als könnte ich auf dem dunklen Display die Antworten darauf lesen.

»Was ist passiert?« Giulia steht dicht neben mir und greift nach meiner Hand, die krampfhaft das Telefon umklammert.

»Ich bin pleite! Mein ganzes Geld ist verschwunden.« Meine Stimme ist ein Hauch von nichts.

»Wie, pleite? Ich verstehe nicht? Deine Agentur läuft doch gut, oder?« Giulia sieht mich kritisch an.

»Ja, vor einer Woche hatte ich bestimmt noch fünfzigtausend Euro auf beiden Konten, und jetzt soll nichts mehr davon da sein.« Mit einem Seufzen lasse ich mich auf das Bett fallen und vergrabe die Hände in meinen Haaren. Ohne dass ich es verhindern kann, kommen Tränen.

Wenn Luca sich nicht geirrt hat, bin ich nicht nur privat ein Wrack, sondern auch beruflich ruiniert!

»Hat Giovanni Zugang zu deinen Bankkonten?« Giulia hockt sich vor mich hin und schiebt meine Hände aus meinem Gesicht. Sie reicht mir ein Taschentuch, das ich jetzt dringend benötige.

»Giovanni kann es nicht gewesen sein. Er weiß nicht einmal die Pin für meine Bankomatkarte.« Sorgsam falte ich das Taschentuch auseinander und schnaube fest hinein, dass es nur so brummt.

»Angelina?«

»Ausgeschlossen! Sie ist meine Vertraute. Das kann und will ich einfach nicht glauben. Außerdem, wie soll sie ohne meine Unterschrift so viel Geld vom Konto abheben?«

»Vielleicht hat Angelina sie gefälscht?« Giulias Worte machen mir Angst. Was, wenn sie recht hat?

»Nein, niemals würde mir das Angelina antun.«

»Komm, mach dich fertig, ich fahr dich in die Stadt, damit wir dieses Problem aus der Welt schaffen können.«

24. Kapitel

Tommaso

»Also, sehen wir uns heute Abend?« Milan packt die letzten Unterlagen in seine Tasche.

Das Meeting mit einem Investor, der einige meiner renovierten Immobilien kauft, lief zwar nicht schlecht, aber seit dem Verschwinden von Evina bin ich nicht mehr der Alte. Immer wieder schweifen meine Gedanken zu ihr ab. Ich habe im Frauenhaus jeden Tag vorbeigeschaut, doch sie war nie da. Ihre Agentur ist geschlossen, was mich noch mehr beunruhigt. Jetzt ist schon mehr als eine Woche vergangen, und sie ist wie vom Erdboden verschluckt.

»Tom! Hörst du mir nicht zu?« Milan brüllt so laut, dass mir mein Ohr schmerzt.

»Entschuldige, ich war kurz in Gedanken, was wolltest du?« Ich richte mich auf und spiele mit dem Kugelschreiber, den ich damals zur Eröffnung meiner Firma von meiner Mutter bekommen habe. Er ist aus Gold, und sie hat meine Initialen als Gravur darauf verewigt.

»Ob du heute mit in den Käfig fährst?« Milan stützt sich auf dem schwarzen Schreibtisch ab und mustert mich.

»Nein, heute nicht, ich muss noch etwas erledigen.« Endlich habe ich es geschafft, Giulia zu einem Treffen mit mir zu bewegen. Am Telefon wollte ich sie über Evina nicht aushorchen. Immerhin brauche ich ein paar Unterschriften für den Kauf der Mailand-Immobilie, was mir hervorragend als Vorwand dient.

»Ach, und das wäre?«, bohrt Milan nach.

»Seit wann interessieren dich meine Aktivitäten?«, entgegne ich genervt.

»Seit du bei der Arbeit wie ferngesteuert herumläufst und bei den Meetings wie heute nur Schwachsinn von dir gibst!«, sagt Milan vorwurfsvoll. »Wenn du so weitermachst, können wir dein Imperium gleich dichtmachen.« Besorgt runzelt er die Stirn.

»Ist doch gut gelaufen?«, frage ich gespielt arrogant.

»Nur weil ich eingegriffen habe. Du hättest fast die Wohnungen zum Schleuderpreis verkauft. Was ist bloß los mit dir? Ist es diese Frau Castello? Hast du sie schon gefickt?«

»Das geht dich nichts an, und jetzt lass mich in Ruhe, ich habe noch ein paar Telefonate zu erledigen.« Ich greife nach dem Telefonhörer und winke ihn raus.

»Also nicht!«, sagt Milan und grinst. »Das solltest du bald erledigen, sonst bist du nur ihr bester Freund und nicht der Bock, der sie besteigt.« Milan lässt die Tür hinter sich zufallen, und ein Knall hallt durch den Raum.

Was weiß er schon. Ich erreiche sie ja nicht einmal. Da sind wir von beste Freunde weit entfernt. Unser Kuss kann sie nicht so aus der Bahn geworfen haben, dass sie sich vor allen und jedem versteckt, oder etwa doch?

Es klopft an der Tür, und meine Assistentin Julia streckt den Kopf herein. »Signora Mancini wäre jetzt da.«

»Bitte schick sie rein.« Ich erhebe mich vom Stuhl, der kurz nachschwingt. Ich steuere zur Tür, um mit einem aufgesetzten Lächeln Giulia zu begrüßen. »Schön, dass du Zeit gefunden hast.« Mit einem Kuss rechts und links auf Giulias Wangen nehme ich sie in Empfang. Wir kennen uns ein paar Jahre, da ich des Öfteren Wein kaufe, doch für wirklich tiefere Gespräche hat es bisher nicht gereicht. Wobei mich heute auch nur das Ziel vorantreibt, einen Kontakt mit Evina zu schaffen.

»Für den größten Sponsor in unserer Stiftung habe ich immer Zeit.« Giulia streichelt mir über den Oberarm und zwinkert mir zu.

»Nimm bitte Platz. Möchtest du etwas trinken?« Ich führe sie zu meinem Besprechungstisch, der noch mit einigen Unterlagen übersät ist. Mit ein paar Handbewegungen schiebe ich sie zu einem Stapel zusammen und beobachte, wie Giulia sich gegenüber in einen der schwarzen Schwingstühle sinken lässt. Sie bewegt sich elegant und überschlägt ihre schlanken Beine.

»Einen Espresso bitte.«

»Laura, bringen Sie uns bitte einen Espresso und zwei Wasser, danke.« Laura verlässt mit einem lautlosen Nicken den Raum.

»Also, weshalb bin ich hier?« Giulia blickt mich durchdringend an.

»Es geht um den Kaufvertrag der Immobilie in Mailand. Der Verkäufer möchte jetzt ein Kaufangebot von euch.« Ahnt Giulia von meinem Plan, sie auszuhorchen, oder war das gerade nur ein Test? Ich bleibe weiter ruhig und setze mein perfekt inszeniertes Pokerface auf.

»Ach, das habe ich komplett vergessen.«

»Warum ist Evina nicht mit dabei? Ich hatte dir doch gesagt, dass ich mit euch beiden die Unterlagen durchgehen muss.«

»Sie war kurzfristig verhindert.« Giulias Augen zucken. Sie lügt, davon bin ich überzeugt. Meine Menschenkenntnis hat mich noch nie getäuscht. Nur an Evinas Gesicht kann ich nicht alles ablesen. Plötzlich blickt sie mehrmals zum Fenster und dann zu mir zurück. Sie weicht mir aus, das ist unverkennbar.

»Kannst du denn die Unterlagen alleine unterschreiben?«, frage ich neugierig, obwohl ich die Antwort kenne. Giulia rutscht auf ihrem Stuhl nervös hin und her.

»Leider nein, das ist in unserem Stiftungsmodell nicht möglich.«

Das hatte ich mir schon gedacht, hervorragend. Und nun schlägt die Klappe zu. »Dann soll sie bitte heute oder morgen bei mir im Büro vorbeikommen, um das Kaufangebot abzuliefern. Der Kunde ist ungeduldig und hat mittlerweile auch einen anderen Kaufinteressenten. Er hat sich nur bis morgen vertrösten lassen.«

»Das kann ich leider nicht versprechen. Wäre es möglich, dass ich die Dokumente mitnehme und sie ihr später zum Unterschreiben gebe?« Giulia wird sichtlich unruhiger. Ich kann es riechen, dass hier etwas faul ist.

»Nein, das funktioniert rechtlich nicht. Ich muss sehen, dass sie aus freien Stücken zu diesem Kauf einwilligt.« So, und nun verschaff mir endlich Zugang zu Evina. Ich muss sie treffen, muss wissen, dass es ihr gut geht.

Ein lautes Klirren und ein hohes »Ohhh« ertönen, als Laura tollpatschig zur Tür hereinstolpert. Giulia gibt ein erleichtertes Seufzen von sich und geht ein wenig auf Abstand zu mir. Fast wäre das Tablett mitsamt den Tassen und Gläsern gekippt. Doch mit einer artistischen Einlage fängt sich Laura wieder und stellt das Servierbrett, ohne einen Tropfen verschüttet zu haben, vor uns ab. »Entschuldigung«, wispert sie und verschwindet mit gesenktem Kopf.

»Ist doch nichts passiert«, sage ich. Kurz entweicht Laura ein zaghaftes Lächeln, bevor sie die Tür hinter sich schließt. Giulia weicht meinem Blick aus und nimmt ihre Tasse Kaffee in die Hand.

»Es muss doch auch einen anderen Weg geben.« Giulia nippt an ihrem Espresso, während sie mich ernst ansieht.

»Reden wir mal Klartext!« Mittlerweile reißt mir der Geduldsfaden. »Geht es Evina nicht gut?«, frage ich, ohne mit der Wimper zu zucken.

Giulias Gesicht wird blass. Sie presst ihre Lippen zusammen, bevor sie spricht. »Ich darf dir nichts erzählen, das musste ich ihr versprechen.«

»Versprechen hin oder her!«, antworte ich schroff. »Warum ist Evinas Agentur geschlossen?« Mittlerweile bilden meine Augen Schlitze, und meine Hände sind zu Fäusten geballt. »Ist ihr etwas passiert?« Meine Geduld hat ihre Grenzen, und die sind jetzt weit überschritten. Ich hasse es, wenn man versucht, mich an der Nase herumzuführen.

»Es ist nicht, wie du denkst. Ihre Firma steht vor dem Aus. Irgendjemand hat ihr ganzes Geld geklaut. Wahrscheinlich war es ihre Angestellte, aber davon möchte Evina nichts hören.«

Irgendwie werde ich das Gefühl nicht los, dass noch mehr dahintersteckt. Aber mit diesen Informationen kann ich wenigstens ein wenig anfangen. »Verschaff mir einen Termin mit Evina!«, fordere ich im Befehlston.

»Ich habe dir schon gesagt, sie will niemanden sehen.« Giulia kaut auf ihrer Lippe herum. Sie macht sich ernsthaft Sorgen um sie, und mittlerweile tu ich das auch.

»Lass dir was einfallen, sonst ist der Deal, euch finanziell bei dem Frauenhaus zu unterstützen, gestorben.« Es ist zwar gelogen, denn dieses Projekt würde ich in jedem Fall finanzieren, aber momentan ist das mein einziges Druckmittel.

Giulia reist die Augen auf. Damit hat sie eindeutig nicht gerechnet. »Gut, ich werde für morgen Abend einen Termin organisieren, bist du jetzt zufrieden?«

25. Kapitel

Evina

»Bist du abfahrbereit?« Giulia späht durch die Tür herein.

»Kann ich so gehen?«, frage ich sie, zugleich wandert mein Blick an mir hinab. Giulia hat mir ein blaues Kostüm geliehen und dazu passende Pumps. Sie hat mir einen Termin bei einem Berater von der Bank verschafft. Sie meint, er könne mir helfen. Im Moment muss ich nach jedem Strohhalm greifen.

»Du solltest vielleicht noch dieses Halstuch umbinden.« Sie kommt auf mich zu und reicht mir das dunkelblaue Stück. Sie stellt sich hinter mich und betrachtet uns im Spiegel.

»Danke.« Ich wickle das Tuch um meinen Hals und überdecke die gelb-grünen Striemen.

»Du wirst sehen, alles wird wieder gut.« Giulia streichelt mit beiden Händen über meine Oberarme. »Ich weiß, du möchtest von mir kein Geld, aber es wäre trotzdem eine Überlegung wert?« Sie legt ihren Kopf auf meine Schulter, während sie mich nicht aus den Augen lässt.

»Danke für dein Angebot, aber ich möchte es alleine schaffen.«

»Wie du meinst. Dann lass uns losfahren. Wir sind spät dran.«

Die ganze Autofahrt über schweigen Giulia und ich. Irgendwie scheint sie angespannt. Keine Ahnung, warum, aber etwas stimmt mit ihr nicht. Sie ist sonst sehr gesprächig und lustig, doch heute wirkt sie so nachdenklich. Ich will sie nicht mit meinen Problemen belasten. Für dieses Chaos muss ich selbst die Verantwortung übernehmen. Immerhin ist es mein Geld, auf das ich anscheinend zu wenig aufgepasst habe.

Giulia hält vor dem Restaurant. »Ich komme dich dann in zwei Stunden abholen.«

»Wie, kommst du nicht mit?« Verwundert starre ich sie an.

»Ich denke, es ist besser, wenn du alleine gehst. Übrigens, ich liebe dich, und du weißt, ich möchte nur das Beste für dich.« Giulias Worte machen mich unruhig. So spricht sie sonst nicht.

»Ich weiß, danke. Ich liebe dich auch. Ich bin dir für deine Unterstützung und den Kontakt für heute Abend sehr dankbar.« Ich schlinge meine Arme um Giulia und drücke sie ein wenig. Was würde ich ohne sie tun. Sie war schon immer meine Wurzeln, die mich auf dem Boden hielten.

»Es gibt nichts zu danken, und jetzt ab mit dir! Rück deinen Rücken gerade, und rock es!« Giulia gibt mir einen Kuss auf die Wange und lächelt.

»Wie heißt überhaupt der Bankberater, mit dem ich mich treffe?«

»Du brauchst nur deinen Namen zu sagen, dann wirst du zu ihm geführt.« Giulias Mimik irritiert mich. Verheimlicht sie mir irgendetwas, oder täusche ich mich? Bestimmt liegt es an meiner Nervosität vor diesem Termin. Hoffentlich geht alles gut.

Mit weichen Knien stöckle ich in das Restaurant. Nachdem ich am Empfang meinen Namen genannt habe, führt mich die Empfangsdame einen langen Flur entlang. An den Wänden hängen in Gold gerahmte Bilder, von der Prominenz von Italien. Eros Ramazzotti, Luciano Pavarotti und Adriano Celentano sind nur ein paar, die ich darauf erkenne. Kurz fällt mein Blick in den Gastraum. Einige Tische sind nicht besetzt, warum findet das Treffen nicht dort statt? Immerhin bin ich hier mit jemandem verabredet, den ich nicht mal kenne. Giulia wird doch nicht ein Treffen mit Giovanni ausgemacht haben? Das könnte ich jetzt nicht gebrauchen. Aber was, wenn doch?

Mein Herz pocht wie wild, dass ich den Puls sogar im Ohr vernehme. Mein Hals verengt sich mit jedem weiteren Schritt, den ich wage. Bilde ich mir das gerade ein, oder wird der Gang von Sekunde zu Sekunde schmaler? Die Dame öffnet die letzte Tür und deutet mir an, dass ich hineingehen soll. Zögerlich schreite ich in den Raum, in dem nur ein Tisch steht.

Als ich Tommaso mit einem schiefen Lächeln im Gesicht entdecke, rutscht mir mein Herz in die Hose. Er sieht unglaublich gut aus mit seinem marineblauen Anzug und dem Hemd, das ich mit ihm in Mailand ausgesucht habe. Welche Wirkung er noch immer auf mich hat.

»Hallo, Evina, schön, dass du es einrichten konntest zu kommen.« Wir gehen aufeinander zu, und er haucht mir einen sanften Kuss auf meine Wange. Die Stelle beginnt augenblicklich zu glühen, und mein Arm, den er sanft berührt, kribbelt. Sofort strömt mir sein mir allzu bekannter Duft in die Nase, den ich aus Tausenden erkennen würde. »Bitte, nimm doch Platz.« Tommaso deutet auf die Eckbank, die mit schwarzem Leder überzogen ist.

Auf dem Tisch steht eine brennende Kerze, die nicht mal ansatzweise meinen glühenden Körper darstellt. Eine Flasche Rotwein und Mineralwasser sind schon vorbereitet. Ohne zu zögern, trinke ich einen großen Schluck Wasser, um das trockene Gefühl im Mund hinunterzuspülen.

»Wie geht es dir, Evina, du siehst etwas müde aus.«

Na toll, soll ich heute Abend mit ihm meine ganzen Probleme besprechen? Mit ihm, dem ich am liebsten die Kleider vom Leib reißen würde?

»Alles bestens«, lüge ich und zwirble eine meiner Haarsträhnen. »Warum bin ich hier?«

»Ich möchte dir helfen.« Kurz hält er inne, bevor er weiterspricht. »Von Giulia habe ich gehört, dass du in finanzielle Nöte geraten bist, und ich möchte dir einen vorübergehenden Kredit anbieten.« Er befüllt unsere Rotweingläser, wodurch er mir eine kurze Verschnaufpause von seinem prüfenden Blick gönnt.

»Danke, das ist nicht nötig. Ich komm schon klar. Alles läuft hervorragend.« Ich rücke die Schultern gerade und setze das Lächeln auf, das ich als Kind meisterhaft einstudiert habe. Niemand darf in mein Innerstes sehen bis auf Giulia. Viel zu sehr schäme ich mich für meine jetzige Situation. Wie konnte ich nur glauben, dass ich mein Leben im Griff habe?

»Ach, und warum ist dann deine Agentur geschlossen?« Tommaso fixiert mich mit seinen unergründlichen Augen.

»Ich brauche nur ein wenig Urlaub.« Das ist nicht einmal gelogen. Denn mein derzeitiger Zustand schreit förmlich nach einer Auszeit.

»Aha, so nennt man das also. Hör zu, Evina, ich bin nicht dein Feind. Mir ist es ein Anliegen, dass es dir gut geht. Nach allem, was mir Giulia erzählt hat, bist du davon weit entfernt.« Tommaso greift nach meiner Hand, die von seinen Worten zu zittern beginnt.

Hat sie ihm alles verraten? Auch das, was mir Giovanni angetan hat? Reflexartig ziehe ich die Hand aus seiner heraus und greife um meinen Hals. Nein, sie wird ihm nichts von dem Übergriff erzählt haben. Mein Halstuch sitzt noch an der richtigen Stelle, er kann nichts erkennen.

»Was meinst du?« Nervös zupfe ich am Tuch, das meine Striemen verdeckt.

»Was ist das an deinem Hals?« Tommasos Stimme klingt fordernd. Ein kalter Schauer läuft mir den Rücken runter. Nein ich kann ihm jetzt nicht mein Innerstes offenbaren. Nicht ihm, der mich alleine durch seine Anwesenheit in den Wahnsinn treibt.

»Nichts«, sage ich ruhig. Darin, alles zu verharmlosen, war ich schon immer sehr gut. Im Normalfall funktioniert das hervorragend. Doch Tommaso glaubt mir nicht und zieht das Halstuch unsanft von meinem Hals.

»Wer hat dir das angetan?« Tommasos Augen blicken traurig, zugleich kann ich sehen, wie sich sein Kiefer anspannt. »Dein Mann?«

Ich bin wie erstarrt. Kann auf seine Frage nicht antworten. Ich will nicht heulen, doch es lässt sich nicht aufhalten. Ich fühle mich so gedemütigt. Ich muss hier raus! Fluchtartig erhebe ich mich von der Bank und renne zur Tür. Auf halbem Weg werde ich von Tommaso zurückgehalten. Seine Hand ist warm und umschließt mein Handgelenk.

»Evina, bitte bleib.« Er dreht mich zu sich um, doch ich starre auf meine Pumps. Es ist so erniedrigend, dass er mich jetzt so sieht. Mit der freien Hand fahre ich mir vors Gesicht und versuche meine Tränen abzuwischen, aber es werden immer mehr. Tommaso zieht mich zu sich, und seine starken Arme umschließen mich.

Plötzlich fühle ich mich sicher und geborgen. Der ganze Schmerz, der sich in meinen Knochen verfestigt hat, löst sich Stück für Stück. So, als würde Tommaso ihn aus mir herausziehen. Ein lautes Schluchzen entfährt mir, und er streichelt sanft meinen Kopf.

»Ich werde dafür sorgen, dass er dafür zur Verantwortung gezogen wird.« Tommaso schmiegt seinen Kopf an meinen. Diese unschuldige Nähe hilft mir, mich zu beruhigen.

»Ich habe ihn schon angezeigt.« Ich schaue zu ihm auf und verharre bei seinen blauen Augen, die so viel Frieden und Ruhe ausstrahlen.

»Möchtest du darüber sprechen?«

»Nicht unbedingt«, antworte ich ehrlich.

Die Kellnerin betritt den Raum und kommt mit einer großen Fleischplatte herein. Wir trennen uns voneinander und lassen uns auf unseren Plätzen nieder.

»Ich hoffe, es ist für dich in Ordnung, dass ich vorhin schon unser Essen bestellt habe.«

»Ja. Obwohl ich nicht wirklich Appetit habe.« Die Dame verlässt schweigend den Raum. Erst jetzt bemerke ich, dass im Hintergrund italienische Musik läuft.

»Versuch zumindest ein paar Bissen, vielleicht kommt dann auch der Hunger.« Tommaso legt sanft seine Hand auf meine, und ich lasse es geschehen.

»Einverstanden.« Ich löse mich aus der wohligen Berührung und lege mir Kartoffeln und etwas Gemüse auf den Teller.

»Wo wohnst du jetzt?« Tommaso bohrt nicht weiter nach, was passiert ist, und ich entspanne mich. Ich fühle mich noch nicht bereit, über das Geschehene zu sprechen. Es war für mich hart genug, mich den unzähligen Fragen der Polizei zu stellen. Vor allem die Fotos, die von meinem Körper gemacht wurden, waren für mich erniedrigend, obwohl sie mit mir sehr einfühlsam umgegangen sind.

»Bei Giulia. Ich kann und will im Augenblick nicht in meine Wohnung zurück.«

»Das kann ich gut verstehen. Ich möchte dich nicht aushorchen, aber warum bist du in finanziellen Schwierigkeiten? Du musst es mir nicht sagen, wenn du nicht möchtest. Doch ich glaube, dass ich dich unterstützen kann. Ich bin davon überzeugt, dass es für alles einen Ausweg gibt.«

»Ich weiß nur, dass mein komplettes Geld von meinem Konto mit der gefälschten Unterschrift von mir abgehoben wurde. Der Angestellte, der das durchgeführt hat, ist wie vom Erdboden verschwunden. Die Polizei ist zwar eingeschaltet, doch bisher ohne jegliches Ergebnis.«

»Ich hätte Kontakte, um das herauszufinden, wenn du möchtest.« Tommaso legt sein Besteck auf dem Teller ab und verschränkt seine Finger ineinander.

»Das ist sehr nett von dir, aber wie soll ich das bezahlen? Ich kann das nicht annehmen. Der Berater von der Bank meinte, es gäbe keine Chance mehr, mein Geld wiederzubekommen.« Tommasos Zuversicht in allen Ehren, doch auch er wird kaum herausfinden, wer das Geld geklaut hat.

»Lass mich nur machen. So einfach werden wir diese Person nicht davonkommen lassen.« Tommasos aufmunternde Worte tun zwar gut und bringen etwas Licht in mein dunkles Dasein, jedoch bezweifle ich, dass er mein verlorenes Geld zurückholen kann.

26. Kapitel

Tommaso

»Du kleiner Versager! Dir werde ich es schon noch geben!« Abermals trifft mich die Peitsche ganz ohne Vorwarnung. Ich krümme mich am Boden zusammen, um mich vor den festen Tritten meines Vaters zu schützen. Immer wieder schnellt die Peitsche auf meine nackte Haut, darauf folgt wieder ein Tritt. Ich atme kaum noch, so brennt mein Körper. Als abermals sein kalter Lederschuh meinen Bauch malträtiert, wimmere ich leise auf.

»Lass ihn in Ruhe!«, schreit meine Mutter, während sie versucht, ihn von mir wegzuzerren. Doch vergebens. Seine Schläge, die immer wieder auf mich einprasseln, nehmen noch an Kraft zu. Bitte, Mama, hilf mir, denke ich, denn ich traue mich nicht, es laut auszusprechen. Nur zu gut weiß ich, dass ihn das noch mehr anstachelt, seine ungezähmte Wut an mir auszulassen. Plötzlich lässt er von mir ab und wendet sich meiner Mutter zu. Ihre braunen Haare sind zerwühlt, und ihr Körper ist ein Hauch von nichts, so schmal ist sie geworden.

»Du solltest besser deine Klappe halten!«, plärrt mein Vater im rauen Ton. Mit seinem muskulösen Körper nähert er sich meiner Mutter.

Normalerweise ergreift sie immer die Flucht, doch heute ist etwas anders. Sie bleibt stehen und blickt ihm zornig in die Augen. »Du rührst meinen Sohn nicht mehr an!« Sie zieht einen Baseballschläger hinter ihrem Rücken hervor und schwingt ihn provokant.

»Glaubst du ernsthaft, dass du mir damit Angst machen kannst?« Er lacht spöttisch. »Du kleine Schlampe wirst schon sehen, was du davon hast!« Ich beobachte *die beiden und möchte aufstehen, doch mein ganzer Körper schmerzt, ich kann mich nicht bewegen.*

Dann geht alles sehr schnell. Vater entreißt meiner Mutter den Schläger, der sie eigentlich beschützen hätte sollen. Dann schlägt er mit voller Wucht zu. Ein lauter Schrei entweicht Mama.

Ich versuche, all meine Kraft zu sammeln, jedoch gelingt es mir nicht, mich von den harten Fliesen zu erheben. Meine Beine fühlen sich taub an. Ich schaff es nicht, ihr zu helfen. Wie versteinert liege ich auf dem kalten Boden, der mit roten Flecken übersät ist. Wie oft wurden meine Mutter und ich hier in diesem Raum schon von ihm malträtiert. Doch heute ist er in Höchstform. Er packt meine Mutter am Arm und zerrt sie zum Bett, das neben der Wand steht.

Ich muss ihr helfen!, wiederhole ich in Gedanken.

Vater holt mit der Peitsche aus und lässt sie auf ihren Rücken schnellen. Ein dumpfes Schluchzen entfährt ihr. Dann nimmt er ihre Arme und bindet sie mit dem Gürtel am Bett fest. Was hat er vor?

Vater schnappt sich die Peitsche, die er noch vor wenigen Minuten an mir ausprobiert hat. Unzählige Male lässt er sie auf ihren geschundenen Körper hinabsausen. Ich kann nicht hinsehen, will sie retten, doch ich bekomme meinen Körper nicht in den Griff. Ich glaube sogar, dass ich mich gerade angepinkelt habe.

»Du lässt sie verdammt noch mal in Ruhe!«, vernehme ich eine fremde Stimme. Wo kommt die her? Wer ist das? Ich hebe den Kopf ein Stück und sehe eine Silhouette. Das Licht hinter ihm lässt nur erahnen, dass es ein Mann ist, der mindestens so groß ist wie mein Vater. Er sprintet zu ihnen hinüber und schlägt mit voller Wucht auf meinen Erzeuger ein.

»Rette uns! Bitte rette uns!«, schreie ich und zucke hoch. Schweißgebadet sitze ich in meinem dunklen Schlafzimmer. Sie sind wieder da. Meine Albträume haben ihren Weg zu mir zurückgefunden.

Ich springe aus dem Bett und laufe zu meinem Fitnessraum. Alle Wut, Ängste, aber auch diese Leere, die in mir brodelt, lasse ich an meinem Sandsack aus. Ich kann nicht anders, als mit voller Wucht zuzuschlagen. Ich hasse meinen Vater so sehr, dass ich es gar nicht in Worte fassen kann. Es sind schon mehr als zwanzig Jahre seither vergangen, und noch immer ist er wie ein Schatten, ein ständiger Begleiter.

Als ich gestern die Blutergüsse an Evinas Hals entdeckt habe, waren alle Erinnerungen an damals wieder da. Diesen Giovanni werde ich vernichten. Das, was er ihr angetan hat, übersteigt die Befürchtungen, die ich die letzten Tage gehegt habe.

Die Schweißperlen rinnen mir in die Augen, während ich wie ein wildes Tier auf den Sack einschlage, der in diesem Augenblick Giovannis Gesicht trägt. Das Brennen versinnbildlicht den Kampf in meinem Herzen. Keine Frau hat es verdient, so misshandelt zu werden, schon gar nicht Evina. Sie hat zwar gestern versucht, mir eine fröhliche und lockere Art vorzugaukeln, jedoch huschten immer wieder nachdenkliche und traurige Züge über ihr Gesicht. Ich möchte sie wieder so lachen sehen wie als ich sie zum ersten Mal sah.

»Du verdammtes Arschloch«, fluche ich in den leeren Raum.

Als ich im Hintergrund mein Handy klingeln höre, lasse ich vom Sack ab und marschiere zum Tisch. Dann schnappe ich mir mein Handtuch und trockne mein Gesicht ab, um zu erkennen, wer mich gerade anruft. Es ist Marius, den ich heute Nacht schon mehrmals versucht habe zu erreichen.

Marius ist der Besitzer vom Käfig, er hat die besten Kontakte hier in Italien. Er dealt nicht nur mit Drogen und Waffen, sondern hat auch Kontakte zur Politik, Polizei und jeglichen Behörden, die man sich vorstellen kann. Sein Netz reicht in die kleinsten Winkel von Italien.

»Ciao, Marius«, sage ich rau in den Hörer.

»Ciao, was gibt es, dass du mich mindestens zwanzig Mal angerufen hast?«

»Ich brauche Informationen über einen Kerl, und ich weiß, du kannst mir dabei helfen.«

»Und warum sollte ich das tun?«, fragt er hämisch.

»Weil du weiterhin durch mich Geld gewinnen möchtest.« Ich marschiere zum Kühlschrank und schnappe mir eine Wasserflasche.

»Das ist ein Argument. Also, was möchtest du wissen?«

»Giovanni Castello, wo hält er sich auf, und mit welchen Leuten macht er Geschäfte? Dann benötige ich noch Bankinformationen von Evina Castello. Es wurden an einem Tag fünfzigtausend Euro abgehoben. Ich brauche Informationen dazu, wem der Bankberater das Geld überreicht hat. Er muss dafür geschmiert worden sein. Das alles ist vor etwa einer Woche abgelaufen.« Evina erzählte mir gestern noch ein paar Details, doch irgendetwas stimmt daran nicht.

»Du weißt schon, dass das mit der Bank nicht so einfach geht.«

»Ich bezahle dich natürlich auch.« Ich trinke einen kräftigen Schluck von der Wasserflasche, um meinen erhitzten Körper auf normale Temperatur abzukühlen.

»Das wird dich aber eine Stange Geld kosten.«

»Wir werden uns bestimmt einig. Es ist wichtig, dass ich besser gestern als heute die Informationen bekomme, koste es, was es wolle.« Ich weiß nur zu gut, dass ich jetzt schnell handeln muss, bevor die Beweise verwischen.

»Ich werde sehen, was ich tun kann. Für lukrative Geschäfte bin ich immer zu haben. Ciao.«

Die Straßen sind heute wie leer gefegt, was mit dem Sturm, der über Rom hinwegfegt, zu tun hat. Mit festem Griff umklammere ich das Lenkrad, um das Auto auf Spur zu halten. Doch ich muss dringend zu Evina, davon kann mich kein Orkan der Welt abhalten. Marius hat in nur acht Stunden alle wichtigen Informationen für mich herausgefunden. Giovanni macht Geschäfte mit Marius, er steht für ihn auf Abruf bereit. Dieser kleine Versager glaubt wirklich, dass er mit seiner Masche durchkommt. Die Neuigkeiten kann ich nicht länger für mich behalten.

Ich fahre vor Giulias Villa vor, die hell erleuchtet ist. Es ist zwar schon zehn Uhr abends, doch Evina wird es bestimmt interessieren, dass ihr ach so lieber Ehemann ihr ihre ganze Kohle abgenommen hat. Nun heißt es taktisch vorgehen, damit sie ihr Vermögen zurückbekommt.

Der Wind kriecht unter mein Sakko, während ich vor der Eingangstür warte.

»Guten Abend, Signor De Santis.« Die Haushälterin steht in ihrer weißen Kochschürze vor mir.

»Ciao, ich möchte bitte mit Frau Castello sprechen.« Mittlerweile bereue ich es, meine Jacke im Auto gelassen zu haben.

»Einen Augenblick, ich komme gleich.« Sie schließt wieder die Tür und lässt mich in diesem wilden Gebläse stehen. Na toll, wenigstens in den Eingangsbereich hätte sie mich bitten können. So gefährlich sehe ich auch nicht aus.

Die Eingangstür wird wieder geöffnet, und ein warmer Luftzug strömt mir entgegen. »Hallo, Tommaso, komm doch rein.« Giulia deutet mit der Hand in den erhellten Flur. »Entschuldige, dass dich Sarah nicht reingelassen hat, seit Evina bei uns ist, habe ich erhöhte Vorsichtsmaßnahmen angeordnet. Bitte folge mir, wir sind gerade im Wohnzimmer und trinken einen Tee. Was darf ich dir anbieten?«

»Eine heiße Schokolade wäre gut.« Ich folge ihr in den Wohnbereich, wo Ricardo und Evina auf dem geblümten Sofa sitzen.

»Ciao, Tommaso, schön, dich zu sehen.« Ricardo erhebt sich und empfängt mich mit einer herzlichen Umarmung.

»Ciao«, antworte ich knapp. Meine Aufmerksamkeit gilt allein Evina. Ich muss wissen, wie es ihr nach dem gestrigen Abend geht. Sofort lasse ich von ihm ab und marschiere zu ihr hin. Mein Blick wandert kurz ihren Körper hinab. Sie hat einiges an Gewicht verloren, was mir überhaupt nicht gefällt. Gestern hatte ich schon überlegt, ob sie abgenommen hat, doch heute bin ich mir damit ganz sicher. Ihre Wangen sind eingefallen, und ihr zaghaftes Lächeln ist aufgesetzt, um ihre Sorgen zu überspielen.

»Was machst du hier zu so später Stunde?« Evina erhebt sich, und ich umarme ihren zarten Körper. Man kann sogar durch den dicken grauen Strick-Pulli ihre Knochen spüren.

»Ich habe mehr oder weniger gute Neuigkeiten. Ich habe deinen

Dieb gefunden.« Evina und ich nehmen nebeneinander Platz, und Ricardo setzt sich auf die Bank gegenüber.

»So schnell?« Evina macht große Augen. »Wer ist es?«

Giulia kommt mit meiner Tasse Kakao und stellt sie vor mir ab.

»Es ist Giovanni, und er hält sich nicht weit entfernt von Rom auf.« Ich sage es ruhig, doch in Evinas Gesicht spiegelt sich unsagbare Enttäuschung wider.

»Wie ich es dir schon gesagt habe, dieses Arschloch hat dich nicht nur misshandelt, sondern klaut auch noch deine Kohle!«, sagt Giulia barsch. Sie stemmt die Hände in ihre Hüften, und eine Falte bildet sich zwischen ihren Augen.

»Bist du dir ganz sicher?«, fragt Evina mit zittriger Stimme. Ihre wunderschönen Augen füllen sich mit Tränen. Am liebsten würde ich sie in den Arm nehmen. Leider fehlt mir der Mut. Wäre es denn jetzt überhaupt passend? Ich denke, eher nicht. Gestern hielt sie eine gewisse Distanz zu mir, was ich in Anbetracht ihrer jetzigen Situation auch gut nachvollziehen kann.

»Zu hundert Prozent«, erwidere ich. »Giovanni hat einen Fälscher engagiert, der in Rom bekannt ist für seine außerordentliche Arbeit. Zudem haben wir den Bankberater gefunden, der bestätigte, dass Giovanni ihn dafür bezahlt hat.« Ich erzähle besser nicht, dass ihn dunkle Gestalten aufgesucht haben und ihn unter Gewaltanwendung zum Reden gebracht haben. Es würde Evina nur unnötig aufregen.

Evina versteckt ihr Gesicht in ihren zarten Händen, und ein Schluchzen kommt von ihr. Giulia schlängelt sich an mir vorbei und nimmt sie in die Arme. Ein drückendes Schweigen schwebt wie eine dunkle Wolke über uns.

Giulia blickt zu mir rüber, und ihre Augen funkeln mich an. »Und was hast du für eine Lösung?«

»Es gibt keine Lösung!«, echot Evina. Sie befreit sich aus Giulias Umarmung und läuft zur Terrassentür. Sie wirkt verloren, und ohne darüber nachzudenken, erhebe ich mich und folge ihr. Dicht hinter ihr bleibe ich stehen und lege schützend meine Hände an ihre dünnen

Oberarme. Ihr Blick haftet weiter in der Dunkelheit im Garten, die nur durch etwas Mondlicht erhellt wird.

»Evina«, hauche ich ihr ins Ohr. Ich spüre, wie sie ihre verschränkten Arme löst und sich dann zu mir umdreht. Ihre rot unterlaufenen Augen zerreißen mein Herz in tausend Stücke. »Giovanni wird dir das Geld zurückgeben.«

»Wie stellst du dir das vor? Soll ich zu ihm laufen und meine Kohle verlangen? Bevor ich mit diesem Schwein noch ein Wort wechsle, gehe ich unter die Brücke und bettle!« Sie schüttelt den Kopf, und eine Haarsträhne verfängt sich in ihrem Mund.

»Ich werde dafür sorgen«, sage ich selbstsicher. Meine Finger wandern zu Evinas Lippen, und ich ziehe die Strähne heraus. Evinas Mund bleibt leicht geöffnet, und ich bin mir nicht sicher, ob es eine Einladung ist, sie zu küssen, oder sie nur perplex von meiner Antwort ist.

»Wie sieht dein Plan aus?« Ricardo erhebt sich und stellt sich zu uns.

»Morgen werde ich nach Sperlonga reisen, wo sich Giovanni aufhält, und ihm den Deal seines Lebens vorschlagen. Spätestens am Freitag hat Evina ihr Geld zurück.« Dieser kleine geldgierige Versager wird bereuen, sich mit mir angelegt zu haben.

»Da bin ich mal gespannt!« Giulia gesellt sich zu uns.

»Ich komme mit«, wirft Evina ein.

»Bist du dir sicher, dass du ihm begegnen möchtest?«, entgegnet Giulia skeptisch. »Außerdem weiß ich nicht, ob das so schlau ist. Dann fliegt doch Tommasos Tarnung auf.«

Giulias Einwände sind berechtigt, trotzdem möchte ich Evina bei mir haben.

»Ich muss wissen, warum er mir nach all den Jahren so in den Rücken gefallen ist. Ich brauche Antworten auf die vielen Fragen, die mich die letzten Tage so quälen.«

»Du musst es ja wissen.« Giulias Blick ist besorgt.

27. Kapitel

Evina

Nervös knabbere ich an meiner Nagelhaut, als wir die Ortsgrenze von Sperlonga erreichen. Hier irgendwo versteckt sich Giovanni und macht sich mit meinem hart erarbeiteten Geld ein schönes Leben. Wie konnte ich mich all die Jahre in ihm so täuschen? Ich habe ihm blind vertraut. Doch was ist, wenn Tommaso sich irrt und Giovanni gar nicht mein Vermögen abgestaubt hat? Was, wenn alles nur ein großes Missverständnis ist?

Wir betreten das Hotel, das unser Unterschlupf für die nächsten paar Tage sein wird.

»Ich hoffe, es stört dich nicht, dass ich eine Suite für uns gebucht habe. Du hast natürlich ein eigenes Zimmer darin.« Tommaso sagt das so selbstverständlich, dass ich kurz einmal schlucken muss. Mit ihm in einem Raum? Sicher habe ich einen separaten Bereich, doch so viel Nähe zu ihm wird bestimmt ein gefährliches Unterfangen.

»Ist schon okay.« Es ist zwar gelogen, aber er ist so hilfsbereit und fürsorglich, dass ich nicht Nein sagen kann. Tommaso holt an der Rezeption unseren Zimmerschlüssel. Danach werden wir vom Gepäckträger zum Apartment begleitet.

Als wir allein sind, streife ich die Sandalen ab und tapse nach draußen. Die Terrasse ist zwar überschaubar mit dem kleinen weißen Holztisch und dazu den sechs Stühlen, aber es ist für uns völlig ausreichend. Denke ich schon in Uns-Form? Bisher hat Tommaso noch keine Annäherungsversuche gemacht. Auch bei unserem ersten Treffen nach dem innigen Kuss war er zurückhaltend. Vielleicht hat er nach dem ganzen Durcheinander auf mich die Lust verloren?

»Der Ausblick ist einfach genial, oder?« Tommaso steht neben mir und starrt zum Meer, wo Kinder gerade ein paar Kunststücke mit einem Surfboard zum Besten geben. Als das Mädchen ins Wasser fällt, muss ich schmunzeln. Wie schön es sein muss, eine unbeschwerte Kindheit zu haben.

»Einfach unbezahlbar, danke, dass du mich mitgenommen hast.« Ich wende mich ihm zu und bleibe an seinen blauen Augen hängen, die hier noch um einiges intensiver hervorstechen. Ich weiß nicht, woran es liegt, ob die starke Sonneneinstrahlung dafür verantwortlich ist? Tommaso hält meinem Blick stand, und in meinem Bauch brodelt plötzlich ein Sturm an Gefühlen.

»Evina«, raunt Tommaso. Langsam senkt er den Kopf zu mir herab. Mein Herz macht ein paar Purzelbäume vor Vorfreude. Die Luft in meinen Lungen wird wie von einem Luftabzug aus mir herausgesogen. Ich atme hörbar abgehackt, da sich die Energie zwischen uns auflädt wie bei einer Batterie am Ladegerät. Alles um mich herum beginnt zu verschwimmen. Die Menschen am Strand habe ich völlig ausgeblendet. Als Tommaso wenige Millimeter vor meinem Mund innehält, blickt er abwechselnd in meine Augen, dann wieder zu meinem Mund, so, als würde er auf meine Zustimmung warten. Kann er denn nicht sehen, wie sehnlich ich mir die Nähe zu ihm wünsche? Wie sehr ich seine starken Arme auf mir spüren möchte? Kurz zucken seine Mundwinkel nach oben. Ist das ein ausgeklügeltes Spiel von ihm, dass er mich hier so zappeln lässt? Plötzlich macht er einen Riesenschritt zurück, und die Hitze, die eben noch zwischen uns war, erkaltet.

»Ich muss los. In zehn Minuten treffe ich auf Giovanni. Mir wäre es lieb, wenn du hier auf mich warten würdest. Nicht dass er dich sieht.«

Tommasos sachlicher Ton nervt mich. Genau jetzt muss er an Giovanni denken? Wieso verdammt noch mal hat er mich nicht geküsst? Ich habe es in seinen Augen gesehen, dass er es auch will, denke ich.

»Gut. Ich werde mir dann eines der Zimmer aussuchen und ein wenig am Strand baden gehen.«

»Bis später, ciao!«, sagt Tommaso, bevor er verschwindet.

Das lief ja hervorragend. Anscheinend hält er aus irgendeinem Grund von mir Abstand. Warum, weiß ich nicht, aber das werde ich in den nächsten Tagen herausbekommen.

Nachdem ich in meinem Zimmer die Klamotten verstaut habe, streife ich mir den schwarzen Bikini über und schlüpfe in ein paar Flipflops. Der Strand liegt unmittelbar vor unserer Suite, und ich stapfe hinunter. Heute ist ein warmer Tag, sodass man glatt glauben könnte, es sei schon Hochsommer. Da noch keine Strandliegen aufgestellt sind, drapiere ich das Handtuch auf dem weißen Sand und lege mich darauf. Es ist ruhig hier am Strand, was um diese Jahreszeit nicht außergewöhnlich ist. Zumindest kann ich etwas entspannen. Ich lege mich auf den Rücken und lasse meine blasse Haut von der Sonne erwärmen. Ich schließe die Augen, höre, wie im Hintergrund die Kinder lachen und über die perfekte Sandburg plaudern. Immer wieder schweifen die Gedanken zu Tommaso. Wie er wohl Giovanni davon überzeugen will, ihm so viel Geld anzuvertrauen? Ich bin wirklich gespannt, ob sein Plan aufgeht. Das Meeresrauschen und die Möwenlaute lenken mich gekonnt von meinem derzeitigen Chaos ab und lassen mich eindösen.

»Du sollst damit aufhören!«, flucht eine weibliche Stimme, und ich blinzle. Verwirrt stütze ich mich auf meinen Unterarmen ab und blicke um mich. Ich beobachte, wie ein kleiner Junge, der nicht älter als fünf ist, immer wieder lose Steine, die am Strand verteilt liegen, ins Wasser schmeißt. »Ich sagte, hör auf damit!«, kreischt eine junge Frau mit schwarzen langen Haaren. Der Kleine nimmt die angespannte Situation nicht ernst und feuert abermals einen Stein in das klare Wasser.

Plötzlich zerrt die Frau am schlanken Arm des Buben, sodass er zum Stehen kommt. Das Kind beginnt zu weinen. Mein Herzschlag beschleunigt sich, denn die Mutter sieht mehr als nur wütend aus. Sie kocht direkt vor Hass. Auf ihrer Stirn hat sich eine tiefe Furche gebildet, und sie schreit auf ihn ein, er solle still sein. Ich kann nur zu gut verstehen, dass der Junge Angst hat. Ich schaue um mich, und die anderen Strandgäste blicken einfach weg. Unterhalten sich weiter, als würde hier vor ihren Augen alles ganz normal ablaufen. Ich starre auf die Frau, hoffe, dass sie beim Schreien bleibt, doch ich habe kaum fertig gedacht, als sie mit der flachen Hand auf seinen Oberschenkel schlägt. Ein klatschendes Geräusch ertönt, das nichts mit Applaus zu tun hat. Durch den Schmerz beginnt der Junge noch lauter zu kreischen. Mich durchzuckt ein kalter Schauer, ich bin wie paralysiert. Doch als sie nach ihrem Pantoffel greift und ihn auf seinen mittlerweile errötenden Oberschenkel knallt, brennt eine Sicherung bei mir durch. Keiner der Erwachsenen, die danebensitzen und ihren unwichtigen Plausch führen, reagiert darauf, obwohl sie es bestimmt mitbekommen. Sie schweigen und sehen ohne Kommentar zu. Ich springe von meinem Handtuch hoch und stelle mich zwischen den Jungen und die Frau.

»Sind Sie denn völlig durchgeknallt!«, schreie ich sie an.

»Du hast kein Recht, dich hier einzumischen, das ist mein Kind! Also hau ab, du verfluchte Schlampe!« Sie schubst mich weg und will sich wieder an dem unschuldigen Kind vergreifen. Keiner von den anwesenden Badegästen gibt mir Unterstützung, sie gaffen, als würde hier ein Kinofilm ablaufen. Fehlt nur noch, dass sie die Kamera auspacken und davon Fotos machen. Wie ich solche Menschen hasse.

»Sie greifen dieses Kind nicht mehr an!« Mit meinen Fingern umschließe ich ihren Oberarm und zerre sie zu mir.

»Was willst du tun? Die Polizei rufen?« Ihr herablassendes Grinsen würde ich ihr am liebsten rausprügeln, so wütend bin ich gerade.

»Genau das werde ich jetzt tun!«, plärre ich sie an.

»Nicht mehr nötig, denn das habe ich schon erledigt.« Tommaso steht dicht neben mir und mustert die Frau kritisch.

»Damit kommen Sie nicht durch!«, kreischt sie und deutet mit ihrem Zeigefinger auf uns.

»Sie lassen gefälligst diesen armen Jungen in Ruhe.« Tommaso stellt sich schützend vor das Kind, das am ganzen Körper zittert. Ich knie mich zu ihm und reiche ihm meine Hand.

»Ich bin Evina, wie geht es dir?«, frage ich sanft.

»Alles gut, ich möchte zu meinem Papi«, sagt er ängstlich.

Die Polizei ist sehr flott, kurz darauf ist sie auch schon da. Ich erkläre den Polizisten die ganze Sachlage, und dann nehmen sie noch meine Personalien auf. Erst als der Junge von seinem Vater abgeholt wird und ich mit Tommaso alleine bin, bemerke ich das Getuschel von den anderen Leuten. Ihre Augen haften an mir, als wäre ich eine Hexe, die verbrannt gehört, dabei habe ich nur meine Pflicht erfüllt.

»Du zitterst ja«, sagt Tommaso und nimmt mich in seine starken Arme. Erst jetzt merke ich, wie mein Herz rast und mein Körper schlottert. Ohne es aufhalten zu können, beginne ich zu weinen. Diese Bilder haben alte Erinnerungen aufgerissen. Ich werde sie niemals vergessen, diese abschätzigen Blicke von meinen Nachbarn, wenn mein Vater mich vor allen Leuten niedergemacht hat. Diese Schuldgefühle, die wieder da sind, als wäre es gestern gewesen. Heute weiß ich, dass kein Mensch der Welt das Recht dazu hat, seine unterdrückten Aggressionen an anderen auszulassen, schon gar nicht an einem Kind, das sich nicht wehren kann.

Tommasos Nähe, dazu der warme Atem, der meinen Hals streift, beruhigen mich langsam. Ich lehne den Kopf gegen seinen nackten Oberkörper. Erst jetzt fällt mir auf, dass Tommaso nur mit einer Badehose bekleidet ist. Seinen Kopf hat er an meinen gelegt, und mit seinen weichen Fingern streichelt er meinen Rücken.

Mich überkommt ein wohliger Schauer. Zaghaft hebe ich den Kopf, und unsere Blicke treffen einander. Tommasos Hand lässt von mir ab, und er legt sie vorsichtig an mein Gesicht. Mit dem Daumen wischt er meine Tränen weg. Eine lose Haarsträhne fällt Tommaso in die Stirn, die mich kurz von seinem durchdringenden Blick ablenkt. Ich versinke in seinen Augen, als wären sie ein Strudel in die Unendlichkeit. Immer tiefer zieht es mich hinein, und dann legt Tommaso seine weichen Lippen auf meine. Ich schließe die Augen, als seine Zunge zaghaft in meinen Mund gleitet. So als wäre es für ihn ein gefährliches Terrain. Meine Hände wühlen sich in Tommasos Haar, und er krallt seine Finger in meinen Po. Am liebsten würde ich die Beine um seine Hüften schlingen, doch die Leute um uns herum habe ich noch nicht vergessen.

Ich fühle mich so befreit und neugeboren, als seine Zunge mit meiner spielt. Ich will ihn mit Haut und Haaren spüren, schmecken, genießen und mit niemandem teilen. Er ist mein Retter, mein Fels in der Brandung, mein Ritter in goldener Rüstung, der mich aus meinem Irrgarten der Gefühle befreit.

Ich weiß nicht, wie lange wir so dastehen und uns diesem wundervollen Kuss hingeben, doch als mich ein Ball am Hinterkopf trifft, knallen Tommaso und ich unweigerlich mit unseren Gesichtern aufeinander.

»Aua«, sage ich und fasse an die Stelle, wo mir vor wenigen Sekunden dieses Ding fast den Schädel weggepustet hätte. Ich drehe mich um. Ein Mädchen, mit seinem größeren Bruder an der Hand, lächelt uns gezwungen an.

»Entschuldigung, Signora«, sagen beide aus einem Mund.

»Alles gut, es ist doch nichts Schlimmes passiert.« Ich laufe zum Ball und werfe ihn den Kindern zu.

»Danke!«, rufen sie noch, bevor sie wieder zum Wasser rennen.

»Möchtest du erfahren, wie es mit Giovanni lief?« Tommaso setzt sich neben meinem Handtuch auf den Sand und stützt die Hände hinter sich ab.

»Unbedingt!« Ich krabble auf mein Badetuch, dass wir gemeinsam in Richtung Meer blicken.

»Giovanni ist ziemlich geldgeil, oder?«

»Wieso?« Verwundert beäuge ich Tommaso.

»Weil ich ihn mit einer Rendite von zweitausend Prozent locken konnte. Ich musste ihm nicht einmal genaue Informationen zu dem Geschäft geben.«

»Ehrlich? So einfach hat er sich von dir einwickeln lassen?« Eigentlich sollte es mich nicht überraschen, denn schon immer hatte für ihn

Geld erste Priorität. Wie oft war er frustriert, wenn ich Gewinne in die Stiftung investierte und nicht in einen seiner Wertpapierfonds.

»Morgen um neunzehn Uhr ist die Übergabe.« Tommaso wühlt seine nackten Füße in den Sand.

»Ich komme mit.« Ich muss sehen, dass Giovanni wirklich so ein Mistkerl ist. Noch immer kann ich nicht glauben, dass er für den ganzen Schlamassel, in dem ich gerade stecke, verantwortlich sein soll.

»Du musst dich aber im Hintergrund halten, damit er dich nicht sieht, sonst ist unsere einzige Chance vertan.« Tommasos Augen durchbohren mich.

»Geht klar«, antworte ich knapp.

28. Kapitel

Tommaso

Die letzten Tage waren einfach unbeschreiblich schön, besonders der Kuss mit Evina. Wir haben mittags in einem kleinen Restaurant am Strand gemütlich gegessen und uns danach wieder die Sonne auf den Bauch scheinen lassen. Immer wieder war Evina etwas geistesabwesend. Sicherlich dachte sie an Giovanni, dieser arrogante Scheißkerl. So selbstverliebt, wie er mir gegenüberstand, wäre ich ihm am liebsten an die Gurgel gegangen. Nachdem ich weiß, was er ihr alles angetan hat, ist es mir nicht leicht gefallen, ihm Honig ums Maul zu schmieren.

»Kann ich so gehen?« Evina schreitet die Treppe herunter, und mir klappt der Mund auf. Sie hat ein marineblaues Abendkleid an. Sie sieht umwerfend aus, mir läuft fast der Sabber aus dem Mund.

»Du siehst bezaubernd aus.« Muss ich ihr so plump antworten? Hätte ich mir nicht etwas Besseres einfallen lassen können?

»Danke.« Evinas Wangen erröten leicht, und sofort schießt das Blut zwischen meine Beine. Heute Nacht werde ich sie verführen, damit sie mich nie mehr loslässt.

»Dann lass uns den Tiger fangen und in seine Schranken weisen.« Ich reiche Evina meinen Arm, und sie hakt sich bei mir unter.

Mein Plan ist exakt durchdacht, denke ich mir, als ich in einem belebten Restaurant an einem Tisch mit vier Stühlen Platz nehme. Evina sitzt einen Stock höher und hat direkten Blick auf mich. Kurz schaue ich zu ihr hoch, und sie winkt mir zu. Die ganze Autofahrt hat sie keinen Ton gesagt. Nervös hat sie mit ihren Fingern gespielt und aus dem Fenster gestarrt.

»Guten Abend.« Giovanni steht neben dem Tisch und reicht mir seine Hand. Ich erhebe mich und schüttle mit einem kräftigen Händedruck seine dicken Finger.

»Danke, dass Sie es so schnell einrichten konnten.« Mir geht das falsche Getue so auf den Sack, trotzdem muss ich durchhalten.

»Es stört Sie hoffentlich nicht, dass ich meine Freundin Angelina mitgenommen habe.« Giovanni macht einen Schritt zur Seite, wodurch mir der Blick auf Evinas Assistentin frei gemacht wird.

»Schön, Sie wieder zu treffen.« Mit gespielter Freundlichkeit reiche ich ihr meine Hand. Mit ihr hatte ich nun wirklich nicht gerechnet. Hoffentlich hält Evina sich im Zaum, wenn sie Angelina erkennt. Nun ist mir auch klar, wie Giovanni zu Evinas Unterschrift gekommen ist und dadurch Evinas Vermögen klauen konnte.

Wir setzen uns auf die Stühle, und der Ober nimmt unsere Getränkebestellung auf.

»Dann kommen wir gleich zum Geschäftlichen. Haben Sie das Geld mit?«, frage ich schnell, um keine Zeit zu verlieren. Wer weiß, wie lange Evina sich beherrschen kann, wenn sie dieses kleine Miststück neben Giovanni sieht.

»Sie haben es aber eilig.« Giovanni sieht mich misstrauisch an.

»Ich habe einen vollen Terminkalender, das heißt, der nächste Termin wartet schon. Ich habe keine Zeit für irgendeinen Kaffeeplausch.« Ich verschränke meine Finger und kneife die Augen zu Schlitzen zusammen.

»Natürlich, entschuldigen Sie. Haben Sie den Vertrag mit?« Giovanni rutscht nervös auf dem Stuhl hin und her.

Ich ziehe aus meiner Jackentasche einen vorgefertigten Vertrag, den mir zuvor Milan aufgesetzt hat. Er ist in Juristenitalienisch geschrieben, sodass ich selbst nicht mal genau verstehe, was damit gemeint ist. Doch sobald er ihn unterschrieben hat, hat er alle Ansprüche auf das Geld an mich abgetreten, ohne eine Möglichkeit, es je wiederzubekommen.

»Hier und hier müssen Sie unterschreiben«, sage ich bestimmt.

»Ich möchte ihn gerne durchlesen, wenn Sie gestatten.« Giovanni entzieht mir das Dokument und beginnt es zu prüfen. Nun kann ich nur hoffen, dass er es genauso wenig versteht und unterschreibt. Seine Begleitung himmelt mich an, dass mir übel wird. Dieses kleine Luder glaubt ernsthaft, sie hätte bei mir Chancen. Doch in meiner Hose regt sich rein gar nichts, außerdem kommt mir die Galle hoch bei dem Gedanken, dass sie ihre Chefin hintergangen hat.

»Verstehen Sie alles, oder soll ich Ihnen dazu noch etwas erklären?«, frage ich, um ihn vom Wesentlichen abzulenken.

»Nein, alles klar.« Giovanni nimmt meinen Stift und unterzeichnet den Vertrag. Dieser Trottel hat wirklich keine Ahnung, was er da gerade unterschreibt. Nachdem er mir das Papier gereicht hat, von dem Evinas Zukunft abhängt, setze ich mit Genuss meinen Namen darunter.

»Auf gute Zusammenarbeit«, sagt Giovanni und erhebt sein Glas. Angelina und ich tun es ihm gleich.

»Salute!« Ich nippe nur kurz am Wein und beobachte Giovanni über den Glasrand hinweg. Wir stellen die Weingläser ab, und eine drückende Stille macht sich breit.

»Du verdammtes Arschloch!«, ertönt Evinas Stimme neben mir. Ihr Kopf ist hochrot. Sie schnappt sich mein Getränk und schüttet zuerst ihm, dann Angelina die rote Flüssigkeit ins Gesicht. Beide sitzen wie versteinert da und haben den Mund aufgeklappt. »Wie konntet ihr mir das antun? Ich möchte die Scheidung, dass das klar ist!« Die Leute um uns herum tuscheln und beobachten das grandiose Schauspiel. Ich hätte eine Kamera mitnehmen sollen, so dumm schauen Giovanni und Angelina aus der Wäsche.

»Hier dein Geld, Evina«, werfe ich von der Seite ein. Sie nimmt mit triumphierendem Gesichtsausdruck den Vertrag und marschiert aus dem Restaurant. Giovanni möchte ihr folgen, aber ich packe ihn an der Schulter und drücke ihn zurück auf seinen Stuhl. »Das lässt du schön bleiben! Wenn du Evina noch einmal zu nahe kommst, dann wirst du mich von einer anderen Seite kennenlernen, hast du mich verstanden?«, knurre ich neben seinem Ohr. »Das Geld gehört ihr, das habe ich jetzt schriftlich.«

»Dafür wirst du büßen!«, ruft Giovanni, und eine tiefe Furche bildet sich auf seiner faltigen Stirn.

»Das glaube ich nicht!«, antworte ich spöttisch. »Marius lässt dich schön grüßen«, sage ich, bevor ich mit hoch erhobenem Haupt das Restaurant verlasse. Ich hetze zum Parkplatz, wo Evina an meinem Wagen lehnt. Ihre Hände hat sie vors Gesicht geschlagen.

Kurz räuspere ich mich, um ihre Aufmerksamkeit zu erregen. »Ich wusste nicht, dass er mit deiner Assistentin ...«

»Hör auf! Ich will das nicht hören!«, erwidert sie protestierend und erhebt abwehrend ihre Hand. »Bring mich einfach weg von hier!«

Ich öffne Evina die Wagentür, und sie schlüpft hinein. Die Tränen laufen durch ihr wunderschönes Gesicht. Wie sehr es mich schmerzt, sie so traurig und verletzt zu sehen. Doch wie kann ich ihr helfen? Es ist für sie nicht leicht zu akzeptieren, dass Menschen, denen sie noch vor wenigen Tagen blind vertraut hat, sich gegen sie stellten. Sie haben versucht, ihr alles zu nehmen, was ihr wichtig ist.

Ich sprinte um den Wagen herum und starte den Motor. Mit quietschenden Reifen verlassen wir den Ort, der von Falschheit überschattet ist. Auf dem Weg zum Hotel lasse ich sie in Ruhe. Ich möchte nicht nachbohren, denn ich weiß, dass es ihr beschissen geht.

Ich halte am Parkplatz und will Evina die Autotür öffnen, doch sie ist schneller und läuft wie ferngesteuert zum Hotelzimmer. Ich dachte, wir würden den heutigen Abend gemeinsam verbringen, ihren Sieg feiern, doch als Evina sich in ihrem Zimmer einschließt, schwindet meine Hoffnung.

Da mein Magen vor Hunger knurrt, bestelle ich eine gemischte Fleischplatte für zwei Personen, dazu eine Flasche Rotwein auf das Zimmer. Vielleicht bekommt sie ja später Appetit und kommt aus ihrem Schneckenhaus heraus.

Keine halbe Stunde später steht ein junger Mann mit seinem Servierwagen im Zimmer und deckt auf der Terrasse den Tisch mit den unterschiedlichsten Köstlichkeiten. Sogar an ein Dessert haben sie in der Küche gedacht. Nachdem sich der Zimmerjunge wieder freundlich verabschiedet hat, laufe ich die Treppe in den ersten Stock, wo sich unsere Schlafzimmer befinden.

Mehrmals klopfe ich an die Tür. »Evina, unser Essen ist da, ich würde mich freuen, wenn du mir Gesellschaft leistest.« Nervös dribble ich mit den Fingern am Türstock.

Ich höre das Klacken des Türschlosses, und dann steht Evina mit geschwollenen Augen vor mir. Sofort schlinge ich meine Arme um sie. Ich will sie trösten, sie nicht mit diesem unsagbaren Schmerz, den sie gerade empfindet, alleine lassen.

»Ich weiß nicht, ob ich heute die beste Gesellschaft für dich bin.« Sie löst sich aus meinen Händen und blickt mich mit ihrem schmerzerfüllten Gesichtsausdruck an.

»Lass uns einfach runtergehen und etwas von dem guten Essen genießen, du musst nicht mit mir darüber sprechen, wenn du nicht möchtest. Es soll ganz ungezwungen sein. Aber ich glaube, ein kleiner Happen wird dir guttun.«

»Wie du meinst. Ich ziehe mir nur etwas Gemütlicheres an.«

»Gut, ich warte unten auf dich.« Ich gehe die Treppen hinunter zur Terrasse. Zünde die Kerze am Tisch an und beobachte, wie sie sich im Glas langsam aufbäumt.

Kurz darauf vernehme ich leise Schritte hinter mir. Evina erscheint in einer schwarzen Stoffhose und einem grauen Trägertop. Ihre blonden Haare hat sie zu einem Zopf gebunden. Mit einem Ächzer setzt sie sich schräg gegenüber von mir hin und legt ihre schlanken Arme auf dem Tisch ab. Meine Hand liegt dicht neben ihr, mit wenigen Zentimetern Abstand. Ich bin versucht, meine Finger auf ihre zu legen, aber lasse es dann doch. Sie wirkt so zerbrechlich und hilflos.

29. Kapitel

Evina

Ich sitze mit Tommaso am Tisch und kann nicht einmal die schöne Aussicht zum Meer genießen. Das Hotel hat den Weg entlang Fackeln aufgestellt, die eine berührende Abendstimmung erzeugen. Ich würge das Fleisch hinunter, denn ich möchte ihn nicht kränken. Er hat sich solche Mühe gemacht mit diesem wundervollen Ambiente. Trotzdem wandern meine Gedanken dauernd zu Giovanni und Angelina ab. Wie konnten mich die beiden nur so hintergehen? Sind in meinem Umfeld alle Menschen denn nur Lügner und Betrüger? Was habe ich verbrochen, dass alle Welt gegen mich ist? In nur wenigen Stunden wurde mein Glaube an Gerechtigkeit ausgelöscht. Warum verletzen Menschen einander? Nur, um Macht und Reichtum zu besitzen? Was bewegt Leute, zu solch unsagbaren Mitteln zu greifen? Zwar sagt man, dass Geld die Welt regiert, doch ist das wirklich so? Ich will und kann das einfach nicht glauben.

»Ich weiß, wie hintergangen du dich fühlst. Es gibt aber auch ehrliche Personen in deinem Leben, die dich lieben und schätzen.« Tommasos Augen spiegeln das Kerzenlicht. Er ist so gut zu mir. Doch kann ich mich ihm hingeben, obwohl ich noch eine Gefangene meines Gefühlschaos bin? Bin ich bereit, etwas Neues zu beginnen?

»Ich weiß«, wispere ich.

Tommaso erhebt sich und läuft kurz ins Apartment hinein. Was macht er? Ich folge ihm mit den Augen, doch kann ich nicht erkennen, was er tut. Er hantiert an der Fernbedienung, und dann kommt er wieder zurück zu mir.

»Also wenn ich alles richtig gemacht habe, dann sollte aus den Boxen hier draußen Musik erklingen.« Tommaso zieht seine Augenbrauen nach oben, und ein Lächeln ziert sein Gesicht. Sofort wird mir warm, und ich verdränge die finsteren Gedanken. Als italienische Musik im Hintergrund ertönt, greift er nach meiner Hand und zieht mich zu sich ran. Kurz quieke ich auf, so überrascht bin ich.

Wir schwingen im Takt der Musik unsere Hüften, zugleich fixiert Tommaso mich mit seinen Augen. Unsere Körper reiben sich aneinander, und jede Berührung erzeugt kleine sanfte Vibrationen. Seine Augen verdunkeln sich, als er mit dem Finger meine Wirbelsäule entlangfährt und an meinem Po innehält. Die Luft beginnt zu brennen, so heiß ist es zwischen uns geworden. Die Musik ist für mich kaum hörbar, denn mein Herz schlägt so laut, dass ich nicht mehr klar denken kann. Meine rechte Hand liegt in seiner, als wären sie füreinander geschaffen. Mit der anderen fahre ich an seinem Schulterblatt entlang und merke, wie er zuckt. Meine Berührungen lassen ihn scheinbar nicht kalt, was mir ein Grinsen ins Gesicht zaubert.

»Du lächelst wieder«, raunt Tommaso an mein Ohr. Sein Atem, der meinen Hals berührt, dazu seine Hand, die meinen Po Schritt für Schritt erobert, stacheln das Verlangen nach mehr an. Oh mein Gott, wie gut er duftet. Sein männlicher Geruch, vermischt mit dem würzigen Parfüm, bringen meine Lider zum Flattern. Seine Lippen hauchen zarte Küsse an meinen Hals, und ich lasse den Kopf in den Nacken fallen. Wie sehr ich mich nach ihm verzehre. Endlich wird mein Durst nach Liebe und Zärtlichkeit gelöscht. Als unsere Münder aufeinandertreffen, entbrennt ein Orkan an Emotionen in mir. Seine Zunge spaltet meinen Mund, erobert mich und mein Innerstes. Ich will ihn hier und jetzt ohne irgendeinen Kompromiss. Ich wühle die Finger in sein volles Haar und kralle mich fest.

»Ich will dich in mir spüren«, murmle ich zwischen unseren Küssen.

»Bist du dir sicher?«, raunt Tommaso. Diese Dunkelheit, die sich in seinen Augen spiegelt, törnt mich an.

»Frag nicht, tu es einfach!«, fordere ich ihn auf.

Er nimmt meine Aufforderung an und zieht mir das Top über den Kopf. Hastig entledige ich mich der Hose, während er sein Hemd und die Anzughose in einem Ruck auszieht. Nun stehe ich in meinem blauen BH und dem dazu passenden Spitzenhöschen vor ihm. Er mustert mich und leckt sich genüsslich über seine Lippe.

»Dein Körper ist so schön.« Tommaso kniet vor mir nieder und beginnt meinen Bauch zärtlich zu küssen. Als er an meiner Leiste abwärts zu meiner Mitte wandert, keuche ich laut auf. Wie lange ist es her, dass mich ein Mann mit dem Mund verwöhnt hat? Eine gefühlte Ewigkeit.

Tommaso schiebt meinen Slip langsam nach unten und betrachtet mich, als wäre es für ihn das erste Mal, eine Frau so zu sehen. Als er mit dem Höschen an meinen Knöcheln ankommt, ziehe ich ein Bein nach dem anderen heraus. Er nimmt den Slip und riecht daran. Dann wendet er sich wieder mir zu und vergräbt sich zwischen meinen Beinen. Als er dann auch noch an meiner Knospe zu saugen beginnt, entfährt mir ein lautes »Oohh«. Wahnsinn, was ist das für ein geiles Gefühl, das mich von den Zehenspitzen bis zum Haaransatz durchfährt? Ich drücke ihm mein Becken entgegen, meine Finger zwirbeln Tommasos Haar. Noch nie bin ich im Stehen gekommen, bisher hatte ich nur mit Giovanni Sex, und der wollte es nirgendwo anders als im Bett tun. Doch der Reiz, dass uns andere Leute beobachten könnten, und das Züngeln von Tommasos geschickter Zunge lassen meinen Körper erbeben. Als mich diese Schockwelle eines Orgasmus überrollt, stöhne ich laut auf. Ich sacke in mir zusammen. Ich kann mich nicht erinnern, so etwas schon mal gespürt zu haben. Wie kann es sein, dass er mich mit seiner Zunge so zum Leben erweckt. Er wandert wieder zu mir hoch und küsst mich hart und fest. Der salzige Geschmack seiner Lippen vernebelt mir die Sinne. Er schiebt mich zurück zum Tisch, auf dem ich mich hinsetze. Die Teller hat Tommaso mit einer Handbewegung zur Seite geschoben. Ich öffne meine Beine, und er hat freie Sicht auf meine Scham. Kurzerhand streift sich Tommaso seine Shorts herunter, und sein harter Schwanz springt hervor. Dieses große Ding soll zwischen meinen Beinen Platz haben? Giovanni war höchstens halb so groß.

»Erschreckt dich die Größe?«, fragt er, als könne er meine Gedanken lesen. Er steht vor mir, als würde es ihn nicht stören, seinen Schwanz zu präsentieren.

»Ein bisschen?«, krächze ich.

»Ich werde vorsichtig sein.« Tommaso streift sich einen roten Gummi über und lässt mich währenddessen nicht aus den Augen. Unglaublich sexy sieht er aus. Jetzt, wo er splitterfasernackt vor mir steht, sehe ich zum ersten Mal, wie viele Tätowierungen er am gesamten Körper hat, es gibt kaum Stellen, die nicht bedeckt sind. Vom Totenkopf angefangen bis zu einer Uhr. Leider habe ich nicht genügend Zeit und Licht, um ihn genau zu mustern, denn dann bewegt er sich auch schon auf mich zu. Ich beiße mir auf die Lippe, so gespannt bin ich, was mich gleich erwartet.

Als er dicht vor mir steht, legt er die Hand in meinen Nacken und zieht mich zu sich. Sein Kuss ist fordernd, wild und unnachgiebig. Genau so wie er auf mich augenblicklich wirkt. Seine zweite Hand gleitet zwischen meine Beine, und sein Daumen umkreist meine Knospe. Gekonnt, mit dem richtigen Druck, nicht zu fest, aber auch nicht zu weich. Der Saft strömt wie automatisch aus mir. Unglaublich gut fühlt es sich an.

Als Tommaso von mir ablässt, überkommt mich kurzzeitig ein kalter Schauer. Doch das ist nur von kurzer Dauer, denn dann setzt er seine Spitze an meinen Eingang und gleitet ganz langsam in mich hinein. Kurz verspüre ich ein leichtes Brennen, aber nach ein paar sanften Bewegungen werde ich immer mehr von ihm gedehnt. Ich genieße jeden einzelnen Stoß in mich. Plötzlich vernehme ich ein leises Rascheln, nicht weit von uns entfernt. Ich drehe meinen Kopf zur Seite und erkenne die Umrisse eines Mannes. Seine muskulöse Statur versteckt er nicht einmal hinter einem Strauch, sondern sieht uns unverwandt zu. Ich starre hinüber, während Tommaso sein Tempo stetig erhöht. Es törnt mich an, lässt mich noch mehr in diesem Rausch an Gefühlen versinken.

»Oh, Honey, du bist so verdammt eng«, keucht Tommaso. Der Kerl verschwindet, und ich wende meine Aufmerksamkeit wieder Tom zu. Wir blicken uns direkt in die Augen, als er immer tiefer in mich dringt. Seine stimulierenden Bewegungen in mir lassen mich laut stöhnen. Es ist, als würde ich mich aus meinen Ketten hinausvögeln. Mit jedem Stoß, den er in mich wagt und mich reizt, werde ich losgelöster. Er erhöht sein Tempo, packt meinen Arsch und krallt seine Finger hinein. Er drückt mich noch mehr dagegen, dass er mich tief drinnen berührt. Als ich auf meinen Höhepunkt zusteuere, bewegen wir uns wie auf einer Schaukel, hin und her. Das Geschirr klirrt, was mich antörnt. Als Tommaso sein Gesicht verzieht, überkommt mich eine Welle aus Vibrieren, Krampfen und ein Gefühl von Loslassen. Tommaso sackt auf mir nieder und legt seinen Kopf auf meine Brust. Sanft streichle ich seine nassen Haare. Unsere feuchten Körper geben ein leises Geräusch von sich.

»Lust auf ein Dessert?« Tommaso zieht sich aus mir raus und erhebt sich.

»Wie, war das noch nicht alles?« Ich richte mich auf, hebe mein Top vom Boden auf und streife es mir über.

»Also, wenn du möchtest, könnten wir nach der Nachspeise noch eine Runde einlegen.« Tommasos Mundwinkel zucken nach oben, und seine Augen haben diesen gierigen Ausdruck.

»So war das nicht gemeint«, entgegne ich. Obwohl, wenn ich genauer darüber nachdenke, würde mir eine zweite Runde ausgesprochen gut gefallen.

30. Kapitel

Evina

Ein leichtes Brummen weckt mich. Im ersten Moment fühle ich mich desorientiert, als ich die Augen aufschlage. Wo bin ich? Ich drehe mich auf die andere Seite und entdecke Tommaso, der tief schläft.

Die gestrige Nacht mit ihm war unglaublich schön, aber warum fühle ich mich gerade so, als hätte ich meinen Mann betrogen? Ich schleiche mich aus dem Bett, das nach leidenschaftlichem Sex riecht. Süß und scharf mit dieser würzigen Note. Auf Zehenspitzen tapse ich aus dem Zimmer zum Bad.

Der Blick in den Spiegel verheißt nichts Gutes. Die Haare sind zerwühlt, als wäre ein Hurrikan hindurchgefegt. Die Lippen sind geschwollen von unseren wilden, harten Küssen. Noch nie zuvor hatte ich solch hemmungslosen Sex. Doch irgendwie fühle ich mich schmutzig. Ich habe mein Ehegelöbnis nicht vergessen. Ist es richtig, mit Tommaso schon etwas Neues zu beginnen, obwohl ich noch nicht einmal frei bin? Zwar gehört Tommaso mein Herz, doch auf dem Papier gehöre ich Giovanni. Was soll ich bloß tun?

Ich drehe den Wasserhahn auf und wasche mein Gesicht mit eiskaltem Wasser. Was ist die Lösung aus diesem Desaster? Zu sehr wünsche ich mir Tommasos Nähe, wobei ich immer diesen fahlen Beigeschmack haben werde, solange die Scheidung nicht durch ist.

»Einen wunderschönen guten Morgen, Bienchen«, raunt Tommaso an meinen Hals und schlingt seine Arme um meine Hüfte.

»Guten Morgen.« Ich verdränge für diesen Augenblick die kritischen Gedanken und lasse den Kopf an seine Brust fallen. Wie sehr schreit mein Körper nach seiner Nähe. Will ihn mit Haut und Haaren besitzen. Seine Hände gleiten über meinen Bauch abwärts, und dieser miese Verräter lässt zwischen meinen Beinen sofort ein Kribbeln hervorzaubern.

»Es gefällt mir nicht, wenn du mich nicht aufweckst.« Tommaso übersät mich mit sanften Küssen. Meine Haut steht binnen Sekunden in Flammen.

»Du hast so friedlich geschlafen.«

Tommaso wirbelt mich herum, sodass ich direkt in seine leuchtend blauen Augen sehe. Seine Muskeln sind angespannt, das spüre ich unter meinen Händen, als sie auf seinen Oberarmen landen.

»Bienchen«, sagt er. Dann presst er auch schon seine Lippen auf meine. Mit seiner flinken Zunge spaltet er meinen Mund und erobert mein Herz im Sturm. Seine Finger kitzeln kleine zarte Stromschläge an allen erdenklichen Stellen hervor. Doch bin ich bereit für diese neue Liebe, wo die alte noch nicht einmal abgeschlossen ist? Jetzt hat er sogar schon einen Kosenamen für mich, was der wohl zu bedeuten hat?

»Bienchen?«, frage ich schwer atmend, als ich mich aus seinem fordernden Kuss löse.

»Du bringst in mein Leben die Süße von Honig, darum Bienchen. Gefällt es dir etwa nicht?« Tommaso mustert mich. Ist der Augenblick jetzt der richtige, um ihm die Wahrheit zu sagen? Dass ich für eine Beziehung noch nicht offen und frei bin? Ist es nicht sein gutes Recht, zu erfahren, woran er bei mir ist? So gut ich mich in seiner Gegenwart auch fühle, zuerst muss ich mit meiner Vergangenheit reinen Tisch machen.

»Doch, aber ...« Mein innerer Kampf zersplittert mein Herz in tausend Stücke. Wenn er mich jedoch aufrichtig liebt, wird er auf mich warten.

»Was aber?«, wiederholt er mit ernstem Gesichtsausdruck. Tommaso merkt anscheinend meine Zweifel an uns. Ist er überhaupt für eine Beziehung geschaffen? Vielleicht ist er auch nur auf ein Abenteuer aus und schmiert mir Honig ums Maul?

»Es war eine wunderschöne Nacht mit dir, aber ich muss zuerst mein Leben in den Griff bekommen. Ich bin noch nicht bereit für eine Affäre.« Boom, nun ist es raus. Akribisch durchsuche ich Tommasos Gesicht auf irgendeine Gefühlsregung, doch da ist nichts. Es ist, als hätte er sich augenblicklich eine Maske aufgesetzt.

»Alles bestens, mach dir um mich keine Sorgen. Auf mehr hatte ich sowieso keinen Bock. Schön, dass du das auch so siehst.« Tommaso lässt von mir ab und macht einen Schritt zurück. Seine Mimik kann ich nicht deuten. Ist er jetzt gekränkt oder erleichtert, dass er mir keine Verpflichtungen schuldet?

»Danke«, antworte ich enttäuscht. Nicht einmal ein bisschen hat er um mich gekämpft. Nicht ein Einwand. Vielleicht habe ich in die letzte Nacht einfach zu viel hineininterpretiert?

»Dann können wir ja abreisen«, knurrt Tommaso. Plötzlich ist er für mich nicht mehr greifbar. So als hätte er eine dicke Mauer hochgezogen. Er macht auf dem Absatz kehrt und verschwindet. Lässt mich einfach so zurück. Aber was hatte ich erwartet? Dass er mich anbettelt und mich auf Knien anfleht, damit ich unsere Liaison aufrechterhalte? Eigentlich sollte ich froh und dankbar sein für diesen unkomplizierten Schlussstrich, doch das bin ich nicht.

Trotzdem ist es für mich die beste Lösung. Ich halte nichts davon, von einer Beziehung in die nächste zu schlittern. Ich weiß nicht mal, ob Tommaso überhaupt eine Beziehung wollen würde.

Als wir vor Giulias Haus ankommen, bin ich sichtlich erleichtert. Die ganze Autofahrt hat Tommaso mit mir kein einziges Wort gewechselt. Das drückende Schweigen zwischen uns ist unerträglich.

Tommaso öffnet den Kofferraum und holt ohne etwas zu sagen meinen Koffer heraus.

Die Stille zwischen uns ist für mich unerträglich. Wir starren uns an. Ich stehe da wie bestellt und nicht abgeholt. Warte auf eine Reaktion von ihm. Irgendein Zeichen, dass ihm die letzte Nacht nicht vollkommen egal war, doch es kommt nichts.

»Man sieht sich«, sagt Tommaso knapp und marschiert um den Wagen herum.

»Bis dann«, rufe ich noch hinterher, bevor er in seinen Maserati einsteigt. Mit quietschenden Reifen verlässt er den Parkplatz. Meine Augen haften an Tommasos Rücklichtern, bis er hinter der Biegung verschwindet. Das lief ja hervorragend, denke ich. Dann packe ich den Koffer und stöckle zum Eingang, wo Giulia mich bereits erwartet.

»Hallo, Liebes, schon zurück?« Giulia öffnet ihre Arme, und ein warmherziges Lächeln erhellt ihr Gesicht.

Als ich vor Giulia ankomme, lasse ich alles fallen und schlinge meine Hände um ihren Hals. Plötzlich lässt die ganze Anspannung der letzten Tage nach, und Tränen kullern über meine Wangen. Giovanni mit Angelina, dann diese aufregende Nacht mit Tommaso. Noch nie zuvor hatte ich solch losgelösten Sex. Trotzdem fühle ich mich heute miserabel und schlecht.

»Hast du dein Geld etwa nicht bekommen?«, murmelt Giulia in mein Haar. Weiterhin verstecke ich mein Gesicht an ihrer Brust. Was wird sie wohl von mir denken, wenn ich ihr die Geschichte mit Tommaso und dem Spanner von letzter Nacht erzähle?

»Doch«, nuschle ich zwischen dem Schluchzen.

»Warum heulst du dann? Was ist passiert?« Giulia schiebt mich ein Stück von sich und mustert mich. »Du hattest Sex, oder? Mit diesem heißen Tommaso.«

»Ja«, antworte ich ehrlich. Mir fehlt die Kraft, sie anzulügen, was ja keinen Sinn machen würde, da Giulia mich einfach zu gut kennt. Sie würde meine Lüge sofort bemerken.

»Komm erst mal rein, und lass uns einen Kaffee trinken.« Giulia packt meine paar Habseligkeiten und platziert sie im Flur. Wir gehen gemeinsam in die Küche, wo Giulia im Schrank eine Tasse hervorholt. Nach wenigen Minuten des Schweigens stellt sie für uns beide den Kaffee am Tresen ab.

»Ich möchte jedes kleinste schmutzige Detail erfahren, hast du gehört!« Giulia gibt sich zwei Löffel Zucker in ihren Espresso.

»Du ruinierst den guten Kaffee mit dem vielen Zucker.« Ich schüttle den Kopf.

»Lenk nicht ab! Ich merke doch genau, dass du mir ausweichst. Also, jetzt komm, was war gestern los?!« Giulias fordernder Ton lässt mir keine andere Wahl.

»Giovanni hat eine Affäre mit meiner Assistentin Angelina. So sind sie auch an meine Kohle gekommen.« Ich nippe am Espresso, der brühend heiß meine Lippen berührt.

»Ich hab es geahnt. Dieses kleine Luder!« Giulia hockt sich auf den Barhocker und schlägt mit der nackten Handfläche auf die Marmorplatte, dass es ein lautes Klatschgeräusch gibt.

»Ist doch letztlich egal. Zumindest habe ich dank Tommaso mein Geld wieder, und mein Unternehmen ist dadurch gerettet.« Ich spüre, wie sich ein Kloß in meinem Hals bildet. Tommaso. Genau der Mann, den ich von mir gestoßen habe und der es nicht für notwendig befunden hat, irgendeinen Einwand zu bringen.

»Jetzt kommen wir zum Spannenden.« Giulias Augen beginnen zu leuchten. Ich weiß nur zu gut, was das bedeutet. Ich erzähle ihr, wie er mich die ganze Nacht verwöhnt hat. Wenn ich nur daran denke, beginnt meine Haut zu kribbeln. Seine Küsse waren überall, damit meine ich wirklich an jeder erdenklichen Stelle. Dann dieser aufregende Fick auf der Terrasse, wo wir beobachtet wurden, oh mein Gott war das geil. Später habe ich Tommaso darauf angesprochen, ob er es mitbekommen hat, und er meinte ganz lässig: »Klar, er hat doch nicht gestört, oder?« Ich war so perplex. Doch nicht nur der Sex ist es, was mich an ihm fasziniert, sondern seine Hilfsbereitschaft. Wenn ich ihn nicht gehabt hätte, wäre mein Geld irgendwo im Nirgendwo verschwunden. Er ist ein wundervoller Mensch, der mir einfach unter die Haut geht. Aber wie es aussieht, haben wir keine gemeinsame Zukunft.

Als ich Giulia den bitteren Schluss erzähle, bekommt sie einen seltsamen Gesichtsausdruck.

»Warum hast du das gesagt?«, wirft sie ein.

»Ich bin noch verheiratet, bevor da nicht ein ordentlicher Schlussstrich gezogen ist, damit meine ich die Scheidung, kann ich mich nicht auf etwas Neues einlassen. Außerdem hat er nichts dagegen gesagt, also war es auch sein Wunsch.« Nachdenklich blicke ich in meine Kaffeetasse. Vielleicht ist es gut so. Wahrscheinlich würde ich mich Hals über Kopf in ihn verlieben, und er lässt mich dann fallen wie eine heiße Kartoffel.

»Du machst es dir gerade sehr einfach.« Giulia blickt mich durchdringend an. »Du bist schon getrennt, auf was willst du warten? Immerhin hat dich Giovanni betrogen, und nicht nur partnerschaftlich. Du schuldest ihm gar nichts. Du bist frei!«

»Offiziell bin ich noch verheiratet. Erst wenn die Scheidung durch ist, bin ich wirklich frei.« Ich kann aus meiner Haut einfach nicht raus. Obwohl ich Giovanni dafür hasse, was er mir alles angetan hat, fühle ich mich zu dieser Ehe, die nur mehr auf dem Papier existiert, verpflichtet. Ich brauche die Bestätigung vom Gericht, damit ich mich als Single fühlen kann.

»Du spinnst ja. Haben sie dir mit einem Hammer auf den Kopf geschlagen, oder warum redest du solch einen Schwachsinn?« Giulia erhebt sich vom Hocker und presst die Lippen aufeinander, bevor sie weiterspricht. »Du bist alt genug, doch wenn sich mir so eine Gelegenheit bieten würde, mit so einem Kerl, würde ich nicht Nein sagen. Solche Männer können jede haben, glaubst du ernsthaft, dass er dich anbettelt, damit du mit ihm Sex hast?«

»Keine Ahnung, vielleicht? Ein bisschen könnte er schon sein Interesse bekunden.« Immerhin hätte er nachhaken können, aber es kam rein gar nichts.

»Hey, er ist mit dir in diese Provinz gefahren, um dein gestohlenes Geld zurückzubekommen. Hat er nicht schon genug getan?«, sagt Giulia vorwurfsvoll.

»Lass mich jetzt damit in Ruhe! Ich habe andere Sorgen als ein Techtelmechtel mit Tommaso. Ich muss meine Firma wieder ins Gleichgewicht bekommen und die Scheidung durchbringen, da habe ich keinen Kopf für Sex!« Nun erhebe auch ich mich vom Hocker.

»Du willst jetzt ein Jahr auf Sex verzichten, nur weil du glaubst, dass es Unrecht ist?«

»Zieh meinen Glauben nicht mit rein! Außerdem ist Sex nicht alles im Leben.« Ich wende mich ab und flüchte aus dem Raum. Ich muss raus aus diesem Verhör. Ich muss mich nicht rechtfertigen für etwas, was mir sehr wichtig ist. Zwar bin ich nicht kirchlich verheiratet, aber auch das Standesamt hat eine Bedeutung für mich. Warum kann mich Giulia nicht verstehen? Es fühlt sich einfach falsch an, mich jetzt mit einem Mann zu treffen.

31. Kapitel

Tommaso

»Ich bin bald im Käfig, also organisiere mir einen Kampf!«, knurre ich Milan durchs Telefon an. Mein Körper steht unter Strom. Die letzte Nacht mit Evina hat mein Leben ins Wanken gebracht. Ich muss in den Ring, sonst drehe ich noch durch. Am liebsten hätte ich zu Evina gesagt, sie soll ihre Moral über Bord werfen, doch ich habe sie in ihren Augen gesehen, diese Zweifel, diese Schuldgefühle. Sie kann nicht aus ihrer Haut, so wie ich auch nicht aus meiner kann. Vielleicht ist es für uns beide das Beste, wenn wir getrennte Wege gehen. Noch nie habe ich bei einer Frau das gefühlt, was ich in ihrer Gegenwart spüre. In ihrer Nähe bin ich verunsichert, will sie glücklich sehen, und das um jeden Preis. Ich muss mein Verlangen, meine Sehnsucht nach ihr zurückstecken und am besten vergessen.

»Tom, ist alles okay bei dir?« Milan reißt mich aus den verworrenen Gedanken.

»Besorg mir einfach einen Kampf!«, sage ich genervt. Ich muss meine Emotionen wieder unter Kontrolle bringen.

»Ist ja gut, bis gleich.« Ich drücke das Handy aus. Hab keinen Bock auf irgendwelche Diskussionen. Dass das mit mir nur eine Affäre ist, hat mich wie ein Schlag ins Gesicht getroffen. Warum hat mich dieser Scheiß bloß so aus der Fassung gebracht? Es hat sich so gut angefühlt, neben ihr einzuschlafen. Als sie ein leises Brummen von sich gab, hat sie mir ein Lächeln ins Gesicht gezaubert. Eng umschlungen lagen wir im Bett, und ich hatte zum ersten Mal keinen Albtraum. Doch es ist bestimmt die beste Entscheidung, sie ziehen zu lassen.

Mit zusammengekniffenen Augen blicke ich zum Gegner. Ich ändere die Position, damit ich ihn genauer betrachten kann. Er ist klein und etwas pummelig, doch das bedeutet nicht, dass ich ihn nicht ernst nehme. Wir stellen uns in die Ausgangsposition, und als der Schiedsrichter das Go gibt, beginne ich wie ein wildes Tier auf den Kerl einzuschlagen. Leider vergesse ich Evina nicht, sie schleicht sich immer wieder in meinen Kopf. Noch fester trete ich auf diesen Typen ein. Als er am Boden liegt, höre ich nicht auf, bis irgendwer an meinen Armen zieht. Ich spüre meinen Körper kaum, es ist, als wäre ich lebendig tot.

Als ich Milan neben mir erkenne, beruhige ich mich langsam. Er zerrt mich von der Bühne, während die Leute johlen. Wir drängen uns durch die Menschenmassen hindurch und landen in unserer Kabine. Normalerweise fühlt es sich gut an, als Sieger aus dem Kampf zu gehen, doch heute ist es, als wäre meine Seele verloren gegangen.

»Alter, was ist los mit dir?« Milans Augen bilden Schlitze, als wir die Umkleide betreten.

»Besorg mir gleich noch einen Kampf!« Ohne auf Milans Frage zu reagieren, wende ich mich von ihm ab und wasche mein Gesicht am Waschbecken. Das kühle Nass lässt meine Haut auf Normaltemperatur herunterfahren.

»Sprich mit mir, ich merke doch, dass etwas nicht stimmt.« Milans Stimme wird ruhiger, und er legt seine Hand auf meinen Oberarm.

»Evina hat mir eine Abfuhr gegeben, und es macht mich fertig. Ich kann nicht klar denken! Willst du noch mehr?« Kurz atme ich tief ein, bevor ich weiterspreche. »Ich bin als Kind verprügelt worden und musste tagtäglich mitansehen, wenn mein Vater sich an meiner Mutter vergriff, einschließlich, wenn er sie vor mir fickte! Also besorg mir jetzt endlich einen Kampf!«, fluche ich. Keine Ahnung, warum ich plötzlich Milan meine ganze Vergangenheit im Schnelldurchlauf darbiete wie ein offenes Buch. Doch ich habe heute meine Gefühle nicht mehr unter

Kontrolle. Ich muss mein Leben wieder ins Gleichgewicht bekommen. Diese Frau hat mein ganzes Sein durcheinandergebracht.

»Alter, ich glaube nicht, dass du im jetzigen Zustand zu einem Kampf fähig bist.« Milans Gesicht ist blass geworden. Kein Wunder, wenn ich ihm ohne Vorwarnung meine verkorkste Kindheit präsentiere, als wäre es das Normalste auf der Welt.

»Belehr mich nicht! Ich will in den Ring, und wenn du nicht dafür sorgst, dann erledige ich es eben selbst!« Meine Stimme hat eine Tiefe erreicht, die ich zuvor noch nie bei mir gehört habe. Mein ganzer Körper zittert, nicht vor Angst, sondern vor Wut, die sich geradewegs ihren Weg an meine Oberfläche bahnt.

»Ist ja gut«, willigt Milan ein. »Möchtest du vorher über Evina oder die anderen Dinge sprechen? Manchmal hilft das auch.« Milan steigt nervös von einem Bein zum anderen.

»Ich glaube, ich habe dir schon viel zu viel verraten.« Genau genommen habe ich keine Ahnung, warum ich an ihm meinen ganzen privaten Müll auslasse. Ich weiß, dass Milan nichts für meinen persönlichen Tiefpunkt kann. Warum muss ich so ein großes Arschloch sein? Vielleicht habe ich es verdient, von Evina weggestoßen zu werden? Evina wäre viel zu gut für mich gewesen. Sie ist keine Frau, die mit so einem misslungen Kerl zu tun haben möchte. Ich spüre keinen Boden unter meinen Füßen, tauche ein in die dunkle Finsternis aus Gewalt und Hass. Ich werde regelrecht überschwemmt von dieser finsteren Energie. So als wäre es meine Bestimmung. Vielleicht ist es genau das? Wieso zieht es mich immer hier runter in diese Höhle von Kampf und Aggression? Bin ich dazu verdammt, mit diesen Pseudo-Freunden, die vor Korruptheit und Eitelkeit nur so strotzen, mein Leben zu verbringen?

»Ich bin für dich da, wenn du mich brauchst, zu jeder Tages- und Nachtzeit, hörst du?« Milan sieht mich mit traurigen Augen an. Was ich überhaupt nicht brauche, ist Mitleid für mein lausiges Leben. Schon gar nicht von meinem besten Freund. Ich wusste, warum ich ihm nie davon erzählt habe. Genau wegen der Blicke, die er mir immer zuwerfen wird, wenn er mich sieht. Über meine Vergangenheit wissen nur sehr wenige etwas. Es sind eigentlich nur meine Mutter, mein Stiefvater und natürlich mein Erzeuger.

»Ich brauche kein Mitleid von dir. Ich möchte, dass du das, was ich dir gerade gesagt habe, sofort vergisst!«, befehle ich Milan.

»Okay«, antwortet Milan geknickt. Ich weiß, dass er mir nur beistehen möchte. Seit wir uns kennen, ist er für mich immer da, das hat mir die letzten Jahre einen gewissen Halt gegeben, doch nun wird sich unsere Freundschaft verändern, denn er kennt mein Geheimnis.

»Geh und besorg mir jetzt endlich einen Gegner. Damit kannst du mir am besten helfen, mehr brauche ich nicht.« Damit er sich endlich auf den Weg macht, deute ich zur Tür. Ich ertrage es nicht, von ihm so angesehen zu werden.

»Wie du meinst«, sagt Milan. Er öffnet die Tür, wirft noch einen Blick über seine Schulter zu mir. Für ein paar Sekunden bleibt er stehen, als wolle er mir noch etwas mitteilen, verschwindet dann aber, ohne ein Wort zu verlieren. Als die Tür ins Schloss fällt, atme ich aus.

Ich muss Evina ziehen lassen. Sie hat es verdient, glücklich zu sein. Wie es aussieht, kann sie das ohne mich besser.

32. Kapitel

Evina

Ein Jahr später

Nun stehe ich hier. Hinter mir das Gericht, vor mir die Stufen, die in meine Freiheit führen. Mehrmals atme ich tief ein und aus. Schließe die Augen, genieße den Moment, der niemals enden soll. Dieses Freiheitsgefühl, das jetzt durch meine Adern schießt. Endlich ist die Scheidung durch, wie lange habe ich mich danach gesehnt. Wie hart die letzten Monate waren. Die Suche nach einer neuen Wohnung hat mir einiges an Geduld abverlangt. Ich war zu verwöhnt von meinem alten Penthouse. Doch dort hätte ich keine Sekunde leben können, zu viele schlechte Erinnerungen hafteten daran wie ein dicker grauer Staubschleier.

»Bereit für eine Party?« Giulias Stimme ertönt dicht neben meinem Ohr, und ich reiße die Augen auf.

»Ja, lass uns feiern gehen!«, stimme ich ihr freudig zu. »Heute bin ich neu geboren worden. Lass es uns wie einen Geburtstag feiern.«

»Das lässt sich einrichten!« Giulia grinst breit. Mit einer schwungvollen Handbewegung wirft sie eine Haarsträhne hinter ihre Schulter.

Wir laufen die zehn Stufen hinunter und steigen in ein Taxi. Ich bin heute einer der glücklichsten Menschen der Welt. Meine Firma läuft super, und nun habe ich auch meine private Freiheit gefunden. Der einzige Wermutstropfen ist, dass ich die letzten Monate kein einziges

Mal Tommaso gesehen oder gesprochen habe. Er kam nicht einmal zur Eröffnung vom Frauenhaus in Mailand. Er hat sich per Mail entschuldigt und seinen Anwalt Milan Ferrari geschickt. Leider habe ich keine Ahnung, was er gerade treibt. Vielleicht soll es so sein. Dass er mir aber auch geschäftlich aus dem Weg geht, hat mich sehr getroffen. Noch immer vermisse ich die Zeit mit ihm, die wunderschönen Gespräche, die wir geführt haben. Wie oft hat er mich zum Lachen gebracht, wenn mir eigentlich zum Weinen war. Er hatte es verstanden, dass ich bewusst zu meinen Problemen hinsehe. Ganz am Anfang hatte er mich schon auf seine eigene Art hingewiesen, dass meine Ehe zum Scheitern verurteilt war. Damals war ich noch blind. Heute weiß ich, dass man nicht mit aller Gewalt an einer Beziehung festhalten kann. Es zerfrisst dich auf lange Sicht von innen heraus, wie ein Krebsgeschwür.

Wir halten vor einer kleinen Bar, und Giulia übernimmt die Taxirechnung. Wir gleiten elegant aus dem Wagen, wie es sich für Damen mit kurzen Kleidern eben gehört. Mit meinem feuerroten knappen Kleid will ich heute ein Zeichen setzen. Giovanni hasste es, wenn ich etwas Rotes trug, doch nun haben seine Worte keine Bedeutung mehr. Er sah schlecht aus, als er im Gericht auftrat. Seine Wangen waren eingefallen, und sein Kleidungsstil ließ zu wünschen übrig. Es geschieht ihm recht, zu spüren, wie mies es mir damals ging. Nach dem Übergriff auf mich konnte er keine Unterhaltsansprüche an mich stellen. Ich habe durch meinen Anwalt erfahren, dass er finanziell bankrott ist. Es ist mir egal. Nein, vielmehr gibt es mir Genugtuung, dass es auf der Welt doch eine gewisse Gerechtigkeit gibt.

»Die Bar hat offen?«, frage ich Giulia ungläubig.

»Für uns zwei Hübsche wird sogar extra geöffnet.« Giulia zwinkert mir mit einem Auge zu und hakt sich unter meinem Arm ein. Wir stöckeln mit unseren Zehn-Zentimeter-Absätzen über den Bürgersteig. Da er etwas uneben ist, haben wir beide Mühe, halbwegs gerade zu laufen. Wir kichern, während Giulia schwungvoll die Tür öffnet. Dunkelheit umhüllt uns, als die Tür hinter uns zufällt.

»Du bist dir ganz sicher, dass wir hier richtig sind?«, flüstere ich an Giulias Ohr.

»Wir müssen nur noch durch den dicken Vorhang.« Sie schiebt das modrige Ding zu Seite. Da stehen sie, meine Freunde, sogar meine Mutter lehnt mit ihren dunklen Augenringen neben der Bar. Ricardo umarmt zuerst Giulia und küsst sie leidenschaftlich. Dann wendet er sich mir zu. »Herzlichen Glückwunsch zur Scheidung!« Ricardo schlingt seine Arme um mich, zugleich küsst er mich rechts und links auf die Wange.

»Danke«, krächze ich, da mich Ricardo fest drückt.

Elisabeth, die Betreuerin vom Frauenhaus, kommt auf mich zu. »Herzlichen Glückwunsch zur neu gewonnen Freiheit! Jetzt lass die Sau raus, und vögle dich durch die Männerwelt!« Elisabeth drückt mich an sich, und ich klopfe ihr leicht auf den Rücken.

»Du kennst mich doch ... das ist nichts für mich.«

»Papperlapapp, natürlich ist das was für dich!« Elisabeth schiebt mich ein Stück von sich weg und mustert mich vom Scheitel bis zur Sohle. »So sexy, wie du heute rumläufst, wird dich bestimmt einer der hier anwesenden Männer schneller auf der Toilette vernaschen, als dir lieb ist.« Elisabeth schmunzelt und tätschelt mir den Oberarm.

»Hallo, Evina«, sagt meine Mutter mit zittriger Stimme. »Schön, dass es dir gut geht.«

»Ja, mir geht es blendend, und dir?« Die Frage hätte ich mir sparen können, denn ich kann an ihrem Äußeren unschwer erkennen, dass sie wieder in einem Tief festhängt. Ist meine Mutter dazu verdammt, unglücklich zu sein?

»Es geht mir gut.« Mutter senkt den Kopf und blickt zum Boden. Sie lügt. Ihre schulterlangen blonden Haare hat sie heute mit ein paar Locken versehen.

»Brauchst du Geld? Ich kann dir gerne was geben.« Es schmerzt in meiner Brust, zuzusehen, wie sie in diesem Drecksloch haust.

»Ich habe alles, danke.« Meine Mama würde nie und nimmer einen Cent von mir nehmen, dafür hat sie einen zu großen Stolz. Dabei könnte sie auch bei mir vorübergehend wohnen, was ich ihr schon angeboten habe. Bisher lehnte sie immer dankend ab, was typisch für sie ist.

»Hallo, Beatrice, schön, dass du kommen konntest.« Giulia gibt meiner Mutter einen sanften Kuss auf die Wange.

»Das lass ich mir doch nicht entgehen, wenn meine Tochter ihren Weg gefunden hat. Ich bin so stolz auf sie.« Sie blickt mich mit ihren blauen Augen an, die sich mit Wasser füllen.

»Ach, Mama, danke schön.« Ich muss meine Mutter in die Arme schließen und fest drücken. Ich weiß, wie schwer es ihr fällt, in einer Bar zu stehen und keinen Tropfen Alkohol zu trinken. Seit einem Jahr ist sie trocken und hat von den miesen Kerlen, die sie sonst umgeben, Abstand genommen.

»So, genug Trübsal geblasen, jetzt kommst du mit!« Giulia zieht an meinem Arm und zerrt mich zur Bar. »Wir trinken einen Shot auf deine neue Zukunft!« Giulia bestellt uns die Getränke, und erst jetzt vernehme ich die Musik, die aus den Boxen dröhnt. Giulia reicht mir einen Tequila, doch sie hält nur ein Glas Wasser in der Hand.

»Trinkst du denn nicht mit?«

»Ich habe vorhin eine Kopfschmerztablette genommen. Sorry, darum bin ich heute raus, doch du musst den Tag gebührend feiern.« Sie hält ihr Wasserglas in die Höhe.

»Auf die Freiheit!«, ruft Giulia.

»Auf die Freiheit!«, echoe ich und kippe in einem Zug das Zeug runter. Es brennt meinen Hals entlang. Ich verziehe krampfartig das Gesicht. Giulia deutet dem Kellner an, einen weiteren Shot zu bringen, und keine Minute später steht die nächste Ladung vor mir. Normalerweise trinke ich nicht alleine, doch heute stört es mich nicht. Ich genieße den Abend, ohne über irgendwelche unnötigen Dinge nachzudenken.

Der Alkohol zeigt seine Wirkung, denn ich werde mutig. »Hast du Tommaso eingeladen?«, frage ich sie, während mir flau im Bauch ist.

»Vergiss den Trottel, aber ja, ich habe ihn gefragt, aber er meinte, er wäre nicht in der Stadt.«

»Ich glaube, ich trink doch noch einen.« Wieso habe ich nachgefragt? Er möchte nichts mehr mit mir zu tun haben, sonst wäre er heute hier und würde meine neu gewonnene Freiheit feiern.

Giulia und ich tanzen ausgelassen zur Musik, als Ricardo sich an Giulia von hinten anschmiegt. Als sie sich dann innig küssen, wird mein Herz schwer wie Blei. Ich fühle mich alleine und einsam. Ich bewege weiter die Hüften im Takt zur Musik und schließe die Augen. Ich kann dieses verliebte Pärchen nicht beobachten. Jetzt bin ich Single und sollte mich überglücklich fühlen, was ja auch auf eine gewisse Art stimmt, doch das Gefühl, geliebt zu werden, ist so wunderschön.

»Ciao, sorry, dass ich erst jetzt kommen konnte.« Eine tiefe Stimme ertönt an meinem Ohr, und ein würziger männlicher Duft strömt mir in die Nase. Ich blicke auf und sehe in zwei braune Augen. Milan.

»Hey, was machst du hier?«, frage ich überrascht.

»Ich lass mir doch eine Scheidungsparty nicht entgehen.« Milan grinst schelmisch.

»Lässt du dir überhaupt eine Party entgehen?«, necke ich ihn. Von Giulia weiß ich, was er für ein Casanova ist. Er liebt die Frauen und macht auch keinen Hehl daraus, so wie er Feiern liebt.

»Manchmal.« Milan streift sich eine lose Haarsträhne aus dem Gesicht. Seine kurzen dunklen Haare hat er mit Gel in Form gebracht. Ich mustere ihn von den schwarzen Schuhen aufwärts an den verschlissenen Jeans entlang und halte kurz bei seinem weißen Hemd inne, das ein bisschen Einsicht auf seine glatte Brust bietet. »Also, was möchtest du trinken?«

»Vielleicht ein Wasser?« Langsam steigt mir das Hochprozentige in den Kopf.

Milan nickt und bestellt an der Bar. Ich tanze wieder zur Musik, lasse meinen Gedanken freien Lauf. Ständig kommt Tommasos Gesicht vor mein inneres Auge. Wie sehr habe ich mir gewünscht, ihn heute hier zu treffen. Seine Nähe zu spüren, doch ich muss nach vorne blicken. Irgendwo da draußen wird ein Typ herumlaufen und auf der Suche nach mir sein. Genau nach mir! Für diesen besagten Mann bin ich die Traumfrau.

»Hier dein Wasser.« Milan reicht mir ein Schnapsglas und grinst.

»Ich sagte doch ...«

»Keine Widerrede. Runter mit dem Gesöff.« Milan prostet mir zu und kippt sich das Getränk hinunter. Kurz zögere ich, aber Milan hilft nach. Widerwillig schlucke ich das Zeug.

»Wie geht es Signor De Santis?« Ich schiele zu Milan. Erkunde sein Gesicht nach außergewöhnlichen Gefühlsregungen, aber da ist nichts.

»Wir wissen doch beide ganz genau, dass du mit ihm in der Kiste warst, also sag, was du über Tom erfahren willst?« Milan mustert mich, wirkt aber nicht böse.

»Wie geht es ihm?« Ich schlucke den Kloß hinunter, der sich augenblicklich in meinem Hals gebildet hat. Er weiß von unserer gemeinsamen Nacht? Natürlich, sie sind bestimmt befreundet. Ob er darüber geprahlt hat?

»Ihm geht es den Umständen entsprechend.« Milan wirkt plötzlich sehr bedrückt.

»Was meinst du? Geht es ihm nicht gut?« Bei mir schrillen die Alarmglocken, oder bilde ich mir das gerade ein?

»Irgendwie ist er ziemlich verdreht. Aber wenn du ihn sehen möchtest, komm mit. Ich fahre nachher in eine andere Location. Dort treffe ich mich mit ihm.«

»Ich dachte, er ist nicht in der Stadt?«, frage ich überrascht. Er hatte doch Giulia abgesagt?

»Genau genommen ist es nicht oberhalb, sondern eher unterhalb, aber komm und mach dir dein eigenes Bild.« Ich verstehe kein einziges Wort, doch meine Neugier ist geweckt. Ich muss wissen, wo sich Tommaso aufhält. Und ob es ihm gut geht.

Nachdem ich meine Gäste unter dem Vorwand großer Müdigkeit verabschiedet habe, verlassen Milan und ich das Lokal. Die frische Abendluft weht mir ins Gesicht, und ich inhaliere sie.

»Komm, da drüben steht ein Taxi.« Milan nimmt meinen Arm, damit ich nicht stolpere. Irgendwie fühle ich mich benebelt und habe Schwierigkeiten, gerade zu laufen. Vielleicht sind das nicht die besten Voraussetzungen für ein Wiedersehen, aber nüchtern würde ich mich erst recht nicht trauen. Noch immer bin ich ein Schisser, was Spontanität betrifft.

Milan gibt dem Chauffeur eine Adresse, die ich nicht kenne. Ich lehne meinen Kopf an die kalte Fensterscheibe. Ich brenne vor Nervosität. Was soll ich zu ihm sagen? Wie wird er reagieren? Wird er mich küssen oder ignorieren?

»Alles okay?«, fragt mich Milan.

»Ist es gut, dass ich mitkomme?«, sprudelt es aus meinem Mund.

»Das werden wir gleich sehen.« Das Taxi hält vor einem Haus, das heruntergekommen aussieht. Die Fassade bröckelt, und die grünen Holzbalken hängen schief.

»Hier sind wir richtig?«, frage ich mit ängstlicher Stimme. Wenn ich es mir genau überlege, was weiß ich von Milan, außer dass er Anwalt ist?

»Komm, der äußere Schein trügt.« Milan kommt zu meiner Autotür und streckt mir seine Finger entgegen. Ich greife danach und hake mich bei ihm unter. Mein Herz hämmert wie wild, sodass ich Angst habe, es hüpft aus meiner Brust. Mein Atem geht schwer. Wo gehen wir hin? Wir marschieren durch einen dunklen Durchgang hindurch. Dann kommen wir in einen Vorhof, der hell erleuchtet ist. Es ist still, man hört nur das Klappern meiner Absätze. Milan zieht mich zu einer eisernen Tür und klopft drei Mal daran.

»Guten Abend«, sagt ein Bär von Mann. Der glatzköpfige Typ ist mindestens einen Meter fünfundneunzig groß und ein Muskelprotz.

»Guten Abend«, antwortet Milan.

»Was kann ich für Sie tun?« Die raue Stimme erzeugt bei mir einen kalten Schauer. Er ist so Furcht einflößend, dass ich am liebsten sofort davonlaufen möchte.

»Ich hätte gerne eine Mafiosi-Pizza«, sagt Milan. Seinen Rücken hat er kerzengerade aufgerichtet, und seine Mimik ist ernst.

»Guten Appetit«, knurrt der Kerl und lässt uns eintreten.

»Braucht man hier ein Kennwort?«, frage ich misstrauisch. Wo bringt er mich hin? Nie und nimmer kann Tommaso sich hier aufhalten.

»Das, was du heute siehst, muss für immer unser Geheimnis bleiben, ist das klar? Sonst bist du in weniger als zwei Tagen tot.«

Ich erstarre. Ich kann keinen Zentimeter weiterlaufen, so geschockt bin ich über seine Worte. »Bist du denn vollkommen durchgeknallt? Wieso schleppst du mich an solch einen Ort, von dem ich niemandem erzählen darf?«, krächze ich. Am liebsten würde ich augenblicklich umkehren. Alles hier riecht verboten. Sogar der Qualm, der mich umhüllt.

»Du wolltest Tom sehen, also bitte.« Milan deutet die Stufen nach unten. »Und jetzt komm, wir dürfen keine Zeit verlieren.« Ich verstehe nur Bahnhof. »Übrigens heißt er Massimo und ich Steve, verstanden? Kann sich das dein kleines hübsches Köpfchen merken?« Milan sieht mich durchdringend an.

»Stell mich nicht als dummes Blondchen hin!«, fauche ich. Meine Augen funkeln ihn an. Wenn sie Feuer sprühen könnten, würden sie das jetzt tun.

Wir laufen eine schmale Treppe hinunter. Plötzlich vernehme ich den Bass. Doch erst als Milan mir die Tür öffnet, schlägt mir der richtige Lärm entgegen. Es ist wie eine Welle aus instrumentaler Musik und Gebrüll von den unterschiedlichsten Menschen. Milan fasst nach meiner Hand und zieht mich hinter sich her, während ich die Gäste um mich anstiere. Ich habe so etwas noch nie gesehen. Frauen, nur mit einem Bikinioberteil und einer knappen Panty bekleidet, laufen mit Tabletts durch die Gegend. Ist das hier ein Stripclub? Alte Kerle mit Wohlstandsbäuchen haben junge Mädchen an ihrer Seite. Diese Frauen schmiegen sich an die Typen, dass mir schlecht wird. Ist das vielleicht ein Bordell? Wäre auch möglich. Ich verliere den Überblick, wo mich Milan hinbringt. Es ist hier alles schmuddelig. Hier soll sich Tommaso aufhalten? Hier zwischen diesen Widerlingen, die bestimmt nichts Gutes im Schilde führen? Wir kommen zu einer Bar, wo eine Go-go-Tänzerin ihr Können zum Besten gibt. Sie hat ein knappes weißes Lederoutfit an, das nur ihre Brüste und ihre intimste Stelle überdeckt.

»Was möchtest du trinken?«, brüllt Milan in mein Ohr, da die Meute immer lauter grölt.

»Ich glaube, Tequila wäre jetzt angebracht!« Meine Knie zittern vor Angst. Wenn Milan nicht neben mir stehen würde, hätte ich schon längst die Flucht ergriffen.

Nach wenigen Minuten habe ich das Schnapsglas in der Hand und schütte es auf ex runter. Milan beobachtet mich mit einem schiefen Grinsen.

»Schmeckt es?«, fragt Milan.

»Wieso schleppst du mich in diesen Schuppen? Was soll ich hier?« Ich stelle mein Schnapsglas an der Bar ab und stemme meine Hände in die Hüften.

»Darum.« Milan deutet hinter mich, und ich folge seiner Hand.

Mein Körper erstarrt augenblicklich. Ich kann ihn nicht mehr steuern, als ich Tommaso auf der Bühne entdecke. Er ist nur mit knappen schwarzen Shorts bekleidet, und seine Muskeln sind angespannt. Als meine Augen zu seinem Gesicht wandern, erschrecke ich. Es wirkt so hasserfüllt. So habe ich ihn noch nie gesehen.

Ein anderer Kerl tritt an seine Seite, der im Gesicht mit Narben übersät ist. Ein Mann mit Mikrofon heizt die Menschenmassen an, indem er die beiden vorstellt. Meine Ohren schmerzen von dem lauten Geschrei, doch meine Augen haften weiterhin an Tommaso. Was passiert hier gerade? Ist das hier etwa ein Boxkampf?

Schon beginnen sie zu kämpfen. Ein paar Schläge bekommt Tommaso mitten auf seine Brust, doch dann verändert sich sein Gesicht. Er wirkt wie hypnotisiert und knallt abwechselnd seine Fäuste und Beine gegen seinen Gegner. Als der zu Boden stürzt, lässt Tommaso noch immer nicht von dem armen Kerl ab und schlägt wie wild auf ihn ein. Am liebsten würde ich die Hände vor mein Gesicht pressen, aber ich bin wie paralysiert. Bitte bring ihn nicht um! Bitte hör auf! Immer wieder kommen mir die Worte in den Sinn. Aus dem am Boden liegenden Kerl strömt unsagbar viel Blut. Warum lässt er nicht endlich von ihm ab?

Als plötzlich der Mann mit dem Mikrofon dazwischen geht, erhebt sich Tommaso. Er wirkt auf mich so fremd, als hätte man einen Roboter mit seinem Aussehen in den Ring gesetzt. Wo ist der liebevolle Mann, dem ich vor einem Jahr mein Herz geschenkt habe, hin verschwunden? Nichts erinnert in seinem Gesicht daran, dass er gegen Gewalt gekämpft hat. Tommasos Hand wird vom Schiedsrichter in die Höhe gehoben, und sein gewinnendes Grinsen erschreckt mich. Er strahlt in die Menge, als hätte er etwas Geniales erreicht, was ich nicht nachvollziehen kann. Dieses Schauspiel dauert wenige Minuten.

Bisher hat er mich noch nicht entdeckt. Mein Herz beginnt zu rasen, und meine Hände schwitzen, obwohl sie eiskalt sind. Wie wird er reagieren, wenn er mich sieht? Immer wieder klopfen ihm bewundernd Leute auf die Schulter und gratulieren ihm zum Sieg. Langsam nähert er sich Milan und mir. Doch er hat uns anscheinend nicht bemerkt. Tommaso bleibt etwa fünf Schritte vor uns entfernt stehen, uns trennen zwei Männer und eine Blondine.

Meine Beine setzen sich in Bewegung in Richtung Tommaso. Dann schlingt plötzlich diese blonde Tussi ihre Hände um Tommasos Hals und küsst ihn wild. Mein Herz rutscht mir in die Hose. Meinen Atem kann ich nicht mehr spüren. Alle Luft entweicht aus meinem Körper, als Tommaso diese Frau zu sich zieht und sie hart küsst. Plötzlich stehe ich nur eine Armbreite von den beiden entfernt und starre sie an. Wie sie sich ihrer sexuellen Magie hingeben. Tränen bahnen sich ihren Weg aus meinen Augen und kullern an meinen Wangen herab.

Als Tommaso nach einer gefühlten Ewigkeit von ihr ablässt und aufblickt, treffen unsere Blicke einander. Dieser Moment dauert nur ein paar Sekunden, denn ich renne fluchtartig davon. Dränge mich durch die Menschenmassen hindurch, als wäre der Teufel persönlich hinter mir her. Ich suche den Ausgang, den ich nach unzähligen Runden in diesem Raum finde. Hastig nehme ich mit meinen Füßen zwei Stufen auf einmal. Mein Herz pocht bis zum Hals, als ich draußen ankomme. Ich ringe um Luft, die Angst im Nacken, stürme ich durch den dunklen Durchgang hindurch und komme zur Straße. Als ich kein Taxi entdecke, laufe ich ohne jeglichen Plan weiter. Ich biege in eine Seitengasse und entdecke zu meiner Erleichterung ein Taxi. Ich werfe mich förmlich davor, sodass es mit quietschenden Reifen anhält.

Mein Oberkörper hebt und senkt sich im Eiltempo, als ich mich auf die Rücksitzbank fallen lasse. Zwischen meinem abgehackten Atemholen presse ich meine Adresse hervor. Das Auto setzt sich in Bewegung, und ich lehne mich zurück. Wie konnte ich nur glauben, dass Tommaso sich für mich noch interessiert? Natürlich hat er wieder eine Neue am Start. Dachte ich ernsthaft, dass ein Mann wie Tommaso mir nur eine Sekunde hinterhertrauert? Wieso auch? Wenn sich ihm die Frauen an den Hals werfen, als wäre er Gott persönlich. Wieso hat mich Milan hier in diese Hölle mitgenommen? Nur damit ich begreife, was aus Tommaso geworden ist? Er hat sich verändert, das ist mir nach diesem Schauspiel klar. Doch was hat ihn dazu gemacht, dass er so hasserfüllt und aggressiv ist? Ich kann noch immer nicht glauben, heute den gleichen Mann gesehen zu haben, der mich vor einem Jahr aus meiner Notlage gerettet hat.

33. Kapitel

Tommaso

Evina! Was macht sie hier in meiner zweiten Welt, die nicht für diese unschuldige Frau gedacht ist. Sie hat mich gesehen, wie ich diese Schlampe geküsst habe, die mir nichts bedeutet.

Ich hetze durch die Menschenmassen hindurch, suche in jedem Winkel nach ihr, aber ich finde Evina nirgends. Vielleicht ist es besser so, denn das, was ich heute bin, passt nicht in ihre perfekte Welt. Sie ist zu gut für mich, aber ich vermisse sie noch immer. In den Träumen begegnet sie mir als ein Engel, doch ich habe kein Recht, einen Engel zu besitzen. Der Weg, den ich gewählt habe, hat mich verschlungen. Ich bin eingehüllt in dieser dunklen Macht aus Sieg und Ruhm. Finde den Ausgang nicht mehr. Da ist kein Platz für Evina. Sie ist der Mensch, der mich retten könnte. Doch will ich gerettet werden? Ich habe die Enttäuschung in ihren Augen gesehen, als sie vor mir stand. Wer bin ich geworden? Ein Mann, der die Gewalt lebt, die sie aus den Menschen vertreiben möchte.

Als ich auf Milan treffe, der gerade sein Whiskyglas leert, ballen sich meine Hände zu Fäusten. »Warum hast du sie hierhergebracht?«

»Was meinst du?« Milans gespielte Unwissenheit macht mich wütend.

»Stell dich nicht dumm! Du hast Evina mitgenommen!« Ich packe Milan am Hemd und drücke ihn mit voller Wucht gegen die Bar, dass er kurz sein Gesicht verzieht.

»Ja, gut!« Er erhebt schützend die Hände in die Höhe. Sofort lasse ich von ihm ab. Ich bin von mir selbst enttäuscht. Mittlerweile gehe ich sogar auf meinen besten Freund los.

»Warum? Weißt du, in welche Gefahr du sie gebracht hast?« Mein Gesicht hält dicht vor Milans Kopf.

»Ich hoffte, dass du endlich zur Besinnung kommst, wenn du Evina siehst. Immerhin ist sie jetzt geschieden und frei!« Milan hält meinem Blick stand, ohne ängstlich zu wirken. Er ist der einzige Mensch in meinem Leben, der mir die Stirn bietet und nicht zu allem Ja und Amen sagt.

»Wie kommst du auf den Schwachsinn, dass ich sie noch will?« Meine Einwände klingen sogar für mich absurd, trotzdem hoffe ich, dass Milan mir glaubt. Ich kann dieser Frau niemals das geben, was sie verdient. Evina braucht einen Mann, der sie in den siebten Himmel befördert, der sie glücklich macht. Der ihr Sicherheit und Geborgenheit bietet, und nicht einen Kerl, der ein Doppelleben lebt.

»Seit einem Jahr, als du den Kontakt zu ihr abgebrochen hast, bist du vollkommen durchgeknallt. Kämpfst fast täglich wie ein Irrer. Ich möchte wieder meinen besten Freund zurück!« Milans Worte dringen nicht in mein Gehirn, prallen wie an einer Lärmschutzwand ab.

»Bring sie nie mehr hierher! Hast du verstanden?«, fordere ich ihn in schroffem Ton auf. »Sonst lernst du mich von einer anderen Seite kennen!« Am liebsten würde ich Milan eine reinhauen, so wütend bin ich auf ihn.

»Ich glaube, die kenne ich schon zur Genüge!« Milan schüttelt den Kopf.

»Bring Evina einfach nie mehr in den Käfig! Hast du verstanden?« Das Blut rauscht durch meine Adern. Unaufhaltsam scheint die Wut in mir zu sein.

»Alter, warum stellst du dich so an? Sie liebt dich und du sie! Krieg deinen Arsch hoch, und lauf ihr hinterher!« Milan sieht mich durchdringend an.

»Halt einfach deine Klappe! Ich brauche deine merkwürdigen Vorschläge nicht!« Ich mache auf dem Absatz kehrt und verschwinde in der Menschenmenge. Ich habe keinen Bock auf Milans Ratschläge. Er hat gar keine Ahnung, welcher Hurrikan in mir tobt. Nur zu gerne würde ich Evina in meine Arme schließen. Sie mit Küssen überhäufen, aber ich habe kein Recht, sie in mein dunkles Sein zu ziehen. Zu sehr liebe ich sie. Ja genau, ich liebe Evina mehr als andere auf der Welt, und darum muss ich sie gehen lassen. Zu groß ist die Angst, dass sie das Monster in mir erkennt, doch vielleicht tut sie das nach dem heutigen Abend sowieso.

34. Kapitel

Evina

»Soll ich hier auf Sie warten?« Misstrauisch sieht die Taxifahrerin über ihre Schulter zu mir.

»Nicht nötig. Es wird bestimmt länger dauern.« Wie ein nervöses Wrack kauere ich auf ihrer Rückbank und zupfe an meinem schwarzen Kleid herum.

»Diese Gegend ist nichts für Sie. Hier ist die Hölle los, wenn Sie wissen, was ich meine.« Die Frau fährt sich mit ihren Wurstfingern durch ihre kurzen braunen Haare.

»Ich komm schon zurecht.« Mit einer schnellen Handbewegung krame ich einen Zwanzigeuroschein aus der Tasche und reiche ihn ihr.

»Wie Sie meinen.« Sie presst kurz ihre Lippen aufeinander und schüttelt den Kopf. »Viel Glück!«, höre ich die Dame noch sagen, bevor die Autotür hinter mir zufällt.

Mit quietschenden Reifen fährt das Taxi davon. Plötzlich ist es totenstill. Nur weit entfernt hört man die Polizeisirenen. Ich laufe auf den Pflastersteinen entlang und komme zu dem Durchgang, der mir letzte Nacht schon dieses Beklemmungsgefühl verliehen hat.

Ich atme tief ein und aus, bevor ich mich durch diese Dunkelheit traue. Am Ende des Tunnels erhellt eine kleine Laterne den Weg. Nur das Klappern der Absätze ist zu hören.

Als ich vor der unscheinbaren Eisentür haltmache, beginnen meine Knie zu zittern. Was mache ich hier eigentlich? Ich habe keine Ahnung, ob das Passwort für heute Nacht genauso gültig ist. Was ist, wenn sie mich in einen Kerker sperren, weil ich ohne Begleitung aufkreuze. Milan hat auf die unzähligen Telefonanrufe nicht reagiert. Was nach meinem gestrigen Abgang kaum verwunderlich ist. Vergangene Nacht war ich wie von Sinnen hinausgestürmt, doch heute muss ich Klarheit bekommen. Ich kann nicht glauben, dass Tommaso so ein hasserfüllter Mensch geworden ist. Vor einem Jahr hat er mich durch meine schwierigste Zeit begleitet, nun bin ich in der Verantwortung, um ihn daraus zu befreien.

Ich balle meine rechte Hand zur Faust und klopfe dreimal mit voller Wucht dagegen. Ein dumpfes Geräusch hallt durch den Hof.

»Guten Abend, Signora. Was kann ich für Sie tun?« Der Muskelprotz mustert mich mit Argusaugen.

»Eine Mafiosi-Pizza«, sage ich laut, um selbstsicher zu wirken.

»Tut mir leid, Kleines, die haben wir heute nicht. Aber wenn du mir einen bläst, dann könnte ich dir verraten, was auf der Karte steht.« Er leckt sich genüsslich über seine Lippen, sodass mir übel wird.

Na toll, und was mache ich jetzt? Ich muss unbedingt da rein, aber diesem abartigen Scheißkerl kann ich beim besten Willen keinen Blowjob verpassen.

»Also, was ist jetzt? Wir könnten es gleich hinter den Mülltonnen erledigen.« Er macht einen Schritt auf mich zu, sodass er nur wenige Zentimeter vor mir steht. Sein schmieriges Grinsen lässt mich erschaudern. Dazu sein derber Mundgeruch, der entzieht mir die Luft zum Atmen.

»Sorry, Süße, ich habe dir das falsche Passwort gegeben.« Milan schlingt seinen Arm um meine Hüften und gibt mir einen Kuss auf die Wange. Normalerweise würde ich ihn nach diesem Baggerversuch von mir stoßen, doch in dieser brenzligen Situation bin ich erleichtert.

»Du bist ja noch rechtzeitig gekommen.« Meine Stimme vibriert vor Angst.

»Capricciosa«, sagt Milan und bäumt sich vor dem Bären auf.

»Guten Appetit«, murrt der Typ, zugleich macht er einen Schritt zur Seite.

Milan verschränkt seine Finger mit meinen und zieht mich hinterher.

»Was tust du hier?« Milans Lippen berühren beim Sprechen mein Ohr, während wir die Stufen nach unten nehmen.

»Ich muss mit Tommaso reden«, antworte ich.

»Du meinst wohl Massimo!«, sagt er warnend.

»Es wird schon keiner mitbekommen haben!«, entgegne ich gleichgültig.

»Glaub mir, hier hat sogar der Dreck unter deinen bezaubernden Schuhen Ohren.« Milan zwinkert mir zu.

»Bring mich einfach zu ihm«, gebe ich genervt von mir und verdrehe die Augen.

»Er müsste schon im Ring stehen, wenn ich richtig informiert bin.« Milan zieht mich durch die Gäste hindurch. Er läuft in solchem Tempo, dass ich ständig anderen Leuten auf die Füße trete. Anstatt darauf zu achten, in welche Richtung wir hetzen, bin ich unentwegt damit beschäftigt, mich bei den Besuchern zu entschuldigen.

»Und hier ist der ungeschlagene Gegner Massimo!«, dröhnt eine tiefe, rauchige Stimme aus den Boxen.

Ein kalter Schauer überzieht meine Haut, und sogar die kleinen Nackenhärchen stellen sich auf.

Milan hält direkt vor der Bühne, sodass ich uneingeschränkte Sicht zu Tommaso habe. Sein Gesicht blickt über unsere Köpfe hinweg. Sein suchender Blick entgeht mir nicht. Heute scheint es, als hätte er Bedenken, in diesem Ring zu stehen. Doch das fällt bestimmt nur mir auf. Oder auch dem Gegner?

Der Kerl hat das doppelte Gewicht von Tommaso und grinst in die Menge. Sein Körper ist mit Schlangentätowierungen übersät. Ein Schlangenkopf endet vor seinem Mund, und die spitze Zunge deutet zu seinem breiten Grinsen. Was soll ich bloß tun? Zu ihm hinaufschreien, damit er den Kampf abbricht? Ergibt das denn Sinn? Wird er überhaupt auf mich hören, wenn ich ihn darum bitte? Unzählige Fragen schießen durch meinen Kopf, dass ich keinen einzigen Laut von mir gebe. Ich stehe wie eine Statue da und starre hinauf.

Tommaso und der Gegner bringen sich in Position, und ein lautes Geräusch ertönt. Tommaso schlägt mit seiner geballten Faust zu und trifft den anderen mitten im Gesicht, das nach diesem festen Schlag jedoch keine einzige Regung zeigt. Es scheint, als würde er keinen Schmerz verspüren. Der Muskelprotz reagiert sofort und holt zum Gegenschlag aus. Tommaso ist flink und kann ihm nach rechts ausweichen. Bei seinem Ausweichmanöver kommt er jedoch ins Straucheln und fällt vor mir auf die Knie. Unsere Blicke treffen einander. In diesem Moment verschwindet die laute Geräuschkulisse aus Brüllen und Pfeifen in den Hintergrund. Die Traurigkeit in Tommasos Augen zerreißt mir fast mein Herz. Er will gerade etwas sagen, da bekommt er einen starken Seitenhieb von seinem Gegner. Tommaso schleudert es in die linke Ecke, und ein lauter Schrei entfährt ihm. Tommasos Gesicht ist verzogen, und er hält sich die Hand an seine Rippen.

Am liebsten würde ich die Hände vor mein Gesicht legen, um nichts mitzubekommen. Doch ich schaffe es nicht und stiere weiter hin. Mein ganzer Körper zittert, und die Muskeln um meine Brust verkrampfen sich.

»Bitte steh auf«, sage ich lautlos. Tommaso hockt in der Ecke wie ein hilfloses Kind. Es dauert keine paar Sekunden, da steht sein Gegner direkt vor ihm und bearbeitet ihn mit festen Tritten. Warum wehrt er sich nicht?

»Hört auf!«, plärre ich. Die Tränen kullern aus meinen Augen. Die Meute von Zuschauern findet dieses Schauspiel grandios, sie toben und feuern die Kämpfer an. Auf mein Rufen reagiert niemand. Mittlerweile spritzt Blut aus Tommasos Ohren und Nase, während der fette Kerl abermals auf ihn einschlägt. Ich halte es nicht länger aus und klettere auf die Bühne. Es ist alles wie in einem Albtraum, als ich zu dem Fiesling hinsteuere. Ich hüpfe hoch und umklammere den Typ von hinten. Ohne

Vorwarnung ertönt wieder dieses laute dumpfe Geräusch. Die Leute beginnen mich zu beschimpfen.

»Du verdammte Schlampe, verschwinde!«, höre ich von der Seite ein paar Männer schreien. Doch erst als der Schiedsrichter mich vom Gegner herunterzerrt, wird mir bewusst, was ich gerade getan habe.

Plötzlich macht sich Nebel in meinem Blickfeld breit. Panik überkommt mich, und wie eine Furie winde ich mich aus den Fängen des Schiedsrichters. Ich steuere wie in Trance zu Tommaso, der noch immer zusammengerollt ohne jegliche Regung daliegt. Ist er etwa tot? Angstschweiß überzieht meine Arme. Ich knie mich zu ihm nieder und streichle über sein blutiges Gesicht.

»Geh weg, ich muss sehen, wie es ihm geht!«, knurrt Milan im Befehlston, als er dicht neben mir hockt. Sofort mache ich einen Satz zurück, damit er ihn untersuchen kann. Tommaso sieht aus, als wäre er in einen tiefen Schlaf versunken, und bekommt von diesem Drama nichts mit.

»Was kann ich tun?«, frage ich, zugleich kaue ich an meinem Fingernagel herum.

Milan antwortet mir nicht, sondern winkt in die Menschenmenge. Ein Typ mit schwarzem Maßanzug hilft ihm, Tommaso von der Bühne zu schleppen. Noch immer zeigt Tommaso keine Regung, was mir Sorge bereitet. Was ist, wenn er nie wieder aufwacht? Was, wenn ich an seinem Tod schuld bin? Nur weil ich heute hier bin und ihn vom Kämpfen abgelenkt habe?

Ich folge Milan und dem Anzugtypen. Wir kommen in einen kleinen Raum mit einer Liege in der Mitte. Nicht einmal ein Fenster ist hier drinnen. Obwohl, ist das jetzt wichtig? Jetzt, wo Tommasos Leben auf dem Spiel steht?

Als die Tür hinter uns ins Schloss fällt, wird es augenblicklich still.

»Ist er überhaupt Arzt?«, frage ich hysterisch.

»Er ist ein Doktor, und jetzt halt einfach deine Klappe!«, plärrt Milan mich an.

»Wir sollten mit ihm ins Krankenhaus fahren!«, entgegne ich. Mir ist nicht wohl dabei, ihn hier, in diesem schäbigen Raum, verarzten zu lassen. Hier ist nichts steril.

»Gute Idee. Wir erzählen ihnen dann gleich genau, wo das passiert ist, dann kannst du dir ein Grab schaufeln!« Milan steuert zum Schrank und holt Verbandszeug hervor.

»Aber er hat bestimmt Knochenbrüche!« Ich kann nicht einfach zusehen, wie sie Tommaso hier in diesem dunklen Loch festhalten.

»Hör zu, Marco gibt sein Bestes.« Milan kommt auf mich zu und legt seine blutigen Hände auf meine nackten Oberarme. »Sobald Tom transportfähig ist, werden wir in Marcos Praxis fahren. Aber jetzt halt bitte deinen Mund, sonst fessle ich dich an diesen Stuhl in der Ecke und verpasse deinem schönen Gesicht ein dickes fettes Klebeband. Willst du das?« Milan sieht mich durchdringend an.

»Nein«, hauche ich fast tonlos.

Milan lässt von mir ab und marschiert wieder zu Tommaso. Noch immer liegt er nur da. Er gibt kein Geräusch von sich. Sein Brustkorb bewegt sich aber leicht auf und ab.

35. Kapitel

Evina

Milan manövriert den Wagen in eine Seitenstraße und parkt sein Auto gekonnt in eine schmale Parklücke.

Der Doktor wirft mir einen Schlüssel zu, bevor Milan und er Tommaso vorsichtig aus dem Auto heben. Noch immer hat er seine Augen geschlossen. Ich springe aus dem Range Rover und folge ihnen zum Eingang.

»Sperr schon auf!«, flucht Marco.

Nervös versuche ich nacheinander die Schlüssel.

»Es ist der Große«, murrt Marco.

»Ich mach ja schon.«

Nachdem ich endlich den passenden Schlüssel gefunden habe, öffne ich ihnen die Tür. Erst jetzt lese ich das Schild, das neben der Glocke platziert ist. Tierarztpraxis Dr. Marco Russo.

Ich starre auf das Firmenschild und kann nicht fassen, dass Marco ein Tierarzt ist. Er soll Tommaso helfen können?

»Wo bleibst du?« Milans Stimme klingt etwas verzerrt. Sein Gesicht ist ernst, bestimmt kostet es ihn alle Kraft, den leblosen Körper von Tommaso zu schleppen.

»Er ist ein Tierarzt?« Ich öffne ihnen die Glastür. Ohne auf meine Frage zu reagieren, marschieren sie hinein.

Automatisch geht das Licht an. Sofort ist der Flur taghell. Alles ist in Weiß gehalten und wirkt eher wie eine Praxis für Menschen als für

Tiere. Nur die Wassertröge neben dem Wartebereich lassen erahnen, dass hier Hunde und Katzen ein und aus gehen.

Marco tritt die Tür auf, und sie legen Tommaso auf den Stahltisch. Ich beobachte, wie gezielt Marco nach dem Blutdruckmessgerät greift.

»Hol dir einen Kaffee, du kannst jetzt nichts tun.« Milans ernster Blick lässt keine Widerrede zu.

»Ich brauche keinen Kaffee!«, schreie ich. Die Angst sitzt mir im Nacken. »Ich muss doch irgendwie helfen können!«

Marco schiebt ein Ultraschallgerät aus einem anderen Raum zu Tommaso und schaltet es ein. Jede Minute, die vergeht, macht mich nervöser. Als endlich das Gerät hochgefahren ist, beginnt Marco mit seiner Untersuchung. Jeden Millimeter fährt er an Tommasos Oberkörper ab. Doch er verliert dabei kein einziges Wort.

»Und?«, frage ich vorsichtig in den stillen Raum.

»Innere Blutungen scheinen nicht vorhanden zu sein.« Marco spricht ruhig, während er weiter den Blick auf den Bildschirm gerichtet hat.

»Fass mich nicht an!« Tommaso fuchtelt mit seinen Händen. Er blinzelt, wirkt benebelt. Er versucht, sich aufzurichten, fällt jedoch wieder zurück. »Du verdammter Arsch, fass mich nicht an!«, knurrt er. »Nie wieder! Hast du verstanden!« Milan und Marco halten Tommaso fest, damit er nicht vom Tisch gleitet. Tommasos wirre Worte ergeben keinen Sinn.

»Tom, beruhige dich, du bist in Marcos Praxis.« Milan spricht leise.

»Er halluziniert, das ist nicht unüblich bei einer Gehirnerschütterung.« Marco sieht kurz zu Milan, der alle Hände voll zu tun hat, Tommaso niederzudrücken. »Evina, komm her!« Marcos Befehlston lässt mich zusammenzucken.

Marco zeigt mir, wie ich Tommaso festhalten soll. Die eine Hand an seinem Oberarm und die andere auf seinen Oberschenkel gelegt, drücke ich mit aller Kraft nieder. Marco läuft zum Schrank und kramt wie wild darin.

»Lass mich endlich los!« Tommaso löst sich aus Milans und meinen

Fängen und richtet sich auf. Sein Blick wirkt leer. Er sieht nicht mich an, sondern durch mich hindurch.

»Tommaso, ich bin es, Evina! Alles ist gut, du bist in Sicherheit.« Ich lege meine kalten Finger auf seine Wangen und versuche eine Verbindung zu Tommaso herzustellen.

»Mama, endlich bist du da. Ich halte es nicht mehr aus! Schon wieder hat er die Peitsche aus dem Schrank geholt.« Tommaso beginnt zu weinen wie ein kleines Kind.

Sofort schlinge ich meine Arme um ihn und tröste ihn. Mir ist egal, ob er mich Mama nennt, obwohl ich nicht weiß, was das Ganze zu bedeuten hat.

»Ich gebe ihm jetzt etwas zur Beruhigung.« Marco flüstert und greift nach Tommasos Arm.

Nach wenigen Minuten entspannt sich Tommasos Körper. Vorsichtig lege ich ihn nieder. War es nur eine Halluzination, oder erzählte er mir gerade von seiner Kindheit? Hat er sich deshalb so engagiert für unsere Stiftung, weil er das gleiche Ziel verfolgt wie ich? In meinem Kopf schwirren so viele Fragen, die ich jetzt nicht beantwortet bekommen werde.

»Wir müssen ihn nach Hause bringen. Er muss aber unter Beobachtung sein, falls sich sein Zustand verschlechtert.« Marco sieht abwechselnd Milan und mich an.

»Am besten, wir bringen ihn zu mir«, sage ich bestimmt.

»Einverstanden, dann los. Denn bald ist hier Dienstbeginn. Ich habe keine Lust, irgendjemanden Fragen zu beantworten.« Marco packt ein paar Medikamente und ein Blutdruckgerät in eine schwarze Tasche und drückt sie mir in die Hand. Dann wendet er sich Tommaso und Milan zu. »Auf drei.«

Mit einem Nicken stimmt Milan zu, und die beiden heben ihn wieder auf ihre Arme.

»Wenn Tommaso aufwacht, wird er wahnsinnige Kopfschmerzen

haben. Von diesen Tabletten kannst du ihm gleich zwei Stück geben.« Marco reicht mir die Packung.

»Du lässt mich hier alleine?« Angst breitet sich in meinem Körper aus.

»Ich komme in meiner Mittagspause vorbei. Sollte sich sein Zustand verschlechtern, rufst du mich unter dieser Nummer sofort an.« Marco reicht mir seine Visitenkarte.

»Ich bleibe auch«, wendet Milan von der Seite ein.

»Gut, ich muss jetzt los. Bis dann, ciao.« Marco verlässt mein Schlafzimmer.

»Möchtest du etwas trinken?«, breche ich die unliebsame Stille.

»Ein Kaffee wäre toll, wenn es dir keine Umstände bereitet.« Milan reibt sich sein Genick. Er sieht sonst so jungenhaft aus, doch heute Nacht ist er um zehn Jahre gealtert. Eine tiefe Furche hat sich auf seiner Stirn gebildet.

»Einen Kaffee kann ich jetzt auch gut gebrauchen.« Ich bedeute Milan, dass er mir folgen soll, und führe ihn hinaus. Meine neue Wohnung ist überschaubar klein. Das Schlafzimmer grenzt an den Flur, der direkt an die Wohnküche anschließt. Vom Vorraum geht noch eine Tür in ein Bad, und das war es.

Seit ich von Giovanni getrennt bin und alleine für das Apartment aufkommen muss, ist es nicht mehr finanzierbar, eine Penthouse-Wohnung zu besitzen. In meinem neuen Zuhause fühle ich mich wohl, und es erinnert mich nicht jeder kleinste Winkel an die Zeit mit Giovanni.

Zielstrebig marschiere ich zum Kaffeeautomaten. Ich öffne den Schrank oberhalb und hole zwei Tassen heraus.

»Milch, Zucker?«, frage ich, während ich den Knopf betätige. Ein lautes Brummen ertönt, und kurz darauf fließt der Kaffee in die Tassen.

»Nur Milch, bitte«, antwortet Milan.

Mit den Kaffeebechern in der Hand gehen wir zu meinem Esstisch. Mit seinen vier Stühlen ist er überschaubar klein, doch für mich als Single reicht es. Milan nimmt gegenüber von mir Platz.

»Danke!« Milan wirkt gezeichnet. Der heutige Abend hat seine Spuren bei ihm hinterlassen. Sicherlich sehe ich nicht viel besser aus, solche Sorgen habe ich um Tommaso.

»Wurde Tommaso als Kind misshandelt?« Die Frage brennt mir schon die ganze Autofahrt auf der Zunge.

»Das kann ich dir nicht beantworten. Tommaso ist mein bester Freund, doch die letzten Wochen ist mir klar geworden, dass ich so gut wie nichts von ihm weiß.« Milan wirkt sichtlich enttäuscht.

»Was meinst du damit?« Ich rühre wie ferngesteuert im Kaffee.

»Hör zu, ich bin nicht nur Toms bester Freund, sondern auch sein Anwalt. Das heißt, ich habe Schweigepflicht. Bitte frag Tommaso selbst. Ich kann dir darauf keine Antwort geben.« Milan blickt zum Fenster. Er wirkt nachdenklich. So als müsse er das vorangegangene Erlebte erst verarbeiten. Doch mir geht es nicht viel anders. Ich kann nicht fassen, was die letzten paar Stunden abgelaufen ist.

»Bleibst du heute hier?«, frage ich in die Stille.

»Ich kann auch gehen. Ich möchte dir keine Umstände machen.« Milan trinkt in einem Zug den Kaffee aus.

»Mir wäre es lieber, wenn du bleiben könntest.« Die Angst sitzt mir noch immer im Nacken. Was, wenn Tommaso wieder so desorientiert aufwacht? Ich habe alleine nicht die Kraft, ihn niederzudrücken.

»Dann bleibe ich natürlich.«

»Ist es okay für dich, auf dem Sofa zu schlafen?«

»Nur keine Umstände für mich.« Milan macht sich die gleichen Sorgen wie ich, das kann man sehen. Sein sonst so lockeres Auftreten, als könne ihm niemand etwas anhaben, ist verschwunden.

»Möchtest du duschen?«, frage ich ihn. »Vorne rechts wäre das Bad, inzwischen richte ich dein Bett.«

»Duschen wäre wirklich ein Hit, danke.« Milan marschiert aus dem Zimmer. Kurz wirft er noch einen Blick über seine Schulter zu mir. Seine Augen wirken traurig, doch er vergießt keine Träne. Ob er zu den Männern gehört, die nur für sich alleine ihren Emotionen freien Lauf lassen können?

Nachdem ich für Milan das Sofa mit Kissen und Decke vorbereitet habe, kommt er zurück. Seine schwarzen Haare sind strubbelig und feucht. Nur mit den Boxershorts bekleidet, marschiert er auf mich zu. Seine definierten Muskeln sind etwas kleiner als bei Tommaso, doch trotzdem sieht er nicht schmächtig aus.

»Fühl dich wie zu Hause. Wenn du etwas benötigst, ich werde neben Tommaso schlafen. Gute Nacht.«

»Danke, alles bestens. Gute Nacht.« Milan setzt sich auf das Sofa und richtet sich das Kissen.

Frisch geduscht, fühle ich mich um zehn Kilo leichter. Ich schlüpfe in die Hotpants, streife mir ein schwarzes Trägertop über und tapse in mein Schlafzimmer. Mit einem flauen Gefühl öffne ich vorsichtig die Tür.

Tommaso liegt noch immer in derselben Position im Bett, in der wir ihn vorhin alleine gelassen haben. Ich krieche unter die Decke und schmiege mich an ihn ran. Sanft streichle ich seine Brust. Dass er einmal in meinem Bett liegen würde, hatte ich gehofft, jedoch unter anderen Umständen.

36. Kapitel

Tommaso

Der pochende Schmerz in meinem Kopf lässt mich munter werden. Mühselig blinzle ich, doch alles ist verschwommen. Was ist passiert? Dieser Duft, der mir in die Nase steigt. Er erinnert mich an die Frau, die sich vor mehr als einem Jahr in mein Herz geschlichen hat. Ihr Duft umhüllt mich wie eine Wolke. Träume ich? Das Bett fühlt sich fremd an, aber es ist weich und gemütlich. Ich blinzle mehrmals, aber der Schleier vor meinen Augen verschwindet nicht.

Ich versuche, mich aufzusetzen, doch ein stechender Schmerz in der Rippe lässt mich ins Bett zurückfallen. Was ist passiert? Warum fühle ich mich, als hätte mich ein Zug überrollt?

»Tommaso, du musst Ruhe geben«, ertönt eine weiche Stimme. Evina! Warum liegt sie neben mir? Warum kann ich mich nicht erinnern, dass ich mit ihr geschlafen habe? Was habe ich letzte Nacht getrieben? Bin ich abgesoffen und habe einen Filmriss?

»Evina, wo bin ich?«, krächze ich.

»Du bist bei mir zu Hause. Es ist alles gut, versuch weiterzuschlafen.« Evina legt eine Hand auf meine Brust, und mit der anderen streichelt sie sanft meinen Kopf. Wie gut sich diese Berührungen anfühlen. Ich schließe die Augen und schlafe sofort wieder ein.

»Du kleiner Taugenichts! Kannst du nicht aufpassen?«, knurrt mein Vater angriffslustig.

»Entschuldigung. Ich werde es gleich wegwischen.« Sofort springe ich von meinem Stuhl hoch und hole von der Spüle ein Geschirrtuch. Bitte lass ihn sich schnell wieder beruhigen. Ich husche zurück und klettere auf den Stuhl.

»Sieh dir die Scheiße an, die du angerichtet hast, du verdammter Bengel! Die Zeitung ist ruiniert!« Vaters Gesicht verfärbt sich rot.

Mein ganzer Körper beginnt zu zittern. Hastig wische ich mit dem Tuch die verschüttete Milch vom Tisch. Immer wieder blicke ich zaghaft hoch, um Vater zu beobachten.

»Was ist denn passiert?«, ertönt Mutters Stimme hinter mir. Augenblicklich beginne ich mich zu entspannen.

»Mit seinen drei Jahren schafft der Bengel es nicht einmal, eine Tasse festzuhalten! Die Zeitung ist jetzt für den Mülleimer!« Vaters Miene verfinstert sich. Ohne Vorwarnung pfeffert er die Zeitung über meinen Kopf hinweg zum Boden.

»Ich besorge dir sofort eine Neue.« Mutter spricht ruhig, doch die Spannung, die im Raum herrscht, ist zum Greifen nahe.

Ich wische hastig die letzten Tropfen vom Tisch, als mich Vater am Arm packt.

»Aua!«, schreie ich. Vater verstärkt den Griff um meinen Oberarm, und ich glaube, er zerquetscht ihn jeden Moment.

Er senkt den Kopf zu mir herab, sein Gesicht hält direkt vor mir. Seine dunklen Augen bilden sich zu Schlitzen. Der abgestandene Geruch von Alkohol und Zigaretten dringt in meine Nase.

»Halt endlich deine Klappe!« Sein Kiefer mahlt. »Verschwinde in dein Zimmer!« Vater schleudert mich vom Stuhl. Mit voller Wucht knalle ich mit dem Kopf gegen die Tür. Ich kann meine Tränen nicht zurückhalten. Der brennende, zugleich pochende Schmerz beginnt sich kreisförmig auszubreiten.

Mutter beugt sich zu mir herab und streichelt sanft meinen Kopf. »Lauf schnell in dein Zimmer, ich komme gleich nach«, flüstert sie in mein Ohr.

Ich will gerade aufstehen, da steht er plötzlich dicht neben Mutter und mir. »Ihr beide meint, ihr seid schlauer als ich?« Vater packt Mutter an den Haaren und zerrt sie von mir weg. Ihr leises Wimmern macht mir Angst. Sie greift mit ihrer Hand an die Stelle, an der er sie festhält. Ich habe Panik, weiß nicht, was ich tun soll.

»Lass sie los!«, plärre ich ihn an, ohne zu ahnen, welche Konsequenzen es hat. »Lass sie los!«, wiederhole ich mehrmals.

»Tommaso, wach auf!« Irgendjemand rüttelt an meinem Körper, der überall schmerzt. Wieso lässt er mich nicht in Ruhe!

»Fass mich nicht an!«, fluche ich.

»Tommaso, ich bin es, Evina, beruhige dich.« Evinas Stimme dringt durch meinen dichten Nebel hindurch. Ich öffne die Augen, und da sitzt dieser Engel. Ihre Augen sind gerötet, und ihr blondes Haar ist verworren.

»Wo bin ich?« Ich blicke mich um, und der weiße Schrank und das Bett scheinen eindeutig kein Hotelzimmer zu sein.

»Bei mir zu Hause.« Evina schließt kurz ihre Augen.

»Was ist heute Nacht passiert? Es tut mir wirklich leid, aber ich kann mich an nichts erinnern.«

»Marco hat mich darauf vorbereitet. Leg dich hin, du hast eine schwere Gehirnerschütterung.« Evina drückt mich langsam zurück, und mein Kopf landet in dem weichen Kissen.

»Gehirnerschütterung?«, wiederhole ich. »Woher?«

»Im Käfig. Der Typ hat dich ziemlich zugerichtet.« Evina sieht mit ihren Hotpants und dem Top einfach umwerfend aus. Ihre aufgerichteten Nippel scheinen durchs Shirt hindurch, dass ich sie am liebsten auf meinen Schoß hieven würde, wenn ich die Kraft dazu hätte.

»Warum bin ich hier?« Ich hab die ganze Nacht neben Evina gelegen und nichts davon mitbekommen?

»Weil Marco meinte, du solltest nicht alleine bleiben.« Evina senkt den Kopf und weicht meinem Blick aus. Ist sie gerade verlegen, oder hat sie es aus reinem Pflichtbewusstsein getan? »Möchtest du etwas trinken?«

»Ein Wasser wäre toll.« Ich fasse mir an den Kopf, der wie ein Presslufthammer dröhnt.

Evina verschwindet mit einem stummen Nicken aus dem Schlafzimmer. Evina war letzte Nacht auch im Käfig? Was hat sie dort gesucht? Wie ist sie überhaupt reingekommen?

»Hey, Tom, alles klar?« Milan steckt seinen Kopf durch den Türspalt herein.

»Was machst du hier?« Ich bedeute ihm, dass er zu mir kommen soll. Ohne zu zögern, marschiert Milan an mein Bett und setzt sich neben mich.

»Evina wollte, dass ich bleibe, falls es bei dir zu Komplikationen kommt.« Milan mustert mich besorgt.

»Wie du siehst, geht es mir bestens«, lüge ich.

»Ja genau, das ist kaum zu übersehen. Warum bist du gegen diesen Kerl angetreten? Du weißt, dass er bisher in ganz Italien unbesiegt ist. Hast du deinen Verstand verloren?« Milan schaut mich mit dem vorwurfsvollen Blick an, den ich verabscheue.

»Jeder hat eine Schwachstelle, auch er. Ich muss durch irgendetwas abgelenkt gewesen sein, sonst kann ich mir das nicht erklären.« Ich fahre mir mit der Hand durch die Haare, damit ich unauffällig meinen Kopf massieren kann.

»Ich bin schuld«, wirft Evina von der Seite ein. Sie kommt ans Bett und reicht mir das Glas Wasser. Ihr Gesichtsausdruck spricht Bände.

»Du kannst nichts dafür, Tom war nur unaufmerksam.« Milan erhebt sich vom Bett und streichelt Evinas Rücken. Es gefällt mir nicht, wie er sie anfasst, obwohl ich weiß, dass er keine Ambitionen hegt.

»Lass deine Finger dort, wo sie hingehören!«, ermahne ich ihn in ernstem Ton.

»Tommaso hat mich gesehen, wir hatten Blickkontakt. Ich bin dafür verantwortlich, und das werde ich mir niemals verzeihen.« Evina wendet sich ab und stürmt aus dem Zimmer.

Ich versuche, aus dem Bett zu kommen, um ihr zu folgen, werde aber von einem Schwindel gepackt, wodurch sich der ganze Raum um mich zu drehen beginnt.

»Tom, du musst liegen bleiben und dich schonen.« Milan drückt mich sanft ins Kissen zurück.

»Evina ist nicht schuld an dem, was passiert ist! Ich muss ihr das sagen!« Ich atme hörbar aus. Der stechende Schmerz im Kopf lässt mich wahnsinnig werden. »Bitte, bring sie zu mir!«, fordere ich Milan im Befehlston auf. Es ist normalerweise nicht meine Art, so mit meinem besten Freund zu sprechen, aber Evina muss erfahren, dass sie nicht für mein verkorkstes Leben verantwortlich ist.

»Ich mach ja schon«, sagt Milan geknickt, wodurch sich bei mir ein schlechtes Gewissen bemerkbar macht.

»Danke!«, rufe ich ihm hinterher, während er den Raum verlässt.

37. Kapitel

Evina

»Komm schon«, murmle ich vor der Kaffeemaschine, die nicht in Gang kommen will. Ich brauche dringend einen Espresso, damit ich wieder ruhiger werde. Ich habe geahnt, dass ich für diesen Schlamassel verantwortlich bin, und nun habe ich Gewissheit.

»Evina? Tom möchte mit dir sprechen.« Milans Augen wirken müde, was nach der ereignisreichen Nacht auch kein Wunder ist.

»Ich kann jetzt nicht.« Ich drücke den Kloß in meinem Hals hinunter. Ich möchte vor Milan nicht wie ein weinerliches Weibchen wirken, trotzdem bahnen sich die Tränen ihren Weg nach draußen.

»Sprich mit ihm, er kann dir alles erklären.« Milan steht dicht neben mir und streichelt meinen Rücken. Nicht anzüglich, sondern wie ein guter Freund. »Und ich bin derselben Meinung wie Tom, dass du nicht eine Sekunde über Schuld nachdenken solltest.«

»Aber ...«

»Nichts aber!«, unterbricht mich Milan. »Für diesen Mist, den er heute Nacht gebaut hat, ist er ganz alleine verantwortlich. Er hätte niemals kämpfen dürfen. Die letzten Wochen hat er jeden Tag im Ring gestanden wie ein Irrer. Er hat nicht einen Tag Ruhe gegeben, sein Körper war ausgebrannt. Es war nur eine Frage der Zeit, wann das passiert. Ich habe Tom immer wieder davor gewarnt, es nicht zu übertreiben. Aber seit du ihm eine Abfuhr erteilt hast, ist er völlig durchgedreht.«

»Also bin ich doch verantwortlich!« Ich greife nach meiner befüllten Espressotasse und nippe daran.

»Nein, du weißt über ihn viel zu wenig. Auch ich habe erst vor Kurzem feststellen müssen, dass mein bester Freund für mich ein Fremder ist. Doch jetzt kann ich ihn ein Stück verstehen. Er hatte als Kind sozusagen die Arschkarte gezogen. Gib ihm eine Chance, dir alles zu erklären, dann wirst du ihn mit anderen Augen sehen.«

»Gut.« Tommaso bedeutet mir zu viel, um ein zweites Mal gleich mein Handtuch zu werfen. Immerhin wünsche ich mir, dass wir wieder zu dieser Vertrautheit finden, die wir letztes Jahr teilten. Seit damals ist kaum eine Nacht vergangen, in der ich nicht an ihn gedacht habe.

»Ich muss jetzt los. Marco hat mir eine Nachricht geschickt. Er kommt in zwei Stunden, um nach Tom zu sehen. Bis dann.« Milan gibt mir rechts und links einen Kuss auf die Wange, bevor er durch den Flur verschwindet.

»Ciao«, antworte ich, dann fällt die Tür ins Schloss.

Auf Zehenspitzen tapse ich Richtung Schlafzimmer. Nervös zupfe ich an meinem Shirt herum, bevor ich die Tür öffne. Ich schiele hinein und entdecke Tommaso, der sich aufgesetzt hat.

»Komm bitte zu mir, ich tu dir auch nichts.« Tommasos Stimme ist belegt.

»Da solltest du größere Angst vor mir haben, meinst du nicht? Immerhin bist du mehr oder weniger an mein Bett gefesselt.« Als ich bei ihm angekommen bin, klopft er mit der flachen Hand auf die Matratze.

»Danke, dass du mich bei dir aufgenommen hast.« Tommaso wirkt nachdenklich, ob es an seiner Gehirnerschütterung liegt?

»Nachdem ich dich abgelenkt habe, war das das Mindeste, was ich für dich tun konnte.«

»Warum bist du wieder in den Käfig gekommen?« Tommaso greift nach meiner Hand und streichelt mit dem Daumen darüber. Alleine diese Berührung lässt ein Kribbeln in meinem Bauch aufkommen, das mich durcheinanderbringt.

»Weil ich mit dir sprechen wollte.« Ich starre auf unsere beiden Hände, die wie füreinander geschaffen aussehen.

»Über was«, bohrt er nach.

»Warum gehst du jede Nacht in den Ring? Warum hast du so unsagbare Aggressionen in dir? Ich kann das nicht verstehen. Als ich dich damals kennengelernt habe, hatte ich den Eindruck, du verabscheust jegliche Gewalt.«

»Ich hasse Gewalt gegen Kinder oder Frauen, die sich nicht wehren können. Doch der Käfig ist etwas anderes. Dort treffen sich Menschen, die genau wissen, auf was sie sich einlassen.« Tommaso wendet den Kopf zum Fenster.

»Stehst du auf Schmerzen, oder warum tust du dir das immer wieder an? Was treibt dich an? Letzte Nacht habe ich nicht den Tommaso im Ring gesehen, den ich kenne, du warst jemand anderes. Wer bist du dort, und sag mir nicht einfach Massimo als Antwort. Ich weiß mittlerweile, dass du in diesem Keller einen anderen Namen hast.« Irgendwas ist an der ganzen Sache nicht stimmig für mich.

»Es sind die Träume, die mich antreiben. Die Erinnerungen an meine Kindheit, die ich nicht abschütteln kann. Ich will das alles nicht rechtfertigen, doch wenn ich im Ring stehe, fühle ich mich danach um zehn Kilo leichter.«

»Was ist dir passiert, dass du solche Wut in dir trägst?« Meine Neugier ist in diesem Augenblick unangebracht, doch ich weiß, wenn ich jetzt die Chance nicht nutze, erfahre ich nie die Wahrheit. Tommaso hat mir bisher kaum etwas Persönliches von sich erzählt, außer dass ihn der Stiefvater bei der Firmengründung anfangs unterstützt hat.

»Du hast bestimmt die vielen Tätowierungen an meinem Körper gesehen. Komm, berühre die Linien, die sich quer über meinen Rücken, Bauch und die Arme ziehen.« Tommaso nimmt meine Hand und legt sie darauf. Ich spüre leichte Erhöhungen, so als wären darunter Narben.

»Was ist das? Hat dich der Tätowierer verhauen?« Tommaso bewegt meinen Zeigefinger von mehreren Sternen weiter zu Linien und wieder Sternen, die an seinem Bauchnabel enden.

»Mein Erzeuger.« Kurz hält Tommaso inne, bevor er weiterspricht. »Er hat daran Spaß gefunden, meine Mutter vor meinen Augen auszupeitschen, und als sie bewusstlos am Bettpfosten hing, hat er bei mir weitergemacht.« Ich zucke kurz zurück und fasse dann viel sanfter auf seinen unzähligen Narben, die unter den Tätowierungen versteckt scheinen, nach. Ich kann meine Tränen nicht länger zurückhalten. Ich dachte, ich habe Schlimmes erlebt, doch diese grausame Tat ist mit nichts zu vergleichen, was ich bei meinem Vater erlitten habe.

»Oh mein Gott, so viele Narben?«, heule ich. Wieso ist mir das damals nicht aufgefallen? Ich hätte es doch irgendwie merken müssen? Man kann sie nur bei genauem Hinschauen sehen. Welche Schmerzen musste Tommaso wohl als Kind ertragen? Nun verstehe ich die Blicke, als wir damals auf Mario, den kleinen Jungen im Frauenhaus, trafen. Ich weiß von mir selbst, wie schwer es mir fällt, den Kindern gegenüberzustehen. Doch diese mittlerweile verheilten Wunden sind bestimmt tief in seine Seele hineingebrannt. Immer wieder stelle ich mir die Frage, wie Väter ihren eigenen Kindern solch schlimme Taten antun können. »Wie konntet ihr fliehen?« Ich weiß nur zu gut, dass dies vor vielen Jahren kein leichtes Unterfangen war. Heute noch ist es für die meisten Frauen ein schwerer Schritt, sich von ihren Peinigern zu trennen. Sie glauben immer den Entschuldigungen, dass es nur ein Ausrutscher war und es nie wieder passieren würde. Wie oft haben meine Mutter und ich das von meinem Vater gehört.

»Mein Stiefvater hat damals in unserm Wohnhaus eine Besichtigung gehabt, weil er die Immobilie kaufen wollte. Zu unserem Glück war er alleine und hat die Schreie von meiner Mutter gehört. Er hat die Wohnung aufgetreten und uns gerettet.«

»Dein Stiefvater ist einfach in eine wildfremde Wohnung gestürmt? Er ist aber mutig.« Mir fällt die Kinnlade runter.

»Mein Stiefvater Marcello hat uns daraufhin bei sich aufgenommen, und wie das Leben so spielt, hat sich meine Mutter in ihn verliebt.«

»Und warum lebst du diese Gewalt weiter?«

»Weil mich die Albträume fast jede Nacht heimsuchen. Dort

bekomme ich meinen Kopf frei. Es ist, als würde ich dort meine Rache an meinem Vater ausleben können. Erst als ich dich vor einem Jahr kennengelernt habe, wurde mir klar, dass auch etwas anderes existiert. Du warst wie ein Lichtblick in meiner Dunkelheit. Durch dich habe ich gemerkt, dass es auch eine gute Seite an mir gibt. Nicht nur den Geschäftsmann und den Kämpfer.« Tommaso wirkt, als wäre er im Augenblick ein kleines Kind. So hilflos und suchend nach dem Sinn des Lebens.

»Ich weiß, dass du ein guter Mann bist, du hast unserer Stiftung so viel weitergeholfen. Du brauchst doch diese Kämpfe nicht wirklich, oder?« Ich lege meine Hand auf seine Wange. Sanft streichle ich sie, und Tommaso schließt kurz seine Augen.

»Ich mache das schon so viele Jahre, ich kann mir mein Leben ohne kaum vorstellen.« Nur zu gut verstehe ich ihn, welche Wut oft in einem hochkommt. Erst durch die Therapie bei meiner Therapeutin wurde mir Schritt für Schritt klar, dass es mir über Jahre anerzogen wurde.

»Warst du schon einmal bei einem Psychologen?« Ich weiß, dass dies bei den meisten ein heikles Thema ist, trotzdem muss ich ihm diese Frage stellen.

»Du hast ja keine Ahnung, zu wie vielen meine Mutter mich hingeschleppt hat. Sie hatte damals so große Sorge, dass ich auf die schiefe Bahn gerate, dass es eine Qual für mich war. Doch in der Nacht, wenn ich schlief, suchte er mich heim. Nur in den Nächten, wo ich kämpfte, ließ Vater mir eine Verschnaufpause. Leider hat es die letzten Monate auch nichts mehr gebracht. Mittlerweile träume ich jede Nacht von seinen grausamen Taten, sobald ich die Augen zumache. Hast du eine Ahnung, wie verrückt mich das macht?«, sagt er verzweifelt. »Was soll da ein Doktor ausrichten? Ich habe keinen Bock auf Schlaftabletten.« Auf Tommasos Stirn bildet sich eine tiefe Falte. Er lässt den Kopf in die Hände fallen.

Ich rücke ein Stück auf ihn zu und umarme ihn sanft. Nur mit wenig Druck, damit ich ihm nicht wehtue.

Tommaso wirkt verletzlich und ausgebrannt. Nie und nimmer kann ich mir vorstellen, was er die letzten Monate, besser gesagt Jahre, mitgemacht hat. Zwar weiß ich, wie es sich anfühlt, geschlagen zu werden, doch durch meine regelmäßigen Besuche bei meiner Therapeutin Carla fühle ich mich gut. Sie ist fast zu meiner zweiten Mutter geworden. Seit über zwanzig Jahren gehe ich zu ihr. Nur die Abstände haben sich über die Jahre verlängert. Am Anfang war ich mindestens einmal pro Woche bei ihr, heute bin ich vielleicht alle zwei Monate bei ihr auf der Couch.

38. Kapitel

Tommaso

In Evinas Armen zu liegen und ihren betörenden Duft zu inhalieren, lässt meine dunkle Vergangenheit ins hinterste Eck rücken. Sobald sie bei mir ist, scheint die Welt in Ordnung zu sein. Ihre Zuversicht zum Leben beeindruckt mich. Obwohl sie von ihrem Mann geschlagen wurde, hat sie nicht so wie ich den Verstand verloren. Was bin ich bloß für ein Weichei, der sich nach so vielen Jahre von den Dämonen der Erinnerung verfolgen lässt.

Evinas Atem geht ruhig, und ihre zarten Finger gleiten sanft über meinen Rücken. Obwohl mein ganzer Körper schmerzt, ist es eine Wohltat, in ihrer Nähe zu sein.

»Du bist so eine starke Frau.« Ich wühle meinen Kopf in ihre blonde Mähne, die nach Frühling duftet. So als wäre ein Blumenstrauß aus Lilien und Rosen darin versteckt.

»Du hast ja gar keine Ahnung, welche Ängste mich begleiten. Doch ich habe gelernt, damit zu leben und das Beste daraus zu machen. Ängste sind nur dazu da, um sie auszuhalten, danach zu überwinden und zum Schluss gestärkt daraus hervorzutreten.« Evina drückt mich ein Stück von sich weg. Ihre grünen Augen schauen mich durchdringend an. »Ich weiß, was es heißt, unter Gewalt groß zu werden. Mein Vater hätte meine Mutter und mich genauso gut umbringen können, doch wir hatten Glück und einen Platz im Frauenhaus bekommen. Wie du weißt, war das vor mehr als zwanzig Jahren eine ziemliche Herausforderung.« Evinas Augen werden glasig, und ich merke, wie schwer ihr es gerade fällt, mir davon zu erzählen. Ich hatte gar keine Ahnung, dass sie als Kind einiges durchmachen musste, doch hätte ich es nicht ahnen müssen? Mit solch einem Engagement kümmert sie sich um die Stiftung.

»Warum hast du nie etwas davon erzählt?« Ich streife ihr eine blonde Strähne hinters Ohr, und für eine Sekunde schließt Evina ihre Augen.

»Warum hast du mir nie von deiner Vergangenheit erzählt?«, entgegnet sie mir.

»Entschuldige, ich wollte dir nicht zu nahe treten.« Ich weiß, wie schwer es ist, jemanden einzuweihen. Es ist einem peinlich, und man möchte die traurigen Blicke nicht immer wieder sehen. Wie oft hatte ich Angst, jemand könnte davon erfahren und mich dann abwerten.

»So war das nicht gemeint.« Evina schüttelt den Kopf. »Ich wollte nur sagen, dass ich damit nicht gerade hausieren gehen möchte. Bis auf Giulia und du weiß nämlich niemand davon.«

»Auch nicht dein Ex-Mann?«, frage ich ungläubig.

»Auch nicht mein Ex-Mann«, erwidert Evina. Sie zupft an ihrem weißen Top, und meine Augen bleiben unweigerlich für ein paar Sekunden an ihren Brüsten hängen, die sich durch das Shirt abzeichnen. Diese Frau sieht sogar heiß aus, wenn sie gerade erst aufgestanden ist.

»Hast du darum mit Giulia die Stiftung ins Leben gerufen?«

»Ja. Heute bin ich finanziell unabhängig, und es kann nicht sein, dass so viele Menschen da draußen die Augen verschließen oder wegschauen. Diese Frauen und Kinder brauchen eine Stimme, einen Vertreter, der sie auf ihrem steinigen Weg unterstützt. Jede gerettete Frau oder Kind ist wie ein Lottogewinn für mich. In unserer Gesellschaft spielen alle die heile Welt, blenden ihre Mitmenschen aus, so als würde es sie nichts angehen. Doch jeder Erwachsene, der wegschaut und nicht eingreift, ist schuldig und Mittäter zugleich.« Evina ist sichtlich aufgebracht.

»Da kann ich dir nur zustimmen. Aber mein Stiefvater ist der

Beweis, dass es da draußen auch mutige und hilfsbereite Menschen gibt.«

»Meinst du? Manchmal habe ich das Gefühl, gegen die Macht von Gewalt keine Chance zu haben. Erst vor einer Woche mussten wir wieder zwei Frauen nach Hause schicken, weil wir für sie keinen Platz mehr hatten.« Evina kullert eine Träne aus den Augen, die sie sofort mit dem Handrücken wegwischt.

»Ich werde dir mehr Geld besorgen, das verspreche ich dir.« Ich lege meine Hände an Evinas zarte Wangen. Ihre traurigen Augen versetzen mir einen Stich in der Brust. Ich werde alles daran setzen, für die Stiftung gute Investoren zu finden. Für morgen muss ich ein Meeting mit Milan, einberufen. Ich Volltrottel hab mich die letzten Monate in meinem Selbstmitleid gesuhlt, dabei habe ich die Kontakte, um gegen diese Arschlöcher vorzugehen.

»Du unterstützt uns doch schon mit so viel Geld.« Evinas Stimme zittert.

»Ich habe sehr gute Verbindungen zu Investoren, die ab und an auf der Suche nach wohltätigen Zwecken sind, um ihr Image aufzubessern. Sie bekommen ein Foto mit dem neuen Gebäude und du deine Millionen. Sozusagen eine Win-win-Situation. Nebenbei werden die Medien auf eure Stiftung aufmerksam, und auch der Bürger von nebenan wird ein wenig Kleingeld dafür übrig haben. Wie wäre es mit einem Gassenfest? Die Mütter backen mit den Kindern Kekse, und dann werden sie vor Ort verkauft.«

»Das ist eine hervorragende Idee, wieso bin ich selbst nicht darauf gekommen!« Über Evinas Gesicht gleitet ein zartes Lächeln, und mein Herz erwärmt sich in einer Millisekunde.

Ich fixiere Evina. Es ist, als würde augenblicklich die Zeit stehen bleiben. Langsam nähere ich mich ihren vollen Lippen. Evina kaut an ihrer Unterlippe, dass ich ein Seufzen nicht zurückhalten kann.

Mit meinem Daumen fahre ich an ihrer Unterlippe entlang, dass sie sich leicht verschiebt. Ihr Atem geht stoßweise, ihr Brustkorb hebt und senkt sich im Eiltempo. Abwechselnd blicke ich zu ihren Augen, dann wieder zu ihren verführerischen Lippen, die leicht geöffnet sind. Ich weiß, dass sie nur darauf wartet, von mir geküsst zu werden, doch als ich nur einen Zentimeter vor ihrem Mund innehalte, kann ich mir ein schiefes Grinsen nicht verkneifen.

Evina erwidert mein Lächeln, und auch ihre Mundwinkel wandern nach oben. Dieses Spiel zwischen uns dauert für mich eine gefühlte Ewigkeit, doch es gefällt mir, sie zappeln zu lassen.

Als meine Lippen auf ihre treffen, ist es wie ein Feuerwerk, das in mir losgeht. Tausende Raketen, mit Glückshormonen befüllt, zerplatzen in meinem Körper, als meine Zunge die ihre berührt. Wie lange sehne ich mich danach, sie in meine Arme zu schließen und zu küssen. Wie viele Monate habe ich von unserer gemeinsamen Nacht geträumt, als wir uns heiß und innig liebten. Diese Nacht ist in mein Gehirn gebrannt. Und jetzt sitzt sie direkt vor mir, wühlt sich in mein Haar und vergräbt ihre Finger darin. Es ist, als wären wir nie getrennt gewesen. Sie ist die Frau, die ich auf Händen tragen möchte, aber kann ich ihr diese Geborgenheit bieten, die sie sich wünscht? Im Moment weiß ich nur eines, ich will sie, jetzt und hier. Es ist egoistisch von mir, sie in meinen Besitz zu nehmen, doch nur mit ihr fühle ich mich vollkommen. Was, wenn ich der Untergang für ihre zarte Schönheit und ihre schwierige Vergangenheit bin? Was, wenn ich genauso bösartig wie mein Erzeuger gestrickt bin? Würde ich Evina jemals so verletzten können? Nein, für sie möchte ich ein Mann werden, den man nur lieben kann. Für sie möchte ich all meine inneren Kämpfe begraben.

Ich könnte Evina stundenlang küssen und ihre weichen Lippen auf meinen spüren, doch in meinem Kopf breitet sich ein stechender Schmerz aus. Ich presse die Augen zusammen und reibe an meiner Schläfe. Verdammter Mist, ich merke, wie mir übel wird. Scheiße, was ist jetzt los?

»Tommaso, geht es dir nicht gut?« Evinas Stimme ist weit weg. Alles verschwimmt vor meinen Augen. Ich will ihr antworten, doch ich schaffe es nicht. Ich kann die Augen nicht aufhalten. Sie fallen einfach zu.

»Tommaso«, höre ich Evina leise sagen, oder schreit sie? Keine Ahnung, es ist, als wäre alles ein Traum. Träume ich gerade? Warum kann ich ihr nicht antworten?

39. Kapitel

Evina

Hektisch laufe ich meinen kleinen Flur auf und ab. Wo bleibt Marco! Tommaso ist seit zehn Minuten nicht ansprechbar. Ich werde noch verrückt. Am liebsten würde ich eine Rettung rufen, doch was erkläre ich denen? Milan ist auch auf dem Weg, und er meinte, alles wird gut. Als es an der Tür klingelt, reiße ich sie ruckartig auf.

»Na endlich«, sage ich genervt zu Marco.

»War er heute nicht schon ansprechbar?« Marco beäugt mich kritisch, während er zum Schlafzimmer stürmt.

»Ja, er war mindestens eine Stunde wach und hat mit mir gesprochen.« Ich lasse Marco den Vortritt, damit er zu Tommaso kann, und halte im Türrahmen kurz inne.

»Was ist vorgefallen?« Marco blickt über das Bett zu mir, während er den Arztkoffer öffnet.

»Nichts Besonderes.« Ich kaue an meiner Nagelhaut.

»Sag schon, ich muss alles wissen. Hat er sich aufgeregt?« Marco hört Tommasos Brust mit dem Stethoskop ab.

»Wir haben uns geküsst, dann ist er plötzlich ohnmächtig geworden.« Der Kloß in meinem Hals ist unerträglich. Angst durchfährt meine Glieder. Jeder einzelne Muskel ist angespannt, während Marco das Blutdruckgerät an Tommasos Arm befestigt. Das Geräusch vom Aufblasen ist das Einzige, was im Raum zu hören ist.

»Seine Werte scheinen okay, trotzdem werden wir einen Krankenwagen rufen.« Marco zieht sein Handy aus den Jeans und wählt eine Nummer. Nach wenigen Sekunden spricht er sachlich ins Telefon die Adresse und den Gesundheitszustand von Tommaso. Ich verstehe kein einziges Wort, jedoch bei seinem ernsten Gesichtsausdruck wird mir schlecht.

Bitte, lieber Gott, lass Tommaso alles gut überstehen, flehe ich in Gedanken. Er darf nicht sterben, wo wir endlich zueinandergefunden haben. Nicht jetzt, wo er mir von seinen tiefsten Ängsten und Träumen erzählt hat. Nicht jetzt, wo wir uns endlich wieder nahe sind und auf einen Neuanfang zusteuern. Ich liebe ihn mehr, als ich je gedacht habe, und das muss ich ihm sagen.

Ein Klingeln an der Tür schreckt mich auf, und ich renne los. Ich reiße sie auf, sodass sie mir fast aus der Hand gleitet. Statt der Rettung steht Milan vor mir.

»Was ist passiert?« Ohne Begrüßung drängt er sich an mir vorbei und läuft zu Tommaso.

»Wir haben uns doch nur geküsst«, sage ich unter Tränen. Es ist, als würden alle mir die Schuld an Tommasos schlechtem Gesundheitszustand zuschanzen. Bin ich dafür verantwortlich? Das intensive Gespräch über seine Vergangenheit, dazu der unbeschreiblich schöne Kuss waren für seinen Zustand sicherlich nicht schlau.

»Ich habe den Notarzt gerufen.« Marcos sorgenvolle Mimik macht mich nervös.

»Bin ich etwa schuld?« Meine Stimme ist brüchig und kaum hörbar.

»Nein, er hat wahrscheinlich ein Blutgerinnsel. Vielleicht auch nicht. Jedenfalls muss er jetzt unbedingt ins CT, damit wir kein weiteres Risiko eingehen.« Marco schaut abwechselnd zu mir und zu Milan.

»Und die Polizei?«, wirft Milan ein.

»Ich lass mir was einfallen.« Marco wirkt mit seinem weißen Kittel wie ein richtiger Doktor.

Wieder läutet es an der Eingangstür, und ich renne hinaus. Diesmal sind, wie erwartet, der Notarzt und die Rettungssanitäter samt Trage da. Ich öffne die weiße Holztür bis zum Anschlag, damit sie leichter hereinkönnen. Als wir ins Schlafzimmer kommen, liegt Tommaso in der stabilen Seitenlage. Der Notarzt spricht mit Marco irgendein Fachchinesisch. Dann stellen sich alle um ihn auf.

»Eins, zwei, drei«, sagt der Arzt, und zeitgleich hieven sie Tommasos regungslosen Körper auf die Trage. Der Notarzt setzt ihm ein Beatmungsgerät auf und hängt ihn am Blutdruckmessgerät an.

»Wir können los, er ist jetzt stabil.« Der Mann, der mindestens sechzig ist und eine rote Rettungsjacke trägt, begleitet die zwei Sanitäter und Tommaso nach draußen. Ich mache einen Schritt zur Seite, damit sie rasch durchkönnen. Mein Herz schlägt wie wild. Marco kommt neben mich und hält kurz inne.

»Er ist in guten Händen. Wir fahren jetzt ins Krankenhaus, möchtest du mitkommen?« Marcos sorgenvoller Blick lässt nicht viel Platz für Spekulationen.

»Ja, natürlich. Ich zieh mir schnell etwas anderes über.«

»Gut, wir treffen uns dann unten.« Marco und Milan gehen an mir vorbei. Als ich das Klacken der Eingangstür höre, bricht alles um mich herum zusammen. Meine Beine geben nach, und ich rutsche an der kalten Tür entlang zu Boden. Er muss es schaffen! Jetzt, wo wir endlich zueinandergefunden haben, darf nicht alles vorbei sein! Mein Gesicht in die Handflächen gelegt, heule ich laut auf. Mein Körper bebt aus Angst um Tommaso. Jede Faser meines Körpers zittert, und unzählige Tränen rollen über meine Wangen zu den Knien.

»Es wird alles gut, du wirst sehen«, ertönt Milans Stimme neben meinem Ohr.

Ich zucke hoch, als er meinen Rücken berührt. Ich dachte, ich wäre alleine und könnte meinen Gefühlen freien Lauf lassen. Nun steht er da und sieht mich mit seinem mitfühlenden Blick an, dass ich gleich erneut in einen Heulkrampf versinke. Was bin ich nur für ein erbärmlicher Mensch, mich in meinem Selbstmitleid zu suhlen, wo Tommaso gerade um sein Leben kämpft.

»Komm, wir müssen los, sonst fährt Marco ohne uns.« Milan deutet mit dem Kopf zur Tür.

Mit einem leichten Straucheln erhebe ich mich, und Milan fasst mich unterm Arm. »Danke. Ich ziehe mich schnell um.«

Milan lässt von mir ab und marschiert zur Tür.

Der stechende Geruch von Desinfektionsmitteln umhüllt mich, als wir durch einen breiten Gang laufen. Unendlich viele weiße Türen, die verschlossen vor uns sind, umranden den Raum. Die kargen braunen Holzstühle, die an der Wand entlang aufgestellt sind, machen den Krankenhausflur nicht gemütlicher. Es ist Hochbetrieb, denn nur vier Stühle von mindestens zwanzig sind frei. Milan und ich hocken uns zu einer Frau, die mit ihrem rot-weiß geblümten Kopftuch neben mir sitzt. Sie hält mit verzerrtem Gesicht ihren Arm. Daneben ein Mann, der durch seinen schwarzen Vollbart und die dunkle Haut irgendwie angsteinflößend wirkt. Er starrt mich mit ernster Miene an. Kurz verweilt mein Blick bei der Frau, die ihre Augen mit Eyeliner verschönert hat. Ob der Mann sie verletzt hat? Ob sie Hilfe benötigt? Sofort schrillen bei mir die Alarmglocken, doch wenn ich sie jetzt ansprechen würde, wäre das für sie das Todesurteil.

Eine Tür mit der roten Zahl Drei darauf öffnet sich, und eine blonde Frau mit neun Millimeter kurzen Haaren tritt heraus.

»Signor Rosso«, ruft sie in das Gemurmel.

Der Typ, der zu der verletzten Frau gehört, springt auf und steuert auf die Pflegerin zu.

»Bitte, meine Frau ist gestürzt. Ihr Arm schmerzt, kann man sie nicht früher drannehmen?«, fleht der Typ in gebrochenem Italienisch.

»Sie müssen sich gedulden. Es warten einige Patienten mit schweren Schmerzen. Wir geben unser Bestes.« Sie nickt ihm zu, nimmt einen glatzköpfigen Mann mit Bierbauch in Empfang, der mit seinen Krücken unbeholfen umgeht.

Der Mann, der vielleicht aus Syrien stammt, kommt zu der Frau zurück und sagt etwas zu ihr auf Arabisch. Sie nickt ihm dankend zu, konzentriert sich dann aber wieder auf ihren schiefen Arm.

»Wo ist Marco geblieben?« Ich sehe zu Milan, der auf seinem Handy herumtippt. Mit seinem grauen Maßanzug und der grauen Krawatte sieht er wie ein Anwalt aus.

»Ich denke, er wird sich um die Angaben von Tom kümmern. Immerhin haben wir Erklärungsbedarf, da er bei dir im Bett gelegen hat.«

»Verdammt, was wird er denen sagen?« Mir würde keine plausible Erklärung dazu einfallen, ohne irgendwelche Rückschlüsse auf einen Kampf zuzulassen.

»Mach dir darum keine Sorgen, Marco war schon öfter hier im Hospital wegen einem Fighter.« Milan schiebt sein Handy in die Hosentasche. »Aber ich muss mir Gedanken machen, was ich jetzt Toms Eltern erzähle, die im Eiltempo auf uns zusteuern.«

Ich werfe einen Blick über meine Schulter. Eine Frau kommt auf uns zu. Ihre schwarze lange Mähne bewegt sich leicht hin und her. Ihr cremefarbiges Kostüm schmiegt sich an ihre schmale Taille, die sie wie ein junges Mädchen wirken lässt. Dazu trägt sie Pumps in der gleichen Farbe, und ihre Louis-Vuitton-Handtasche hat sie über ihre Schulter gehängt. Kein Wunder, dass Tommaso so gut aussieht, die Gene hat er eindeutig von seiner Mutter geerbt. Ihren Arm hat sie bei einem Mann Mitte fünfzig eingehängt, der kurzes grau meliertes Haar hat. Die beiden geben ein schönes Paar ab, denke ich bewundernd.

Sie steuern auf uns zu, und mein Herz schlägt wild, dass ich kaum noch atmen kann. Mein Kennenlernen mit seinen Eltern habe ich mir auch anders vorgestellt, doch da muss ich jetzt durch.

»Hallo Milan, wie geht es Tommaso?« Ihre Stimme ist weich, aber mit einem ängstlichen Unterton.

»Ehrlich gesagt, habe ich keine Ahnung. Bisher ist noch kein Arzt gekommen.«

»Das haben wir gleich.« Tommasos Stiefvater marschiert davon. Sein selbstsicheres Auftreten, dazu sein bestimmter Ton, lassen mich erschaudern.

»Was ist passiert?« Tommasos Mutter legt die Hände auf Milans Oberarm.

»Cecilia, ich habe keine Ahnung.« Milan lügt wie ein Weltmeister. Er zieht dabei nicht einmal eine Grimasse, sondern blickt ihr mit festem Blick in die Augen.

Tommasos Stiefvater kommt mit einer Frau im weißen Kittel zurück.

»Guten Tag, ich bin Doktor Gentile.« Die Ärztin hält einen weißen Zettel in der Hand, liest kurz darüber, bevor sie weiterspricht. »Ihr Sohn ist noch immer bewusstlos, er hat ein großes Hämatom im Kopf. Der Zustand ist kritisch. Wir müssen weitere Untersuchungen machen, um auszuschließen, dass wir ihn operieren müssen.«

»Was heißt das?« Cecilia steht wie unter Schockstarre da.

»Er hat ein Schädeltrauma. Das Hämatom, das sich in seinem Kopf gebildet hat, ist groß. Ich muss jetzt weiter, sobald es Neuigkeiten gibt, werden Sie von uns informiert.« Die Ärztin wendet sich ab und läuft davon.

»Schädeltrauma?« Cecilias Beine geben nach, sie wird immer kleiner, bis ihr Mann sie auffängt und sie neben mich setzt.

Bisher habe ich kein Wort verloren. Was sollte ich auch sagen? Dass ich ihren Sohn, kurz bevor er bewusstlos wurde, geküsst habe? Dass ich mich in ihn bis über beide Ohren verliebt habe und es mir gerade mein Herz zerreißt bei dem Gedanken, ihn nicht wiederzusehen?

»Marcello, glaubst du, Lorenzo hat uns gefunden?«, flüstert sie zu ihrem Mann. Sie legt ihre Hand auf seinen Arm. Ihr Blazer rutscht etwas zurück, und dicke Narben an ihrem Unterarm kommen zum Vorschein. Oh mein Gott, was hat diese Frau schon alles erleben müssen.

»Nein, das glaube ich nicht.« Marcello kniet vor ihr und sieht sie mit seinen dunkelbraunen Augen an. Darin stecken so viel Liebe und Zuversicht, dass ich meine Tränen kaum zurückhalten kann.

»Aber wieso liegt er jetzt hier und kämpft um sein Leben? Milan, was ist passiert, und lüg mich nicht an!« Sie wendet den Kopf zu ihm, und nun wirkt er nicht mehr so selbstbewusst. Sein Gesicht wird blass. Der innere Kampf zwischen Wahrheit und Pflichtbewusstsein seinem besten Freund gegenüber ist unverkennbar. Ich möchte nicht mit ihm tauschen. Denn ich kann auch Cecilia verstehen. Ich frage mich, wer Lorenzo ist. Warum könnte er ihn verletzen?

»Bitte, ich habe Schweigepflicht, zwing mich nicht in solch eine missliche Lage. Du weißt, dass ich auch der Anwalt von Tom bin. Er muss es dir selbst erzählen.« Milan läuft hin und her. Seine unruhige Art macht mich krank. Noch immer sitze ich schweigend neben ihnen und beobachte die stummen Blicke, die sie austauschen. Kurz hält Milan bei mir inne und wirft mir einen warnenden Gesichtsausdruck zu. Natürlich halte ich meine Klappe, warum sollte ich mich gerade jetzt in diesem Chaos in den Mittelpunkt stellen.

Vier Stunden später sitzen wir immer noch an der gleichen Stelle, ohne jegliche Information von den Ärzten. Ist das jetzt gut oder schlecht? Steckt Tommaso ernsthaft in Schwierigkeiten, oder ist er stark genug, gegen diese Kopfverletzung anzukämpfen? Ich google den Begriff Hämatom, um mehr darüber zu erfahren. Ich weiß, dass Dr. Google nicht gerade die sicherste Informationsquelle ist, doch die Warterei macht mich fertig. Als ich die Zeilen überfliege und an der Statistik der Überlebenden hängen bleibe, zieht sich mein Magen zusammen. Das Risiko, dass er stirbt, ist naheliegend. Ich kann nur hoffen, dass sie ihn nicht operieren müssen, sonst stehen seine Chancen schlecht, überhaupt durchzukommen. Mein Rücken schmerzt vom krampfhaften Sitzen, um bei Tommasos Eltern nicht aufzufallen. Bisher hat mich Milan den beiden nicht vorgestellt. Marco war kurz bei Milan und hat ihn zur Seite geholt. Ich habe kein einziges Wort verstanden, aber es ist bestimmt darum gegangen, was sie den Ärzten als Grund angegeben haben. Ich weiß, dass mit den Typen aus dem Käfig nicht zu scherzen ist und man besser keine Polizei einschaltet.

»Es kann nicht sein, dass wir keine Neuigkeiten zu Tommasos Zustand bekommen! Was dauert da so lange?« Cecilia fuchtelt mit ihren Händen. Ihr spitzer Ton lässt andere Patienten aufhorchen.

»Soll ich dir einen Kaffee bringen?« Marcello spricht kaum vernehmbar, nur seine Beine wippen leicht hin und her.

»Mir wäre es lieber, du würdest mir den Gesundheitszustand meines Sohnes besorgen. Sonst drehe ich noch durch.« Cecilias Gesicht ist gezeichnet von der Sorge um ihr Kind.

»Besser keine Nachricht als eine schlechte.« Marcello streichelt Cecilias Rücken.

Das laute Geräusch der Automatiktür am Ende des Flurs ertönt. Wie automatisch blicken wir alle in die Richtung. Die Ärztin von vorhin schreitet heraus. Sie schiebt sich den grünen Mundschutz nach unten, dass er unbeachtet an ihrem Hals baumelt. Marcello und Cecilia erheben sich von ihren Stühlen und sehen sie erwartungsvoll an, als sie vor ihnen stehen bleibt.

»Signora De Santis, die Untersuchungen sind beendet. Nun müssen wir abwarten, bis er aufwacht.« Doktor Gentile presst kurz ihre Lippen aufeinander, als würde sie einen Teil verheimlichen. »Sie können jetzt zu ihm. Schwester Maria bringt Sie hin.« Doktor Gentile winkt eine Frau herbei, die mit ihren blauen Haaren Farbe in das düstere Geschehen bringt. Cecilia und Marcello folgen ihr, ohne ein weiteres Wort zu verlieren.

Nachdem die beiden hinter der Automatiktür verschwunden sind, kommen Milan und Marco auf mich zu.

»Ich denke, ich gebe dir Bescheid, wenn ich Genaueres erfahren habe. Es ist jetzt nicht der passende Zeitpunkt, Toms Eltern mit dir und den vielen Fragen zu konfrontieren.« Milan spricht ruhig, obwohl man die Anspannung der letzten Stunden sehen kann. Seine Falte auf der Stirn hat noch mal an Tiefe zugelegt.

»Bitte versprich mir, dass du dich sofort bei mir meldest, wenn du etwas erfährst.« Ich möchte Tommaso in seiner schwierigsten Zeit nicht alleine lassen, doch seine Familie hat jetzt Vorrang.

»Versprochen.« Ich verabschiede mich bei Marco und Milan mit einer Umarmung. Der Weg aus dem Krankenhaus scheint für mich unbezwingbar. Am liebsten würde ich neben Tommasos Bett sitzen und seine Hand halten. Ihm gut zureden, damit er wieder gesund wird.

Ich komme bei der Krankenhauskapelle vorbei. Kurz überlege ich vor der Tür, doch dann habe ich den Türknauf auch schon in der Hand und schreite hinein.

Es ist still. Als ich nach vorne zum Altar trete, merke ich, dass eine Frau links in der ersten Reihe betet. Ich setzte mich nach rechts und falte meine Hände.

Es ist für mich wie nach Hause zu kommen, in dieser denkwürdigen Stätte. Als Kind bin ich oft in die Kirche gelaufen, um darum zu beten, ein neues Leben ganz woanders zu führen. Zwar hat es ein paar Jahre gedauert, doch meine Wünsche wurden letztlich wahr. Heute sitze ich hier und hoffe, dass sich der liebe Gott nicht so lange damit Zeit lässt, meinen sehnlichsten Wunsch, dass Tommaso gesund wird, zu erfüllen. Ich schließe die Augen und lasse die Knie auf das harte Holz sinken.

Erinnerungsfetzen an die Zeit, die ich mit Tommaso verbracht habe, schießen mir in den Kopf. Als wir auf Shoppingtour waren und er sich das Hemd gekauft hat. Wie schön dieser Tag mit ihm doch war. Mit ihm das wunderschöne Haus zu besichtigen, das heute unzähligen Frauen und Kindern Schutz bietet. Er muss unbedingt die Möglichkeit bekommen, es selbst in Augenschein zu nehmen. Ohne ihn hätten Giulia und ich unser Projekt nie so schnell so groß aufziehen können. Er ist ein guter Mensch, er hat es nicht verdient, in dieser Scheiß-Situation festzustecken. Ja, ich weiß, hier in der Kirche soll ich diese Wörter nicht in den Mund nehmen. Doch ein besseres fällt mir nicht ein.

Die Tränen drängen sich ihren Weg aus meinen geschlossenen Augen. Ich seufze laut auf und atme hörbar ein und aus. Meine Brust zieht sich zusammen, der Druck, der darin stetig anwächst, nimmt mir die Luft zu Atmen.

»Gott ist nicht gerecht, wenn er gute Menschen ins Verderben treibt.« Die Frauenstimme, die neben mir ertönt, ist mir allzu bekannt. Cecilia.

»Wie bitte?«, frage ich nach, obwohl ich jedes einzelne Wort gehört habe.

»Sie haben mich schon verstanden.« Sie blickt weiterhin starr zum Altar. »Was haben Sie mit meinem Sohn zu tun? Sind Sie schuld, dass er jetzt hier liegt und um sein Leben ringt?« Cecilias zynischer Ton trifft mich direkt ins Herz.

»Ihr Sohn? Wen meinen Sie?« Ich stelle mich blöd, um ihr auszuweichen. Sicher ist es falsch, sie anzulügen, aber es ist nicht der richtige Zeitpunkt, mich vorzustellen.

»Wollen Sie jetzt Spielchen spielen, oder können wir offen sprechen? Sie sitzen doch nicht einfach so neben uns und googeln den Befund meines Sohnes.« Noch immer hat sie den Kopf nach vorne gerichtet. Ihr Rücken ist gerade durchgestreckt, während sie ihre Finger ineinander verschränkt hat.

»Ich liebe Ihren Sohn«, sage ich. Kaum habe ich die Wörter ausgesprochen, dreht Cecilia den Kopf zu mir. Mir wird flau im Magen.

»Wie lange kennen Sie sich schon?« Noch immer hat sich ihre ernste Miene nicht verändert.

Klingt ja auch seltsam, wo sie von mir noch nichts gehört hat. Außerdem ist es sogar für mich komisch, wo wir uns heute nach einem Jahr zum ersten Mal wieder geküsst haben. Doch meine Gefühle sind klar und deutlich in meinem Herzen. Ich weiß, dass er der Mensch ist, der mich versteht. Er ist der Mann, dem ich vertraue. Ihm würde ich sogar meine dunkelsten Geheimnisse aus meiner Vergangenheit erzählen, ohne Scham oder Angst zu empfinden.

»Wir haben uns vor mehr als einem Jahr kennengelernt.« Das ist zwar die Wahrheit, doch dass wir zwischendurch keinen Kontakt hatten, lasse ich weg.

»Tommaso hat mir von Ihnen nichts erzählt. Was bin ich für eine Mutter, die von seiner Langzeitfreundin nichts weiß.« Cecilia entweicht eine Träne, die sie mit ihrer vernarbten Hand abwischt.

»Wir sind kein Paar.« Die Worte gleiten aus meinem Mund. Es trifft mich, Tommasos Mutter unglücklich zu sehen. Sie hat diese Lüge nicht verdient. Ihr Sohn vertraut ihr bestimmt. Ich kann sie nicht in dem Glauben lassen, dass er eine Beziehung hat, die nur in meinen sehnlichsten Wünschen und Träumen vorkommt.

»Warum sind Sie dann hier?« Nun sieht sie mich mit ihren blauen Augen an, die denen von Tommaso in nichts nachstehen.

»Wie gesagt, ich liebe Ihren Sohn.« Kurz halte ich inne, bevor ich weitersprreche. »Ich werde jetzt besser gehen. Sie haben recht, es ist nicht passend, hier zu sein.« Ich erhebe mich von der Bank und schultere meine braune Handtasche. Ein leises Knarren schallt durch den Raum.

»Wie ist Ihr Name?« Cecilia blickt zu mir auf.

»Evina Castello.«

»Cecilia De Santis, schön, Sie kennenzulernen.« Sie streckt mir ihre vernarbte Hand entgegen und lächelt.

Ohne zu zögern, nehme ich ihre zitternden Finger und schüttle sie.

»Entschuldigen Sie meine schroffe Art. Meine Nerven sind überstrapaziert.« Sie zwinkert mir mit einem Auge zu. »Liebt mein Sohn Sie auch?«

»Ehrlich gesagt, weiß ich es nicht.« Der Gedanke, dass ich in einer Traumwelt lebe, mir seine Gefühle zu mir nur einbilde, lässt mein Lächeln gespielt wirken.

»Glauben Sie an Gott?« Ihre Frage überrascht mich, wo wir gerade noch über die Liebe gesprochen haben.

»Ja, und Sie?«

»Würde ich sonst hier sitzen und um das Leben meines Sohnes betteln? Ich habe in meinem Leben genug erlebt, um den lieben Gott in die Hölle zu schicken, doch letztlich hat er mir mein jetziges Leben geschenkt. Alles in allem ist das Leben ein Widerspruch in sich. Viele Menschen laufen Idealen nach, die es gar nicht gibt. Zu solch einer Stunde, wo das Leben eines geliebten Menschen auf der Kippe steht, entscheidet nicht das viele Geld, das man besitzt.« Cecilia atmet hörbar aus. »Das beschließt er da oben, ob er mir mein Leben aufs Neue in eine dunkle Hölle verwandeln möchte oder nicht. Wir haben in solch einen Augenblick nichts in der Hand als unsere Hoffnung auf die Gebete, dass sie in Erfüllung gehen.« Cecilia fährt mit ihrer Hand durch ihr volles schwarzes Haar.

Sie ist eine wunderschöne Frau, die nach Tommasos Erzählungen einiges erlebt hat. Ihre Narben an den Unterarmen sind die offensichtlichen Narben der Seele. Einige davon sind bei ihr vielleicht verheilt, aber einige sind noch immer präsent. Ich kann es in ihren Augen sehen, diese Trauer, diese immer wiederkehrenden Erinnerungen. Sie unterdrückt ihre Tränen, doch ich weiß, wie schwer es für meine Mutter noch heute ist. Zuzusehen, wenn dein eigenes Kind von deinem geliebten Mann verprügelt wird, ist etwas, das ich mir nicht vorstellen mag. Mir reichen die Erinnerungen daran, als mein Vater sich an meiner Mutter vergriff. Dieses Gefühl der Machtlosigkeit und der Hilflosigkeit verfolgt mich heute noch an schlechten Tagen.

»Tommaso ist stark. Er wird durchkommen, davon bin ich überzeugt.« Diese Standardphrase kommt mir über die Lippen, um Cecilia aufzumuntern.

»Ach, und deshalb sitzen Sie hier und heulen sich die Seele aus dem Leib? Weil Sie sich so sicher sind?«, sagt Cecilia zynisch. »Machen wir uns doch nichts vor. Wir beide haben diese große Angst, dass es der letzte Ausweg ist, hierherzukommen. Hoffen, dass es wirklich einen Gott gibt, der einem zuhört und, wenn man brav genug war, auch erhört.«

»Ich würde es eher als meinen persönlichen Joker bezeichnen, den ich sicherheitshalber einsetzen möchte.« Ich benutze ihn nicht oft, wenn ich genau darüber nachdenke, das letzte Mal, dass ich darum gebetet habe, war bei meiner Scheidung. Ich hatte inständig darum gebetet, dass alles glatt über die Bühne geht.

»Na dann, nur zu. Ich halte Sie nicht auf. Vielleicht bedeuten dem lieben Gott zwei Hilfeschreie für meinen Sohn mehr als ein einzelner.« Cecilia kommt ein zartes Lächeln über die Lippen, auf das ich mit einem Schmunzeln antworte.

Ich setzte mich wieder neben Cecilia. Beide haben wir den Blick auf den Altar gerichtet. Die Stille, die uns wie ein dunkler Schatten umhüllt, lässt nur unseren abgehackten Atem hören. Wo ist eigentlich ihr Mann

Marcello? Lässt er seine Frau in dieser schwierigen Zeit alleine? Die beiden wirkten so verliebt und vertraut.

Das dumpfe Geräusch der Tür hallt durch den Raum. Warum lassen die Leute immer die Tür zufallen. So als würde kein Griff daran montiert sein, um sie sanft ins Schloss fallen zu lassen.

»Cecilia«, vernehme ich ein Flüstern. »Wir können zu Tommaso.«

Mein Kopf schnellt in Cecilias Richtung. Ich entdecke Marcello, der am Ende der Bank steht und ihr die Hand entgegenstreckt.

»Er ist munter?«, fragt sie lauter als gewollt. Denn sofort drosselt sie ihre Stimme. »Wie geht es ihm?«

»Komm, du kannst zu ihm.« Marcello lächelt zuversichtlich.

»Möchten Sie mitkommen?« Cecilia sieht mich mit einem freudigen Gesichtsausdruck an.

»Ernsthaft?«, frage ich irritiert.

»Immerhin haben Sie Ihren Teil für Tommasos Genesung beigetragen. Ihr Joker hat funktioniert.« Cecilias warmes Lächeln bestärkt mich, und ich folge den beiden hinaus.

40. Kapitel

Evina

»Darf ich fragen, wen du hier mit zu Tom schleifst?« Der Fahrstuhl schließt die Türen, und am liebsten würde ich augenblicklich flüchten. Doch dazu ist es jetzt eindeutig zu spät.

»Eine Freundin von Tommaso. Sie hat ihm sozusagen geholfen.«

Ich starre auf die Zahlen, die sich langsam nach oben bewegen. Eins, zwei, drei.

»Ach, du weißt, wie das alles passiert ist?« Marcello zieht eine Braue hoch. Mich durchfährt ein kalter Schauer. Wenn die beiden erfahren, was Tommaso in seiner Freizeit treibt, werden sie ausflippen.

»Nein, aber das ist momentan auch nicht wichtig. Darum können wir uns später kümmern.« Cecilias weiche Stimme ist Balsam für meine Seele. Sie hat etwas Beruhigendes.

Ein Piepsen ertönt, und im selben Moment öffnet sich die Fahrstuhltür. Marcello ist ganz Gentleman, lässt seiner Frau und mir den Vortritt.

Marcello läutet an der verschlossen Tür, und nach wenigen Sekunden tritt die Schwester heraus.

»Guten Tag, es darf nur eine Person zu Herrn De Santis. Er ist zwar ansprechbar, aber bitte versetzen Sie ihn nicht in Aufregung.« Die Schwester hat ihre schwarzen Haare zu einem strengen Pferdeschwanz nach hinten gebunden. Dazu ihr roter Lippenstift mit der blassen Haut lassen sie wie einen Vampir wirken.

»Dann gehst du zu ihm.« Marcello schiebt seine Frau nach vorne.

»Ich denke, Signora Castello sollte zu ihm gehen.«

»Wieso?« Marcellos Augen werden groß. Abwechselnd blickt er zu seiner Frau und zu mir.

»Weil ich das sage, darum.«

»Ich kann warten, Signora De Santis. Immerhin sind Sie seine Mutter.« Mir ist es peinlich, so in den Mittelpunkt zu rücken.

»Keine Widerrede. Sie werden meinen Jungen aufpäppeln, damit er schnellstmöglich aus diesem Krankenhaus kommt.« Das ist eindeutig keine Frage, sondern ein Befehl, doch dem komme ich gerne nach.

»Vielen Dank«, hauche ich kaum hörbar.

Ich folge der Schwester in den Intensivraum. Mein Gesicht wandert nach rechts, wo ein Mann mit unzähligen Schläuchen im Bett liegt. Eine Frau hat ihren Kopf auf seinen Bauch gelegt und heult. Ich versuche, mir nichts anmerken zulassen, doch hier fühle ich mich unwohl. Wir marschieren an einem weiteren Patienten vorbei, der gerade mit zittriger Hand versucht, den Löffel mit Suppe in seinen Mund zu führen. Die Geräuschkulisse, die hier im Raum herrscht, wird vom Piepen und Surren dominiert.

Die Schwester schiebt einen gelben Vorhang zur Seite, und da liegt Tommaso vor mir. Eine Leitung führt von seinem Arm direkt zur Infusion, die langsam vor sich hintropft. Tom hat die Augen geschlossen und sieht aus, als würde er friedlich schlafen. Dabei muss er sich ins Leben zurückkämpfen. Das ist sein wichtigster Kampf, den er je geführt hat. Er muss es schaffen, damit ich ihm meine Liebe zeigen kann. Zu lange habe ich gewartet. Wieso muss ich nur vor Pflichtbewusstsein strotzen, dass ich meine Ehe vorher geschieden haben musste, bis ich zu ihm ging? Doch erst jetzt fühle ich mich frei und für etwas Neues offen. Jetzt, wo Tommaso nicht bei mir sein kann.

»Sie können ruhig mit ihm sprechen. Er ist anscheinend wieder eingeschlafen. Sie haben zehn Minuten.« Die Schwester nickt mir mit einem freundlichen Lächeln zu und verschwindet.

Zehn Minuten? Das ist eindeutig zu kurz. Doch er benötigt Ruhe, um sich zu erholen. Ich schnappe mir den Holzstuhl, der vor dem kleinen Fenster steht, und stelle ihn neben seinem Bett ab. Ich setze mich hin, greife nach seiner Hand, die warm und weich ist. Vorsichtig gleitet meine zweite Hand über Tommasos Gesicht. Die Bartstoppeln umranden seinen Mund und kitzeln meine Finger leicht.

»Tommaso, du musst jetzt kämpfen, stärker, als du je im Ring gekämpft hast. Bitte, ich brauche dich.« Meine Stimme ist nur ein Flüstern, dicht neben seinem Ohr. Immer wieder streichle ich sanft seine Wange. Wie sehr vermisse ich sein herzliches Lachen, seine Nähe, seine aufbauenden Worte, wenn ich keinen Ausweg fand. Vorsichtig lege ich den Kopf auf seine Brust, die sich gleichmäßig auf- und abwärts bewegt. Nun liege ich da mit Tränen in den Augen, einen stetig größer werdenden Kloß im Hals, der sich einfach nicht hinunterschlucken lässt. »Bitte, wach auf!«, hauche ich kaum hörbar. »Bitte lass alles wieder gut werden. Bitte, lieber Gott, nimm mir nicht den Menschen, der mir alles bedeutet.«

Ich spüre, wie in meiner Hand Tommasos Finger zucken, sofort blicke ich hoch. Mit dem anderen Arm wische ich die Tränen ab, damit ich Tommaso besser sehen kann. Doch seine Augen sind verschlossen, augenblicklich erlischt meine Hoffnung. Wahrscheinlich habe ich mir die Zuckungen eingebildet. Zu sehr wünsche ich mir, dass er genau jetzt aufsieht und mich in seine starken Arme zieht. Dass er mir einen innigen Kuss gibt und mir sagt, dass alles wieder gut wird. Warum wacht er nicht auf? Verdammt! Ich hasse mich für meine Ungeduld, ich hasse ihn, dass er sich in so eine Scheiß-Lage manövriert hat. Doch zugleich liebe ich diesen Mann mehr als alles andere auf der Welt. Ich weiß, wie abgedroschen es klingt, jedoch sind das die Gefühle, die mich beherrschen und mich durch diese schwierige Zeit tragen.

»Ich versinke neben dir in ein erbärmliches Selbstmitleid, dabei sollte ich dir den Rücken stärken, dir wohltuende Worte ins Ohr hauchen, damit du endlich deine Augen aufschlägst.«

»Entschuldigen Sie bitte, aber Sie müssen jetzt raus.« Die Schwester, die mich vorhin zu Tommaso gebracht hat, kontrolliert die Geräte. Hängt die Infusion ab und schließt eine neue an.

»Aber er hat bisher nicht aufgesehen.« Ich beäuge sie mitleidheischend, in der Hoffnung, noch etwas Zeit herauszuschinden.

»Sie dürfen nicht vergessen, er bekommt starke Medikamente, das macht sehr müde.« Sie dreht an dem kleinen Kreuz, damit es wieder zu tropfen beginnt.

»War er nicht wach, bevor wir gekommen sind?«

»Doch. Kommen Sie morgen wieder, dann wird es ihm bestimmt besser gehen.«

»Morgen?« Ich wiederhole das, als hätte ich keine Silbe verstanden. Bis morgen sind noch achtzehn Stunden. Eine Ewigkeit, wenn man auf etwas wartet.

»Kommen Sie jetzt, bitte.« Ihr eindringlicher Blick lässt mich von meinem Stuhl erheben.

Ich stelle den Stuhl zurück zum kleinen weißen Fenster. Kurz blicke ich nach draußen, und ich entdecke eine kleine weiße Taube auf dem Dach gegenüber. Sieht sie mich an? Die Taube bedeutet Zuversicht und Hoffnung. Genau auf das muss ich jetzt setzen. Es hat alles einen Grund. Auch diese miese Situation.

41. Kapitel

Evina

Mit zittriger Hand läute ich an der Glocke neben der Schiebetür. Ich kippe den letzten Rest des Coffee to go in den Rachen, bevor die Tür aufgeht.

»Guten Morgen, Signora, was kann ich für Sie tun?« Ein Mädchen, das scheinbar noch in der Ausbildung ist, steht vor mir. Sie ist nicht älter als achtzehn und hat für ihr Alter ziemlich weibliche Rundungen. Mit ihrem Aussehen könnte sie sich bestimmt beim Playboy bewerben.

»Ich möchte gerne Signor De Santis besuchen.« Nervös drehe ich den leeren Pappbecher hin und her.

»Einen Augenblick, bitte.« Sie macht am Absatz kehrt, und die Tür geht automatisch zu.

Bestimmt muss sie meine Personalien kontrollieren, damit ich zu ihm darf. Gestern war Tommasos Mutter Cecilia noch so freundlich und hat mich als Angehörige betrachtet. Am liebsten wäre ich ihr um den Hals gefallen und hätte sie geküsst, nur traute ich mich nicht. Immer hin kennen wir uns erst seit gestern, trotzdem habe ich sie schon voll in mein Herz geschlossen.

Abermals öffnet sich die Tür, und eine Frau, die einige Kilo zu viel auf den Hüften hat, kommt heraus. Ihr gefärbtes schulterlanges Haar hat zwei Zentimeter dunklen Ansatz, der ihr volles Haar etwas schmuddelig wirken lässt.

»Guten Tag, Signora, Signor De Santis ist nicht mehr auf unserer

Station.« Ihr schroffer Ton und ihre ernste Miene lassen mir einen Schauder über den Rücken laufen.

»Wieso, wo finde ich ihn?« Angst breitet sich in mir aus. Immerhin hat Cecilia nicht meine Handynummer. Doch Milan hat mir versprochen, dass er mir Bescheid gibt, sollte sich an Tommasos Gesundheitszustand etwas ändern.

»Einen Stock tiefer. Er hat sich äußerst schnell erholt und konnte auf die normale Station verlegt werden.«

»Ehrlich? Oh das ist ja fantastisch!«, kreische ich durch den leeren Flur. Ich umarme ohne Vorwarnung die Krankenschwester. Ich bin so dankbar und glücklich, dass es ihm wieder besser geht.

»Sie können mich loslassen!« Sie klopft mir auf den Rücken. Erst jetzt merke ich, dass ich alle Kraft in diese Umarmung gelegt habe. Obwohl ich diese Frau nicht einmal kenne und sie mir mit ihrer strengen Art nicht mal sympathisch ist. Aber endlich lässt der Druck in meinem Kopf nach, und die starke Verspannung im Genick ist wie weggeblasen.

Einen Stock tiefer ist der Flur genauso leer. Die paar Holzstühle, die an der Wand aufgestellt sind, sehen verloren aus ohne einen Patienten darauf. Zumindest riecht es nicht so extrem nach Desinfektionsmittel.

»Guten Tag, könnten Sie mir bitte sagen, auf welchem Zimmer Signor De Santis liegt?«, frage ich durch das Fenster hindurch. Die Schwestern habe ich anscheinend bei ihrem Kaffeeklatsch gestört, denn eine von den vier anwesenden Frauen erhebt sich langsam und mit verzogenem Gesicht vom Stuhl.

»Guten Morgen, Zimmer fünf liegt er, doch im Moment ist keine Besuchszeit. Sie können in einer Stunde wiederkommen.« Sie presst die Lippen aufeinander.

»Gibt es keine Möglichkeit, dass Sie eine Ausnahme machen?«, hake ich beharrlich nach. Nun habe ich eine Ewigkeit gewartet, dass Tommaso aufwacht, und nun darf ich nicht zu ihm?

»Sind Sie mit ihm verwandt?«

Kurz überlege ich, eine Notlüge zu erfinden, doch ich glaube an

Karma und entscheide mich dagegen. Dann warte ich eben auf einem der leeren Stühle, bis es neun ist. Irgendwie wird die Zeit schon vergehen.

»Nein, bin ich nicht. Schönen Tag.« Ich wende mich von der Krankenschwester ab und lasse mich auf den ersten Stuhl fallen, der mir in die Quere kommt. Ein lautes Ächzen entweicht mir. Ein Auge hätte die Schwester ruhig zudrücken können, aber nein, sie muss ja Dienst nach Vorschrift machen. Ob da der Kaffeeklatsch auch dazugehört? Ich weiß, dass es nicht okay ist, mich über sie zu ärgern. Denn wenn es ein normaler Krankenhausbesuch wäre, würde es mir völlig egal sein, eine Stunde zu warten oder ob sie einen Kaffee trinkt oder nicht. Aber Geduld ist keine Tugend von mir, schon gar nicht, wenn es um Tommaso geht.

»Hallo, Signora Castello, Sie sind aber früh unterwegs.« Cecilia steht neben mir mit einem Becher Kaffee in der Hand.

Ich blicke zu ihr hoch, zugleich landet mein Kopf im Nacken. »Ich wollte Ihren Sohn besuchen kommen, leider ist noch nicht Besuchszeit.« Ich erhebe mich vom Stuhl und merke, dass sie fast genauso groß ist wie ich.

»Tommaso hat ein Einzelzimmer, da braucht man sich nicht an die Besuchszeiten zu halten. Kommen Sie mit, ich bin gerade auf dem Weg zu ihm.« Sie deutet mit der Hand, dass ich ihr folgen soll. Gemeinsam laufen wir bis zum Ende vom Gang. Sie öffnet die Tür, und kurz zögere ich, hineinzugehen. Es ist seltsam, mit ihr zusammen auf Tommaso zu treffen. Sie nickt mir zu, und ein sanftes Lächeln ziert ihr Gesicht. Heute wirkt Cecilia um einiges entspannter als gestern. Was natürlich mit Tommasos Gesundheitszustand zu tun hat.

Ich gehe hinein. Tommaso unterhält sich mit seinem Vater. Beide unterbrechen abrupt das Gespräch, als sie mich entdecken. Ein flaues Gefühl breitet sich in meiner Magengrube aus.

»Hey«, bringe ich hervor.

»Marcello, kommst du?« Cecilias Stimme hat einen Unterton, den sogar ich verstehe, doch auf Marcellos Stirn bildet sich ein großes Fragezeichen.

»Warum?«, fragt er sichtlich irritiert.

»Weil wir draußen etwas klären müssen.«

»Wenn die Frau ruft, komme ich natürlich.«

Marcello und Cecilia verlassen den Raum, und kurz darauf ertönt das Einrasten des Türschlosses.

»Wie geht`s dir?« Ich hocke mich auf den Stuhl neben seinem Bett.

»Gut, danke. Was machst du hier?«

»Dich besuchen? Um nachzusehen, wie es dir geht? Ich habe die letzten zwei Nächte kaum geschlafen aus Sorge um dich.« Irgendwie wirkt Tommaso anders als vor zwei Tagen. So distanziert, was ich nicht zuordnen kann.

»Wieso? Weißt du, was passiert ist? Warum ich hier liege mit dieser Kopfverletzung? Meine Eltern haben keine Ahnung, somit tappe ich völlig im Dunkeln.«

»Du kannst dich an nichts erinnern?« Er weiß also nichts mehr von unserem Gespräch und nichts von unserem Kuss, der in mir Emotionen geweckt hat, die ich keinesfalls missen möchte.

Kurz herrscht eine unangenehme Stille zwischen uns. Tommasos Blick wandert von meinen Augen zu meinen Lippen. Ein warmer Schauer überzieht mich.

»Doch, an eines kann ich mich sehr gut erinnern.« Tommasos Mundwinkel zucken leicht. Seine Augen haften an meinem Mund, und kurz leckt er sich genüsslich mit der Zunge über seine Lippen, die wieder Farbe bekommen haben. Oh Gott, muss er denn so verdammt heiß aussehen? Der Dreitagebart steht ihm und lässt ihn zugleich noch männlicher wirken.

»Und das wäre?«, frage ich interessiert.

Tommaso zögert mit seiner Antwort, was mich unrund werden lässt. »Unser Kuss.« Tommaso hält weiter bei meinen Lippen inne, und ein Funkeln sticht aus seinen kristallblauen Augen.

»Oh«, hauche ich fast tonlos. Meine Stimme versagt unter Tommasos stechendem Blick. Meine Wangen beginnen zu glühen, und das Ziehen zwischen den Beinen lässt mich auf dem Stuhl hin und her rutschen.

»Obwohl meine Erinnerung ziemlich verblasst ist. Ich denke, wir sollten sie jetzt unbedingt auffrischen.« Tommasos Mundwinkel wandern nach oben, und mit seiner flachen Hand klopft er neben seine Bettseite.

»Bist du dir sicher, dass es dir dafür schon gut genug geht?« Ich folge seiner Aufforderung und setzte mich zu ihm. Die schmale Distanz lässt mein Herz davongaloppieren.

»Komm her«, raunt er. Er hat weiterhin den Blick auf meinen halb offenen Mund gerichtet. Ich rutsche ein Stück näher zu ihm ran. Tommaso wühlt die Hand in mein Haar und zieht mich zu sich ran. Es vergehen ein paar Sekunden, bis er seine Lippen auf meine presst.

Seine forsche Zunge umspielt meine, während ich alle Mühe habe, nicht laut aufzustöhnen. Wie konnte ich nur ein Jahr ohne ihn sein. Ohne seine starken Hände, die gerade den Weg unter mein Shirt suchen. Seine warmen Finger tasten sich von meinem Bauch hinauf zu meinem BH. Oh Gott, er wird mich doch jetzt nicht heiß machen und mit dem Ziehen zwischen meinen Beinen stehen lassen? Wie von Sinnen blicke ich während unseres innigen Kusses hoch.

»Ich möchte dich hier und jetzt nehmen«, knurrt er an meinen Lippen.

»Du hast eine schwere Gehirnerschütterung, ich denke, du solltest dich noch schonen.« Meine Stimme ist kaum hörbar, aus Angst, uns könnte jemand hören.

»Ich weiß.« Tommaso lässt von mir ab und schließt kurz seine Augen. Über was denkt er gerade nach? Es erweckt den Anschein, als hätte er ein großes Geheimnis vor mir, und doch wirkt er mir so vertraut. »Aber einen Vorgeschmack, was mich zu Hause erwartet, kann ich mir ja holen, oder etwa nicht?« Tommasos verstohlener Blick lässt mich augenblicklich dahinschmelzen.

Tommaso zieht seine Hand aus meinem Shirt, und die Stelle fühlt sich sofort kalt an. Doch das Kribbeln, das er durch seine Berührungen erzeugt hat, ist weiterhin präsent wie das Krankenhaus mit seinen einfachen Krankenzimmern.

»An was kannst du dich denn erinnern?«, frage ich schwer atmend.

»An alles.« Er greift nach dem Wasserglas und nimmt einen Schluck davon.

»Hast du mich vorhin angelogen, damit du dir schneller einen Kuss erschleichen konntest?« Gespieltes Entsetzen setze ich mit aller Kraft in meine Stimme.

»Wenn sogar du mir glaubst, dann tut es meine Mutter allemal. Ich wollte nur sichergehen, dass es glaubwürdig ist, wenn sie nach einer Erklärung fragt. Bisher haben sie sich zurückgehalten. Meine Eltern dürfen keinesfalls von dem Käfig erfahren, hast du gehört? Niemals!« Tommaso greift nach meiner Hand. Sein durchdringender Blick macht mir Angst. Nicht dass ich vor ihm Furcht haben müsste, er könnte mir etwas antun. Nein, vielmehr breitet sich in mir ein beklemmendes Gefühl in der Bauchgegend aus, warum er diesen panischen Ausdruck hat. Wird er verfolgt, oder haben die Kerle vom Käfig gegen ihn etwas in der Hand? Wird er wieder in den Ring steigen? Kann ich ihn überhaupt darum bitten, nicht mehr zu kämpfen? Plötzlich schwirren Unmengen unterschiedlicher Gedanken durch meinen Kopf, dass ich sie kaum sortieren kann.

»Natürlich werde ich ihnen nichts von deinen Fights erzählen«, versichere ich ihm verhalten.

»Auch Giulia darf nie davon erfahren, hast du gehört?« Tommasos Brust hebt und senkt sich. Seine Muskeln sind angespannt, was ich an seiner seltsamen Körperhaltung erkenne.

»Versprochen! Aber warum? Bei deinen Eltern kann ich es verstehen. Immerhin werden sie dir dafür nicht um den Hals fallen, doch Giulia?«

»Weshalb werden wir dir nicht um den Hals fallen?«, wiederholt Cecilia. Sie steht plötzlich auf der anderen Bettseite. Sie sieht Tommaso und mich abwechselnd an. Sie hat etwas an sich, das ich nicht erklären kann. Aber bei ihr tut man sich verdammt schwer, sie anzulügen. Ob deshalb Tommaso einen Testlauf bei mir gemacht hat?

»Ich kann mich an den Unfall nicht erinnern, alles ist wie ausgelöscht.« Tommaso verzieht keine Miene, sondern starrt seine Mutter an.

»Schatz, darüber brauchst du dir wirklich keine Gedanken machen. Der Arzt meinte, du bist wahrscheinlich gestürzt. Es ist alles gut, solange du auf dem Weg der Besserung bist.« Cecilia nimmt Tommasos Hand und legt sie in ihre.

42. Kapitel

Tommaso

Die letzten zwei Wochen ist mich Evina jeden Tag im Krankenhaus besuchen gekommen. Wir haben Mensch-ärgere-Dich-nicht gespielt. Evina zieht ein so bezauberndes Gesicht, wenn sie sich ärgert. Verlieren gehört nicht zu ihren Stärken, das habe ich oft laut zu hören bekommen. Während ich mir gerade die Jeans anziehe, muss ich darüber schmunzeln.

»Was ist so komisch?« Evina hält mir ein weißes Hemd entgegen, das mir meine Mutter gestern mitgebracht hat.

»Nichts.« Ich schlüpfe in das Hemd, das an zu Hause erinnert. Das Waschmittel, das meine Haushälterin Maria verwendet, riecht nach Lavendel. Augenblicklich fühle ich mich wohler.

»Ach, und warum hast du ein Dauergrinsen in deinem Gesicht?«, fragt Evina mit ihrer lieblichen Stimme.

»Weil ich heute endlich nach Hause darf.« Hier drinnen hatte ich nach ein paar Tagen das Gefühl, erdrückt zu werden. Täglich grüßt das Murmeltier mit den gleichen Ritualen. Morgendliches Temperaturmessen, danach kommt der Blutdruck, und später geht man den üblichen Untersuchungen nach. Abgesehen von den drei Mahlzeiten am Tag, die einen von jeder Stunde zur nächsten warten lassen. Den einzigen frischen Wind hier drinnen hat Evinas tägliche gute Laune gebracht. Sobald sie den Raum betritt, scheint die Sonne, und alles um mich herum habe ich vergessen.

»Ach, und ich dachte, du freust dich so, mich zu sehen.« Evina lächelt, während sie meine Tasche mit den Badeutensilien packt. Sie steht nur eine Handbreit von mir entfernt, und ich schnappe mir ihr Handgelenk. Noch immer hat sie meine elektrische Zahnbürste in der Hand, als sie in meinen Armen landet.

Mit der freien Hand streiche ich durch ihr honigblondes Haar, das schwungvoll über ihrer Schulter liegt. »Du bist das Beste, was mir jemals passiert ist. Deine Anwesenheit ist vergleichbar mit dem Erlebnis eines Sternschnuppenregens. Du bist so unglaublich schön, dass ich mich jedes Mal frage, womit ich dich bloß verdient habe.« Meine Augen haften an ihren strahlend grünen Iriden, die jetzt ein besonderes Glitzern bekommen. Ich weiß, dass sie das Gleiche für mich empfindet.

Meine Hand wandert unter ihre weiße Bluse und an ihren bebenden Busen. Oh Gott, heute, wenn diese süße Versuchung namens Evina zum ersten Mal mein Haus betritt, werde ich sie auf jede erdenkliche Weise ficken. Ich kann es kaum erwarten, mit ihr ungestört zu sein. Doch jetzt sind die Vorfreude und die Spannung in meiner Hose nicht mehr zu übersehen.

»Du verstehst es, Frauen Komplimente zu machen.« Ihre Wangen erröten, was mir das Blut zwischen die Beine treibt. Langsam neige ich den Kopf zu ihr runter. Evinas rote Lippen sind erwartungsvoll geöffnet. Diese Frau ist die erste, die mein Haus betreten darf. Zuvor habe ich meine Bekanntschaften immer ins Hotel gebracht und vernascht. Doch sie ist die Königin der Bienen, die jetzt mir gehört. Oder hat sie mich gefangen, und ich bin ihr von nun an hörig? Für sie würde ich alles tun, um sie jeden Tag zum Strahlen zu bringen.

»Du hast es verdient. Doch jetzt gehörst du zu mir«, raune ich an ihre Lippen. Dann presse ich meinen Mund auf ihren, und unsere Zungen treffen einander. Es ist wie nach Hause zu kommen. Bei ihr muss ich keine Maske tragen. Sie kennt meine Vergangenheit und Gegenwart und begleitet mich in eine ungewisse Zukunft. Sie in meinen Armen zu haben, ist wie bei kleinen Kindern, die ihr Lieblingskuscheltier nicht loslassen wollen. Stundenlang könnte ich sie festhalten und mit ihr schmusen.

»Komm, lass uns verschwinden«, haucht Evina schwer atmend an meine Lippen.

»Ich brauch nur noch die Kappe.« Ich lasse Evina nur ungern los, aber die paar Sekunden werde ich verkraften. Kurz halten meine Augen beim Spiegel inne. Mein Gesicht ist zwar blass geworden, doch sonst lässt nichts mehr den Kampf im Käfig erahnen. Obwohl ich dafür fast dankbar sein muss. Wäre ich sonst so schnell Evina wieder näher gekommen? Hätte sie denn eine Chance gehabt, wo ich mit mir selbst so beschäftigt war? Ich schiebe mir die schwarze Baseballkappe über den Kopf, und augenblicklich schüttle ich diese dummen Gedanken ab.

»Fühl dich wie zu Hause.« Ich lasse Evina den Vortritt, als sie in mein Haus marschiert. Sie streift sich ihre roten Pumps ab und läuft den Flur entlang geradewegs in die Küche.

»Du bist endlich wieder da! Herzlich willkommen!« Maria kommt aus dem Wohnzimmer gestürmt und umarmt mich, als wäre ich ein Jahr weg gewesen. Maria kullern ein paar Tränen aus den Augen, die sie aber hastig wegwischt. Evina dreht sich um und bleibt im Türrahmen vom Kücheneingang stehen.

»Maria, darf ich dir Evina Castello vorstellen? Sie wird uns jetzt öfter besuchen.« Maria wendet sich sofort von mir ab und läuft zu Evina.

»Signora Castello, schön, Sie kennenzulernen. Tom hat zwar noch nichts von Ihnen zuvor erzählt. Aber wenn er Sie in sein Heim lässt, haben Sie quasi den Jackpot geknackt.« Maria zwinkert mit einem Auge und streckt ihr die Hand entgegen.

»Hallo, Maria, bitte nennen Sie mich doch Evina. Tommaso hat mir verraten, dass Sie wie seine zweite Mutter sind. Ohne Sie hätte er nicht einmal am Tag was Anständiges zum Essen.«

»Wahrscheinlich. Übrigens habe ich für euch gekocht. Gut, dass ich den Hang habe, automatisch für mehrere Personen eine Mahlzeit zu richten.«

»Kann ich bei etwas helfen?« Evina legt ihre Hand auf Marias Schulter.

»Ihr braucht euch nur an den Tisch zu setzen und zu genießen.« Maria deutet auf den prall gefüllten Esstisch.

»Hast du noch jemanden eingeladen, oder denkst du, ich habe im Krankenhaus nichts zu essen bekommen?« Ich stelle mich zu den beiden dazu und schiele in die Küche. Ich kann mir ein Grinsen nicht verkneifen. Der Tisch ist mit einer großen Ente, dazu einer Schale Kartoffelpüree und einer Schüssel mit grünem Salat gedeckt.

»Zum Glück habe ich anständig gekocht, denn von deiner bezaubernden Begleitung hast du mir nichts erzählt.« Maria kommt mit meiner Lieblingsflasche Rotwein und zwei Gläsern zum Tisch.

Ich zucke mit den Schultern, denn ich kann ja selbst kaum glauben, dass ich Evina zu meinem Refugium mitgenommen habe. Hier ist mein Rückzugsort. Bis auf meine Familie und meinen besten Freund hat hier nämlich niemand Zugang. Seit das Haus fertiggestellt ist, habe ich mich hier abgeschottet. Vor allem dann, wenn nicht einmal der Ring meinen Vater vergessen hat lassen.

Ich hocke mich neben Evina, und sie sieht erstaunt über die gedeckte Tafel. Obwohl ich Maria schon so viele Jahre kenne, hat sie sich heute besonders viel Mühe gegeben. Sie hat sogar einen Blumenstrauß mit weißen Rosen auf den Tisch gestellt.

»Ich wünsche euch beiden einen guten Appetit.« Maria stellt die Rotweinflasche und die Gläser vor uns ab. »Übrigens liegt deine Post wie immer drüben am Küchentresen. Ein eingeschriebener Brief ist auch dabei. Hast du etwa eine Rechnung nicht bezahlt?«

»Könnte schon sein, keine Ahnung.« Normalerweise erledige ich alles sehr akribisch, doch jetzt war ich einige Wochen außer Gefecht. Ich kann nicht in Ruhe essen, wenn ich nicht weiß, was darin steht, so erhebe ich mich und marschiere hinüber.

Sofort sticht mir das Kuvert mit dem Absender Anwaltskanzlei Dr. Carlos ins Auge. Der Name sagt mir nichts, deshalb fahre ich mit meinem Zeigefinger in den Spalt und reiße ihn auf. Ein leises Rascheln ertönt. Sorgsam falte ich den Brief auseinander. Doch als ich die Zeilen lese, wird mir heiß und kalt zugleich. Woher hat er meine Adresse?

43. Kapitel

Evina

Ich beobachte, wie Tommaso den Brief umklammert. Sein Gesicht wird blass. Sofort erkenne ich an seinem Unterarm, wie sich seine Muskulatur anspannt. Irgendetwas stimmt nicht. Soll ich nachfragen? Geht es mich überhaupt etwas an?

»Tommaso, ist alles okay bei dir?« Ich schleiche mich an ihn ran. Nicht weil ich ihn erschrecken möchte, nein, weil ich spüre, dass darin keine gute Nachricht sein kann.

»Es ist besser, du gehst«, sagt er in scharfem Ton, sodass ich zusammenzucke.

»Ich soll gehen? Warum? Habe ich etwas falsch gemacht?« Ich bin irritiert von seiner plötzlichen Stimmungsschwankung.

»Weil ich es sage!«, brüllt er mich an. »Ich muss etwas Dringendes erledigen!« Tommasos Gesicht zeigt keine Spur von Liebe. Was auch immer in dem Brief steht, es lässt ihn eiskalt werden. Ein Eisklotz zeigt mehr Wärme als er.

»Gut, ich wollte mich dir niemals aufdrängen. Gute Besserung.« Ich fahre in einer ungalanten Bewegung herum und stapfe zur Tür. Ich schlüpfe in meine roten High Heels, die ich mir für heute extra gekauft habe. Dass ich jetzt so ohne jeglichen Kommentar rausgeworfen werde, macht mich traurig. Doch ich weiß, irgendetwas hat ihn aus der Fassung gebracht, das er mit mir nicht teilen möchte. Ich weiß, dass es mit mir nichts zu tun hat, oder etwa doch?

Ich drehe den goldenen Türknauf. Ich werfe noch einen Blick über meine Schulter, in der Hoffnung, Tommaso folgt mir und hält mich vom Gehen ab. Aber der Flur bleibt leer. Ich presse die Lippen aufeinander, schiebe die Eingangstür auf und gehe hinaus. Ohne einen Abschiedskuss noch mal von ihm zu spüren, steige ich in meinen Porsche und fahre los. Was hat das alles zu bedeuten? Warum ist er von einer Minute zur anderen plötzlich so distanziert gewesen? Wie ferngesteuert manövriere ich den Wagen durch Rom. Kriege von meiner Umgebung kaum etwas mit. Immer wieder kommt mir Tommasos Gesicht in den Sinn. Wie er mich angesehen hat, als wäre ich eine Fremde für ihn. Irgendetwas stand darin, was ihn völlig aus der Bahn geworfen hat, doch was? Darauf werde ich jetzt wohl keine Antwort bekommen.

Warum auch immer, fahre ich vor Giulias Haus vor. Ich habe mich nicht einmal telefonisch angekündigt, doch mit irgendjemandem muss ich sprechen. Irgendwie meine Zeit rumbringen, bis ich wieder von Tommaso höre. Im Krankenhaus hat er mir sein Herz geöffnet, und nun scheint er weit weg zu sein. In einer Welt, in die ich scheinbar nicht reinpasse.

»Hallo, Evina! Ist alles okay?« Giulia sieht mich mit einem skeptischen Ausdruck an.

»Ich habe heute Tommaso vom Krankenhaus abgeholt und nach Hause gebracht. Und jetzt hat er mich ohne Vorwarnung fortgeschickt.« Ich hocke mich auf den Barhocker vor dem Tresen und spiele mit meinem Autoschlüssel.

»Espresso gefällig?«

»Klingt hervorragend.« Vielleicht fühle ich mich danach besser.

»Du kennst meine Meinung zu Tommaso. Ich glaube nicht, dass er ein Mann für eine Beziehung ist. Ihr wart die letzten Wochen in einem Ausnahmezustand. Da hat man bald Gefühle für jemanden, der einem in solch einer schwierigen Situation beisteht.« Das Mahlwerk der Kaffeemaschine ertönt, wodurch ich Zeit zum Überlegen habe.

War ich nur ein Ersatz für zwischendurch? Nein, das glaube ich nicht. Doch Giulia weiß nur, dass er sich verletzt hat. Ich habe Tommaso versprochen, niemandem von seiner Vergangenheit oder dem jetzigen Vorfall zu erzählen. Sie weiß nicht, was er mir alles anvertraut hat. Auch ich habe mich ihm die letzten Wochen geöffnet. Sogar von meiner grausamen Kindheit habe ich ihm alles erzählt. Uns verbindet mehr als die Anziehung zwischen zwei Singles.

»Da ist irgendetwas anderes, ich spüre das. Ich habe es in seinen Augen gesehen.«

Giulia stellt die weiße Tasse vor mir ab. »Was ist dein Plan?« Sie setzt sich neben mich und löffelt sicher fünf Kaffeelöffel Zucker in ihren Kakao. Seit wann trinkt sie statt Kaffee Kakao?

»Abwarten.« Ich nippe an meinem Espresso. Ich liebe Kaffeeduft, wenn er frisch gebrüht ist. Am liebsten möchte ich mir ein Duftfläschchen damit besorgen und es ständig bei mir tragen. »Seit wann trinkst du Kakao mit einem halben Kilo Zucker?« Ich verziehe das Gesicht, als sie ihn genüsslich schlürft.

»Seit ich schwanger bin«, schießt es ohne Vorwarnung aus Giulias Mund. Giulia hat weiterhin ihren Blick auf die Tasse gerichtet, als würde sie über das Wetter sprechen.

»Du bist schwanger? Ist das jetzt großartig oder nicht?« Bisher haben wir nie darüber gesprochen, ob die beiden ein Baby planen.

»Natürlich fantastisch!«, kreischt Giulia. Ihre Augen leuchten wie zwei Diamanten, als sie zu mir hochblickt.

»Dann herzlichen Glückwunsch!« Ich schlinge meine Arme um Giulia und ziehe sie fest an mich. »Wann ist denn der Geburtstermin?«

»In vier Monaten.«

»Was? Du hast ja nicht einmal einen Babybauch! Wieso hast du so lange nichts erwähnt?« Ich drücke sie ein Stück von mir weg.

»Du hattest gerade deine Scheidung durch und dann das mit Tom, wo war denn dafür Zeit?«

»Entschuldige.« Nun fühle ich mich augenblicklich schlecht. Meine beste Freundin ist voll in der Babyplanung, und ich war mit mir selbst so beschäftigt, dass ich nicht einmal für Giulia Zeit gefunden habe.

»Jetzt weißt du es ja.«

»Und wisst ihr, was es wird?« Ein Baby ist das schönste Geschenk, was einem der Himmel machen kann. Vor allem, wenn man in einer gut gehenden Beziehung wie Giulia steckt.

»Wir wollen uns überraschen lassen.« Giulia streichelt über ihren kleinen Bauch, der genauso gut ein Fettansatz sein könnte. Ich kann noch immer nicht glauben, dass sie schwanger ist und dass in wenigen Wochen hier neues Leben einkehrt.

»Dann wird es Zeit, dass wir Babysachen shoppen, oder?«, sage ich euphorisch.

Giulias Augen sehen mich groß an. »Ehrlich, du möchtest mit mir mitkommen?«

»Natürlich, das lass ich mir nicht entgehen. Wir könnten gleich los.« Ein bisschen Ablenkung von dem Stress mit Tommaso wird mir guttun. Es bringt nichts, wenn ich jedes einzelne Wort, das er vorhin zu mir gesagt hat, auf die Waagschale lege, denn darin werde ich bestimmt keine Antworten finden.

Eine Stunde später befinden Giulia und ich uns im Shoppingparadies für werdende Mütter. Wir marschieren zu den Kinderwägen. Von einem neuen günstigen bis zu einem gut gebrauchten Wagen steht alles in Reih und Glied.

»Übrigens Frauenhaus.« Giulia bleibt bei dem rosa getigerten Kinderwagen stehen. Alles ist bei dieser Säuglingskutsche kitschig, doch Giulia scheint an dem Stück Gefallen zu finden. »Ich hatte gestern ein interessantes Gespräch mit einer Immobilienmaklerin. Wusstest du, dass unser Frauenhaus in Mailand zuvor Tommaso gehört hat? Also wenn er zwar in Frauendingen ein Arschloch ist, doch was seine Ader, anderen etwas Gutes zu tun, betrifft, hat er sich damit eindeutig übertroffen. Tom hat uns das wertvolle Stück zum halben Preis verkauft.« Sie erwähnt diese Neuigkeit beiläufig.

»Bist du dir da ganz sicher?« Warum hat er es mir nicht erzählt, oder besser gesagt uns?

»Sie hat es ihm damals verkauft, also Beweis genug, oder?« Giulia schiebt den schrillen Kinderwagen aus der Reihe und übt sich beim Hin-und-her-Fahren.

»Gefällt dir das Ding etwa?« Skeptisch ziehe ich eine Braue hoch.

»Guten Tag, kann ich für Sie etwas tun?« Eine Dame stellt sich an Giulias Seite.

»Was kostet dieser Flitzer?« Giulia interessiert sich ernsthaft für das Ding.

»Zweitausend Euro, doch Sie haben dafür auch den Sitz fürs Auto dabei und diese wunderschöne Babytasche.« Sie hält Giulia beides entgegen.

»Schau, Evina, ist das nicht eine bezaubernde Tasche?« Sie schultert die Wickeltasche, ein mit Strasssteinchen besetztes Stück, und läuft den schmalen Gang auf und ab, als würde sie auf einem Laufsteg für Babyartikel posieren.

»Mir wäre es zu viel, doch dir steht sie.« Bei ihr sieht es aus, als wäre das alles gerade voll hip.

»Ich denke, ich nehme den mit.« Giulia drückt die Tasche der Verkäuferin in die Hand.

»Und was tust du, wenn es ein Junge wird?« Fassungslos schaue ich sie an.

»Dann muss ich mir einen Neuen kaufen und den im Frauenhaus abgeben. Aber ich weiß, dass es ein Mädchen wird. Mein Bauch ist schön rund und nicht spitz. Übrigens hat mir meine Kartenlegerin gesagt, dass es eine Prinzessin wird.« Giulia streichelt sich liebevoll über den kleinen Babybauch.

»Das ist natürlich eine sichere Quelle.« Ich kann mir ein Schmunzeln nicht verkneifen. Sie ist wirklich eine Sache für sich. Doch genau wegen solch verrückter Dinge liebe ich sie. Giulia war schon in der Schulzeit etwas eigenwillig, was den Glauben an eine höhere Macht angeht. Mit ihrem ersten Geld war sie damals schon bei einer Wahrsagerin. Manchmal ist es zugetroffen, aber ist das nicht auch Auslegungssache?

In meiner Wohnung angekommen, lasse ich mich auf mein Sofa fallen. Ich starre auf den Fernseher, obwohl er nicht einmal eingeschaltet ist. Mit dem Handy in der Hand überlege ich, ob ich Tommaso anrufen soll. Ich scrolle zu seinem Namen, und mein Daumen schwingt über dem Anrufknopf. Warum habe ich Angst? Immerhin hat er mir doch sein Herz geöffnet. Ich vermisse ihn. Seine Nähe, den Spaß, den wir die letzten Wochen zusammen hatten. Als er noch im Krankenhaus war, schien alles so einfach, und jetzt ist es kompliziert. Nur wegen dieses skurrilen Briefs.

Nach längerem Zögern drücke ich den Wählen-Knopf. Ein Freizeichen ertönt, und das gleichmäßige Tuten lässt mich mit jeder Sekunde unruhiger werden. Ich rutsche auf dem Sofa hin und her. Doch als die Mailbox anspringt, erlischt meine Hoffnung, mit ihm zu sprechen. Er wird mich bestimmt zurückrufen, versuche ich mich zu ermutigen. Ich lege das Handy auf dem Glastisch vor mir ab und entscheide mich, duschen zu gehen.

44. Kapitel

Tommaso

Wie im Nebel vernehme ich das Klacken des Türschlosses. Ich starre auf den Brief, der alles verändert. Der Zettel ist mit einem blauen Stift von Hand beschrieben. Obwohl es nur ein Stück Papier ist, kommt es mir vor, als stünde er gerade unmittelbar vor mir. Wie ist er bloß an meine Adresse gekommen?

»Wo ist denn deine hübsche Freundin hin?« Maria steht im Türrahmen und zieht sich ihre geblümte Kochschürze aus.

»Sie hat einen wichtigen Termin. Sie lässt sich entschuldigen.« Ich lüge, ohne mit der Wimper zu zucken. Versuche den Schmerz, der sich gerade in meiner Brust bildet, mit aller Kraft zu unterdrücken. »Übrigens hast du ab jetzt frei.«

»Aber ...«

»Nichts aber. Du hast es verdient, dir einen schönen Tag zu machen.« Ich muss meine Ruhe haben. Die ersten Worte, die ich zuvor gelesen habe, verändern alles. Alles, was ich die letzten Jahre geglaubt habe zu wissen, ist ab jetzt nichtig. Mein Vater hat mich gefunden, und das bedeutet, ich werde schnellstmöglich eine Lösung finden müssen.

»Wie du meinst. Danke.« Maria verschwindet, und die Stille lässt mich wieder auf den Brief fokussieren.

Meine Rückenmuskulatur ist angespannt, und die restlichen Regionen an meinem Körper verkrampfen sich. Meine Handflächen werden feucht, und ich spüre, wie lose Schweißperlen von meiner Stirn tropfen, als ich die Zeilen nochmals beginne zu lesen.

Hallo Marius, ach du nennst dich ja jetzt Tommaso oder soll ich dich Massimo nennen?

Irgendwie ist es seltsam, nicht genau zu wissen, wie sein eigener Sohn vom Vater angesprochen werden möchte. Du besitzt ja bald mehr Namen als ich.

Ich habe lange überlegt, ob ich dich anrufen oder es auf diese formelle Weise tun soll. Aber da ich mir gut vorstellen kann, dass du mit mir nicht sprechen willst, habe ich mich letztendlich für diesen Weg entschieden. Vielleicht ist es etwas spät, nach so vielen Jahren bei dir aufzukreuzen, doch ich denke, es ist an der Zeit, dich in meine firmeninternen Geschäfte einzuweihen.

Ich habe dich im Ring kämpfen sehen und du hast das Zeug zum Sieger, natürlich ganz meine Gene. Darum möchte ich mich gerne am Montag um zwölf Uhr im Café Paolo mit dir treffen. Wir hatten nicht immer die beste Zeit miteinander, doch jetzt musst du der Verpflichtung nachkommen, die der Name Bellini mit sich bringt. Du musst meine Geschäfte in Sizilien weiterführen.

Grüß deine Mutter von mir. Ihr Mann ist zwar ein Waschlappen, aber sie scheint glücklich mit ihm zu sein.

Freue mich dich wieder in meine Arme zu schließen.

Übrigens dein Haus ist ganz nach meinem Geschmack eingerichtet. Schade, dass du kein einziges Foto von mir aufgehängt hast. Ich dachte, ich mache dir eine Freude und habe eines neben deinem Bett hingestellt.

Ciao und halt bis dahin die Ohren steif.

Das ist ein schlechter Scherz, oder? Ich lasse den Brief zu Boden fallen. Mit eiligen Schritten laufe ich zum Flur, zu meiner Treppe, die mit einem braunen Teppich überzogen ist. Zwei Stufen auf einmal nehmend haste ich nach oben. Ich reiße die Tür zum Schlafzimmer auf und suche nach dem Bild. Von der Kommode, die gegenüber von meinem Bett steht, wandert mein Blick weiter zum Nachttisch. Als ich einen goldenen Bilderrahmen entdecke, haste ich hinüber. Ich greife nach dem Foto und mustere das Bild. Mein Vater ist alt geworden. Er hat nur mehr ein paar silbergraue Haare an der Seite und viele tiefe Falten auf der Stirn. Er sieht krank darauf aus mit diesem seltsamen grauen Schimmer im Gesicht. Will er etwa Mitleid bei mir erzeugen? Wut, die ich jahrelang mit mir herumschleppe, keimt in mir auf. Dieses verdammte Arschloch war in meinem Zimmer! Ich pfeffere das Bild in die Ecke, und das Glas zersplittert in mehrere Einzelteile. Was, wenn das alles eine Falle ist und er meine Mutter wieder in seine Fänge locken will? Ich weiß nur zu gut, welche Mühen es meinen Stiefvater gekostet hat, unsere Spuren zu verwischen, damit mein Vater uns nicht findet. Doch hat er uns denn überhaupt jemals aus den Augen verloren? Wenn er von meinen Kämpfen im Ring weiß? Er war sogar unbemerkt in meinem Haus, das einen der höchsten Sicherheitsstandards aufweist. Was mache ich jetzt bloß? Welchen Montag hat er überhaupt gemeint?

Unten in meiner Küche angekommen, bücke ich mich zum Boden und sammle den Brief vom dunkelbraunen Parkett auf. Ich suche nach einem Datum, doch ich finde nur den Aufgabestempel und den Absender von diesem Anwalt. Wieso schickt er mir Post über seinen Juristen? Irgendwie passt das alles nicht zusammen. Werde ich hier gerade in die Irre geführt? Ich greife in meine Hosentasche und ziehe mein Handy hervor. Zuerst muss ich mit Milan sprechen, später informiere ich meine Mutter, dass er unseren Wohnort kennt. Ob auch Evina in Gefahr ist? Diese Nachricht hat so harmlos und friedlich geklungen, doch was ist, wenn er einen Plan hat? Er hat nur Montag geschrieben, meint er den in drei Tagen? Mal sehen, was Milan darüber alles herausfinden kann. Blind werde ich nicht in das Treffen gehen.

»Also, was ist los?« Milan steht nach nur dreißig Minuten mit seiner kurzen Tennishose und dem weißen T-Shirt in meinem Arbeitszimmer.

»Kennst du einen Anwalt namens Carlos?« Ich setze mich in den Ledersessel und lege sorgsam den Brief vor mir zurecht.

»Kennen ist übertrieben, wenn du meinst, ob ich mit ihm persönlichen Kontakt habe. Er ist ein Fernsehstar, aber nicht im guten Sinne. Sobald einer von den Mafiabossen vor Gericht muss, haut er sie raus. Mittlerweile gehört er bei denen zur Familie, würde ich sagen. Warum?« Milan setzt sich gegenüber von meinem Mahagonischreibtisch hin und kreuzt seine Beine.

»Ich habe Post von meinem Vater bekommen, und der Absender ist der Anwalt.« Ich schiebe ihm den Brief hinüber. Milan liest ihn interessiert durch. Milan weiß mittlerweile alles von meiner Vergangenheit. Auch dass meine Mutter und ich uns vor meinen Vater die ganzen Jahre versteckt hatten. Aus Angst, er könnte uns Schaden oder sogar umbringen. Doch nun, wo ich erfahren habe, dass mein Erzeuger schon einige Jahre von unserem Wohnort weiß und nichts unternommen hat, bin ich verunsichert. Was hat er vor, wenn er jetzt plötzlich in mein Leben tritt. Noch dazu war er in meinem Haus. Mein Rückzugsort, der mir die letzten Jahre diese Sicherheit bot, ist für ihn frei zugänglich gewesen. Ich muss meinen Sicherheitschef später anrufen. Er muss hier alles auf den neuesten Stand bringen, koste es, was es wolle.

»Er hat dich sogar bei den Kämpfen gesehen?« Milan blickt kurz vom Brief zu mir hoch, bevor er weiterliest.

»Ja, aber was noch viel schlimmer ist, er war in meinem Haus.«

»Was?« Milan legt den Brief zurück auf den Schreibtisch und reibt sich verdächtig die Stirn.

»Also, was denkst du?« Ich verschränke die Finger am Tisch, um meine Unruhe zu kompensieren und nicht wie ein Zappelphilipp dazusitzen.

»Ich wusste ja nicht, dass dein Vater zu einer der dunkelsten Gestalten von Italien gehört. Warum hast du das verschwiegen?« Milan richtet sich auf, ihm ist die Sorge ins Gesicht geschrieben.

»Hätte es denn was geändert?«

»Vermutlich nicht. Willst du zu dem Treffen hingehen?«

»Was bleibt mir denn anderes übrig? Doch ich muss Evina und meine Familie in Sicherheit wissen. Was, wenn er sie sonst als Druckmittel gegen mich verwendet?« Mein Handy klingelt, und das Foto von Evina erscheint auf meinem Bildschirm. Ich kann jetzt nicht abheben. Nicht jetzt, wo ich selbst noch keine Ahnung habe, was ich tun soll. Der Gedanke, sie könnte in Gefahr sein, lässt meine Brust zusammenziehen. Warum hat dieser Scheißkerl noch immer diese Macht über mich und mein Leben. Ich lasse es nicht zu, nein!

»Was ist dein Plan?«, fragt Milan.

»Ich dachte daran, Evina vorerst im Dunkeln zu lassen. Ich werde ihr einen Bodyguard zur Überwachung schicken. Der soll sich vor ihrem Haus platzieren und sie auf Schritt und Tritt verfolgen. Um das Risiko einzudämmen.« Das Handy erlischt, und die Nachricht, dass ich einen Anruf in Abwesenheit von meiner Süßen habe, erscheint auf dem Display.

»Das findest du eine gute Idee?« Milans Stimme bekommt diesen seltsamen Unterton, den er immer hat, wenn er von meinen Entscheidungen nicht überzeugt ist.

»Auf keinen Fall will ich sie verunsichern. Ihr Leben war die letzten Jahre chaotisch genug.« Dass auch sie von ihrem Vater misshandelt wurde, lässt mir noch immer einen grauenhaften Schauer über den Rücken laufen. Als sie mir im Krankenhaus davon erzählte, was er mit ihr alles angestellt hat, wäre ich am liebsten aus dem Bett gesprungen und hätte diesen Mistkerl
fertiggemacht. Doch ich weiß nur zu gut, dass dies keine Lösung gebracht hätte. Evina hat besser mit ihrer Vergangenheit abgeschlossen als ich. Vielleicht sollte ich ihren Rat, zu einem Therapeuten zu gehen, zu Herzen nehmen. Jedoch jetzt ist dafür keine Zeit. Augenblicklich muss ich den Fokus auf meinen Vater richten, der etwas im Schilde führt, aber was?

»Deine Entscheidung.« Milans knappe Aussage verunsichert mich nicht. Es ist mir zwar nicht egal, doch für Evina ist es derzeit die beste Lösung.

»Was mir Sorgen macht, ist, dass mein Erzeuger von meinen Kämpfen weiß. Was, wenn er es als Druckmittel gegen mich einsetzt? Es darf nicht an die Öffentlichkeit kommen, sonst ist mein Name als Immobilienmakler ruiniert.« Ein flaues Gefühl, das leider nichts Gutes bedeutet, macht sich in meinem Magen breit. Mein Instinkt sagt mir, dass ich vorsichtig sein muss.

»Ich versuche, über deinen Vater etwas herauszubekommen, wenn das möglich ist vor dem Wochenende. Die Behörden haben alle schon geschlossen.«

»Egal, wie du es anstellst, ich muss vor Montagmittag alles wissen.« Nervös dribble ich mit den Fingern auf dem glatten Holztisch.

»Dann mache ich mich gleich an die Arbeit. Ich werde John anrufen, der sitzt im Finanzamt. Der hat bestimmt Einsicht in diverse Unterlagen.«

»Schau nur, dass es nicht auf mich zurückzuführen ist.« Die ermahnenden Worte hätte ich mir sparen können. Trotzdem möchte ich sicherstellen, dass es keine Verbindung zu mir gibt.

»Geht klar. Wir hören uns.« Milan erhebt sich vom Stuhl und geht aus dem Zimmer. Ich starre zum Regal, das voll mit Fachbüchern ist. Vom Mietrecht angefangen bis zu Verkaufs- und Marketingstrategien. Damals, als ich in der Immobilienbranche begonnen habe, las ich jedes einzelne Buch. Heute noch schlage ich darin nach, wenn ich mir unsicher bin. Zwar habe ich ausgezeichnete Mitarbeiter und auch Milan als einen der besten Anwälte von Rom. Doch ich bin der Überzeugung, dass man sich selbst auch sein Wissen anreichern muss, um in der Geschäftswelt erfolgreich zu sein und zu bleiben.

Kurz überlege ich, meiner Mutter telefonisch die miserablen Neuigkeiten zu erzählen, doch dann komme ich letztendlich zum Schluss, dass es wohl besser ist, bei ihr persönlich aufzukreuzen.

Ich klingle an ihrer Tür, und nach wenigen Sekunden kommt ihre Haushälterin und öffnet sie.

»Guten Abend, Signor De Santis.« Narumol ist, wie man sich Thailänderinnen vorstellt. Klein, zierlich und mit einem Dauerlächeln im Gesicht.

»Ciao. Ist meine Mutter zu Hause?« Ich habe meine Hände tief in der Hosentasche der Jeans vergraben.

»Deine Eltern sitzen im Wohnzimmer.« Narumol schiebt die Tür ein Stück weiter auf und gewährt mir dadurch Einlass.

Ich marschiere durch den Flur geradewegs zum Wohnraum. Mutter und mein Stiefvater sitzen mit dem Rücken zu mir. Sie liegen wie ein frisch verliebtes Paar eng umschlungen vor dem Fernseher und schauen sich die Nachrichten an.

»Hallo«, sage ich nach einem Räuspern.

»Hallo, Tommaso, ist was passiert?« Mutter löst sich aus Marcellos Umarmung und dreht sich zu mir. Mama kennt mich nur zu gut, und normalerweise komme ich abends nicht nur so zu Besuch.

»Genau genommen haben wir ein riesiges Problem. Lorenzo war in meinem Haus, und er kennt auch deinen neuen Namen.«

»Was?« Mutter springt vom Sofa hoch, und ihr Gesicht ist kreidebleich.

Ohne Umschweife erzähle ich ihnen vom Brief und dass er in meinem Haus war. Meine Mutter sackt zusammen, und Marcello fängt sie gerade noch auf. Ich wusste, dass es für sie ein Schock ist, diese Worte zu hören. Viele Jahre hat es gedauert, bis sie sich ohne Begleitung überhaupt vor die Tür getraut hat. Jetzt, wo sie sich in Sicherheit wiegte, ist alles nochmals da. Die Angst, er könnte sie zu sich holen und ihr wieder diese grausamen Dinge antun, die er jahrelang mit ihr gemacht hat. Die Narben an ihren Händen erinnern sie täglich an das, was sie mitgemacht hat. Sie hat durch Marcello zu ihrer Stärke zurückgefunden, um ein normales Leben zu führen. Er ist ihr Fels in der Brandung, genau wie jetzt, als er sie auf das Sofa legt und ihre Beine anhebt.

»Narumol, bringen Sie bitte ein Wasser und die Baldriantropfen, die auf dem Kühlschrank stehen.« Marcello ist die Ruhe selbst, während er sanft über Mutters Haar streichelt. »Bist du dir ganz sicher, dass es Lorenzo ist?«, fragt Marcello mich.

»Milan stellt noch genauere Nachforschungen an, doch ich denke, ja. Wer sollte sonst einen Grund haben, sein Foto in meinem Schlafzimmer abzustellen?« Nervös laufe ich ums Sofa herum, immer den Blick auf meine Mutter gerichtet. Ihre Augen sind geschlossen, doch als Narumol mit einem silbernen Tablett in der Hand ins Zimmer kommt, blinzelt meine Mama. Langsam öffnet sie ihre Lider. Narumol reicht Marcello das Glas und die braune Flasche mit den Beruhigungstropfen.

»Mund auf«, befiehlt er ihr mit sanftem Ton. Sie spaltet die Lippen. Nachdem sie die Tropfen geschluckt hat, trinkt sie das Wasser in einem Zug leer.

Mutter möchte sich gerade aufrichten, doch Marcello drückt sie vorsichtig zurück ins Kissen.»Bleib liegen, Liebes.«

»Mir geht es gut!«, flucht Mutter.

»So gut, dass du gerade zusammengeklappt bist!«, kontert Marcello ohne Umschweife.

»Ich bleib ja schon liegen.« Mutter rollt mit den Augen. Ich weiß, dass sie es genießt, von Marcello umsorgt zu werden. Damals, als er uns aus den Fängen gerettet hat, war er für uns da. Jeden Tag hat er sich bemüht, dass wir uns bei ihm wohlfühlen. Wenn wir ihn nicht gehabt hätten, wären wir beide vielleicht schon tot. Ihm können wir verdanken, dass wir ins Leben zurückgefunden haben. Auch meine Mutter hat durch ihn wieder lachen gelernt.

»Wie sieht dein Plan aus?« Marcello beäugt mich mit seinen braunen Augen. Er macht sich Sorgen, doch er würde es vor meiner Mutter niemals zeigen.

»Ich werde Montag zu diesem Treffen gehen.«

»Nein, das tust du nicht!« Mutters Stimme zittert.

»Mama, ich weiß, du machst dir Sorgen, aber ich bin ein großer Junge, mir passiert schon nichts.« Ich versuche sie mit meinen Worten zu beruhigen, jedoch ihr Gesicht ist verzerrt. »Für euch wäre es das Schlaueste, wenn ihr für ein paar Tage untertaucht. Am besten, ihr fliegt in eine andere Stadt, wenn möglich, weit weg von Italien.« Ich habe die Befürchtung, dass ich die Kontrolle verliere, sollte mein Erzeuger sie fassen. Alleine bei dem Gedanken verkrampft sich mein Brustkorb. Doch ich versuche, vor meinen Eltern entspannt zu wirken.

»Du meinst, das reicht aus?« Marcellos Frage versetzt mir einen Stich in der Brust. Ich habe keine Ahnung, wie weit Lorenzos Kontakte reichen. Ob er uns vielleicht schon beschattet, um die Klappe zuschlagen zu lassen.

»Ich hoffe«, sage ich mit einem Seufzen.

45. Kapitel

Evina

Ich starre auf das schwarze Display meines Handys. In der Zwischenzeit habe ich sicher schon zehn Mal auf Tommasos Mailbox gesprochen. Ich komme mir langsam wie eine Stalkerin vor. Ich spüre, dass irgendetwas passiert ist. Es ist bereits zehn Uhr abends, und noch immer habe ich keine Antwort von ihm bekommen. Die Warterei lässt mich zu einem Zombie mit Süßigkeiten und Kaffee werden. Mittlerweile habe ich drei Tafeln Milchschokolade und zehn Tassen Espresso intus. Langsam habe ich den Eindruck, mein Körper zittert unaufhörlich.

Kurz schweifen meine Gedanken zu Giulia ab, die heute glücklich aussah. Sie wirkt verändert, erwachsener und pflichtbewusster. Wenn man ihren Spontankauf mit dem Kinderwagen mal ausblendet.

Mein Display leuchtet auf, und als ich Tommasos Namen sehe, hole ich tief Luft, bevor ich auf den Abheben-Knopf drücke.

»Hallo«, sage ich ruhiger als gedacht.

»Hey, alles okay bei dir?«

»Das sollte ich wohl eher dich fragen, meinst du nicht?« Ich schiebe die Beine auseinander. Im Schneidersitz kann ich meine angespannten Muskeln nicht lockern.

»Es tut mir leid, dass ich dich heute so aus dem Haus geschmissen habe, ich kann dir aber vorerst dazu keine Erklärung liefern. Tu mir den Gefallen, und bleib die nächsten Tage zu Hause.« Ich höre im Hintergrund ein Piepsen, wie von der Alarmanlage seines Einganges, die er gerade abschaltet.

»Warum? Muss ich mir Sorgen machen? Hat es mit deinen Kämpfen zu tun?« Ich springe vom Sofa auf und laufe in die Küche. Ich brauche eindeutig mehr Schokolade.

»Nein, aber es würde mich beruhigen. Bitte vertrau mir, ich melde mich nächste Woche bei dir.«

»Warum sagst du mir nicht, was los ist?« Ich klemme das Telefon zwischen Ohr und Schulter, dann öffne ich den Kühlschrank. Der helle Lichtstrahl erhellt den Raum.

»Vertrau mir einfach. Ich liebe dich. Bis dann.«

Ich will gerade antworten, doch da hat er schon aufgelegt. Ich krame aus der untersten Schublade die letzte Tafel Schokolade heraus und stupse mit meiner Hüfte die Kühlschranktür zu.

Da ich meine Wohnung in- und auswendig kenne, steuere ich zielgenau zum Sofa zurück. Ich schalte den Fernseher ein, um mich nicht alleine zu fühlen. Ich zappe mich von einem Kriegsfilm weiter zu CSI New York. Immerhin wird hier nicht ständig einer abgeschlachtet, denke ich mir, als ich mich in die Kissen zurückfallen lasse. Ich breche die erste Rippe Schokolade herunter und stecke sie in meinem Mund. Normalerweise stopfe ich mir die Süßigkeiten nicht in Übermaßen in mich hinein, doch heute ist Ausnahmezustand bei mir angesagt. Jetzt soll ich mich auch noch zu Hause verkriechen. Bestimmt hat es mit seinen Fights im Käfig zu tun. Milan hatte mich schon darauf vorbereitet, dass mit den Kerlen nicht zu spaßen ist. Ob ich mich in Gefahr befinde? Ich greife nach meiner Wolldecke und ziehe sie mir bis zum Hals hinauf. Meine Beine winkle ich an, während ich auf den Fernseher starre. Eigentlich bekomme ich von dem Film nichts mit, denn meine Gedanken schweifen immer wieder zu Tommaso ab. Steckt er in Schwierigkeiten? Am liebsten wäre ich jetzt bei ihm. Seine Stimme klang am Telefon sachlich, als würde er über das Wetter sprechen, doch im Unterton habe ich seine Angst gespürt. Wieso möchte er mich nicht bei sich haben? Die letzten Tage im Krankenhaus haben wir einzigartige

Gespräche geführt. Wir haben unser Herz einander geöffnet, und nun? Warum lässt er mich nicht teilhaben an seinem Schicksal, das ihn so sehr bedrückt? Ich dachte, wir hätten die komplizierte Phase geschafft und könnten uns auf eine gemeinsame Zeit zu zweit freuen. Ich greife nach dem Kissen und umarme es. Dann stopfe ich mir die letzte Rippe Schokolade in den Mund. Einsam und allein hocke ich hier und zerbreche mir den Kopf. Doch wenn ich genau darüber nachdenke, hat er kein einziges Wort darüber verloren, dass er mich nicht mehr sehen möchte. Vielleicht ist meine Panik völlig unbegründet.

Noch immer das Kissen in der Hand, lege ich mich auf die Seite. Am liebsten würde ich Giulia anrufen. Der Blick auf die Uhr zeigt mir deutlich, dass es dafür zu spät ist. Was sollte ich mit ihr denn besprechen? Meinen Kummer über etwas, wovon ich keine Silbe erzählen darf? Noch nie hatte ich Giulia gegenüber so viele Geheimnisse. Sie kennt meine tiefsten Ängste und die schlimmsten Erlebnisse, doch über Tommasos Vergangenheit und seine Kämpfe muss ich schweigen. Auch aus Sicherheit für ihre kleine Familie. Wie oft kommen die Bilder zum Vorschein, als Tommaso auf der Bühne reglos lag. Nie wieder möchte ich ihn so sehen müssen. Ob er wieder in den Ring steigt? Bisher haben wir darüber nicht gesprochen. Mir wäre es zwar recht, wenn er zu dem Ganzen auf Abstand geht, doch darf ich das von ihm verlangen? Nach seinen Erzählungen ist es sein Rückzugsort aus seinen Albträumen. Ist er vielleicht gerade dort? Feiert eine grandiose Party, auf der ich keinen Platz habe? Ich schüttle den Kopf, als könnte es irgendjemanden interessieren, was ich denke oder fühle. Sollte ich hinfahren und nachsehen? Doch wer wäre ich dann? Eine Frau, die ihrem Freund hinterherspioniert. Ist er schon mein Freund? Interpretiere ich zu viel hinein? Dass er mich wunderschön findet, ist noch kein Beweis, dass er mit mir in einer Beziehung ist.

»Schluss jetzt!«, rufe ich in den leeren Raum. Ich springe vom Sofa hoch, werfe das Kissen in die Ecke und richte meine Haare. Ich werde mich von dem Typen nicht fertigmachen lassen und hier rumhängen. Ich steuere zum Fernseher und krame zwischen meinen DVDs. Als ich die Richtige gefunden habe, muss ich lächeln. Genau das ideale Mitternachtsprogramm. Ich schiebe die DVD in das Gerät, hole mir aus dem Abstellraum meine Yogamatte, und los geht`s. Voller Elan schalte ich das Yoga-Video an. Das wird meine trüben Gedanken wegblasen und den Kopf frei machen.

46. Kapitel

Tommaso

Es sind einige Wochen vergangen, seit ich das letzte Mal hier gewesen bin. So gut wie jeden Montag haben sich Milan und ich hier auf einen Drink getroffen. Über die Jahre hat sich das zu einem Brauch zwischen uns entwickelt. Milan erzählt gerne von seinen Frauengeschichten, was mich nicht weiter stört. Ich halte mich da eher zurück und schweige darüber.

Ich scanne den Biergarten, ob ich meinen Vater entdecke. Doch die Tische sind besetzt mit tobenden Kindern und genervten Eltern. Zwei ältere Herrschaften sitzen sichtlich gestresst dazwischen. Sie gehören eindeutig nicht zu denen, trotzdem sitzen sie mitten in dem Getümmel. Ein Tisch links in der Ecke ist noch frei. Das Wetter ist heute traumhaft schön, mit dem hellblauen Himmel, an dem sich nicht einmal eine Wolke zeigt. Aber zuerst muss ich drinnen nachsehen. Vielleicht war es ihm hier draußen zu laut. Ich öffne die Tür und muss mehrmals blinzeln. Kurz sind vor meinen Augen dunkle Flecken. Das Café ist klein, mit den sechs Tischen und der Bar, die in Mahagoni gehalten ist. Jedoch ist niemand da, sogar die Barhocker sehen etwas verloren aus ohne einen Gast darauf.

»Ciao«, ruft der Kellner von der Kühlvitrine, die mir zuvor nicht aufgefallen ist. Sie ist befüllt mit den unterschiedlichsten Torten, bei deren Anblick ich sofort an Evina denken muss. Wie gerne sie Süßes nascht.

Ich hoffe, dass heute alles glatt über die Bühne läuft, damit ich sie endlich wieder in meine Arme schließen kann.

Das ganze Wochenende habe ich unentwegt an sie gedacht. Doch augenblicklich ist es für sie das Sicherste, wenn sie nicht mit mir gesehen wird. Keine Ahnung, was mein Vater im Schilde führt. Mutter und mein Stiefvater sind vorerst untergetaucht, bis ich mich bei ihnen melde. Als meine Mutter sich von meinem Vater trennte, war Lorenzo schon ein einflussreicher Mann in Sizilien. Keine Ahnung, wo er heute steht. Bei seinem Ehrgeiz könnte er gefährlich für uns sein.

Ich nicke nur und verlasse das Café. Hier drinnen ist mir dann doch zu wenig los. Besser ein paar Zeugen, dann hält mein Vater bestimmt die Füße still. Ich entscheide mich für den Tisch, der vorhin schon frei war, und lasse den Blick über die Gäste gleiten. Besser nichts aus den Augen lassen, denke ich mir, während ich mich auf den Stuhl sinken lasse.

»Ciao, was möchten Sie trinken?« Der Ober, der vorhin drinnen war, steht dicht neben mir.

»Ciao, ein Wasser bitte«, antworte ich. Ich schnappe mir die Sonnenbrille aus der Lederjacke und setze sie auf. So kann ich besser alles beobachten, ohne unnötig Aufmerksamkeit zu erregen. Der Typ mit weißem Hemd und schwarzer Anzughose verschwindet ins Lokal. Wo bleibt nur mein Vater? Nervös blicke ich auf die Uhr, es ist mittlerweile zehn Minuten nach zwölf, und ich entdecke ihn nicht. Ob Marcello recht hatte und mein Vater mich von etwas weglocken wollte? Evina kann es nicht sein, hoffe ich zumindest. Ein Bodyguard hat sie bestens im Blick. Er muss jeden seltsamen Zwischenfall sofort melden. Mutter und Marcello sind auf einer Schiffsreise und genießen die Meeresluft, soweit das zu dieser Zeit möglich ist.

Das Wasser wird mir serviert, und ich nehme einen kräftigen Schluck. Es ist kalt und rinnt meine angespannte Kehle hinunter. Am liebsten würde ich aufstehen und gehen. Zehn Minuten gebe ich diesem Wichser noch.

Ein Mann mit Aktentasche und Halbglatze schlängelt sich durch die

Tische hindurch. Er kommt geradewegs auf mich zu. Dieser Typ hat nichts mit meinem Vater gemein. Hat er etwa eine Gesichtsoperation gehabt? Er ist mindestens um zehn Zentimeter kleiner als mein Vater. Meine Muskeln verkrampfen sich als, er mich durch die dicke Brille fixiert.

»Guten Tag, Signor De Santis!« Ein gespielt freundliches Lächeln gleitet über sein rundes Gesicht. Zugleich streckt er mir seine wulstigen Finger entgegen.

Ich bleibe demonstrativ sitzen und mache keine Anstalten, ihm die Hand zu reichen. Warum auch, ich kenne den Typen nicht. Außerdem hat er wie mir scheint mit meinem Vater engeren Kontakt, das macht ihn automatisch zu einem Arschloch.

»Guten Tag, Signor?« Ich ziehe eine Braue hoch.

»Entschuldigen Sie meine Unhöflichkeit, ich bin Dr. Carlos, der Anwalt von Ihrem Vater.« Er setzt sich gegenüber von mir hin und legt seine braune Ledertasche auf den freien Stuhl ab.

»Wo ist mein Vater, immerhin hat er mich hierherbestellt!« Mein schroffer Ton bringt den Anwalt nicht aus der Ruhe. Er legt sorgsam die Hände am Tisch ab und verschränkt seine dicken Finger.

»Es tut mir leid, aber Ihr Vater wird nicht kommen.« Dr. Carlos verzieht keine Miene.

»Was soll ich dann hier?« Am liebsten würde ich ihn auf der Stelle zerfleischen, doch ich versuche, weiterhin entspannt zu bleiben. Obwohl das ein ziemlicher Kraftakt ist.

»Sie sind hier, weil ich Ihnen das Testament verkünden muss. Es tut mir leid, dass Sie es so erfahren, aber Ihr Vater ist seit einer Woche tot.« Ich verstehe, was er da gerade sagt, doch irgendwie auch nicht. Wie kann das sein? Er war erst vor ein paar Tagen in meinem Haus.

»Ich habe keine Lust auf seine Spielchen, sagen Sie mir die Wahrheit!«, knurre ich ihn an.

»Ihr Vater hat vor seinem Tod alles genau geplant. Auch seine Verabschiedung. Er wollte beim Begräbnis niemanden dabeihaben außer Ihrer Mutter und Ihnen. Doch er hatte kurz zuvor von Ihrem Unfall im

Käfig erfahren und dann darauf seinen Plan umgeworfen.« Kurz hält er inne, bevor er weiterspricht. »Er wusste, dass er sterben wird. Er hatte Krebs im Endstadium. Darum bin ich heute hier. Er möchte, dass Sie sein Imperium in Sizilien weiterführen.«

Der Ober unterbricht uns und nimmt die Bestellung des Anwalts auf. Was mir recht kommt, denn ich kann nicht glauben, was der Kauz mir gerade erzählt. Wenn das alles stimmt, sind meine Mutter und ich frei. Frei von der Angst, von ihm gefasst zu werden und in seine Fänge zurückgeholt oder, schlimmer, von ihm getötet zu werden.

Nachdem der Kellner weg ist, greift Dr. Carlos zu seiner Aktentasche. Ich beobachte genau, wie er sie öffnet und eine gelbe Mappe herauszieht.

»Warum haben Sie mich nicht in Ihr Büro geholt?«, frage ich skeptisch. Irgendwie ergibt das alles keinen Sinn. Warum hat er sich die Mühe gemacht, mich so an der Nase herumzuführen?

»Weil Ihr Vater sich gewünscht hat, dass Sie in seinem Lieblingscafé die Nachricht bekommen. Jeden Montag saß er hier um zwölf Uhr und hat Sie beobachtet, wenn Sie mit Ihrem besten Freund Milan Ihren Kakao getrunken haben.«

Nun wird mir mulmig im Bauch. Er hat über die ganzen Jahre gewusst, wo ich mich aufhalte, und nie etwas zu mir gesagt oder mich angesprochen?

»Sie verarschen mich doch!«, sage ich ungehalten, wodurch ich die Blicke der anderen Gäste auf mich ziehe.

»Ihr Vater wusste alles über Sie. Er ist vor drei Jahren sogar extra nach Rom gezogen, um in Ihrer Nähe zu sein. Sie wissen so einiges nicht von Ihrem Vater. Er hatte nach dem Aussetzer, den er damals vor mehr als zwanzig Jahren bei Ihrer Mutter und Ihnen hatte, einen Nervenzusammenbruch. Danach hat er sich selbst in die Psychiatrie einweisen lassen und eine Therapie gemacht. Dort ist ihm erst klar geworden, was er Ihnen und Ihrer Mutter alles angetan hat. Es hat ihn zermürbt. Er wusste, dass er niemals das Geschehene rückgängig machen konnte. Nicht mit einer einfachen Entschuldigung. Er wusste, dass Sie ihm niemals verzeihen würden. Darum hat er den Weg gewählt, zumindest als Zuschauer an Ihrem Leben teilzuhaben. Es hat ihn stolz und zugleich glücklich gemacht, als er gesehen hat, dass Sie eine erfolgreiche Karriere in der Immobilienbranche anstrebten. Nur mit dem Kämpfen im Ring konnte er nicht warm werden. Zu große Sorge hatte er, dass Sie dort schwer verletzt würden. Was ja letztlich auch passierte.« Der Anwalt öffnet die Mappe und sieht dann wieder zu mir. Ich sitze da und habe keine Ahnung, was ich da alles höre. Einerseits will ich ihn weiterhin hassen, anderseits berühren mich diese Worte.

»Hier ist die Sterbeurkunde Ihres Vaters.« Er reicht mir das Dokument, und ich untersuche es, ob es nicht eine Fälschung ist. Immerhin hat er ausgezeichnete Kontakte in der Unterwelt. Da ist es für ihn ein Klacks, dies zu fälschen. Doch leider fehlen mir die Kenntnisse, es zu prüfen. Das werde ich wohl Milan überlassen.

»Sie können es gerne überprüfen lassen«, fährt er fort. Kann er die Zweifel trotz Sonnenbrille erkennen?

»Das werde ich.« Noch immer halte ich das Schriftstück in der Hand. Der Beweis, dass es kein Zusammentreffen zwischen ihm und mir mehr geben wird. Keine Möglichkeit, in Vaters Augen zu lesen, ob es wirklich die Wahrheit ist, was der Typ mir hier erzählt.

»So, und nun zum Testament kommend, er hat Ihnen das gesamte Vermögen vermacht. Sie können die Geschäfte in Sizilien für ihn weiterführen oder das Geld einpacken. Die Kontaktlisten liegen dem Testament bei. Obwohl Ihr Vater davon überzeugt war, dass Sie nicht in das Mafiageschäft einsteigen würden. Doch ich meinte, im Falle einer anderen Entscheidung brauchen Sie Unterlagen, um das Imperium weiterzuführen.« Dr. Carlos sagt das alles in einer Ernsthaftigkeit, dass ich kaum etwas glauben kann. Das muss alles ein übler Scherz sein, oder?

»Anscheinend kennt er mich besser, als ich dachte.« Ich muss lächeln.

»Dann werde ich Ihnen, sobald die Formalitäten erledigt sind, die fünfhundert Millionen Euro überweisen.« Er sagt es, als würde es um Erbsen gehen. Ohne jegliche Regung in seiner Mimik. Sicherlich bin ich ein wohlhabender Mann, doch mit dieser Summe habe ich nicht gerechnet.

»Was?«, sage ich eindeutig wieder zu laut, denn abermals schauen die Leute von ihren Tischen zu mir.

»Ihr Vater war sehr sparsam. Außerdem dachte er sich, Sie würden dafür bestimmt den richtigen Zweck finden. Übrigens musste ich seine letzten Worte für ihn aufschreiben. Damit ich nichts Falsches sage. Soll ich es Ihnen vorlesen?«

»Aha ...« Mehr bringe ich nicht hervor. Mit allem habe ich heute gerechnet. Mit einem Streit, harten Diskussionen, sogar mit einem Kampf, doch niemals mit dem.

Der Anwalt zieht ein Papier hervor. Er räuspert sich und richtet seinen Rücken gerade. »Mein Sohn, es tut mir zutiefst leid, dass ich dir und deiner Mutter das alles angetan habe. Jetzt hier am Sterbebett muss ich es büßen. Mich umgeben nur Menschen, die ich dafür bezahle, für mich da zu sein. Ich habe es mit Sicherheit verdient, und ich weiß, dass mir auch kein Mitleid gebührt. Wahrscheinlich werde ich in der Hölle schmoren für das, was ich euch angetan habe. Doch ich muss dir sagen, dass du trotz alledem der wichtigste Mensch in meinem Leben bist. Ich gebe dir nur einen Rat, hör auf mit den Fights. Auch wenn du als Sieger geboren wurdest, irgendwann kommt der Punkt, da verliert der stärkste Krieger. Nämlich dann, wenn dir dadurch die wichtigsten Menschen entgleiten. Gewalt ist nicht das, was einen Menschen glücklich macht. Gewalt ist nur das Zeugnis von Schwäche und Angst vor dem Ungewissen. Angst, sich den Dingen zu stellen, die einen tagtäglich belasten. In den Träumen sowie im Alltag. Lass den Hass aus deinem Herzen, und lass die Liebe Einzug nehmen. Denn das ist das schönste Gut auf Erden. Ich liebe dich, mein Sohn. Ich weiß, ich hätte es schon viel früher dir sagen oder zeigen sollen. Doch ich glaube, dafür musste die Zeit reifen wie ein guter Wein. Ich weiß, du wirst deinen Weg finden. Alles Gute dafür. Lebe dein Leben, und liebe es, denn du hast nur das eine!«

Plötzlich höre ich kein Kindergeschrei oder schreiende Eltern mehr. Ich höre nur noch die Worte meines Vaters. Ich kann nicht glauben, dass mir eine Träne aus dem Auge kullert. Wegen eines Mannes, den ich vor wenigen Stunden noch zutiefst gehasst habe. Zum Glück habe ich meine Sonnenbrille auf, sodass niemand mein Gefühlschaos bemerkt.

»Hier ist der Brief, mit dem dazugehörigen Testament.« Der Anwalt reicht mir die Mappe.

»Danke«, sage ich kaum hörbar. Ich schlucke mehrmals, um den Druck im Hals unter Kontrolle zu bringen.

»Ihr Vater war ein guter Mann. Auch wenn er damals vieles falsch gemacht hat. Er hat seine Schuld mit ins Grab genommen. Er hat die letzten Jahre vieles bewirkt. Er hat sogar in eine Stiftung für Frauenhäuser investiert. Wenn Sie sein Grab besuchen möchten, kann ich Ihnen die genauen Daten dazu geben. Ich muss dann auch los. Alles Gute weiterhin.« Er erhebt sich, legt einen zehn Euroschein auf den Tisch und reicht mir seine Hand.

»Für welche Stiftung?«, frage ich, während ich seine Hand festhalte.

»Ritiro-Stiftung.«

Ich lasse seine Hand los, und er verschwindet im Getümmel der vorbeilaufenden Menschen.

»Möchten Sie noch etwas trinken?« Der Ober steht wieder neben meinem Tisch, doch ich bringe nur ein Kopfschütteln hervor.

Alles um mich herum verschwimmt. Ich weiß nicht, ob ich mich freuen oder weinen soll. All die letzten Jahre habe ich mit ihm im Ring gekämpft als meine Halluzination. Und heute ist alles anders? Ich kann das Ganze nicht sortieren. Kann eine Person sich tatsächlich so verändern? Zu der Einsicht kommen, dass die Gewalt gegenüber einem geliebten Menschen abartig ist? Oft dachte ich, er hasst mich, dass ich überhaupt existiere, und nun? Alle meine Vorstellungen über meinen Vater sind nach dem Gespräch nichtig. Alles, was ich von ihm gedacht habe, stimmt nicht mit dem überein, was ich gerade gehört bzw. gelesen habe. Die Mappe liegt vor mir wie ein geheimes Buch. So, als hätte ich in weniger als einer Stunde die ganzen Antworten auf meine vielen Fragen gefunden, und doch keine Lösung dazu. Denn ich habe keine Chance, mit ihm persönlich darüber noch mal zu sprechen.

Keine Chance, jemals in seine Augen zu schauen, um zu sehen, ob es tatsächlich die Wahrheit ist. Noch viel mehr bin ich überrascht, dass Lorenzo Bellini in die gleiche Stiftung investiert wie ich. Kann das wirklich sein?

47. Kapitel

Evina

Mit halb offenen Lidern starre ich auf den Bildschirm. Der Schlafentzug der letzten Nächte zeigt seine Spuren. Mittlerweile hilft nicht einmal ein Espresso. Den Kopf in die Hand gestützt, lese ich die Kundenwünsche durch. Doch da meine Konzentration kaum noch vorhanden ist, muss ich jeden Satz mehrmals durchlesen, bis ich ihn in meinem Gehirn erfasse. Zwar hätte ich mir für heute freinehmen können, aber so bin ich wenigstens ein bisschen abgelenkt. Obwohl die Gedanken immer wieder zu Tommaso abschweifen. Wann wird er sich denn endlich melden? Es ist bald sechzehn Uhr. Ein Klopfen an der Tür lässt mich hochzucken. Meine neue Sekretärin Melissa steckt ihren Kopf bei der Tür herein. »Signora Castello, ich habe alle Unterlagen abgeheftet und eingegeben. Kann ich sonst noch etwas für Sie tun?«, wispert Melissa kaum hörbar.

Sie ist erst zwanzig, aber genau in ihrer Arbeit. Sie erinnert mich an meine jungen Jahre. Vor allem und jedem hatte ich Angst. Das gilt leider auch für sie. Mich wundert es, dass sie eine Stelle gesucht hat, die am Empfang ist. Scheinbar ist sie eine Kämpferin.

»Alles bestens. Lassen Sie die Tür offen, falls sich noch ein Kunde hereinverirrt. Einen schönen Feierabend.«

»Das wünsche ich Ihnen auch. Ciao.« Sie lächelt und schiebt die Tür weiter auf.

Nachdem ich alleine in meinem Büro sitze, lasse ich mich mit einem lauten Seufzen in meine Rückenlehne fallen. Vielleicht sollte ich das Büro frühzeitig schließen und einen Zettel an die Tür hängen. Immerhin bringe ich eh nichts mehr zustande. Ohne weiter darüber nachzudenken, fahre ich den Computer herunter. Ich könnte einen Spaziergang durch die Stadt machen, das bringt mich eventuell auf andere Gedanken. Zumindest fühle ich mich dann nicht mehr so alleine. Nachdem ich die dunkelbraune Lederhandtasche geschultert habe, werfe ich einen Blick über den Schreibtisch. Als ich mein Handy entdecke, schnappe ich es mir und wende mich zur Tür.

»Schon Dienstschluss?«

Mein Herz scheint augenblicklich in meinen Slip zu rutschen. Tommaso lehnt im Türrahmen. Mit seiner Lederjacke und den ausgewaschenen Jeans sieht er zum Anbeißen aus.

»Wie du siehst.« Wie angewurzelt stehe ich da. Kann meine Beine nicht bewegen.

Tommaso kommt auf mich zu, lässt mich aber nicht aus seinen Augen. Ich umklammere den Henkel der Handtasche, um das Zittern, das sich gerade ausbreitet, zu unterdrücken. Es ist kein Zittern aus Angst, nein, es ist das nervöse Vibrieren, das sich langsam von meinen Fingerspitzen zum Arm bis zu den Zehenspitzen bewegt. Diese Aufregung, ihn endlich wieder vor mir stehen zu sehen.

Tommaso ist mittlerweile nicht einmal eine halbe Armbreite von mir entfernt. Unter seinem weißen T-Shirt bewegt sich sein Brustkorb auf und ab. Oh Gott, seine Muskeln sind mit jeder einzelnen Wölbung erkennbar.

»Ich habe dich vermisst«, raunt er in meine Halsbeuge. Mit einer schnellen Handbewegung fährt er in mein Haar und zieht meinen Kopf zurück, wodurch ich ihm meinen Hals präsentiere.

»Ich dich auch«, hauche ich. Meine Stimme versagt unter seinen Berührungen.

Tommasos Augen sind dunkel, nur noch ein zarter Rand ist von ihrem wunderschönen Blau zu erkennen. Ich beiße mir auf die Lippe, um mich zu spüren, um sicherzugehen, dass ich nicht träume. Doch das alles ist kein Traum. Es ist pure Realität, dass Tommaso in meinem Büro vor mir steht und mich mit seinen Blicken auszieht.

Unerwartet und voller Hingabe presst er seine Lippen auf meine. Ein Stöhnen ertönt, als ich meinen Mund bereitwillig öffne und seine Zunge fordernd mein Innerstes erobert. Wild, hart und mit Nachdruck schiebt er mich zum Schreibtisch, bis ich die Kante vom Holz an meinem Oberschenkel spüre.

Hastig ziehe ich ihm die Lederjacke herunter, während weiterhin unsere Lippen aufeinanderkleben. In diesem Kuss steckt die tiefe Sehnsucht zueinander. Ich merke, dass ihn etwas beschäftigt, doch mein Egoismus, ihn auf der Stelle zu spüren und für mich zu vereinnahmen, ist zu groß. Die vielen Fragen zu den letzten Tagen, was er getrieben hat, sind augenblicklich nichtig. Momentan zählt für mich nur die Nähe zu ihm. Überall berühren mich seine Hände, dass ich kaum ordnen kann, wo sie sich aufhalten.

Als er kurz von mir ablässt, atme ich schwer. Ich bekomme kaum Luft. Seine Finger öffnen meine Bluse, dabei sieht er mich mit diesem gierigen Ausdruck an, der mir ein Ziehen zwischen die Beine jagt.

»Du bist so wunderschön«, raunt er andächtig, während sein Zeigefinger zwischen den Brüsten hinabgleitet zum Bauchnabel. Es kitzelt, zugleich sauge ich seinen berauschenden Duft auf. Was macht er mit mir hier in meinem Büro? Mit einem Ruck schiebt er meinen Rock nach oben bis zur Taille, sodass mein schwarzes Spitzenhöschen zum Vorschein kommt. Tommaso kniet sich vor mich hin und streift meinen Slip nach unten bis zu meinen Fußfesseln.

»Spreiz deine Beine!«, befiehlt Tommaso mir, und ich gehorche ohne zu zögern.

Nun stehe ich breitbeinig vor ihm, zeige ihm meine intimste Stelle. Mit seinen Fingern schiebt er meine Schamlippen auseinander und lässt die Zunge über meine Knospe gleiten. Zuerst sanft, dass sich ein Kribbeln breitmacht. Er spielt mit meinem Kitzler, wodurch meine Knie leicht zusammensacken.

»Oh Gott!«, stöhne ich zwischen zusammengebissenen Zähnen hervor. Seine kreisende Bewegung lässt mich meinem Höhepunkt entgegenfiebern. Dann beginnt er fest daran zu saugen, dass ich meine Finger in das harte Holz vom Schreibtisch kralle. »Bitte erlöse mich!«, flehe ich ihn an. Doch anstatt mir den Orgasmus zu schenken, lässt er von mir ab. Kommt zu mir hoch und küsst mich innig. Er schmeckt salzig, während er mich um den Verstand bringt.

Tommaso geht auf Abstand, während er langsam jeden einzelnen Jeansknopf öffnet. Es ist wie bei einer Stripteaseshow heiß und sexy. Noch immer stehe ich breitbeinig vor ihm, als er seine Hose samt Boxershorts zu Boden gleiten lässt. Wie von Zauberhand hält er plötzlich einen Gummi in der Hand. Keine Ahnung, ob ich von seiner Männlichkeit zwischen seinen Beinen so abgelenkt bin oder einfach meine Sinne von seinem Vorspiel zu benebelt sind. Es ist mir momentan völlig egal, denn ich will ihn tief und fest in mir spüren. Natürlich könnte jemand ins Büro kommen und uns dabei überraschen, wie wir uns lieben. Aber auch das ist für mich irrelevant.

Tommaso schiebt sich mit einer gleichmäßigen Bewegung das Kondom über und macht einen Schritt auf mich zu.

»Bereit?«

Mit einem stummen Nicken stimme ich zu. Er winkelt mein rechtes Bein an, dass es auf seiner Schulter landet. Meine Hände noch immer am Schreibtisch abgestützt, warte ich sehnlichst, dass er in mich eindringt. Doch es scheint ihm Spaß zu machen, mich zu foltern, denn ein schiefes Grinsen gleitet über sein Gesicht.

Seine Spitze liegt bereit vor meinem Eingang, wo mir der Saft herausrinnt. Ich kann mich nicht erinnern, jemals so nass gewesen zu sein. Vielleicht liegt es an dem langen Sexentzug, vielleicht aber auch an der heißen Stimmung mitten in meinem Büro, wo jeden Moment jemand hereinplatzen könnte.

Plötzlich drückt er sich mit einem harten Ruck in mich hinein. »Oh, du bist so eng, dass es mir den Verstand raubt!«, sagt Tommaso keuchend, während er stetig das Tempo steigert. Mit jedem Mal, das er in mich stößt, habe ich das Gefühl, als würden wir zu einem Individuum verschmelzen. Wie zwei zersplitterte Goldstücke, die zu einem wunderschönen Schmuckstück vereint werden. Immer tiefer dringt er in mich ein, dass ich glaube, bald nicht mehr Luft holen zu können. Ich wühle eine Hand in sein nasses Shirt, während seine Finger unter meinen Po wandern und sich in mein Fleisch krallen. Mein ganzer Körper bebt, zittert und vibriert zugleich an jeder erdenklichen Stelle. Ich merke, dass ich mich meinem Orgasmus in schnellen Schritten nähere. Doch auch Tommasos Gesicht wirkt von Sekunde mehr angespannt. Zwischen meinen flatternden Lidern beobachte ich, wie er seine Zähne aufeinanderpresst. Nur am Rande nehme ich wahr, wie mein Schreibtisch ein seltsames Geräusch von sich gibt. Nacheinander verselbstständigen sich die Stifte samt Ordnern und fallen hinunter. Ein Poltern ertönt, kann uns aber nicht aufhalten. Denn wir schweben zwischen Himmel und Hölle, zwischen Liebe und Hass, unserer gemeinsamen Explosion aus tiefer Verbundenheit entgegen.

»Ich komme!«, schreie ich, als mich diese unsagbare Welle überrollt. Es vibriert und kitzelt von den Haarspitzen bis zu den Zehen. Meine Muskeln verkrampfen sich, und ein lautes Stöhnen dringt aus meiner Kehle. Ein tiefer rauer Ächzer entweicht ihm, zugleich verzieht sich sein Gesicht. Ich spüre das Pulsieren seines Schwanzes zwischen meinen Beinen. Tommaso sackt auf mir nieder, und wir kuscheln mitten auf dem Schreibtisch, umgeben von den zerwühlten Unterlagen.

»Entschuldige, dass ich erst heute gekommen bin, doch es hatte seine Gründe.« Tommaso blickt zu mir auf. Seine Augen lichten sich, und er zeigt mir seine leuchtenden blauen Iriden.

»Dafür hast du bestimmt eine plausible Erklärung.« Ich schiebe die Finger in sein Haar und spiele mit einer Haarsträhne von ihm.

»Lust, etwas essen zu gehen?« Tommaso reibt seine Nasenspitze an meiner, dass ich kurz kichere.

»Kannst du meine Gedanken lesen?«

»Vielleicht?« Tommaso steht auf und zieht sich aus mir heraus. Den Gummi verknotet er und wirft ihn mit einer schwungvollen Handbewegung in den Mülleimer. Mit ein paar flinken Bewegungen sehe ich wie vor etwa dreißig Minuten aus. Ich streife den Rock glatt und zupfe die Haare zurecht.

»Fertig?« Tommaso mustert mich von meinen Pumps aufwärts zu meinem Gesicht. Er leckt sich über die Lippen, und kurz zucken seine Mundwinkel nach oben.

»Fertig!«, echoe ich. Ein warmer Schauer rieselt über meine Haut.

Tommaso streckt den Arm etwas weg, damit ich mich bei ihm einhaken kann.

»Hast du etwa einen Tisch reserviert?« Tommaso und ich fahren die Stockwerke hinauf. Vor mehr als einem Jahr hat er mich schon in dieses bezaubernde Restaurant ausgeführt. Mit diesem herrlichen Blick zum Meer hat er mich damals schon um den Finger gewickelt. Nur zu diesem Zeitpunkt war ich noch nicht bereit, meine Ketten abzulegen.

»Ich dachte, wenn das Wetter so traumhaft ist, könnten wir gemeinsam auf der Terrasse den Sonnenuntergang genießen.« Tommasos Finger fahren durch mein Haar, während seine Augen mich fixieren.

Der Fahrstuhl öffnet sich, und wir marschieren Händchen haltend hinaus. Nie im Leben hätte ich mich das zu träumen gewagt, und doch darf ich es jetzt erleben. Mit dem heißesten Typen von ganz Rom den Abend genießen.

Nach der freundlichen Begrüßung der Kellnerin führt sie uns nach draußen. Ein warmer Luftzug umhüllt meine Glieder, wie eine wärmende Decke. Wie damals bin ich geflasht von der atemberaubenden Aussicht. Der große Unterschied zu dieser Zeit ist, dass ich heute keine Angst oder schlechtes Gewissen haben muss, mit ihm die Zweisamkeit zu spüren und zu erleben.

Wir nehmen Platz, doch im Gegensatz zu früher ist Tommaso nicht zurückhaltend. Er schiebt seinen Stuhl neben mich hin und legt seinen Arm auf meine Hand. Beide haben wir den Blick auf das Meer gerichtet. Tommaso bestellt einen Rotwein und ein Wasser, bis wir endlich alleine sind.

»Evina.« Tommaso fasst mit seinen zwei Fingern unter mein Kinn und schiebt mein Gesicht zu ihm, dass ich in seine ernste Miene blicke.

»Ja?«

»Danke.«

»Für was?«

»Dass du mich nicht aufgegeben hast.« Tommasos Augen werden glasig. Seine Lippen hauchen einen kaum spürbaren Kuss auf meine Lippen. »Danke für dein Vertrauen.«

»Möchtest du darüber sprechen, was am Wochenende los war?« Ich will ihn zu nichts drängen, trotzdem würde es mir viel bedeuten, wenn er mir sein Herz öffnet.

»Mein Vater hat sich bei mir gemeldet, oder besser gesagt sein Anwalt.«

Ich merke, wie er mit sich hadert. Kurz schweift sein Blick in die Ferne, weit hinaus aufs Meer. Als würde er nach den passenden Worten suchen.

»Viele Jahre haben sich Mutter und ich vor ihm versteckt. Doch jetzt stellt sich heraus, dass er immer genau gewusst hat, was ich tue oder wo ich stecke.« Tommaso schluckt schwer. Ich merke, wie es ihn belastet und ihm nahegeht. Er erzählt mir die ganze Geschichte. Sogar dass sein Vater in meine Stiftung investiert hat. Als er den Namen nennt, wird mir heiß und kalt zugleich. Denn ich kannte den Mann nur zu gut. Wir hatten damals bei ihm in der Gärtnerei eine Einführung in die Kunst der unterschiedlichsten Gemüsesorten. Bis vor wenigen Wochen hat er unsere Stiftung tatkräftig unterstützt. Nie hätte ich diesem Mann solche grausamen Dinge wie die die er Tommaso und seiner Mutter angetan hat, zugetraut.

Kann es sein, dass sich ein Mensch wandelt, aus seiner verstrickten Dunkelheit auftaucht und sein Leben so gravierend verändert? Heute sage ich Ja. Denn Tommasos Vater ist der beste Beweis dafür. Er hat sein Leben in die Hand genommen und für seine Taten bitter gebüßt. Doch anstatt dass er es wieder an anderen Leuten ausgelassen hat, entschied er sich für den Weg des Mitgefühls. Erst durch Signor Bellini wurde es möglich, dass Giulia und ich unser erstes Frauenhaus eröffnen konnten. Und heute sitze ich hier mit seinem Sohn, der mir alles bedeutet. Dem fühle ich mich jetzt noch näher, und wie mir scheint, verbindet uns nicht nur die dunkle Vergangenheit miteinander, sondern das helle Licht der Liebe.

Die Kellnerin hat in der Zwischenzeit unsere Getränke serviert und unsere Bestellung entgegengenommen.

»Auf eine wunderschöne gemeinsame Zukunft mit dir.« Tommaso erhebt sein Weinglas, und ich tue ihm gleich. Unsere Gläser treffen aufeinander, und ein leises Klirren ertönt.

»Ich liebe dich«, sage ich im Taumel aus Hochgefühl und Zufriedenheit.

»Ich liebe dich auch klingt so langweilig. Deshalb bekommst du von mir eine andere Liebeserklärung, die nur einen kleinen Teil meiner Gefühle zu dir zeigt.« Tommaso räuspert sich und richtet sich auf. »Du bist meine Bienenkönigin, denn du bringst nicht nur die Süße in mein Leben, sondern auch den Kampfgeist, nach vorne zu blicken. Durch dich ist mein Leben bunter geworden, wie das einer großen Blumenwiese im Frühling. Ich möchte mit dir Berge erklimmen und über die See reisen. Mit dir für immer meine Zeit verbringen. Ich liebe dich.«

Ich kann meine Tränen nicht länger zurückhalten. Sie fließen aus meinen Augen heraus und kullern über meine Wangen abwärts, bis sie auf meinem Dekolleté landen. Ich bin dankbar, auf der Welt zu sein und diesen schönen Moment mit ihm hier zu genießen.

48. Kapitel

Evina

Sechs Monate später

»Ich kann das nicht!«, kreische ich hysterisch in der Küche. Doch es ist nicht meine Küche, sie gehört vielmehr zum neuen Frauenhaus in Neapel. Es wird heute feierlich eröffnet, und ich soll die Ansprache halten.

»Evina, Liebes, du schaffst das.« Giulias beruhigende Worte kommen bei mir nicht an.

Vor zwei Wochen habe ich noch großspurig verkündet, ich würde die Eröffnungsrede halten und mich meinen Ängsten, vor großen Menschenansammlungen zu sprechen, stellen. Doch heute ist von meinem Enthusiasmus nichts mehr zu spüren. Jetzt regiert das Zittern in den Fingern. Der steigende Pulsschlag, den ich mittlerweile auch in meinem Ohr zu hören scheine. Abgesehen von den schwitzenden Händen, die nass sind, als hätte ich sie gerade unter laufendes Wasser gehalten.

»Ich kann das nicht. Du musst das übernehmen.« Meine Stimme ist mittlerweile ein Hauch von nichts. Ich schaffe es nicht, klar zu denken. Am liebsten würde ich schreiend aus dem Haus laufen, doch das kann ich nicht tun. Denn vorm Eingang hat sich bereits eine Meute aus Presse, Politikern und etwa hundert Zivilisten angesammelt. Flucht ist also ausgeschlossen. Ich könnte mich im Bad einschließen und sagen, ich kotze. Obwohl das wahrscheinlich bald passieren wird, so schlecht ist mir augenblicklich. Es wäre nicht einmal gelogen.

»Evina, erwartest du ernsthaft von mir, dass ich mit meiner Tochter im Arm, die gerade meine Brust leer saugt, auf die Bühne trete und deine Rede halte?« Giulia sieht mich fragend an.

»Kann sie denn nicht später weitertrinken?«, flehe ich, obwohl ich weiß, dass es ungerecht ist. Es klingt sogar für mich absurd, doch meine Panik regiert momentan meinen Verstand.

»Evina, atme mehrmals tief ein und aus.« Giulia sieht mich mit ihren braunen Augen durchdringend an.

Ich komme mir vor wie bei einer Geburt, so schnell atme ich momentan. Den Mund weit aufgerissen, hechle ich laut. Doch es beruhigt mich wenigstens ein bisschen.

»Was ist denn hier los?« Tommaso kommt mit Milan im Schlepptau hereinspaziert. Dank Tommasos edler Spende können wir in jeder Stadt Italiens ein Frauenhaus errichten. Er hat das gesamte Vermögen, das ihm sein Vater vererbt hat, in unsere Stiftung investiert.

»Du hältst die Rede!«, fordere ich ohne Umschweife Tommaso auf. Er muss mich jetzt aus der Misere retten.

»Ich kann doch nicht in eurem Namen da raustreten. Du schaffst das, Herzchen. Du hast deine Rede sehr gut vorbereitet. Du brauchst nur von deinem Zettel abzulesen.« Tommaso gibt mir einen Kuss auf meinen Scheitel. Kurz lasse ich mich von seiner Nähe einwickeln, doch sofort kommt wieder diese Angst hervorgekrochen. Aus jeder Faser meines Körpers entweichen mir diese verdammten Schweißperlen.

»Ich glaube, ich habe Fieber.« Ich fasse mir an die Stirn, um meinen Unmut zu bekräftigen.

»Du hast nur Lampenfieber.« Giulia grinst, während sie ihre Tochter Alice an die andere Brust anlegt. Sie macht das ganz ungeniert vor uns allen. Doch sie hat auch recht, es ist das Natürlichste auf der Welt. Obwohl ich dafür bestimmt lieber in ein anders Zimmer gehen würde, um meine Ruhe dabei zu haben.

»So, und jetzt komm! Die Leute warten alle draußen auf uns.« Tommaso schiebt mich vor sich her zum Eingang.

Er öffnet die Tür, und ein Blitzlichtgewitter prasselt auf uns ein. Mit verzwickten Augen stöckle ich zur Bühne, die wir extra für die Eröffnung aufbauen haben lassen. Ein Gejohle ertönt, doch ich schaffe es nicht, in die Menschenmenge zu schauen. Mein Blick haftet an den Stufen, die ich zaghaft nach oben steige. Auf dem Podium angekommen, empfängt mich Ricardo mit einer herzlichen Umarmung. Er übernimmt die Moderation für heute. Dafür bin ich auch sehr dankbar, denn wenn ich das auch noch übernehmen hätte müssen, wäre ich bestimmt mit einem Herzinfarkt eingeliefert worden. Vielleicht sollte Ricardo die Danksagung sprechen, überlege ich für eine Sekunde, als er sich aus meiner Umarmung löst. Immerhin steht er gerne im Rampenlicht und hat auch eine wunderbare Aussprache.

Ricardo marschiert zum Mikrofon, und kurz erklingt ein schrilles Geräusch. »Entschuldigung!« Ricardo wirft sein schönstes Lächeln in die Menge. Wie perfekt er doch mit peinlichen Situationen umgeht.

»Herzlich willkommen, meine Damen und Herren!« Ricardo begrüßt zuerst die geladenen Politiker nacheinander. Ich habe auf Durchzug gestellt, denn ich halte die Blicke von den Besuchern und Gästen kaum aus. Es fühlt sich an wie feine Nadelstiche auf meiner Haut. Immer wieder lese ich die ersten paar Zeilen auf dem Zettel, doch langsam, aber sicher verschwimmen die Buchstaben vor meinen Augen. Oh Gott, ich darf jetzt nicht ohnmächtig werden. Nicht, wo die ganze Presse versammelt ist. Morgen stehe ich dann auf den Titelblättern, aber nicht, weil ich so eine grandiose Rede geschwungen habe, nein, als Schwächling. Nein, so möchte ich auf keinen Fall in der Öffentlichkeit stehen. Ja! Ich schaffe das!

»Und nun wird Evina Castello ein paar Worte an Sie richten.« Die Menschen applaudieren, und mit zaghaften Schritten komme ich nach vorne ans Rednerpult. Meine vorgefertigte Rede lege ich vor mir ab. Meine Finger schlottern wie verrückt. Ich räuspere mich, um den Kloß in meinem Hals am besten auszuspucken. Verdammt, reiß dich zusammen, ermahne ich mich in Gedanken.

»Herzlich willkommen, meine Damen und Herren.« Ich atme hörbar aus, dass es alle anwesenden Leute mitbekommen. Soll ich hochblicken oder doch besser meine Augen auf meinem Blatt Papier haften lassen? Langsam hebe ich den Kopf. Tommaso und Giulia haben sich ganz vorne bei der Bühne eingefunden.

»Evina, du schaffst das!« Obwohl mir Giulia das nur mit reiner Lippensprache zeigt, verstehe ich ihren Wink. Ich muss mich meiner Angst stellen, um voranzukommen. Ich möchte nicht mehr das schüchterne Mädchen sein wie vor mehr als zwanzig Jahren. Heute bin ich eine erwachsene und hübsche Frau, zumindest sagt mir das Tommaso fast jeden Tag, wenn er mich morgens im Bett wach küsst. Er lächelt von unten herauf und nickt mir zu. Alle Menschen starren auf mich, weil ich noch kein weiteres Wort verloren habe, außer sie zu begrüßen. Kurz schließe ich meine Augen und sammle mich neu. Atme leise einmal tief ein und aus. Dann öffne ich die Lider und setze mein schönstes Lächeln auf, das ich zu bieten habe.

»Herzlich willkommen in unserem neu errichteten Frauenhaus. Es ist mir eine Ehre, die Tore dazu feierlich zu eröffnen. Aber ich möchte Sie nicht mit einer Dankesrede an die Sponsoren langweilen, denn ich weiß, dass sie sich diese Aufmerksamkeit nicht wünschen.«

Kurz bleiben meine Augen bei Tommasos hängen. Ich wollte jedem hier feierlich zeigen, welch tollen und noch dazu spendablen Mann ich an meiner Seite habe, doch er hat mich angefleht, dies zu unterlassen.

Ich lege die vorgefertigte Rede zur Seite. Augenblicklich scheinen meine Worte, die ich zuvor zusammengefasst habe, so gestellt und inszeniert. Nichts, was daraufsteht, hat nur im Ansatz mit meinen Beweggründen zu tun, dank derer ich das hier alles durchstehe.

»Heute ist der Tag gekommen, an dem ich mich outen möchte. Ja, ich wurde als Kind misshandelt. War vor mehr als zwanzig Jahren in derselben Situation. War mit meiner Mutter auf der Suche nach Schutz und einem Dach über den Kopf. Ich möchte hier und jetzt kein Mitleid von Ihnen, denn heute geht es mir gut. Ich möchte Sie nur darauf aufmerksam machen, dass es jeder sein kann, den es zu Hause nicht gut geht. Es kann das Mädchen mit den blond gelockten Haaren im Kindergarten sein, das sich immer mehr zurückzieht, oder auch der rebellische Junge, der sich aggressiv auf seine Mitschüler stürzt. Oder die Frau, die mit langärmligem Shirt in der brütenden Hitze im Hochsommer durch die Straßen läuft. Schauen Sie nicht weg, schenken Sie diesen Personen ein offenes Ohr. Diese Menschen haben Angst vor jedem, oft sogar vor sich selbst, davor, sie könnten wieder etwas Falsches tun. Wir wollen mit unseren Frauenhäusern ein Zeichen setzen! Wir geben der Gewalt und den Übergriffen keine Chance!« Plötzlich spüre ich Tommasos und Giulias Nähe. Sie stehen bei mir auf der Bühne und greifen nach meiner Hand. Ich kann meine Tränen nicht länger zurückhalten. Ich sehe alles nur mehr verschwommen. Doch diesmal sind es Freudentränen, denn ich fühle mich unsagbar erleichtert, es endlich laut hinausgerufen zu haben. Mich nicht mehr unter einer Maske zu verstecken.

»Auch ich wurde als Kind misshandelt!«, sagt Giulia plötzlich ins Mikrofon. Ich starre sie an. Ich weiß, was es für sie bedeutet, mit ihrem Namen dies hier öffentlich zuzugeben. Sie ist in Italien bekannt wie ein bunter Hund und muss nun mit einer Aufmerksamkeit klarkommen, die man nicht abschätzen kann.

»Es klingt jetzt zwar wie bei einer Selbsthilfegruppe, doch auch ich muss mich den beiden Damen anschließen. Ich wurde misshandelt bis zu meinem fünfzehnten Geburtstag, als mich mein Stiefvater rettete. Danke dafür!«

Ich blicke zu Tommaso, der nach außen hin zwar kühl wirkt, doch ich kenne ihn mittlerweile zu gut. Ich weiß, welcher innere Kampf gerade in ihm tobt. Ich weiß auch, dass er es hasst, im Rampenlicht zu stehen. Er tut es nicht nur für sich, sondern auch zu einem großen Teil für mich. Das weiß ich, und dafür liebe ich ihn noch viel mehr.

»Darum lasst uns den heutigen Tag gemeinsam feiern, mit leckerem Essen und gutem Wein! Tretet ein, und bringt Liebe und Glück herein!« Mein Schlusswort ist zwar nicht sehr einfallsreich, aber anscheinend gefällt es den Gästen. Sie applaudieren wie wild und pfeifen und johlen. Ist das wirklich real?

Ja, das ist mein Leben. Mit den Menschen um mich, die mir alles bedeuten.

Danksagung

Die Geschichte von Evina und Tommaso ist mir während des Schreibens sehr nahe gegangen. Ich hätte sie nie zu Ende gebracht, wenn mich mein Seelenpartner Mario sowie meine besten Freundinnen Sonja und Katrin Frank nicht immer wieder darin bestärkt hätten, dass es da draußen Menschen gibt, die die Geschichte lesen und lieben werden. Danke, dass ihr immer für mich da seid.

Liebe Lesende, danke dass Sie mein Buch gekauft haben, und ich hoffe, ich konnte Ihnen ein paar schöne Lesestunden bereiten. Wenn ja, bitte ich Sie darum, schreiben Sie eine Rezension, wie Ihnen das Buch gefallen hat. Es muss kein langer Aufsatz sein. Jedes Feedback wird von mir gelesen und ich nehme es mir zur Herzen.

Nun möchte ich noch ein paar Menschen Danke sagen, ohne die dieses Projekt nicht so wunderbar geworden wäre. Danke meiner Lektorin, die immer sehr ehrlich zu mir ist und das Beste aus meinem Herzensprojekt gemacht hat. Danke auch meinem Verlag, Forever by Ullstein, dass ihr mir die Chance gegeben habt, meinen Traum zu leben.

Zu guter Letzt möchte ich den wundervollen Bloggern da draußen danken. Danke für euren Tatendrang und eure Unterstützung. Ihr leistet so eine wunderbare Arbeit!

Wenn Sie mir eine persönliche Nachricht schicken wollen, oder einfach keine News von mir verpassen möchten, finden Sie mich hier:
https://www.eva-fay.com/

Facebook: https://www.facebook.com/Fayeva.autorin/
Instagram: https://www.instagram.com/fayeva_autorin/

Herzliche Grüße

Eva Fay

Sexy Romane von Eva Fay

Große Gefühle und heiße Nächte in Rom

Sehnsüchtig verführt

ISBN 978-3-95818-099-4

Eine junge Frau zwischen Liebe und Intrigen

Die Sehnsuchts-Reihe Band 1

Als E-Book erhältlich.

forever.ullstein.de

Sehnsüchtig berührt 1

ISBN 978-3-95818-147-2

Eine neue Liebe in den verschneiten Bergen Österreichs

Die Sehnsuchts-Reihe Band 2

Als E-Book erhältlich.

forever.ullstein.de

Sehnsüchtig berührt 2

ISBN 978-3-95818-189-2

Ein prickelndes Wiedersehen im romantischen Italien

Die Sehnsuchts-Reihe Band 3

Als E-Book erhältlich.

forever.ullstein.de

FOREVER